王力全集　第二十四卷

王力译文集
（二）

王　力　译

中 华 书 局

娜　　娜

［法］左拉　著

目　录

左拉与自然主义

一　左拉之身世与其著作概述

左拉（Émile Zola）以 1840 年生于巴黎。他的母亲虽是法国人，他的父亲却是意大利的梵尼斯（Venise）人，祖母是希腊人。他的童年期与青年期是在勃罗旺斯省（Provence）度过的。他在学校的成绩很坏，以致考不得学位，所以只好做些小小的差事。他在巴黎与外省的许多报馆里办过事，也曾写过些浪漫派的小说，例如《宁农的故事》（Les Contes à Ninon）；后来又写了些风俗小说，比较地更好些，例如《黛列思拉根》（Thérese Raquin, 1867），与《玛玳琏·费拉》（Madclcinc Férat, 1868）。

然而他的大著作《罗恭玛嘉尔家史》（Les Rougon Macquart）却在 1871 年才开始。本书原名《第二帝国时代一个家庭的自然的而且与社会有关的历史》（Histoire Naturelle et Sociale d'une Famille Sous le Second Empire），共分二十卷：一，《罗恭的家运》（La Fortune des Rougon, 1871）；二，《饿鹰》（La Curée, 1872）；三，《巴黎之腹》（Le Veutre de Paris, 1873）；四，《伯拉桑的战利品》（La Conquête de Plassans, 1874）；五，《谟烈院长的过失》（La Faute de L'ablé Mouret, 1875）；六，《虞仁罗恭老爷》（Son Excellence Eugěne Rougon, 1876）；七，《屠槌》（L'Assommoir, 1877）；八，《爱情之一页》（Une Page D'Amour, 1878）；九，《娜娜》（Nana, 1880）；十，《家常便饭》（Pot-

Bouille,1882）；十一,《托女人的福》(Au boneur des Dames,1883）；十二,《生活的快乐》(La Joie de Vivre,1884）；十三,《共和历七月》(Germinal,1885）；十四,《成绩》(L'oeuvre,1886）；十五,《土地》(La Terre,1887）；十六,《梦》(Le Rêve, 1888）；十七,《人中禽兽》(La Bête humaine,1890）；十八,《金钱》(L'Argent, 1891）；十九,《破产》(La Débâcle, 1892）；二十,《巴斯嘉尔博士》(Le Docteur Pascal, 1893）。其中最著名的四卷乃是《屠槌》,叙述工人的生活；《娜娜》,叙述淫佚的生活；《共和历七月》,叙述矿工的生活；《破产》,叙述战争的生活。

自 1879 至 1882 之间,他为自然主义做了许多论文,例如《实验的小说》(Le Roman expérimental,1880）、《自然主义与戏剧》(Le Naturalisme au théâtre,1881）等。后来他又从事于宗教的描写,著《三大名城》(Les Trois Villes)：一,《卢尔德》(Lourder, 1894）；二,《罗马》(Rome,1895）；三,《巴黎》。这三部小说都是叙述宗教不能救人民的痛苦的。最后他又从事于社会主义的描写,著《四福音书》(Quatre Evangiles),只成三部：一,《富饶》(Fécondité, 1899）；二,《工作》(Travail,1901）；三,《真理》(Vérité,1903）。他曾经是最热烈的共和党,后来又是社会党,甚至于是共产党。1889 年,狄烈夫大尉卖国事件起,他与法朗士(Anatole France)同冒大不韪,竭力替狄烈夫辩护。他在《曙光报》(L'Aurore)上登了许多激烈的文字,曾经被捕下狱。1902 年为煤气所毒,死于巴黎。死后六年,即 1908 年春间,改葬于班迪安(Panthéon)国葬院。

二　现实主义与自然主义

在左拉以前,文学界但有所谓现实主义(Réalisme),无所谓自然主义(Naturalisme)。说到现实主义的先锋,要算是巴尔扎克(Balzac,1799—1850)。泰耐(Taine,1828—1893)说他摹写真相,把卑劣的事情描写得比其他的事情更生动些。泰耐自己也是现实主义的中坚。此后有杜兰第(Duranty)在 1856 年著《现实主义》,庄佛乐利(Champfleury)在 1857 年著《现实主义》,同年,佛罗贝尔(Flaubert,1821—1880)的小说《波华丽夫人》(Madame Bovary)出版。佛罗贝尔号称现实主义者,然而杜兰第怪他专从事于美术方面,却没有感觉,而且是干枯的。与佛罗贝尔同时的现实主义者还有龚果尔兄弟(Edmond de Goncourt,1822—1896;Jules de Goncourt,1830—1870),他们在《姑美尼拉赛陀》(Germinie Lacerteux,1864)的序文里说:

> 　　民众喜欢假的小说,这却是一部真的小说。民众喜欢走到上流社会里去的书,这却是一部从马路上来的书。民众喜欢淫邪的作品、娼妓的日记、床头的供状、恋爱的秽史,然而这一本书却是庄重的、纯洁的。我劝民众开卷时,切勿希望书中有娱乐的描写,这书只是爱情的医院。
> 　　民众喜欢缓和剂与安眠药,他们要靠团圆结局的故事来帮助他们的消化;这书悲哀而且激烈,违反他们的习惯,有碍他们的卫生。
> 　　那么,为什么我们写了这一部书呢?为的是得罪民众,故意干犯他们的嗜好吗?
> 　　不是的。
> 　　生于 19 世纪,在平等自由的时代,我们常常自问:所谓"下级社会"有没有入小说的权利?直到现在,文学家不屑描写平民,他们有心灵不能发泄,是否应该长此不变?下级社会的痛苦,是否值得写?是否值得读?小人们、穷百姓们,在痛苦的时候,能否像受痛苦的大人们、富贵的人们一般地惹人咏叹?总之,下级社会的眼泪能否像上流社会的眼泪一般地令人痛哭起来?
> 　　我们有了这种思想,所以写了这一部书。

依龚果尔诸人的论调,现实主义在乎描写下级社会,把平民的痛苦宣泄出来。自然主义,在字面上说起来,与现实主义没有什么分别,因为都是"描写实在"的意思。然而左拉却在他所著的《实验小说论》里替自然主义立了一个定义说:

> 自然主义是由新科学施用到文学上的一种程式。

左拉的同志黑斯曼(J.K.Huysmans,1848—1907)更把现实主义与自然主义切实地说明。他在《眉批》(En Marge)里批评左拉的《屠槌》,同时把这两种名称加以解释说:

> 现实主义与自然主义两个名词,被人们加以种种不同的定义,我们应该切实地说明。有些人说,——而且是最动听的论调——现实主义者所选的题材乃是最丑恶的、最粗鄙的,他们的描写乃是最淫亵的、最能令人作呕的。总而言之,乃是把社会的疮疥尽情披露出来。自然主义者把社会的疮疥的绷带揭开之后,只有一个目的,便是教人们测量那可怕的疮口有多深。
>
> 其实我们并不管它是疮疥呢还是粉红的肌肤。我们固然把疮疥描写,也未尝不把粉红的肌肤描写。因为疮疥与粉红的肌肤都是存在世上的。最卑污的人与最高尚的人一般地值得研究,娼妓荡妇们到处都有,与正气的女人们一般地享有公民的权利。社会是有两方面的,我们把两方面都描写给人们看。我们把画板上的一切的颜色都拿来应用,并非专用黑色,不用蓝色;我们无分别地赞赏李比拉与华陀①,因为他们都有好笔法,所画的东西都非常生动!人家虽则说我们专爱描写丑恶,其实我们并非只喜欢淫邪而不喜欢贞操,只喜欢放浪而不喜欢廉耻;我们一样地赞赏酸辣的小说与甜脆的小说,只要著者以观察所得把实地的生活描写下来,就是好书了。

---

① 李比拉(Ribéra,1588—1656)是西班牙的画家,是现实主义派;华陀(Watteau,1684—1721)是法国的画家,爱画乡村风景。

我们并不是些宗教党徒，我们相信文学家应该像一个画家，是要适应潮流的，我们要把古时的宽衣长剑付之东流。近代所谓名著，甚至令我们心中作呕，然而我们并不推翻了他们的书，也不捣毁了他们的偶像，我们只在他们的旁边。我们到马路上去，也像到了王宫；我们到荒野去，也像到了有名的树林。我们努力想要不像浪漫派描写那些超越自然的美事，不像他们去找乌托邦的幻影。我们要把那些有骨有肉，能生活能走动的人类的真相摆在人们的眼前。我们在某一个环境里观察了一个男人与一个女人，于是把他们的生活很用心地、很详细地描写。他们的贞操或淫邪、恋爱或仇恨、一时的冲动或永久的德性，都显现在我们的笔端。我们好像给人们参观野兽的人，不论那些野兽快乐或悲哀，我们只给人们看清楚就是了！

平常的小说总有一个结局，或用婚姻收场，或用死亡收场，我们的小说却不一定有结局。是的，不错。我们的小说不宣传什么学理，往往是没有结论的。是的，也不错。

但是，艺术是与政治上的学理或社会上的空想没有关系的。一部小说并不是一个讲坛，也不是一个教座，我以为艺术家应该避免这种无用的浮词。

我对于众人所沿用的程式，更要明白地反对了。

依我的意见，自古至今的文学家只描写些例外的事情，这是不对的。那些小说家与诗人所叙的爱情，或因此自杀，或因此杀人，或因此发狂，都只是些特别的情形。这些特别的情形，被文学家观察到了，记载下来，我没有什么好说，因为事实俱在。但是，如果说我们平常的生活，人人所过的生活，天天所过的生活，值不得研究，因为平淡无奇，引不起人们的兴味与热情，比不上凭空造出一个伟大的人物，或一件惊人的事情，我却觉得这一种话没有道理。譬如某人的妻子死了，他哭了一场,后来再娶一个妇人,而且并没有什么懊悔。老实说,我觉得这男子与维特一样伟大[1],一样值得记载;维特这呆子,快活的时候就咀嚼奥相的诗,悲哀的时候就为罗洛德而自杀,为什么只有他值得记载呢?

我们的小说以分析代替幻想,情节并不怎样复杂,所以弄到读者吃惊地叫道:"呸!没有一点儿事情,何苦枉费笔墨!"唉!现在的时代,不像当初人们赞赏大仲马、轻视巴尔扎克的时代了!民众已经讨厌才子佳人的作品了!

是的,民众趋向强烈的作品了。《屠槌》的成功,就是一个证据。唉!我晓得有许多村学究很失望地嚷道:"我们想要些干净的而且能安慰人的小说;生活已经是悲哀的了,何苦把它的真面目给我们看呢?请你们像狄更司(Dickens)一样吧,他也是描写下流社会的,然而他把干净的事实博取民众的娱乐,同时顾及道德方面,岂不比你们强吗?"

唉!我一听到这种话就令我生气了!艺术并不是拿来娱乐那些低着头咬着手指的小姐们的,也不能像狄更司的作品供给家人团聚时的谈话资料或给养病的人们消遣。我老实说,高声地说:干净与不干净,与艺术毫无关系。不会做小说的人才把不干净的事实写成淫书!

我再说一句,凡是写实的、生动的作品,非但不至于有伤风化,而且想要不寓劝戒之意也还是一件难事呢!淫邪的本身就生出刑罚来,浪荡的自然的结局所给予的惩戒要比法律所定的惩戒更严。所以写实的小说就是有益于风化的好书。末了,我总结一句,自然主义乃是对于存在的人物的研究,而所研究的乃是人与人之间的接触所得的结果;依左拉先生自己的说法,凡对于真相很有耐心地研究,从最细微的地方观

---

[1]　见哥德所著《少年维特之烦恼》。

察,便是自然主义了。

黑斯曼对于自然主义的解释很是透彻,然而左拉乃是自然主义的首领,我们且看他为主义而奋斗的经过。

三　左拉与自然主义

左拉的思想与其方法之由来　左拉的文学方法有一部分受现实主义者巴尔扎克、佛罗贝尔、龚果尔兄弟的小说的影响,同时又与泰耐的哲学有关系。现实主义派已经说新时代的小说不该是浪漫的了;小说不该是捏造的奇谈,甚至于不是消遣的资料,只该是对于事实很确切的描写。但是左拉读了达尔文与泰耐的书,觉得自己可以比现实主义更进一步,所以他主张"实验"的小说,要把文学与科学合化,用解剖的方法表现真相。恰好那时的著名的生理学大家克罗德·贝尔纳(Claude Bernard, 1813—1878)于1865年著《实验医学绪论》一书,名医律嘉(Prosper Lucas)于1847至1850年著《自然的遗传》一书,名医洛图尔诺(Ch.Letourneau)又于1868年著《情感与生理》。这三部书都给左拉一个很大的影响。他觉得古来的所谓名家小说都是些没有经验的作品。因为人类的一切都与生理的组织有关系,所以小说里的一切也都与生理的组织有关系,而古来的文学家竟忽略了这一点。小说是描写人类的"气质"的,而气质乃是两种必然的结果:遗传的关系;环境的关系。所以左拉的《罗恭玛嘉尔家史》可以说完全是关于遗传与环境的描写。在这一部大著作以前他曾经著《玛玳琏·费拉》一部小说,又主编《讲坛报》,宣传他的自然主义,因此曾受政府的干涉。

政府的干涉　当左拉初发表《玛玳琏·费拉》的时候,赛纳公安局以为这小说里有过于大胆的描写,请他删改其中的几段。那发行者赖克鲁华已经表示愿意删改了,他却不肯,他以为政府对于文学上的道德观念是不对的,于是生气地说:

"怎么!市面上许多没有经验的小说,用所谓风流的雅笔去捏造许多淫邪的事情,却不被干涉;现在我用严厉的手腕去揭露社会的伤痕,人家反来攻击我!……"

《讲坛报》也于1876年9月被政府检去,说这是"侮辱天主教"的报纸。报馆的经理被监禁了三个月,又被罚了四千法郎。律师说这报纸乃是鼓吹革命的、社会主义的、共产主义的,而且是反对宗教的,说他们每天在前两页里专讨论社会上的问题。

他虽则受政府的干涉与旧派的反对,然而新文化的潮流所趋,竟令他的《罗恭玛嘉尔家史》第七卷《屠槌》大告成功,惊动一时。今将《罗恭玛嘉尔家史》略述如下:

《罗恭玛嘉尔家史》 左拉依照"遗传的规律"做他的小说,所以先立一个谱系。全书所叙及的罗恭家的子孙共三十二人,与此家有关系的共约一千二百人。后来拉蒙把这些人物都列成图表,附于全书之末。本书第一卷《罗恭的家运》叙述罗恭娶某妇人为妻。罗恭是强健的人,然而他的妻子是有神经病的,她的情郎玛嘉尔又是中了酒毒的。以后诸卷便分叙正式夫妇所生的子孙一支,与玛嘉尔私生的子孙一支。这两支子孙表现种种遗传的结果。其中也有几个身心健全的人,例如《生活的快乐》里的宝莲、《巴斯嘉尔博士》里的克罗第尔德与巴斯嘉尔,但是以中酒毒的、生肺痨的、歇斯底里病的、神经病的、疯狂的、卖淫的、犯法的居多。除此之外,还有许多卑污放浪的人。左拉研究这种环境的时候,的确费了一番苦工夫。为了《屠槌》,他去参观了许多酒徒聚饮的地方,马路上、酒店里、跳舞场里、洗衣场里,都有他的脚迹。许多工男工女的一举一动都上了他的笔记,而且绘了许多房屋与市区的地图。他每做一部小说都是这样去找事实的,所以上流社会里、大商店里、宗教的地方,也是他常到的地方。自从《屠槌》出版之后,文学界的人无论反对或赞成,都认为是一件惊人的大事。

嚣俄的意见 当时嚣俄的朋友巴尔布(Barbou)对嚣俄说左拉这一本《屠槌》乃是"有用意"的作品,而且竭力描写酒毒的危险,于社会上不为无功。嚣俄说：

"您的话不错，然而《屠槌》到底是一部不好的书，他把社会的丑恶都披露了，竟像他以此为乐事似的！下流人都爱读这种书，所以他能够成功。"

"先生"，巴尔布说，"这书的作者先叙述一对善良的夫妇，他们很有秩序，很知俭约，因此很幸福。后来他叙述一个懒惰的酒鬼做了许多卑污的事，受了许多苦楚，正可以形容善良的人，为什么您责备得这样严呢？"

"这个我不管"，嚣俄说，"他这种描写乃是不应该的。不错，这一切都是真的，我自己也到过穷苦凄凉的地方，但是我不愿意人家描写成为小说。我们没有把不幸的事赤裸裸地表现出来的权利。"

嚣俄也知道有些自然主义者说他的《哀史》里有些地方也是很大胆的描写，于是他自己解释说：

> 我在《哀史》里，不怕把一些痛苦与羞耻的事情披露出来。我叙述了一个罪犯与一个妓女，然而当我写的时候，时时希望把他们在卑污的生活里打救出来。我混进这苦恼的社会里去，为的是医治他们。我混进去的时候，自命为宣传道德者，为医生（其实左拉的理论也是如此），然而我不愿意人家袖手旁观，毫不关心，只像看戏似的！

像嚣俄反对他的人固然很多，赞成他的人也不少。我要在下面叙述他的同志与他的弟子们。

被喝倒彩的作家聚餐会　1865 年，左拉在里昂的《民众的救星》里做了一篇文章称赞龚果尔兄弟的《姑美尼拉赛陀》，龚氏兄弟十分感动，写了一封信去谢他，又于那一年年终请他到他们家里吃饭，这是他与龚氏兄弟初次的认识。后一年，他又谒见佛罗贝尔。后来他们常常来往。自 1874 至 1880 年，有所谓佛罗贝尔聚餐会，亦称"被喝倒彩的作家"聚餐会。会员五人，即：佛罗贝尔、屠格涅夫（Ivan Tourgueneff）、爱特蒙·龚果尔（时爱特蒙之弟余勒已死）、杜德（Alphouse Daudet，1840—1897）、左拉。

这一种集会当然对于自然主义的宣传很有裨益，尤其是屠格涅夫对于左拉的帮助很大。当左拉在法国大受攻击、各报馆与杂志社都拒绝登载他的文章的时候，屠格涅夫把他的作品介绍到《莫斯科日报》与《欧罗巴消息》里发表。因此俄国的人都知道左拉。

有一次，在聚餐的时候，佛罗贝尔反对左拉的自然主义的旗帜，说这是空泛的名词。左拉说：

　　　　我也像您一般地瞧不起自然主义这名词，然而我偏要到处宣传，因为凡事总要有个名称，好教民众相信是新的。

被喝倒彩的作家聚餐会之后，有

达拉家聚餐会　　1877 年，佛罗贝尔、龚果尔、左拉、黑斯曼、莫泊桑（Maupassant，1850—1893）、赛亚尔（Céard，1851—1924）、安尼克（Hennique，1852—）、阿列克西（Alexis，1847—1901）、米尔波（Octave Mirbeau，1848—1917）九人在达拉店家聚餐。那时各报馆都说这是宣传左拉的自然主义的集会。然而这里头还有佛罗贝尔与龚果尔是左拉的前辈，至于后来的麦潭社，几乎可以说是左拉的晚辈或弟子了。

麦潭社　　左拉在二十岁的时候就有组织会社的志愿，他在1860 年给巴埃（Baille）的信里说：

　　　　您与赛山，我与巴佐，我们四个便可以做创始人。我们将来要很严格地容纳新社员……我们每周开会一次，每次把一礼拜内各人所得的新思想互相报告。我们固然要谈科学，然而我们以艺术为我们的谈话里的大问题……

他这计划不能实现，然而到了他成名之后，在巴黎联络一班朋友与弟子，常常到他的家里开会。1877 年以后，他在巴黎附近的麦潭赁了一所屋子，他每年有一大半的时间是在那边住的，他的弟子们都到那边集会，所以号称麦潭社。他们在 1880 年出了一部杂志,名为《麦潭夜话》(Les Soirées de Médan),撰稿人是左拉、莫泊桑、黑斯曼、赛亚尔、安尼克、阿列克西。

左拉本是自然主义的勇猛的先锋,由他打开了一条血路,他的同志才跟他进攻。然而自从他成功之后,连同志们都妒忌他了,于是有

五人的宣言　1887 年,左拉的《罗恭玛嘉尔家史》第十五卷《土地》出版,班纳丹(Bonnetain)、罗尼(Rosny)、狄卡夫(Descaves)、保罗·马克利得(Paul Marguerette)、基歇(Gustave Guiches)五人联名宣言反对。他们说:

> 左拉自从著了《屠槌》之后,我们看见他那样刚强勇敢,可以补救现在的文学界的懦弱的毛病,所以我们爱他,就是爱他的勇气。谁料《屠槌》出版不久,他便做错了些事情……我们还希望他的《土地》出版之后可以慰我们的热望,现在竟令我们失望了!非但他的观察是不着实的,非但他的描写是平庸而欠个性的,而且他的笔墨的淫秽竟达了极点,有时候竟令人疑是一部诲淫的书。唉!我们的大师竟到了卑污的地方去了!……
>
> 我们的抗议,并不是为什么仇恨的心理所驱使。我们巴不得这伟人安然地进行他的事业。……

有人说这一次的宣言是杜德与龚果尔指使的,这话虽则没有铁证,而杜德妒忌左拉却是实情。在勒纳尔(Jules Renard)的日记上有这么一段:

> 杜德说:“文学的宗派乃是法国所特有的。假使我在左拉的铺子的前面另开一间铺子,另挂招牌,我一定更能成功。然而我们毫不在意地与他合股,以致今日的言论界竟是左拉的。一切的光荣都归了左拉。”

真的,一切的光荣都归了左拉!现在谈现代法国文学的人往

往从左拉说起,甚至于以 1871 年——《屠槌》出版之年——为近代文学与现代文学的交替期间。

<h1 style="text-align:center">四　结　论</h1>

直到现在,法国的士大夫与村学究们没有不反对左拉的。他们的理由乃是:左拉的小说是肮脏的,尤其是给外国人看了之后,他们会对于法国的风俗有很坏的印象。他们不晓得怪社会肮脏,只晓得怪左拉的小说肮脏,譬如对镜的人不晓得自己肮脏,却怪那镜子里的影子肮脏! 真是岂有此理!

又有人说左拉的小说也不完全是科学的:他自己在贫苦中出身,对于平民的描写,自然是千真万确;至于他对于贵族的描写,只靠几次访问,几场谈话,就有不科学的危险了。关于这一层我们也不必替左拉辩护,因为一个人的能力是有限的,势不能包办一切,我们只赞赏他的伟大的精神,崇拜他的主义,也就够了。

了一

二十年三月七日,巴黎

第一章

晚上九点钟的时候，陆离戏院里还在空着。楼上楼下，黯淡的灯光里，有几个人像疏星般散开在各椅子上等待。一片阴影笼住一块红色渍印似的戏幕，台上寂然无声，台前的列灯熄了，台下的乐谱架子空了;惟有三层楼上，在天花板上画着的许多裸体妇女与小孩们飞翔着的天空旁边，阔大的塑金的拱门底下，许多男女已经在那里了，男的戴着打鸟帽，女的戴着乡村小帽，唧唧喳喳，不住地说笑，不住地叫人。一个女招待不时出现，很忙，手里拿着戏票，推送着一位先生和一位太太坐下。男的穿着礼服，女的顾长而身体弯曲，正慢慢地四面张望。

楼下有两个少年人进来了，他们站着张望，其中有一个年纪大些，身体高大，嘴上有两撇小胡子的，向另一个嚷道：

"爱克多，我同你说的什么话来？你看，我们来得太早了。你本该让我从容地吸完了我的雪茄才是。"

一个女招待走过，用对待熟客的语气说：

"呀！福歇利先生，非到半个钟头以后是不会开演的。"

爱克多长而瘦的脸孔上现出不如意的样子，埋怨说：

"那么，为什么他们的广告上说是九点钟呢？克拉丽丝是个剧中人，她在今早还对我发誓，说一定在正九点开演哩。"

一会儿，他们住口了，抬起头向黑暗的包厢望去。院里的灯光还不很亮，那些包厢是用绿纸糊的，越发形容得黑暗了。楼下的包厢简直是漆一般黑。楼上中间正面的包厢里仅仅有一个胖妇人，倚在厢栏上。楼上两旁靠戏台的包厢还在空着，这些包厢在好些高大的柱子中间，厢栏上垂着绣球。那一盏水晶的大挂灯放出些短短的火焰，像一阵轻尘，把一间白色而塑金的戏院埋没了。

"你给绿西订了靠台包厢的位置吗？"爱克多问。

"是的"，另一个答，"但是好容易才订了下来！……唉！绿西呢，她是绝对不会到得太早的！"

他轻轻地打了一个呵欠，静默了一会儿，又说：

"今天算你有运气；你还没有看过初次开演的戏……这一本《黄发的梵奴》将来会成为本年的盛事。人家已经宣传了半年了。呀！亲爱的，一场音乐，一只狗！……鲍特那富晓得做事，他特地保留这本戏剧到开展览会的时候才开演。"

爱克多专心地听他说完，问道：

"娜娜呢，她是一个新明星，梵奴该是她扮的，你认识她吗？"

福歇利把双臂举起，嚷道：

"好！你又来！今天一天到晚你们专把娜娜来麻烦我，我遇见几十个人都是这样说，东也问我娜娜，西也问我娜娜！我晓得吗？巴黎所有的野女子我都认识吗？……娜娜是鲍特那富创造出来的，大约总不是好东西！"

他安静了。然而他的眼里看见黯淡的灯光，耳里听见唧唧喳喳的私语声与劈劈拍拍的开门声，又不耐烦起来。他突然又说：

"唉！不行！这里怪闷煞人的，我要出去了……也许我们在下面可以找到鲍特那富，问他一个详细。"

下面用大理石铺地的通过室里是验票处，已经有些人在那里等候着。在三个开着的铁栏外望出去，则见大马路上的忙忙碌碌的生活，乃是4月的良宵里的喧嚣。车声辚辚，到门骤止；许多小门开阖有声；众人分为小队走进来，先在验票处停一停，然后上了阶沿。女人们上阶沿的时候，还从容地裹她们的身子。在煤气灯光之下,戏院简单的点缀更显得空无所有。纸糊的柱子上,高高地贴着许多广告,广告上都是黑色的两个大字:"娜娜。"许多男子走过的时候,停脚看字;还有些人站在门口谈话,拦住了进口的路;同时,在卖票处的旁边有一个身体粗大、面阔而剃了胡子的男人正在不好气地答复那些坚持要位置的人们。

"鲍特那富在这里了。"福歇利一面下阶沿,一面说着。

但是那戏院经理鲍特那富早已看见他了,远远地嚷道:

"喂! 你真是好人! 我请您做介绍的文章,原来您是这样办的! ……今早我打开《费加罗报》一看,一个字也没有。"

"请您等一等呀!"福歇利答,"在我做文章介绍您的娜娜以前,我总得先认识她才是道理……而且我并没有应承您什么。"

他为着要打岔子,趁势介绍他的表弟爱克多·法鲁华斯,说爱克多到巴黎来完成他的学业。那经理用眼睛把爱克多估量了一番。爱克多也细看了他一番,心里很有感触。原来鲍特那富像狱卒般对待女人们,脑里时刻只想宣传他的生意。他随意乱嚷,乱吐痰,拍大腿。爱克多自以为应该找一句客气的话来说才好,于是他委婉地说:

"您的戏院……"

鲍特那富不慌不忙地打断了他的话头,说出一个杜撰的字眼,表示他喜欢人家说老实话:

"请您不要说我的戏院,只说我的'波尔呆'①就是了。"

于是福歇利笑着表示赞成他的话,爱克多碰了这钉子,把预备恭维他的话吞进了肚子里,勉强表示玩味他的言语。当时有一位戏剧批评家进来,他在报纸上很有权威,鲍特那富连忙上前与他握手。握手回来的时候,爱克多的神气已经复原了,因为他恐怕现出对付不来的样子,以至鲍特那富把他当做外省的不见世面的小子。

——————————

① "波尔呆"(Bordel)是巴黎的俗语,意思是说那些专靠女伶们招徕观众的戏院,这种戏院里的女伶并没有做戏的艺术。

他硬要找些话说,于是重新说道:

"人家说娜娜的嗓子妙得很。"

"她吗! 她活像一个抽气筒!"鲍特那富耸肩说。

爱克多连忙接着说:

"而且她是一个好极了的女伶。"

"她吗! ……一个包裹! 她竟不晓得手脚该放在什么地方!"

爱克多脸上有点儿红,越听越不懂了,吃吃地说:

"我无论如何不肯错过这第一次的开演。我晓得您的戏院……"

鲍特那富又打断他的话头,冷冷地表示自己是一个自信而固执的人,说:

"请您不要说我的戏院,只说我的'波尔呆'吧。"

当是时,福歇利很安静地注视进来的女人们,忽然看见他的表弟瞠目张口地不知该笑呢还是该生气,连忙走过来解围,说道:

"爱克多,你就顺了鲍特那富的意,把他的戏院叫做'波尔呆'吧,因为他喜欢这样寻开心……鲍特那富,您呢,您也不必叫我们久候。如果您的娜娜唱做都不会,您只好失败,还有什么好说的?我恰担心这个呢!"

鲍特那富听了,涨红了脸,嚷道:

"失败! 失败! 哪里! 一个女人须要会唱会做吗? 唉! 朋友,你太傻了! ……娜娜不会唱做,却会做另一件事,有了这一件事,什么都可以替代了。我嗅过她,她的气味很强;要不是呢,就算我的鼻子不灵! ……将来你看,将来你看,她只要一登台,人人都不会不喝彩的。"

他举起他的一双肥胖的手,手因心里高兴而震颤了;他说了话之后,气消了,把声音放低,喃喃地像对自己说:

"是的,她会发达的,呃,不错! 是的,她会发达的……唉! 一块肉! 唉! 一块肉!"

后来福歇利质问他，他愿意详细地把娜娜的事说出来；但是他说的是些很粗的话，令爱克多听来很难为情。原来当初他认识了娜娜，不久之后他就想要抬举她。恰好那时候他在找一个女伶扮演梵奴仙女，于是他就把她充数了。他从来不受一个女人歪缠许久，所以他想要即刻献给民众。但是他的戏院里本来有一个明星，名叫洛丝·米让的，她是一个会唱会做的演员，听说鲍特那富找了娜娜来，于是她天天说她要罢手不干，竟成了娜娜的仇敌。为着广告的事情，也就很为难。结果是他决定把她们两人的姓名都用一样大小的字登在广告上，因为他恐怕她心里不舒服。至于那些小女伶如克拉丽丝、西曼之类，如果她们走路的姿势不正，他就在后面把脚踢她们；不这样呢，就没法子生活下去。他把她们发卖，这些贱丫头的价值他是知道的！

他叙述到这里，忽然中止，嚷道：

"呃？米让与史丹奈来了！你们须知史丹奈已经觉得洛丝很讨厌，所以她的丈夫米让一步也不放松他，恐怕一松手他就跑了。"

戏院的列灯照在走道上，显出一块光明。灯光直照到一条柱子上，令人远远地望得很清楚那些广告，如同白昼一般。马路上浓黑的夜给许多灯火照得鲜明，熙熙攘攘的民众还在那里忙着奔走。有许多人并不即刻走进戏院里来，先在外面吸着香烟谈话，灯光照着他们，令他们的面色变为淡白，他们的影子却变浓了。米让是一个风流男子，很高大，他的头很像一个大力神的头。他拉着那银行家史丹奈，从人丛中挤开一条路来。史丹奈长得很矮，肚子却是丰满的，脸部圆圆的，带着斑白的胡须。

只听得鲍特那富向那银行家史丹奈说道：

"喂！昨天您在我的办事室里遇见的就是她。"

"就是她吗？"史丹奈说，"我也猜是她。不过她进去的时候恰是我出来的时候，所以我看不清楚她。"

米让听着，低了头，把手指上的一枚钻石旋转，显出不安宁的

样子。他懂得他们说的是娜娜。后来他又看见鲍特那富把娜娜的
一张相片交给史丹奈，史丹奈看得眼里起了欲火，他忍不住插
嘴说：

"亲爱的，不要说了吧！不久观众就会赶她走的……史丹奈，
我的好朋友，您须知我的妻子在化妆室里等候您呢。"

他说着，想要拉史丹奈走；然而史丹奈却不肯离开鲍特那富。
在他们的前面，买票的人们正在排班等候，十分拥挤。只听得一阵
喧嚣，大家口里都是"娜娜"二字。有些男人们站在广告的前面，竟
高声把这二字念了又念；又有些男人们正在走过，一面走，一面还
是唱着"娜娜"，作疑问的口气。至于那些女人们却很不放心，微笑
地娇声念这二字，有诧异的样子。没有一个人认识娜娜。她是什
么地方掉下来的？于是大家叙述故事，唧唧喳喳地低声说笑话。
娜娜这一个名字很动人，念起来很顺口，只须轻轻地说了出来，便
博得大家欢喜。巴黎人的狂气是十足的，大家都热烈地怀抱着好
奇的心理，大家都想要看见娜娜。以至于一个妇人的长袍上的飘
带给人家挤脱了，一位先生的帽子也失去了。有二十多个男子围
着鲍特那富质问，鲍特那富嚷道：

"呀！你们问得太多了！等一会儿你们就可以看见她……我
要走了。人家需要我。"

鲍特那富很欢喜，以为他已经鼓动了民众的好奇心。他走了
之后，米让耸了耸肩，再对史丹奈说洛丝在等候他，要把她预备在
第一幕穿的服装给他看。

忽然间，爱克多向福歇利说道：

"喂！绿西来了！她正在下车哩。"

原来这就是绿西·斯特哇尔。绿西是一个四十多岁的丑妇，
颈很长，脸很瘦，嘴很肿，但是她很活泼风流，竟自有她的韵致。她
引了嘉洛林·爱佳与她的母亲来。嘉洛林长得很美，却很冷；她的
母亲很有大家风度，只嫌呆板了些。

绿西向福歇利说道：

"你跟我们来吧，我已经给你留了一个位置。"

"呀！不行！"他答，"不行！我不要坐包厢，包厢里什么也看不见！我宁愿在楼下，我已经订下一个散座了。"

绿西生气了，以为他不敢给人们看见他陪着她。后来忽然消了气，另找一个问题：

"你认识了娜娜，为什么不告诉我呢？"

"娜娜吗？我从来没有看见过她！"

"真的吗？……人家同我赌过咒，说你同她睡过觉。"

米让在他们面前用手指掩着嘴唇，示意叫他们住口。那时候恰好有一个男子走过，他就指着那人说道：

"这就是娜娜的男人。"

众人都放眼望那人，那人的样子还很脱俗，福歇利认得他，他名叫达克奈，当初他为女人们破了三十万法郎的资财，而今他在证券交易所里兜生意，还不时送些鲜花给她们，或请她们吃饭。绿西觉得他的眼睛很美。忽然她又叫道：

"呀！白兰胥来了！是她说你同娜娜睡过觉。"

白兰胥·西弗里是一个黄发的胖女子，她漂亮的脸孔变浮肿了。同她一起来的是一个瘦男子，打扮得十分齐整，有脱俗的风度。福歇利低声向爱克多的耳边说道：

"这是伊沙维耶·王多弗尔伯爵。"

那伯爵与福歇利握了一握手，同时绿西与白兰胥扯是非，大家恶狠狠地吵了一场。她们的裙子的飘带塞住了众人的去路，仍旧不住地嚷着"娜娜"二字，嚷的声音太高了，人们都侧耳听她们说。那伯爵把白兰胥带走了。然而此刻"娜娜"二字像有了回声似的，到处人们都嚷着"娜娜"。这因为他们越等越不耐烦，越不耐烦越嚷。今晚没有戏看吗？男人们掏出手表来看。迟到的人们等不到车子停了就先跳下来。还有许多人在走道上向戏院里张望。一个小浪子吹着口哨,走到戏院门前,在广告下面站着,嚷道:"哎呀!娜娜!"嚷完后仍旧走他的路,只见他拖着他的破鞋子,扭着屁股走了。一阵笑声传遍了戏院,许多很规矩的先生们也跟着念道:"娜娜!哎呀!娜娜!"大家只管向验票处拥挤,争吵喧阗,无非嚷的是娜娜,要的是娜娜,大家怀着肉欲的心理。

在喧哗的当中,电铃锵锵地响了。于是一阵欢呼,声达马路:"电铃响了!电铃响了!"大家你推我挤,各各想要先走,同时验票处的职员也就增加了。那时候史丹奈还没有去看洛丝的服装,米让很不放心,终于把他拉走了。电铃第一次响时,爱克多拉了福歇利便向人丛中猛闯,生怕错过了开幕的时间。绿西看见大家拥挤的情形,忍不住生气,"好无礼的男子们,竟敢把女人们乱撞!"她停留在后面,陪着嘉洛林与她的母亲。那时候,通过室是空了,剩下来喧器的余声在马路上。

"好像他们的戏剧都是好看的!"绿西上阶沿时还喃喃地埋怨着。

福歇利与爱克多到了戏院里,坐在散座上,重新又放眼看人。此刻屋子里变辉煌了,台上的大光灯放出黄色与玫瑰色的光芒,从屋顶直照到地下。椅上的厚绒映得格外鲜艳。台上的列灯突然一亮,像要把戏幕烧了。天气已经很热。台下乐师们对着他们的乐谱架调理他们的乐器,只听见笛子的微响、喇叭的轻叹、梵亚林的低吟,衬着观众唧唧喳喳的谈话。他们有互相推挽的,有找着位置坐下的,走廊里的人是这样多,所以每一个门口进来的人们都是很拥挤的。耳边听见的是呼唤声、衣服摩擦声,眼里看见的是短裙与黑色的男衣相映。这时一行一行的椅子渐渐充满了;某一个妇人的斜面很好看,某一个妇人的颈后有某种珠宝,在包厢里,某一个妇人赤着手臂,露出素绢般的肌肤。还有些女人们懒洋洋地挥扇,同时放眼看人们进院来。又有许多男子们站在楼下,裙子撩开着,手拿着望远镜在瞭望女人。

这时候,福歇利与爱克多放眼找相识的人。米让与史丹奈一块儿坐在楼下的包厢里,把手腕倚着厢沿。白兰胥似乎是独占一个包厢,在楼下,戏台的旁边。爱克多最注意的是达克奈。达克奈坐的是楼下散座,恰在他的前两排。在他的身边有一个少年男子,至多只有十七岁,大约是中学里逃出来的学生,张开一双美丽的眼睛在看人。福歇利看见他,微笑了一笑。

爱克多忽然问道:

"楼上那一个妇人——身边有一个穿绿的女子陪着的——是谁?"他说着,同时指着一个妇人。这妇人长得很胖,给她的胸衣扎得很紧。她本是金发的,现在发白了,便把它染成黄色。脸孔圆圆的,给胭脂涂得红红的。她频频打寒战,越发显得胖了。

"这是嘉嘉。"福歇利简单地回答。

他看见他的表弟有所感触,便又说道:

"你不晓得嘉嘉吗?……她在路易腓力①时代的初期很红。现在她每到一个地方一定带她的女儿在一起。"

爱克多并不看那少女,只不转睛地望着嘉嘉,十分动心。他觉得她还很美,却不敢说出口来。

当是时,音乐队长把小棍了一扬,全队的乐师奏起乐来,算是开场了。外面仍旧有许多人进来,越发骚动得不得了!第一次开演时的观众乃是特别的,而且是不变的;大家差不多都很熟,相逢只是微笑。有些常到的人们不揭帽子,毫不拘束地互相施礼。全巴黎都在这里了。巴黎的文学界、财政界,与娱乐场中的人们齐集。其中有许多新闻记者,又有些著作家、银行家;至于女人们呢,邪气的多,正气的少。这是混合得很奇怪的社会,他们有的是种种的天才,犯的是种种的恶习,在他们的面色看来,疲倦与热狂的神情并没有什么不同。福歇利因为他的表弟问他,于是指给他看新

---

① 路易腓力(Louis-Philippe)是 19 世纪法国的国王,他做国王的时间是从 1830 年 1848 年。

闻记者的包厢,又特别指出那些戏剧批评家,一一说出姓名。其中
有一个很瘦,容貌枯槁,薄薄的嘴唇,显出凶恶的样子;又有一个很
胖,容貌很和蔼,倚着邻座一个女人的肩,用父亲般的慈祥的眼光
注视着。

忽然间,他看见爱克多向对面的包厢的人们施礼,便诧异起
来,不再说那些新闻记者了,问道:

"怎么! 你认识那摩法伯爵吗?"

"呀! 很久了",爱克多答,"摩法有些田地很近我家的田地。
我常常到他家去走动……此刻他同他的妻子与他的岳父叔雅尔侯
爵都在一块儿。"

他见他的表兄诧异,于是他为虚荣心所驱使,说出那些人的详
细的历史来。原来那侯爵是一个国会议员,那伯爵在新近受委任
为皇后的侍臣。福歇利接过他的望远镜,瞭望那伯爵夫人,只见她
是棕色的头发,白色的皮肤,身体丰腴,一双漆黑的美眼。他结果
是向爱克多说:

"等一会儿在休息的时间内请你把我介绍。我曾经遇见过那
伯爵,但是我希望能在每礼拜二到他家参加他的集会。"

楼上一阵"嘘嘘"的声音,台上已经开幕了,还有观众进来。迟
到的人们累得全排的观众都站起来。包厢的门劈拍地响,走廊里
有人高声争吵。场中谈话的声音仍未停止,活像黄昏的麻雀,咬咬
地只管叫着。大家乱了一阵,许多人头与手臂摇动,有些人坐下去
求一个安稳,有些人却硬要站着向四面望最后一眼。楼下黑暗的
地方的人们一片声只叫"坐下,坐下!"大家心头跳着:这有名的娜
娜,巴黎替她宣传了一个礼拜,现在大家可以认识她了。

谈话的声音毕竟渐渐地低微了,只剩有轻轻的私语。在这语
声将歇、笑声渐息的当儿,音乐队奏起乐来,奏的是华尔斯,有令人
思淫的魔力。观众受了音乐的催眠,已经微笑起来。台下二等座
的头排有一班被戏院买来拍手的人们,早已热狂地鼓掌。戏幕卷

起了。爱克多还不住地说话,突然说道:

"呃?有一位先生陪伴着绿西。"

他放眼望那楼上靠戏台的包厢里,嘉洛林与绿西占着前排。包厢的后排,隐隐地可以看见嘉洛林的母亲,又看见一个高大的男子的侧面。这男子的头发是很美的金黄色,服装也非常大方。爱克多重复说道:

"你看,有一位先生。"

福歇利决定把望远镜瞭望。但是他望了一望,即刻扭过头来,毫不在意,好像这先生陪伴着绿西乃是一件很自然的事情,他只简单地说了一句:

"呀!原来是拉布迭特。"

只听得后面有人叫道:"静默!"他们只好住口了。此刻大家不动,一排一排的人头,顺序地从台前直排到二、三等座。《黄发的梵奴》第一幕的事情发生于奥伦布天国,台上布景是一个天宫,周围有的是云气氤氲,中央是玉皇的御座。先是天使伊利思与王子加尼美特出台,许多小仙们助着他们唱歌,同时陈设许多神座,预备诸神集会。戏院买来的喝彩的人们又喝起彩来,然而观众还摸不着头脑,只等候着。但是爱克多却给克拉丽丝喝彩,克拉丽丝是鲍特那富的小女人中之一个,她扮的是伊利思,穿的是浅蓝色,肩上一条很大的七色彩带下垂,围着她的身子。他低声向福歇利说道:

"你晓得吗?她脱了内衣才围上这彩带的。我们今天早上试过了……她不脱去内衣的时候,她的臂上背上都露出内衣来。"

这时候,场中稍有骚动。洛丝扮着仙女狄燕上台了,她的面貌与身材都不像仙女狄燕,又瘦又黑;然而她这样扮来有嘲讽的妙用,竟显得很动人。她一进来就唱埋怨王子马尔斯的话。马尔斯正要抛弃了她,另爱仙女梵奴。她唱得这样幽怨有情,观众都热烈起来。洛丝的丈夫米让与史丹奈肘靠肘地坐着,也殷勤地笑起来。嗣后乃是大家所爱的男伶普鲁利耶出台,全场鼓掌,他扮的是王子马尔斯,冠上有很长的羽毛,腰间一剑直达肩头。他因为狄燕对他不忠实,已经讨厌她了。于是她发誓要监视他,要对他报仇。他们对话的结果是合唱一首滑稽的歌,普鲁利耶赌气,做出很可笑的样子。他自以为他是戏院里的漂亮的小生,把眼睛打滚,令包厢里的女人们都笑起来。

后来观众变冷了,因为下面的情节令人讨厌起来。那老伶人波士克扮的是玉皇朱丕台,戴着一顶很大很大的王冠。只有他与皇后朱侬为女厨子的事吵嘴一段能博观众一笑。此后出台的诸神,几乎把全剧弄坏了。大家不耐烦起来,渐渐觉得无味,都回头望戏座上的人。那时候,绿西对拉布迭特笑;王多弗尔伯爵在白兰胥肩后伸长了颈;同时福歇利丢眼角审视那伯爵摩法。摩法伯爵神气庄重,似乎看不懂那戏;那伯爵夫人隐隐地微笑,眼睛呆着,正在想入非非。忽然间,戏院里买来喝彩的人们在大家不舒服的时候拍起手来,掌声雷动,大家转头向戏台上望去。这一次大约是娜娜了?娜娜教人等候得好苦!

谁料这一次还不是娜娜,只是一群尘世的代表,由伊利思与加尼美特导引进来。原来这些都是世家子弟,他们的妻子都偷了人,特此到来投诉玉皇,告的是仙女梵奴鼓励他们的妻子偷人的勇气。他们合唱的声音很可怜,惹得大家都开心。只听得全场一片声说道:"这是乌龟的合唱,这是乌龟的合唱。"于是大家都叫:"再来一个!"台上唱歌的人们一个个都是滑稽的脸孔,大家觉得他们真像乌龟。尤其是当中有一个胖子,他的脸竟像月亮般圆。后来梵奴的丈夫吴尔刚来了,他气冲冲地问他的妻子在不在这里,因为梵奴已经逃走三天了。于是乌龟们齐声合唱,求这一位乌龟之神息怒。扮吴尔刚的乃是方丹,是戏院里最滑稽的丑角,专会扭屁股。头上有火一般红的假发,两臂袒着,臂上刺绣着许多心,心上有箭洞穿着。台下一个女人忍不住高声叫道:"呀!他是多么丑啊!"全场的女人都笑着鼓掌。

嗣后这一出戏似乎是无穷尽的。玉皇只管召唤许多神仙来开会审判那些乌龟的诉状。始终没有娜娜！人家竟把娜娜留到闭幕的时候吗？观众等候太久了，结果是生气起来，又唧唧喳喳地喧哗一番。米让欢天喜地地向史丹奈说道：

"不行了，等一会儿您看，她要倒霉了！"

此刻戏台后方的云展开一道裂痕，梵奴出现了。扮梵奴的娜娜身材很高，以她的年纪而论，十八岁的女子，算是很壮大的了。她穿着仙女的白衣，头上的金发垂在肩上，向观众微笑着走到台前，开始唱她的长歌：

"梵奴在晚上徘徊……"

唱到第二句的时候，台下大家你望我，我望你。鲍特那富打赌的话竟是笑话了！从来没有这样不合节奏的歌腔！怪不得戏院老板说她是一个抽气筒。而且她的做工也很坏，她把身体左右摇摆，同时伸手向前，大家觉得她不合家法，而且失了风韵。二、三等座里早已有人喝倒彩，"哦哦"的声音叫不住口。同时却在头等散座里有一个少年人用深信不疑的语气叫道：

"妙得很！"

全场的人都放眼观看，原来那少年就是那中学生，他瞪然地张开了两眼，他的面因为看见娜娜而放光了。当他看见人们都掉转头望他的时候，他的面变红了，后悔不该不知不觉地高声说了那么一句。达克奈坐在他的身旁，微笑地审视他；观众都笑起来，忘记喝倒彩了。同时有些带白手套的少年男子们也给娜娜的容貌迷住了，同声喝彩道：

"对了，好啊！妙啊！"

娜娜看见台下的人们笑，她自己也笑起来。全场的乐趣越发增加一倍。这美女子算是奇怪得很，她一笑，颔下便起了一道很动人的笑涡。她毫不觉得难为情，与观众一见就熟，把眼角一丢，像是说她的技艺不值一钱，然而这不要紧，她有别的东西可以抵消。

只见她把手向台下音乐队长一招,意思是说"做下去吧",于是她又唱第二段:

"半夜时,是梵奴经过……"

她的嗓子仍是一样的涩,但是此刻她搔着了观众的痒处,大家不时给她惹起轻微的寒战。她唱时仍旧微笑,她红色的嘴与蓝色的眼睛都增加了媚态。她唱到吃力的句子的时候,她的鼻孔掩下了,同时她的脸起了一阵红晕。她继续地把身体左右摇摆,其实她只晓得如此做。但是大家已经不觉得她这姿势难看,倒反觉得好看了;男人们一个个把望远镜描射她。当她唱完了这一段之后,歌腔完全没有了,她自知不能支持到底。于是她不慌不忙地把屁股一挺,在薄薄的衣服里表现出一个圆形;把身子俯着弯下去,乳部倒垂,双臂前伸。台下一片声喝彩。她即刻掉转身走上去,给人家看见她的颈窝儿与脑后一丛赭色的头发。台下的彩声越发热烈了。

这一幕戏剧的后段比较地冷些,吴尔刚想要打梵奴的耳光。神仙们开会决议他们先到尘世里考察一番,然后替那些被负的丈夫伸冤。在那时候,狄燕听见了梵奴与马尔斯说了好些情话,于是她发誓在旅行的时候决不离开他们。又在一出里有一个十二岁的女孩扮一个爱神,人家无论怎样询问她,她只答道:"是的,妈妈……不是的,妈妈。"声音带哭,同时把手指抹鼻涕。惹得玉皇生气起来,把爱神关在一间黑室里,罚他把"爱"字的动词变化共做二十次。收尾的时候,大家比较地有兴趣,因为伶人们的音乐队唱着合奏曲,非常热闹。但是,幕下后,戏院买来拍手的人们努力要叫她再出台,而观众都置之不理,大家站起来,向门口走去了。

这时候,观众互相拥挤践踏,在一排一排的椅子中间,互相交换意见。只听得众口同声说道:

"这是糊里糊涂的!"

一个批评家说这剧该从此收场,但是剧本没有多大关系,人家只谈论娜娜。福歇利与爱克多从头等座出来,在楼下的走廊里遇着史丹奈与米让。这煤气灯照耀着的狭小的走道,令人呼吸不来。他们在右边的楼梯下停了脚步,站了一会儿。二、三等座的观客的鞋声橐橐地不住地响着,一群穿黑色晚服的人走过;一个女招待员看管着一张椅子上的几件衣服,椅子给人们挤得时时动摇,她拼命把它扶着。史丹奈一眼看见了福歇利,就嚷道:

"我不认得她吗!老实说,我似乎在什么地方看见过她……我想是在游艺场,那时候她醉得很厉害,人家还在地下把她扶起来呢。"

"我呢",福歇利说,"我记不清楚了。我也像您一样,我一定也遇见过她。……"

他把声音放低,又说:

"也许是在特丽恭家里。"

米让听了,似乎愤愤不平,说道:

"妙啊,竟在一个污秽的地方!随便的一个肮脏的女人到了戏院来,观众竟如此欢迎,说来令人作呕。我想不久戏院里就没有正气的女人了……是的,我终于要禁止洛丝做戏了。"

福歇利忍不住微笑。那时阶沿上的鞋声一味响着,一个戴着鸟打帽的男子说道:

"哦!哈,哈!她是好一个肥鸡,教人有的吃了!"

在走廊里,有两个卷发的少年,颈上围着折角的领子,很大方的样子,在那里互相争辩。有一个连声说:"下流种子!下流种子!"却不说出理由;另一个连声说:"妙人儿!妙人儿!"却也并不找什么论据。

爱克多觉得娜娜很好;但她如果练习歌喉,那就更好了。那时史丹奈不听人家说话了,像是梦中惊醒。大家都以为应该等候再批评,也许后几幕都糟了,观众曾经表示欢迎,然而他们并不怎样感动。米让赌咒说,这一本戏剧一定做不完。这时福歇利与爱克

多离了他们,上休息厅去了,于是米让握着史丹奈的臂,将身挨近了他的肩,附耳低声说:

"亲爱的,等一会儿您在第二幕里可以看见我妻子的服装了……她的服装竟是猪猡的服装!"

楼上休息厅里,三盏大光灯高悬着,照耀得全厅通明。他们表弟兄二人踌躇了一会儿,不想进去,因为他们从玻璃门望过去,见许多人头攒动,拥挤不堪。然而他们到底进去了。厅里有五六群的男子,指手画脚地高声谈话;其余的男子们顺次地走,转弯时脚跟打着光滑滑的地板。左右边,云母石的柱子中间,好些女人坐在红绒垫着的长凳上,注视散步的人群,看她们懒洋洋的,像是被暑气熏蒸得疲倦了。她们的身后恰是许多高镜子,人家可以在镜子里看见她们的脑后的垂鬌。厅的后方,买卖摊前,有一个大肚的男子正在那里喝一杯糖水。

福歇利为着要呼吸,便去倚窗外栏杆。爱克多正在对着墙上细看女伶们的相片,看见福歇利走开了,也只得跟他走开。恰在这时人家把戏院门前的列灯熄了,窗外的栏杆黑暗起来,同时天气变凉,他们感觉得空虚。一个少年男子,肘倚着石砌的栏杆,嘴吸着一支香烟,烟灰在黑暗里放光。福歇利认得是达克奈,于是二人握手。福歇利问道:

"亲爱的,您在这里做什么呢?平日遇着戏剧初次开演的时候,您是不离戏座的,现在您竟到这小角儿上躲起来了。"

"我因为要吸烟,您看。"达克奈答。

于是福歇利说话妨碍他吸烟:

"喂!您觉得那新女伶怎样?……在走廊里,人家的批评都不很好。"

"唉!"达克奈说,"说她的坏话的乃是她所不要的男子们!"

这就是他对于娜娜的批评。这时爱克多弯腰俯视马路。对面的一间旅馆与一间俱乐部的窗子都有很亮的灯光;同时走道上,马特利特咖啡馆的桌子都给顾客们占满了,黑压压地坐在一团。时间虽则很晚了,走路的人还是拥挤不堪,大家都迫得走小步。许多人从朱弗莱路出来。马路上的人们要等候五分钟才能穿过街道,因为来往的车辆太多了。

"何等的拥挤!何等的喧哗!"爱克多连声说着,因为他还看不惯巴黎。

一阵电铃响了许久,休息厅里空了。大家匆忙地挤满了走道。戏幕卷起了,人们还一群一群地进来,已经坐下来的观客不好气地望着他们。各人就座后,重新又兴高采烈地专心等候着。爱克多首先就放眼望嘉嘉;但是他诧异起来,因为他看见刚才在绿西的包厢里的那一个高大的黄发男子却在嘉嘉的身边了。

"这位先生叫什么名字?"他问。

福歇利不看他。结果只说了一句,仍旧带着不关心的神情:

"呃,是的,这是拉布迭特。"

第二幕的布景是出人意外的,这是郊外的一个跳舞场,许多村男女唱着舞曲,用脚跟击地做拍子。大家料不到他们这样能够博得人们的欢心,竟拍掌叫他们重唱。这时候,诸神给伊利思弄迷了路,以为认识尘世了,便来从事考察。他们都改了装,好教人家不认识他们。玉皇朱丕台化作国王达哥贝尔,穿的是反面的裤子,戴的是很宽的白铁王冠。朱丕台的儿子费博化作波斯第阳,朱丕台的女儿米奈尔富化作诺曼地的奶妈。后来是马尔斯化作一个瑞士大将进来,他的衣冠很稀奇,大家都拍手欢迎。最后是朱丕台的弟弟尼布度纳登台,穿的是一件粗衣,戴的是高高的一顶鸟打帽,脚下一双拖鞋子,腻声说道:"一个男人长得美的时候,就要让女人爱才是!"台下叫了几声"哦!哦!"同时妇人们把扇子轻轻举起。戏台旁边包厢里的绿西笑得太唐突了,嘉洛林只好把扇子轻轻地打她一下,叫她住口。

这时候,这剧本转危为安了。一班宗教上的神圣,降下凡尘,做些伤风败俗的事,正合观众的脾胃;圣传是该践踏的,圣像是该打破的。玉皇朱丕台爱上了一个洗衣女,那洗衣女把脚踢他的鼻子,叫一声"我的胖伯伯!"全场都笑起来。在大家跳舞的时候,费博替米奈尔富买了一壶热酒,尼布度纳昂昂然在七八个女人当中摆架子,她们都献糕团给他吃。他们在神圣的言语里隐藏着淫邪的言语。观众许久以来不曾听见这样有趣的话头,自然都欢喜了。

大家胡闹了一阵,吴尔刚出台了。他的装束很大方,全身穿的是黄色,手套也是黄的,右眼上一只眼镜,一味追随着梵奴。梵奴头上披着一块帕子,双乳隆起,上面有金珠掩盖着。娜娜丰腴皎洁,她的嘴与大腿都恰合梵奴的身份,所以全场的人都满意了。同时洛丝扮着一个小孩,戴着童帽,穿着童衣,发出狄燕的怨声。她的做工唱工都好,然而人家却忘记她了。大家只看那肥胖的娜娜,手拍着她的大腿,像一只母鸡般叫,身上发泄出有权威的女人气味,全场都为她心醉了。在这第二幕里,她的唱做,一切都是容许的:手脚乱放,不要紧;口里唱的不合节奏,不要紧;忘记了字句,也不要紧。她只消回头一笑,立刻博得彩声。当她把屁股一扭的时候,全场的人都受了刺激,一段热气从楼下直透屋顶。她从容不迫地,捏着拳,又着腰,坐在小河里。台下的音乐也像为她而设的,只是些箫笛之类,咿咿哑哑,凑合她的歌喉。

大家喝彩,叫她重唱了两阕。开场时的华尔斯曲又奏了,台上诸神纷纷走散了。朱丕台的妻子朱侬撞见了她的丈夫同那洗衣女在一块儿,便伸出巴掌在他头上狠狠地打。狄燕也撞见梵奴正在与马尔斯约会,连忙把时间与地点告诉了吴尔刚,吴尔刚嚷道:"我自有主意。"其余的情节不很明了。诸神的考察从此匆匆地收场;最后是朱丕台气喘喘地、汗流浃背地、不戴王冠走着说尘世上的女人们都是妙人儿,所有的罪过都归在男人们身上。

幕下了,台下喝彩声中许多人高声叫道:

"都出来! 都出来!"

于是戏幕又启，伶人们手拉手地都再出来。娜娜与洛丝并肩站在当中，向台下鞠躬施礼。台下一片声喝彩，戏院里买来的人们越发欢呼。后来戏座里的人才渐渐地走开了一半。

"我要去向摩法伯爵夫人请安。"爱克多说。

"对了"，福歇利答，"请你给我介绍，我们上去了，然后一块儿下楼来。"

但是要到楼上包厢去，乃是不容易的事。楼上的走廊里拥挤不堪。要前进的，非用肘排开众人不可。只见许多人聚精会神地围绕着那一个肥胖的批评家，听他批评这剧。有些人从他的跟前走，悄悄地互相告诉他的名字。在全幕开演的时间内他都笑着，弄得走廊里闹哄哄的。然而他却表示很庄严的样子，谈欣赏的能力，谈道德。

福歇利丢眼角从门上望过去，窥看各包厢。王多弗尔伯爵叫住了他，问他到哪里去。他说要去向摩法夫妇请安，王多弗尔恰从摩法的包厢出来，便指给他们表弟兄二人看，原来是包厢第七号。后来他又低声向福歇利说：

"喂！亲爱的，有一天晚上我们在勃罗旺斯路角看见的一个女人，一定就是娜娜……"

"呃"，福歇利答，"您说得有理。我早就说我认得她哩！"

爱克多把他的表兄介绍给摩法伯爵，摩法表示很冷淡的样子。但是，那伯爵夫人听见了福歇利的名字，便把头抬起来，称赞他在《费加罗报》上做的好文章。她肘倚着红绒的厢栏，把身子扭转了一半，肩的姿势很好。大家谈一会儿，便说到全球展览会。那伯爵摆着官家的架子，说：

"将来一定很好看。我今天游览了马斯尔苑……归来后还留恋着呢。"

爱克多大着胆说：

"人家说这展览会恐怕不能如期开会……因为地方太脏了，一时预备不来……"

但是那伯爵用严厉的声音打断他的话，说：

"一定能如期开会的……这是皇帝要做的。"

于是福歇利兴高采烈地叙述，有一天他到马尔斯苑去寻找新闻资料，那时展览会场正在兴工，他险些儿堕在水池里。惹得伯爵夫人微笑了。她不时放眼望着戏座里，同时把一只手臂举起，手套直套到肘上，懒洋洋地打扇。戏座几乎是空了，再不像刚才那样喧哗。楼下有些男人展开报纸看着；女人们毫不拘束地竟在戏院里招待宾客。幕闭时人们走动所惹起的轻尘在大光灯下微现，场中剩有唧唧喳喳的耳语之声。门口却有些男子伸长了颈项，大家争看戏座里坐着的女人们。

"下礼拜二，我们恭候先生们。"伯爵夫人向爱克多说。

她邀请福歇利，福歇利鞠躬。大家并不谈及娜娜。那伯爵保持着他的尊严，教人猜说他在参加宪法会议。他只说明他们这一来，为的是他的岳父喜欢看戏。他的岳父叔雅尔侯爵为着让位给福歇利二人，特地出去了，包厢的门开着。那侯爵戴着阔檐帽子，挺着高高的身子，把一双昏花老眼注视着来往的女人。

伯爵夫人说了邀请的话之后，福歇利即刻告别，因为他以为如果谈论到这剧本，就有许多不便。爱克多后出，他在临出时瞥见那黄发的拉布迭特坐得很舒服地与白兰胥谈话，二人挨得很近。他连忙赶上了他的表兄，说道：

"奇了！拉布迭特什么女人他都认识吗？……此刻他又陪伴着白兰胥了。"

"当然啦。他认识一切的女人"，福歇利答，"你从哪里出去呢？"

走廊里不像先前拥挤了。福歇利正要下楼，只听得绿西叫他。原来绿西在走廊的尽头，在她的包厢的门口。她说包厢里热得不堪，所以她拉了嘉洛林与她的母亲出来，三人占住了一段走廊，大家在吃杏仁糖。一个女招待员同她谈话,像母亲般亲热。绿西骂福歇利,说他做的好事,上楼来只看望别的女人,却不曾到她们的包厢里问一声她们是否口渴!后来她不提这话了,说道:

"亲爱的,我觉得娜娜很不错。"

她想要他在她的包厢里看最后一幕,他不肯,只答应说散场后在戏院门前等候她们,于是就溜走了。到了下面,表弟兄两人对着戏院门前吸香烟。走道上许多人堵住,一排一排的男子走下阶沿,呼吸清新的夜气;这时马路的喧嚣已经大减了。

这时米让已经把史丹奈拉进了陆离咖啡馆。他看见娜娜有了成绩,便兴高采烈地谈论娜娜,一面说,一面窥探史丹奈的神情。他是知道史丹奈的,他帮助他两次辜负了洛丝,与另一个女人要好;结果是一时的嗜好过了,他把他收回来,越发死心塌地,自知愧悔。在咖啡馆里,喝咖啡的人太多了,竟把大理石的桌子占满;还有些人是站着匆忙地喝的。许多大镜子照着这许多人头,把一间小厅形容得很大。厅里有的是三盏大光灯,许多漆皮凳子,还有红绒垫着的楼梯。史丹奈走到第一个客厅里坐下,这厅的门向着街道,天气还不很热,厅门已经取消了。福歇利与爱克多走过,给那银行家史丹奈拉仕了,说:

"请你们来陪我们喝一杯啤酒吧。"

但是史丹奈忽然有了一个主意,想要买一个花篮送给娜娜。于是他叫了咖啡馆里一个伙计来。他本是一个老主顾,知道伙计的名字,便叫了一声奥古斯特。米让听见了,眼怔怔地望着他,他心里不自在,只好吞吞吐吐地说道:

"奥古斯特,请您买两个花篮交给女招待员,每一位女演员送她一篮。请您趁早送去,好不好?"

厅的另一头,有一个至多十八岁的女子,颈后倚着一个镜屏,对着一只空杯子发呆,像是等人不来,因而纳闷似的。她有的是带灰色的天然卷曲的头发,处女的面容,天真而和婉的、乌绒般的眼

睛;身上穿的是一件褪色的绿绸长袍,头上戴的是一顶破帽子。夜气微寒,把她的脸色弄得淡白了。福歇利一眼看见她,就嚷道:

"呃!萨丹在这里!"

爱克多问他萨丹是什么人,他说她只是走街的一个女子,值不得提起。但是因为她放荡不羁,大家乐得同她谈话寻开心。福歇利把声音提高问道:

"萨丹,你在这里做什么?"

萨丹不动,安静地答道:

"我在闲着捉虱子,闷得慌。"

四个男子都觉得有趣,笑起来。

米让说大家不必忙,第三幕的布景非二十分钟做不好。但是他们表弟兄两个因为怕冷,所以喝了啤酒就要上去。现在只剩下米让单独陪着史丹奈。于是他肘倚着桌子,朝着史丹奈的脸孔说:

"是不是?话说定了,我们到她家去,我把您介绍给她……您须知这是我们二人的事,我的妻子没有知道的必要。"

福歇利与爱克多回到他们的座位之后,注意到第二等包厢里有一个漂亮女人,穿的是朴素的衣服。她的身边有一个男子陪着,这男子相貌庄严,是内务部某处的处长,爱克多在摩法家遇见过,所以认得他。至于福歇利呢,他以为他认得那女的是罗贝尔夫人:她是一个正气的妇人,只有一个情郎,并没有三五个,而且她的情郎总是可尊敬的。

他们忽然听得达克奈对他们笑,他们不得不转身应酬。现在娜娜有了成绩,达克奈再也不躲起来了,刚才他还在走廊里奏凯旋呢。他的身边那一位中学生始终没有离开他的椅子,因为他羡慕娜娜,不觉发呆了。女人的魔力真强啊!他的脸孔变得很红,机械地把手套褪了又套上。后来他身边的达克奈谈起了娜娜,他大着胆问道:

"对不起,先生,这做戏的女人,您认识她吗?"

达克奈觉得诧异,迟疑地回答道:

"是的,我颇认识她。"

"那么,您是知道她的住址的了?"

这一句唐突的话,恰向达克奈发问,真令他恨不得打他一个耳光。

"不。"他不好气地回答。

他把身背转去了。那中学生晓得刚才说话不知进退,脸孔越发红了,心神不定地坐着。

只听得台上的号板响了三下,第三幕又开始了。许多女招待员捧着男女外套,迎着进来的观众,硬要还给他们。台下戏院里买来喝彩的人们拍手称赞布景。原来台上的布景是爱特那山下的一个岩洞,岩下许多银矿,弄得四壁辉煌。岩的后方是吴尔刚的铁厂①。狄燕在第二幕里已经与吴尔刚约好,叫他假作旅行,让梵奴与马尔斯幽会。吴尔刚走后,狄燕只一人在岩洞里,转瞬间梵奴就到了。全场起了一阵寒战,原来娜娜是裸体的。她安然地大着胆裸体,自信她的肉体有无上的权威。她的身上只披着一幅透明的轻纱;她的肩膊是浑圆的,她的双乳耸着玫瑰色的乳尖,乳尖结实,似两枝枪头。她的屁股很宽,摆动时引起人们的肉感;她的大腿显得是肥胖的金发女子的大腿。在白露般的轻纱之下,她的整个的身体都给人们看出来了。这所谓出水的梵奴只有头发遮盖着。当娜娜举起双臂的时候,由台前的列灯照着,台下的人们隐隐地看见她腋下的金色毫毛。此时没有喝彩的声音了。再也没有一个人笑了。男子们严肃地伸长了脸孔,鼻子变瘦小了,口里干燥得没有一滴津液。场中如有一阵薰风掠过,带着无言的威吓。忽然间,娜娜挺直了身子,表示女性的疯狂。她仍旧微笑着,但这却是吃人的女性的微笑的尖锐的声音了。

---

① 依照古代的传说,吴尔刚(Vulcain)是梵奴的丈夫,容貌丑陋,在爱特那山下设铁厂铸铁。

"呀!"福歇利简单地向爱克多说。

这时马尔斯戴着军官的羽冠,来赴幽会,恰好遇着这两个仙女。其中有一出,扮马尔斯的普鲁利耶表演得很入戏。狄燕在吴尔刚未撞见马尔斯以前,拼命与他温存,作最后的努力;同时梵奴因有情敌当前,越发向马尔斯献媚,弄得马尔斯心痒难搔,快活得手舞足蹈。后来三人合唱一曲作为此出的收科,只见一个女招待员从绿西的包厢里出来,把两大篮的白丁香花抛到台上。台下大家拍掌,娜娜与洛丝施礼道谢,同时普鲁利耶把花篮拾起。楼下一部分的观众回头向史丹奈与米让的包厢微笑。那银行家涨红了脸,颔下有些小动作,好像他觉得喉咙不舒服似的。

往后的几出更受欢迎。狄燕气冲冲地走了。梵奴坐在一张青苔凳上,即刻叫马尔斯来坐在她的身边。从来没有人敢做这样热狂的诱惑。娜娜双手揽着马尔斯的颈,拉他。同时吴尔刚从岩洞的后方出现,做出种种滑稽的愤怒的样子,过度地形容一个丈夫当场捉奸的情形。他手拿着一面铁丝网,一霎时,他把网子左右摆动,像一个渔翁正要撒网一般,他用了一个绝妙的方法,竟把梵奴与马尔斯裹在铁网里,使他们动弹不得,永远成为快乐的一双情人偎倚的姿势。

台下一阵嘟哝的声音,渐哄渐高。有些人拍手,大家都把望远镜瞄射梵奴。娜娜渐渐管领了观众,此刻每一个男子都着了她的魔了。她这狂雌求雄的热感,渐传渐广,此刻竟传遍了全场。这时候,她的一举一动都能引起人们的欲望。福歇利注意看他前面的中学生,只见他心迷意乱,竟坐得不舒服。福歇利又注视那王多弗尔伯爵,只见他的面色大变,双唇紧闭。那肥胖的史丹奈像中风一般,容貌憔悴了。拉布迭特举起单眼镜瞭望,活像一个马贩子在欣赏一匹尽善尽美的骏马。达克奈喜气洋洋,耳目都添了光彩。后来福歇利丢眼角向后面一望,望见摩法他们的情形,令他诧异起来:摩法伯爵在他的夫人后面,脸色庄重而淡白,加上一点一点的红痕，把身子抬高些，嘴呆开着。他的身边，黑暗里，叔雅尔侯爵的一双昏花老眼变了一双镀金的、磷光的猫眼。大家呼吸不来，因为观众的头上出汗，把头发的气味变腻了。看戏三小时之久，场中空气都被人的体气溷浊了。煤气里的尘埃渐积渐厚，在大光灯下积着不散。全场的人都昏迷疲怠，同时又着了兴奋剂。娜娜对着这五百个疲劳的观客，在他们昏昏欲睡的当儿，竟用她大理石般的肉体得了胜利。她的女性真是可以扫荡千军，不受丝毫伤损。

现在是剧本的收场了。奥伦布天国诸神因为吴尔刚邀请，一一都出来看那一双情人，有的叫一声"哦"，有的叫一声"呀"，或吃惊，或快活。朱丕台说："我的儿，你叫我们来看这个；我觉得你太轻佻了。"后来大家因看见梵奴的情形，都改变意见了。伊利思重新把一群乌龟领了出来。乌龟们恳求玉皇不再处理他们的请愿，因为妇人们住在家里之后，做丈夫的生活就艰难了，所以他们情愿被妻子辜负，做个乌龟也自甘心。于是玉皇叫放了梵奴。吴尔刚请求夫妇别居，玉皇批准了。马尔斯与狄燕重归于好。朱丕台为着家里的和平，只好把那洗衣女发送到另一个星球上去。后来大家又把爱神从黑室里拉了出来，只见他并没有把"爱"字做了动词变化，却只折纸做鸟儿玩耍。这时全体演员都登台，乌龟们齐跪在梵奴跟前，合唱着感激梵奴的歌曲。梵奴抚着无限威严的赤体，微笑地给收场的戏幕遮没了。

观客们早已站起来，走向门口去。台上数说演员的姓名，台下掌声如雷，要再见两次才罢。只听得一阵"娜娜、娜娜"之声像风起浪涌般叫着。戏座里的人还未走空，室中已经黑暗了；列灯熄了，大光灯减光了，女佣们把遮尘布盖住了包厢；这一个戏厅刚才是多么热闹，此刻忽然变了冷寂。同时有霉霉与尘埃的气味冲上来。摩法夫人站在她的包厢旁边，裹着裘衣，挺直身子，怔怔地向黑暗中望着，在等候观众走完。

在走廊里，女招待员们捧着许多衣服，一时认不清，人们把她们拥挤得很厉害。福歇利与爱克多忙着走,为的是到大门外会合别人。在通过室里,许多人们列成一排篱笆;同时有两队观众鱼贯地走下阶沿,走得很紧,然而很匀。史丹奈给米让拉着,比别人先走了出来。王多弗尔揽着白兰胥的臂走出。一霎时,嘉嘉与她的女儿似乎为难起来,拉布迭特殷勤地去找了一辆车子,请她们坐了,然后恭恭敬敬地给她们关上了车门。谁也没看见达克奈走过。只有那两颊飞红的中学生决定到伶人门前等候,谁知他走到了巴诺拉马路的时候,伶人门的铁栅已经关上了。萨丹恰恰站在走道上,看见他来,便上前去故意把裙子挨擦他;但是他正在失意的时候,便粗鲁地拒绝了,两眼含着无可奈何的眼泪,走向人丛里隐灭了。有些观客吸着雪茄,一面走开,一面曼声吟哦道:"梵奴在晚上徘徊……"萨丹仍旧走到陆离咖啡馆里,那伙计奥古斯特让她吃顾客们吃剩的糖。结果是来了一个大胖子,经不得热,气喘喘地走出来,遇着了她,便领了她走向渐渐寂寥的黑暗的马路上去了。

　　然而戏院里仍旧有许多人走下来。爱克多在等候克拉丽丝。福歇利也等候着,因为他说过要等候绿西与嘉洛林及她的母亲。她们来了,通过室给她们占了一角,而且她们高声大笑;同时摩法夫妇也带着冰冷的脸孔走过。恰好鲍特那富也开了一扇小门,走了出来,要求福歇利务必在报纸上替娜娜宣传。他的汗流如沈,面上很有光彩,浑如为成功而醉。

　　爱克多很客气地恭维他说:

　　"这剧本至少可以演两百次。全巴黎都要到您的戏院来了。"

　　但是鲍特那富却生气了。他把他的下巴一掀,教爱克多看那一群嘴唇干燥的、眼睛冒火的、尚被娜娜占住灵魂的观众。于是愤激地嚷道:

　　"请不要说我的戏院,只说我的'波尔呆'就是了。好一位执拗的先生!"

第二章

次日上午十点钟，娜娜还在睡着。她住在哈斯曼大马路一所新屋的二层楼上。房东因为屋子很新，特租给独身的女人们居住。一个莫斯科的富商曾到巴黎度一个冬季，他把娜娜安置在这屋子里，提前支付半年的房租。这住宅给她一人居住，太大了，宅中陈设还未完备；家具中有很华丽的，如几张靠墙桌子与金色椅子之类，然而又混杂着种种旧家具，都是廉价买入的，如桃花心木制的几张独脚桌子、几个锌制的烛台。这一切的景象都显得娜娜是被第一个正经的男人抛弃得太早，此刻她再落在一班行径不明的情郎手里。万事起头难，错过了一场抬举，赊债者不肯再赊，出租房屋者恫吓她，说要赶她离宅。

娜娜伏着睡，赤裸的两臂揽着她的枕头，把她那因昏昏酣睡而淡白了的脸孔紧贴着。宅中的房间，仅有卧房与梳妆室是糊过纸墙、铺过地毡的。娜娜在这寂无人声的卧房的微温里，突然惊醒，好像觉得身边空虚似的。她注视身旁第二个枕头，枕上花纹里还印着一个人头的痕迹，而且还有余温。她把手扪着床边墙上一个电铃一按。一个女仆进来，她向她问道：

"他走了吗？"

"是的，夫人，达克奈先生走了，还没有十分钟……他看见夫人很疲倦，所以不肯惊醒夫人。但是他吩咐我告诉夫人，说他明天再来。"

　　那女仆索爱一面说着,一面把百叶窗打开了,让太阳进来。索爱的头发很黑,头上系着包头带,面部很长,嘴是狗的嘴,青灰色而带伤痕,一个塌鼻头,加上了厚厚的双唇与不住闪动的双睛。

　　娜娜蒙眬半醒,又说:

　　"明天,明天! 明天是他的日子吗?"

　　"是的,夫人,达克奈先生总是礼拜三来的。"

　　娜娜在床上坐起来,嚷道:

　　"不是的,我记得! 一切都改变了。我本预备在今早对他说的……假使他礼拜三来,恰好撞见了那黑汉子。我们岂不惹起事情来?"

　　"夫人不曾告诉我,叫我怎能知道呢? 当夫人改变日子的时候,最好预先通知我,好教我晓得照应……那么,那老守财奴的日子不是礼拜二了吗?"

　　黑汉子、守财奴,是两位主顾的绰号;她们谈起这二人的时候,只叫他们做黑汉子与守财奴。

　　原来守财奴就是圣特尼镇的一个商人,他用钱很会打算。黑汉子乃是一个罗马尼亚人,自称伯爵,他的钱老是没有一定期间的,而且身上有的是奇异的臭味。达克奈定的日子乃是守财奴的日子的第二天,因为守财奴该在早上八点钟回店,达克奈先到索爱的厨房里窥伺着,守财奴一离开了屋子,达克奈即刻接替了他的体温犹存的位置,直睡到十点钟,然后自己也办事去了。娜娜与达克奈觉得这是很方便的办法。

　　"也罢!"娜娜说,"我今天下午写一封信给他……万一他接不到信,您明天就拦住他,不许他进门。"

　　这时索爱在卧房里踱来踱去,谈论昨晚的成功。夫人表现得有这许多才艺,夫人唱得这样好! 呀! 到了这时候,夫人尽可以安心了!

　　娜娜肘倚着枕,只点头作答。她的亵衣褪下来了,头发蓬松

了,散在肩上。她变了想入非非的样子,喃喃地说:

"大约是的,但是在未成功以前,这两天怎样过呢?我今天就有许多麻烦的事情……喂,今天早上那门房还再上楼来过吗?"

于是她们二人正经地谈话。娜娜欠了三个月的房租,房东说要告她。而且还有许多借钱的债主:一个租车的老板、一个内衣女贩、一个裁缝、一个煤炭老板,以及其他种种的债主,每天都到外厅里,把一张长凳子坐满了。尤其是那煤炭老板更厉害,他竟在楼梯上吵嚷起来。但是娜娜最大的悲哀却在她的小路易。路易乃是她十六岁时所生的儿子,寄在兰布耶附近的一个村镇里一个乳母家养活着。那乳母要求三百法郎才肯把小路易放还。娜娜最近去看望那孩子一次,良心上发现了慈母之爱,想把乳母的钱付清,把那孩子转交给她的姑母洛拉夫人抚养。洛拉夫人住在巴黎的巴第诺尔区,她要什么时候去看望他都可以。

这时那女仆指东说西地教娜娜问那守财奴要钱还债。娜娜叹道:

"唉!我一切都告诉他了;他说他有许多到期的款子急须支付。他只晓得按月给我一千法郎,不多一个铜子……那黑汉子此刻的荷包空了,我想他是赌输了钱……至于说到达克奈呢,他还缺少一个人借钱给他;他因为证券一时跌价,弄得他身上精光,竟没有能力再买花送给我了。"

于是她就谈说达克奈。在睡醒的当儿,她对于索爱并不守秘密。索爱听惯了她的心腹话,每次听见都有尊敬而表同情的心理。即然夫人肯把自己的事情同她谈起,她也就敢表示她的意见。先说她就很爱夫人,因此她特地辞别了白兰胥夫人。唉!白兰胥夫人还拼命要她回去哩!她是颇著名的女仆,还怕没有位置吗?然而她情愿停留在夫人家里,夫人的经济困难也不要紧,因为她相信夫人有发达的日子。她说到末了,便把她的忠告切实地说出来,一个人年纪轻的时候不免做糊涂事,这一次应该张开眼睛,因为男人们只想开玩笑。夫人只消说一句话,债主就安静了,她所需要的三百法郎也有了。

娜娜把手指拢进了脑后的乱发里,说:

"这一切都不能给我三百法郎。今天我即刻就要三百法郎……讨厌得很,我竟不认识一个人能够给我三百法郎的。"

她低头思索。洛拉夫人恰在今早等候她的钱到兰布耶迎接她的儿子。她因为心头不如意,便诅咒昨夜的胜利。在昨夜拍手欢呼的一切的男人们当中,竟找不出一个给她三百法郎!再者,金钱也不是可以这样收受的。天啊!她是多么命苦啊!她心心念念只在她的孩儿,他有一双可爱的蓝眼睛,他吃吃地叫"妈妈",他的声音是那么滑稽,怕不令人笑穿了肚子!

同时大门的电铃响了,铃声很快而且震颤。索爱出去应门,回来用说心腹话的态度说道:

"这是一个妇人。"

索爱看见过这妇人不止几十次了,只装做不认识她,而且装做不晓得她与经济困难的女人们有什么关系。

"她对我说了她的名字……她名叫特丽恭夫人。"

"特丽恭!"娜娜说,"呃?真的,我忘记她了……请她进来吧。"

索爱引了一个老妇人进来。她的身材很高,头上是几绺卷发,看她的态度,竟像一个出入律师之门的伯爵夫人。后来她不动声色,像一条柔软的蛇一般地退出去了,竟像一位先生进来,他应该退避似的。

特丽恭夫人竟不坐下,她只有两句简短的话。

"今天我有一个人给您……您要不要?"

"要的……多少钱?"

"四百法郎。"

"在几点钟?"

"在三点钟……那么,事情说定了,是不是?"

"事情说定了。"

特丽恭接着就谈天气，说天气干燥，走路很方便。她还要去看望四五个人。她掏出一本记事小册子，检查了一下，便走了。剩下娜娜一人，有心中松快的样子。她的肩上轻轻地打了一个寒战，于是她就娇柔无力地仍旧钻进了被窝，像一只畏寒的懒猫。渐渐把眼睛闭上，她想起明天把小路易穿上一身新衣服，不觉微笑了。同时她在一夜的噩梦之后，重新眼倦起来，昨晚的喝彩之声，余韵悠扬，温存着她疲倦的身子。

到了十一点钟，索爱引了洛拉夫人进来，娜娜还在睡着。但是她听见有人进来，也就醒了，即刻说道：

"原来是你……请你今天到兰布耶去。"

"我为此而来"，洛拉夫人说，"十二点二十分有一班火车，我还可以赶得及。"

娜娜伸了一伸腰，双乳耸起，说：

"不，我要等一会儿才有钱。你先吃中饭去，我们再看吧。"

索爱抱着一件梳妆衣进来，说：

"夫人，理发匠来了。"

但是娜娜不愿走过梳妆室里，只自己叫道：

"法朗西，请进。"

一个衣服端整的男子推门进来施礼。娜娜恰从床上下来，两腿裸着。她不慌不忙，把手伸直，让索爱把她的梳妆衣拢上。法朗西毫不拘束地、严肃正气地等候着，也不掉过脸去。后来她坐好了，他给她梳了一梳头发，就开始说话：

"夫人也许没有看见报纸……今天《费加罗报》上有一段很好的文章。"

法朗西已经把报纸买了来。洛拉夫人戴起眼镜，站在窗前，高声念那一段文章。她把身子挺直，像一个警察；念到恭维的字眼时，鼻子收紧了。原来这是福歇利出了戏院之后所做的批评，是两行很热的文章,隐隐地讽刺娜娜的才艺,却明明地恭维娜娜的魔力。

"好极了。"法朗西重复地说。

娜娜哪里管人家嘲笑她的歌喉!福歇利算是一个好人,她将来一定报答他的好处。洛拉夫人念完了之后,说男人们都不免被女人的腿所迷;她以为自己懂得那些风流的隐语,也就不肯详加说明。法朗西把娜娜的头发梳理好了,施了一礼,说:

"我要留心看今晚的报纸……我仍旧是五点半钟来,不是吗?"

他恰恰把门掩上,娜娜高声叫道:

"请您今晚替我带来一瓶生发油与布亚西耶店的半磅杏仁糖!"

剩下她们二人,她们想起还没有互相接吻,于是大家在脸上乱吻了一阵。报纸上的文章把她们弄热了。娜娜本是昏昏欲睡的,此刻却为她的胜利而热狂了。好!好!今天洛丝·米让一定过了一个舒服的上午!娜娜的姑母不愿意到戏院里去,说是动人的情节会伤了她的肠胃。于是娜娜向她叙述昨晚的情形,叙述时自己心醉,好像是全巴黎都倾倒在喝彩声中了。后来娜娜忽然停止叙述,笑着问她的姑母:当年她在金滴路做一个跑街的淘气女孩的时候,人家曾料到她有今日否?洛拉夫人摇头。不,不,人家绝不料到她有今日。后来轮到洛拉夫人说话了,她扳起庄重的脸孔,把娜娜叫做女儿,既然娜娜的真妈妈已经随她的爸爸与祖母去了,洛拉夫人不是她的第二母亲吗?娜娜十分感动,几乎流下泪来。但是洛拉夫人再三申说:过去的让它过去吧;这种污秽的过去,犯不着天天翻检!她许久没有看见她的侄女了,然而家里的人却说她与娜娜一块儿失踪。这哪里是可能的?她不询问娜娜的秘密,只相信她一向的生活都是干净的。现在她能看见娜娜有了好地位,而且好心对待她的儿子,也就够了。现在的世界,只剩有良心与工作而已。她说到这里,住了口,双睛含着好奇的意味,问道:

“这孩儿究竟是谁的呢？”

娜娜给她突然一问，踌躇了一会儿才说：

“是一位先生的。”

“呃？”姑母说，“人家说是那常常打你的一个泥水匠的儿子……也罢，将来有一天你再告诉我吧；你须知，我是最能谨守秘密的！……你放心，我将来一定小心抚养他，当他是一个王公的儿子。”

洛拉夫人已经不做卖花女了，她把一个一个铜子积起来，如今每年有六百法郎的年金，也就可以度日了。娜娜答应给她租一所漂亮住宅；除此之外，还每月给她一百法郎。说到这数目，洛拉夫人忘记自己是姑母，竟叫她的侄女不妨敲男人们的竹杠。于是二人又重新接吻。但是娜娜正在欢娱的时候，一谈及她的小路易，脸色又惨淡起来，突然记起了一件事：

“讨厌得很！三点钟的时候我非出去不可。唉！真是一件苦差事！”

恰好索爱进来说夫人的中饭预备好了。大家走进了饭厅，桌前早有一个老妇人坐着。她的帽子还没有脱，穿的是颜色不分明的衣服。娜娜看见她，并不诧异，只问她为什么没有进卧房里去。那老妇人答道：

“我听见有人说话，我以为有客陪着您。”

这是马路华夫人，面貌庄重，善于装腔作势。她做娜娜的老友，常常陪伴她，送她出入。她看见了洛拉夫人，似乎有担心的样子。后来她晓得是一个姑母，便温和地注视她，微笑了一笑。娜娜叫肚子饿，抓了一把小萝卜便咬，也不拌着面包。洛拉夫人变为多礼的了，不肯吃小萝卜，以为吃了小萝卜会流鼻涕。后来索爱送上牛排来，娜娜啮肉，同时喜欢吮骨。她不时丢眼角望她的老友的帽子，结果是忍不住问道：

“这是我给您的一顶新帽子吗？”

"是的,我修改过了。"马路华满嘴是肉菜,含糊地答。那帽子是奇怪的,额前很阔,帽上一管很高的翎毛。马路华夫人有一种怪癖,专爱修改她的帽子。只有她晓得什么帽与她相宜,她一修改就把不好看的帽子变为最好看的了。娜娜恰好买了这一顶帽子给她,好教她不丢娜娜的脸;而今看见她这样修改了,几乎生起气来,嚷道:

"至少请您揭了帽子吧!"

"不,谢谢",那老妇人正色地说,"这帽子并不妨碍我,我戴着帽子吃饭,吃得很舒服。"

吃了牛排之后,有一盘菜球与一个昨天剩下的冷鸡肉。但是娜娜每逢一盘菜,必噘一噘嘴,踌躇了一会儿,嗅了一会儿,把一切都留在碟子上。结果是吃了些果子酱,中饭算是完了。

大家吃了些饭后果品。索爱并不撤了刀叉,便上咖啡;她们只好轻轻地把肉菜碟子推开。大家仍旧谈昨晚的好情景。娜娜吸了几支香烟,同时把身子向后倚,几乎把椅子推翻,她只一味把腰肢乱摇。索爱停留在室中,背倚着食具橱,两手摆动着,在叙述她的历史给大家听。她自说是贝尔西一个稳婆的女儿,那稳婆的生意很不好。她先在一个牙科医生家里做工,后又到一个捐客家。但是这些都与她不相宜。于是她很自负地历数她做过某夫人的女仆。索爱说那些女主人们都是靠她发财的。假使没有她,许多家要闹大笑话了! 有一天,她的女主人白兰胥正陪伴着奥克达夫先生,恰好那老头子也来了。您说索爱怎么办呢? 她假装跌倒在客厅里,那老头子连忙上前扶起她,又到厨房里替她找了一杯水来给她吃,于是奥克达夫先生便乘机逃走了。

娜娜静听觉得津津有味,而且钦佩她,说:

"呀! 她真是个好人!"

洛拉夫人也开始叙述自己的历史,说:

"我呢,我遭逢了许多不幸的事……"

于是她坐近马路华夫人,推心置腹地说出她的历史。她们二人互述身世,但是马路华夫人只爱知道别人的秘密,却不愿把自己的秘密泄露。人家说她在一间诡秘的膳宿旅馆里居住,没有一个人能闯进她的卧房里去的。

忽然间,娜娜动气了,说:

"姑母,请你不要耍刀子……弄得我头昏了。"

刚才洛拉夫人不经心,把两把刀子交叉地摆在桌上,这是不好的预兆。娜娜素来自夸不迷信,所以翻倒了盐瓶子不要紧,礼拜五也不要紧;只有刀子交叉乃是她所最畏忌的,因为没有一次不灵验的缘故。将来一定会有一件麻烦的事情。她打了一个呵欠,很愁闷地说:

"已经两点钟了……我非出去不可,是多么讨厌的事情啊!"

两个老妇人互相怔怔地望着,不说话,只一味摇头。当然,这种事并不常常有趣。娜娜仍旧仰翻在椅子上,再吸一支香烟,同时那两个老妇人紧闭双唇,不敢乱开口,俨然哲学家的神气。马路华夫人静默了半晌,说道:

"我们在等候您的时候,暂时打牌消遣。洛拉夫人,您会打牌吗?"

洛拉夫人当然会打牌,而且打得很高明。那时索爱已经走了,犯不着起动她,只把桌子腾出一个角儿就够了。于是大家把桌布掀起,掩盖住了那些肮脏的盘碟。马路华夫人正要到什物橱前取牌,娜娜说在她们未打牌以前,如果她能替她写一封信,她就感激她了,一则因娜娜讨厌写信,二则她不敢担保不写别字,比不上她的老友满腹文章。桌上有一个墨池、三个铜子一瓶的墨水、一支上锈的钢笔。信是写给达克奈的。马路华夫人运用她的好书法,开始写一句:"我的最亲爱的小男人。"于是娜娜说要告诉他明天不可来,因为"这是不可能的",但是"远离犹如近聚,她没有一刻不把他放在心头"。

"而且我末了要说'一千个吻。'"她说。

洛拉夫人每听见了一句,就点一点头表示赞成,她的双睛眇眇,觉得听见了这种爱情的话很快活。于是她想用自己的话句,很多情地哦着道:

"一千个吻在你的美丽的眼睛上。"

"对了,'一千个吻在你的美丽的眼睛上'。"娜娜跟着说,同时那两个老妇人的面上现出非常快乐的神情。

娜娜按铃叫索爱,要她把这一封信交给一个听差。恰巧索爱在同一班戏院的伙计谈天,因为他早上忘了把报告书送来,所以此刻他来补送,娜娜传他进来,叫他在回戏院的时候顺便把这一封信送到达克奈家里。后来她又询问他许多事情。呀!鲍特那富喜欢得很!已经有些人预定一礼拜后的戏座;而今早直到此刻,询问娜娜的地址的人不知多少!那伙计走了之后,娜娜说她至少要在外面耽搁半个钟头,如果有客来访,叫索爱请他们等一等。娜娜正说着,电铃已经响了。来的是一个债主,是一个租车的商人;他守候在外厅里的长凳上。他一点儿不忙,尽可以闲坐细数掌中螺!

娜娜懒懒地重新伸一伸腰,打了一个呵欠,说:

"去吧,放出些勇气来吧!我早该在那边了!"

然而她还是不动,她在看她的姑母打牌,洛拉夫人正在宣告一百个么。娜娜手挂着下巴,一心只在牌上。忽然听得三点钟响了,她惊得一跳,突然放手,说:

"天啊!"

马路华夫人正在数牌,用柔软的声音鼓励她说:

"亲爱的,你即刻去把你的事办了还好些。"

洛拉夫人一面洗牌,一面说:

"赶快做去吧。如果你在四点钟以前带了钱回来,我就搭四点半钟的火车。"

"唉!这不会延迟的。"娜娜说。

在十分钟内，索爱帮助她穿上一件长袍，戴上一顶帽子。她打扮得不整齐，她也管不了许多！她恰要下楼，只听得电铃又响了。这一次乃是个煤炭老板。好！就让他奉陪那车行老板吧！他们都在一起，可不愁寂寞了！不过她怕费口舌，于是从厨房里走过，竟从送货小门出去。她惯走小门，只消撩起了裙子就完了，有什么了不得的？

室中只剩下两个老妇人，马路华夫人堂皇地对洛拉夫人说：

"一个人能做一个慈母，什么都值得原谅了。"

洛拉夫人给纸牌迷住了，只答道：

"我有八十个国王。"

于是她们二人又都沉湎在那无终结的赌局中了。

桌子上的食具还没有撤去，肉菜的气味与香烟的气味混合，氤氤氲氲地充满一屋。她们把白糖块浸在烧酒里吃，她们一面喝烧酒，一面打牌，有二十分钟之久。第三次电铃又响了，索爱陡然走进来，推搡她们，竟像把她们当做平辈的人看待。

"喂，喂！人家又按铃了……你们不能停留在这里了。如果人人都来，我就用得着整个屋子……走吧！唧！唧！"

马路华夫人本想打完这一场的牌，但是索爱作势要抢牌，她无可奈何，只好照牌的次序收拾起来，同时洛拉夫人也把酒瓶酒杯白糖都搬到厨房里去。二人到了厨房里，在晾着的几块揩布与堆着盘碟的一个涤盆当中的一张桌子上收拾了一个角儿，大家坐了，仍旧打起牌来。

"我们说过有三百五十了……现在轮着您打了。"

"我打'心'。"索爱回来的时候，仍旧看见她们着了纸牌迷。静默了一会儿，趁着洛拉夫人洗牌的当儿，马路华夫人问道：

"是谁？"

"唉！没有谁……"索爱不着意地回答，"是一个少年……我想要打发他走，但是他长得太美了，嘴下没有一根胡须，一双美丽的蓝眼睛,活像一个少女,因此我终于叫他等候了……他手里拿着一个大花篮,我叫他放下,他无论如何不肯放手……这竟是一个抹鼻涕的小哥儿,还该在中学里好好地念书呢!"

洛拉夫人去找一壶清水来做一种克罗克酒,因为她吃那烧酒浸的糖块太多了,所以口渴起来。索爱咕噜地说她也想要喝一杯克罗克,她说她的喉咙苦得像胆汁一般了。

马路华夫人又问道:

"那么,您把他安置在什么地方?"

"呃!在后方的作业室里,这是还没有陈设的一间房子……房里仅仅有夫人的一个行李箱子与一张桌子。凡是粗鄙的人们,我都安置到那里去。"

索爱把她的克罗克酒加上了许多白糖,同时电铃又响,把她吓得一跳。呸!她要舒服地喝一杯酒也不行吗?她跑出去开了门。一会儿又回来。看见马路华夫人的眼神表示要问她,于是她说:

"没有什么,只一个花篮。"

三人都饮克罗克解渴,互相点头施礼。索爱终于撤去饭厅的杯盘,一一摆在石槽上;然而在她撤馔的当儿,电铃还响了两次。她好像报告她的厨房,每次进来都申说着她那傲慢的语句:

"没有什么,只一个花篮。"

马路华夫人与洛拉夫人打了两圈牌,听索爱叙述花篮到来的时候那些债主的情形,大家笑起来。娜娜在她的梳妆台上可以发现许多鲜花。只可惜这些花篮这样贵,竟换不来十个铜子。总之,有许多钱是浪费的了。

"我呢",马路华夫人说,"巴黎的男子买花赠女人所花费的钱拿来赠给我做用度,我已经心满意足了。"

"我懂得,您是容易满足的人",洛拉夫人咕噜地说,"只要扎花的线钱已经够了……亲爱的,我有六十个皇后。"

已经是四点欠十分了。索爱诧异起来,不懂得娜娜为什么在外面耽搁这许久。平日娜娜不得已而在下午出去,必很敏捷地发送了回来。但是马路华夫人说一个人做事不能常常从心所欲;洛拉夫人也说人生于世不能没有小麻烦。大家只该静心等候着,如果娜娜迟到,一定是她的事务缠住了她。再者,大家并不受苦,厨房里的空气很好。洛拉夫人没有"心"了,便把些"角"打了出来。

电铃又响了。索爱应门回来,容光焕发,才到厨房的门口就低声叫道:

"夫人们,是那胖史丹奈来了! 这一个,我把他安置到小客厅里去。"

洛拉夫人不认识这一班先生们,于是马路华夫人同她谈论这银行家史丹奈。但是,难道他要抛弃了洛丝吗? 索爱是懂事的,摇头只说不是。电铃又响了,她非去开门不可。她这一次回到厨房里来便嚷道:

"好! 糟糕! 这是那黑汉子来了! 我尽管再三地说夫人不在家,他竟坐在卧房里守候着……我们只预备他在晚上来。"

四点一刻了,娜娜还未归来。她做什么呢? 这不是好的现象。人家又送来两个花篮。索爱厌烦起来,看还剩有没有咖啡。是的,她们真愿意喝咖啡,因为这可以提醒她们的精神。此刻她们打起盹来,躺在椅子上,还不停止打牌。四点半钟响了,不错,一定有人与娜娜为难了! 她们唧唧喳喳地谈论着。

忽然间,马路华夫人一时忘情,竟高声嚷起来道:

"我有五百了! ……清一色!"

"住口!"索爱发怒说,"您叫那些先生们怎样猜想呢?"

在静寂中,在那两个老妇人喃喃争吵声中,一阵快步的声音从小门的楼梯上来了,这终于是娜娜了。在她未开厨房的门以前,早已听见她喘气,她进来时,脸很红,举动很粗暴,她的裙带大约是断了,所以她的裙拂拭了梯级;她的飘带刚才又浸在一涡积水里,这是第一层楼的厨房里流出的秽水,可见第一层楼的丫头真是一个肮脏东西！

洛拉夫人噙着嘴，刚才与马路华夫人争吵的怒气未消，遂向娜娜说道：

"你来了！好！好！你累人家老等，你的心里才快活！"

"真的！夫人太不懂事了！"索爱也这样说着。

娜娜本来已经老大不高兴，又给她们吵了几句，越发气上加气。她受了人家的气不少了，归来还受她们如此招待！

"你们不要惹我生气！呃！"

"嘘！夫人，有客在外面。"索爱说。

于是娜娜放低了声音，喘着气，吃吃地说：

"难道你们以为我在外面寻开心吗？这事情闹个不了。我很希望你们也轮着这么一遭！……我生气起来，几乎把鞋子抛弃了……又没有一辆马车坐回来。幸亏只有两步路，然而我已经跑得累死了。"

"你有钱了吧？"洛拉夫人问。

"奇了！这话还用得着问吗？"娜娜答。

她的两腿跑得酸软了，靠着灶，坐在一张椅子上。气还喘着，她在胸衣里掏出一个封包，里头有四张一百法郎的钞票。封包上有一个宽阔的裂痕，因为她曾经把指头猛然拆开，好教自己信得过其中有物。那三个妇人环绕着她，眼紧紧地望着她的上手套的一双小手里拿着的一个又皱又脏的封包。天时太晚了，洛拉夫人要明天才能到兰布耶去，于是娜娜与她大辩论一场。索爱又说道：

"夫人，有客在等您。"

但是娜娜又动气了，客可以再等候，她的事情完了再见他们不迟。在她的姑母伸手要拿钱的当儿，她说：

"呀！不，不能都拿了去。三百法郎给那乳母，五十法郎给你做路费与杂用，共三百五十法郎……我留下五十法郎。"

最困难的问题乃是没有零钱，四张钞票分不开。娜娜家里竟没有十个法郎。大家也不问马路华夫人，因为她身上仅仅有六个铜子，预备坐公共汽车，所以她听见人家要找零钱，她只有漠然不关心的样子。结果是索爱说她出去试看她的箱子里有没有。一会子她回来，手里拿着五法郎的银币二十个，在桌子的一角上点算。洛拉夫人应承明天去领小路易回来，于是她即刻就走了。娜娜仍旧坐着休息，问道：

"您说有客来吗？"

"是的，夫人，共有三个客来。"

于是索爱把那银行家的名字先提，娜娜歪了一歪嘴，史丹奈因为昨天献了一个花篮，便以为她让他来烦扰不成？她说：

"而且，我受够了，我不接客了。您去告诉他们，叫他们不再等候吧。"

索爱不动，看见她的女主人又要做一件糊涂事，心里老大不高兴，用严重的语气说：

"请夫人三思，还是接见史丹奈先生吧。"

后来她又说起那黑汉子，说他在卧房里等候，一定觉得时间太长了。娜娜气冲冲地越发执拗，不，她不愿意看见任何人！谁把这样黏着的一个男子送来给她呢？

"请您把他们都赶出门外去吧。我要同马路华夫人打一圈牌，我觉得这样还好些。"

她正说着，一阵电铃又把她的话打断了。十足了，十足了，又来一个惹厌鬼！她禁止索爱去开门。索爱也不听她说话，已经出了厨房。及至她回来的时候，把两张名片交给娜娜，用命令的语气说道：

"我已经回复说夫人见客……这两位先生进了客厅了。"

娜娜恨恨地站起来，但是她看见名片上有的是叔雅尔侯爵与摩法伯爵的名字，不觉气消了。她静默了半晌，终于问道：

"这两个是什么人？您认识他们吗？"

"我认识那老的。"索爱噙着嘴,谨慎地说。

后来她的女主人仍旧用眼光问她,她又简单地答道:

"我在某地方看见过他。"

这一句话似乎使娜娜决意了。她离了厨房,心中惋惜,因为她在这一炉余炭熏蒸着的咖啡的气味里藏身,可以自由谈话,可以安然休息。她把马路华夫人丢在厨房里。此刻马路华夫人只要用纸牌占卦;她的帽子始终不曾脱去,不过为求舒服起见,她已经把帽绳解散,披在肩上了。

在梳妆室里,索爱赶着帮助娜娜披上一件梳妆衣。娜娜遭了这许多麻烦,嘴里喃喃地只诅咒男人们。这些粗话令索爱伤心,因为她看着娜娜不能早离厄运,心里着实替她难受。她还敢请求娜娜不动气。

"呀!呸!"娜娜说,"他们都是肮脏东西,他们只爱这个。"

然而她装做一个王妃的神气,昂昂然走向客厅去;索爱拉住了她,却自己去把叔雅尔侯爵与摩法伯爵引进梳妆室里来。这样更好些。

娜娜表示一种久经训练的礼貌,说:

"先生们,我累你们久候,抱歉得很。"

那两个男人施礼坐下。窗上的疏帷节减了太阳的强光。这是全宅中最雅致的一间房子,帘帷都是淡艳的。一个大理石的梳妆台,一个斑纹石嵌着的立镜,一张长椅子,许多蓝缎的靠背椅子。在梳妆台上,有许多花篮,玫瑰、百合、紫丁香,种种都有,浓香扑鼻。同时,在微湿的空气里,面盆上的余腻发出一种更烈的气味。娜娜裹着梳妆衣,好像给他们无意中撞见在梳妆室里似的,玉体犹湿,怕着轻罗。

"夫人",摩法伯爵庄重地说,"我们固请要见,万望恕罪……我们这一来,为的是募捐……侯爵与我都是本区乐善会的会员。"

叔雅尔很有礼貌地连忙接着说道:

"我们打听得有一个伟大的女艺术家住在这屋子里,所以我们特来为穷人乞怜……我们相信有天才的人一定是好心人。"

娜娜假装谦虚,她只摇头或点头作答,同时心里很迅速地思量。这大约是那老的把那少的拉了来,因为他的一双眼睛太淫荡了。但是也该当心那一个少的,因为他的太阳穴也膨胀得可惊,他很可以自己来,对了,大约是门房说出了她的名字,于是他们互相推挽都来了。

"当然,先生们,你们本有上楼来的理由。"娜娜很风雅地说。

但是一阵电铃又把她吓得一跳。又有客来,仍旧是索爱出去开门! 她继续地说道:

"一个人能够施舍,是多么快乐的事啊。"

她毕竟因被谄谀而喜悦了。

"呀! 夫人",那侯爵又说,"您不晓得他们是怎样受苦哩! 本区号称富区,也有三千多个穷人。您想不出他们是多么惨:孩子们没有面包吃,妇人们病了没有救星,冻得要死……"

"可怜的人们!"娜娜很感动地叫了一句。

她的慈悲心是这样大,以至于泪湿了一双美丽的眼睛。她一时忘形,把身子弯了下来;她的梳妆衣开了,令人看见她的酥胸,同时她的两膝向前伸,在轻罗里印出浑圆的双股。那侯爵的土色的脸上上了一道红晕。摩法伯爵正要说话,连忙把头低了。这梳妆室里的空气太热了,宛如一间莳花暖室,热气郁不得伸。玫瑰花渐谢了,檀香薰人欲醉。娜娜开口说道:

"在这情形之下,谁不愿意做一个富人? 总之,大家量力做事……先生们,请你们相信我说,假使我早晓得……"

她在感动的当儿,几乎说出了一句不该说的话,所以她不曾把话说完。她一时难为情,竟记不起刚才脱衣服的时候把她那五十法郎放在哪里了。她忽然忆及,钱大约是在梳妆台的一角上,一个翻倒的生发油瓶子下面。她恰恰站起来,电铃又响,声很长。

好！又来一个！这竟没有个结束！侯爵与伯爵也跟着起立，尤其是侯爵侧着耳朵向门口静听；大约他分辨得出这按铃的人是谁。摩法怔怔地望他；后来他们都别过眼去，大家都难为情，变冷了。一个有的是结实的身体与浓密的头发，一个耸着一双瘦肩，头上只剩几根疏稀的白毛。

娜娜把那十个大银币拿了来，笑着说：

"呃！先生们，我要交钱给你们……这是捐给那些穷人的……"

她的下巴的一个小笑涡显现了，她天真烂漫地把那些银币捧在手里，递给那两个男人，意思是说："让我看，谁要？"那伯爵比较地敏捷些，伸手接取那五十法郎；但是有一个银币剩在她的手里，他要拿钱，不得不摸到她的肌肤，只觉得她的掌心微温，肌肤柔嫩，令他心里打了一个寒战。她觉得开心，始终只是笑着。

"拿去吧，先生们，我希望下次再多捐些。"

他们再也无所借口了，施了一礼，径向门口便走。但是，恰在他们要出去的当儿，电铃又响。侯爵忍不住苦笑，同时伯爵的神色也严重起来。娜娜留他们再坐几秒钟，好教索爱找得到一个屋角儿安置来客。这一次岂不把屋子塞满了！后来她却看见客厅杳然无人，心里顿觉松快。难道索爱竟把他们装进衣橱里去了不成？

"再会，先生们。"她送到客厅的门槛子上说。

她把她的微笑与她的眼神包住了他们。摩法伯爵鞠躬，他虽则饱经世故，还禁不住心乱起来。梳妆室里的花香与妇人的气味把他闷煞了，他须要到外面呼吸空气去。叔雅尔走在他的背后，自信没有人看见，竟敢向娜娜丢了一个眼色，他的面色突然变了，舌头也吐到唇边了。

娜娜回到梳妆室里的时候，早见索爱拿着许多书信与名片等候着。娜娜纵声大笑道：

"来了两个无赖，竟要了我五十法郎！"

　　她毫不生气,她觉得男子们从她手里拿了钱去,倒是滑稽的事情。不过他们总算是些猪猡,现在累得她竟没有钱了。但是那些书信与名片使她动起气来。说到书信,还说得过去,因为昨天他们喝彩,今天免不得来求爱。至于那些名片呢,他们来拜访的人,都打发他们走了就是了。

　　索爱把来宾们到处都安置有些。她说幸亏这住宅很方便,每一间屋子都有门直通走廊。不像白兰胥夫人家里,非经过客厅不可,所以白兰胥夫人往往惹起许多麻烦。娜娜顺着自己的主意,向索爱说:

　　"请您都打发他们出去,先从那黑汉子起。"

　　索爱微笑地答道:

　　"夫人,这一个,我早已辞过他了;他只想要告诉夫人一声,说他今晚不能来。"

　　这是一件乐事。娜娜拍掌自贺。好福气,他不来,她可以自由了!她吐了一口气,表示心里松快,活像久受苦刑的人忽然遇赦一般。她的第一个念头便是想起达克奈。唉!可怜的小狗!她恰写了一封信叫他等待到礼拜四哩!快!快!快请马路华夫人再写一封信!然而索爱却说马路华大人在人家不知不觉的时候竟溜走了,像平日一般。于是娜娜说要差遣一个人去,后来又踌躇起来,她此刻疲倦得很,睡它整整的一夜岂不痛快些!结果是饱睡的心理战胜了。这是她能自满足的第一次。她说:

　　"今晚我从戏院里回来就睡觉,您非到明天午时不可唤醒我。"

　　于是她把声音提高,说道:

　　"呦!现在请您给我把他们都推到楼下去吧!"

　　索爱不动,她不敢明白地向夫人进忠告;不过,当夫人任情纵性的时候,她总得设法使夫人利用她的经验,因此她用一种短促的腔调问道:

　　"史丹奈也一样吗?"

"当然啦,先辞送了他,然后辞退其余的。"

索爱还在等候,希望夫人有考虑的时间。这是所有一切的戏院都认识的一个富翁,夫人如果能在洛丝的手里夺了来,岂不是可以骄傲的事情?娜娜什么都懂得,却仍旧说道:

"亲爱的,赶快去吧,请您对他说我讨厌他。"

然而她忽然转意,也许明儿她不免羡望他,于是她眨着眼睛,像小孩般笑着说:

"总而言之,纵使我想要他,最好的方法还是赶他出门。"

索爱似乎给她这话打动了,她怔怔地望着女主人,有钦佩她高明的样子。后来她毫不迟疑地去把史丹奈辞送了。

这时娜娜还耐心等几分钟,让索爱"肃清"那客厅。唉!料不到有这一场大战!娜娜探头进了客厅,客厅空了。再看饭厅也空了。她放了心,相信不会再有一个人了;她仍旧各处探望,及至她推开那作业室的门的时候,突然遇着一个小后生。他坐在一只箱子上,很安静,很老成,膝上盛着一个很大很大的花篮。她叫道:

"呀!天啊!这里头还有一个!"

那小后生瞥见了她,早已跳下地来,脸儿红得像一朵牡丹。他一时的感情冲动得太厉害了,竟不晓得把他的花篮怎样办,左手拿着也不是,右手拿着也不是。他的年纪这样小,这样难为情,而且没法处置花篮的那一副滑稽的神情,竟令娜娜感动,忍不住笑起来。依此看来,孩子们也来了?她竟诱惑到孩童了吗?她忘了情,像慈母般地,自己拍了一拍两股,笑着问道:

"小娃娃,你要人家给你揩鼻涕吗?"

"是的。"那小后生低声地而且哀恳地回答。

这一个答复越发令她开心了。他有十七岁,名叫乔治·胡恭。昨天他到陆离戏院看戏。今天他特来拜访她。

"这些花是给我的吗?"

"是的。"

"那么,请给我罢,呆孩子!"

但是,当她接过那花篮的时候,他竟扑上她的手去,显得是青年的饥渴,她没奈何,只好打他一下,他才放手。唉! 这竟是一个不识尊卑的淘气孩子! 她一面责骂他,同时脸上现了桃红色,忍不住微笑。她应承将来与他再见,于是把他发送了。他蹒跚地走出,竟不复找得着门户。

娜娜回到梳妆室里,不久法朗西也就来为她理发。这一次才是正经的理发,因娜娜要在傍晚才穿衣。她坐在镜台之前,在那理发匠的一双妙手之下低头无语沉思,同时索爱进来说道:

"夫人,其中有一个不肯走。"

"好! 就让他不走吧。"她安静地回答。

"而且还有许多人不住地来。"

"好的! 叫他们等候吧。等到他们的肚子饿了,自然会走的。"

她的精神变了方向了,叫男子们坐冷凳子,乃是令她快活的事情。她忽然有了一个好玩的主意:她逃脱了法朗西的手,自己跑去把门闩关上;现在他们尽可以在别的房子里堆满了,也许他们不至于挖墙进来吧。索爱要进来,可从厨房的小门走过。这时电铃越响越繁,每隔五分钟必响一次,声音响亮而清楚,是一个很有规则的电铃! 娜娜算着电铃的次数,以为消遣。但是她忽然记起一件事来。

"喂,我的杏仁糖呢?"

法朗西也像她一般忘了杏仁糖。此刻听见她说起,遂从他的大衣的袋子里掏出一个包裹来,恭敬地献给她,像一个上流人献给女友的礼物;然而这些杏仁糖却记的是她的账。娜娜把那包裹放在两膝中间,把杏仁糖啮起来,每逢那理发匠把她轻推一推的时候,她就把头一扭。她静默了一会儿之后,说道:

"吓! 竟是一群贼子来了!"

那电铃连响了三次,一声声越催越急。有些是胆怯的,铃声吞吞吐吐;有些是大胆的,铃声锵然,如出粗暴的手指之下;有些是性急的,铃声急促,在空气中缭绕。这是索爱所谓五音钟。这钟可以惊动全区的人,一群男子争先恐后地把手指按那象牙的电钮。鲍特那富这坏蛋,他竟把她的住址给了这许多人,怕不是把昨晚全座的观众都请来了!

"喂,法朗西,您有没有一百法郎?"

他将身退后,把她的头发端详了一会儿,然后安静地说:

"一百法郎吗? 这要看情形。"

"呀! 您须知,如果您要抵押品……。"

娜娜不把话说完,却用手指着旁边的几间屋子。法朗西把一百法郎借给了她。索爱得了一刻空闲,进来预备娜娜的衣服首饰。不久她就该替娜娜穿衣,同时那理发匠在等候着,想要加上最后一梳。但是电铃继续地响,索爱只好丢了娜娜出去,娜娜的衣服只系好了一半,鞋子也只穿了一只。索爱虽则很有经验,此刻她的头也给人们闹昏了。起初她把那些男子东放一个,西放一个,所有的小角儿都安放满了,此刻她迫不得已,只好把两三个放在一起,也顾不得她平日的主张了。管它呢! 如果他们互相吃了,倒还好些,因为可以腾出些地位来! 娜娜已经把门关得紧紧的,也就不理他们,她说她还听见他们喘气哩! 他们该是低着头,垂着舌,像些小狗坐在地上一般! 这是她昨夜的成绩,能使这一群猎狗都追踪觅迹来了。

"但愿他们不打坏什么就好。"娜娜咕噜地说。

娜娜闻得门隙里有温暖的口气冲进来,她开始担心了。但是索爱把拉布迭特引了进来,娜娜心里松快地叫了一声。他想要同她说他曾经在民事裁判所替她支配了一笔款子。她也不听他的话,只说:

"我带您走……我们一块儿吃晚饭……吃了饭之后您送我到戏院里去。我再等到九点半钟才登台呢。"

好心的拉布迭特,他来得正巧!他呢,他是永远不要求什么的。他是妇人们的朋友,只替她们料理些小小的事情。所以他走过外厅的时候,已经发送了那些债主。再者,这些好债主非但不要娜娜付钱,而且他们所以再三要见娜娜,无非因为昨晚娜娜有了成绩,特来恭贺她,亲自请问她再要什么货物罢了。

"我们走吧。"娜娜穿好了衣服说。

恰好索爱进来嚷道:

"夫人,我再也不开门了……楼梯上黑压压地排列着许多男人呢!"

楼梯上排列着许多男人!法朗西虽则假装镇定,也忍不住笑起来,同时检拾他的梳篦。娜娜揽了拉布迭特的臂,把他推到厨房里去。她逃脱身了,不受男人们缠扰了;她很快乐,知道她可以得到他独自一人,无论到什么地方都不怕有事情了。他们从送货小门下楼的时候,她对他说:

"散场后您再把我送到我的门口。这样一来,我才可以放心……您想,今晚我可以睡一个整夜了!唉!亲爱的,这乃是一种怪脾气!"

第三章

摩法伯爵的母亲沙苹夫人在去年逝世，只剩有他的妻子沙苹夫人。人家因为避免与伯爵的母亲的名字混乱，往往叫她做摩法夫人。摩法夫人每逢礼拜二都在她的公馆里接待宾客。公馆在米洛迈斯尼路，本第耶弗路口，这是方形的大宅，摩法家的人在这里住了百余年；马路上，屋宇的外貌又高又黑，黯然像一个修道院；许多很大很大的百叶窗，差不多永远是关闭着的；屋后湿润的花园里有些树木已经发芽了，树身细长，欣然向日，人们在围墙外可以望见树枝。

这一个礼拜二，将近十点钟了，客厅里仅仅有十来个人。伯爵夫人只等候些熟客，所以她也不开小客厅，也不开饭厅。因为这样一来，大家亲近些，可以在火炉旁边谈话。而且那客厅也很大，很高；四个窗子下临花园，所以壁炉里虽则炭火很盛，大家还觉得四月底的多雨之夜的湿气重重。太阳永远不到客厅里，白昼的时候，一道淡青的光照进屋里；晚上燃了灯之后，室中顿现庄严的气景；因为厅里尽是桃花心木的精致家具，黄绒垫的椅子与墙壁，加上了许多绣画。人家一进厅来就觉得一种冷的自尊心，如见昔年风俗。

壁炉的另一边有一张方形椅子，椅子的木硬了，垫子也不软了，伯爵的母亲就是在这上面死了的。这时沙苹夫人正坐在这椅子对过的一张深的椅子上，椅垫子是红绸做的，柔软得像一幅覆足被。这乃是唯一的新时代物品,在这古色斑斓之中有新奇的意味。
沙苹夫人说:

"那么,我们将来可以看见那波斯国王……"

大家在谈论不久将有许多国王与太子来巴黎看展览会。好几
个妇人绕坐在壁炉前,其中有一位钟克乖夫人,她的哥哥是一个外
交家,到东方做过官的。所以她就详细叙述那沙尔爱丁朝廷里的
事情。

忽然间,伯爵夫人打了一个寒战,脸色变白了,一个铁厂主人
的妻子尚特洛夫人看见了,便问道:

"亲爱的,您没有病吧?"

"不,没有的事",沙苹夫人答,"我稍为受了凉……这客厅要很
久才能取暖!"

于是她放眼沿着墙壁望去,直望到天花板。她的女儿爱斯迭
尔是一个十六岁的顾长的少女,正当怀春期,此刻坐在一张凳子
上,悄悄地起来,把壁炉里溜下来的一块木炭拨起了。但是沙苹夫
人有一个教养院里的旧友名叫歇瑟尔夫人的,比她小了五岁,听了
沙苹夫人的话,说道:

"我呢! 我倒愿意要你这样一个客厅! 至少你可以接待宾
客……现在的人只晓得做些小鸟笼……假使我处在你的地位,岂
不是好!"

她夹七搭八地只管说,说时指手画脚。她说假使她处在沙苹
夫人的地位,她要把墙壁与椅子的装璜都改变了,于是开跳舞会,
使全巴黎都跑了来。她的丈夫是一个官员,此刻正坐在她的后面,
神气庄重地听她说。人家说她给丈夫戴绿帽子,而且并不隐瞒,然
而人家原谅她,仍旧接待她,说是她疯狂得好。

"你们看这小丽安尼!"沙苹夫人勉强笑了一笑,只晓得说了这
么一句。

她的懒惰的姿势表现出她的意见:她在这屋子住了十七年,从

前一概不更动,到今日岂有再更动的道理? 她的婆婆生时要保存
这客厅的形状,现在犯不着改变。后来她重新回到刚才的谈话:

"人家又切实地对我说普鲁士王与俄罗斯皇帝也要来呢。"

"是的,人家宣传说是很大的盛会。"钟克乖夫人说。

银行家史丹奈由歇瑟尔夫人引进来不久。他认识全巴黎,坐
在两窗之间的一张安乐椅上谈话。他询问一个议员,想要知道议
会对于证券交易所的消息;同时摩法伯爵站在他们跟前,脸色比平
日更黯淡,静默地听他们谈话。近门处有四五个少年人另为一群,
他们围绕着王多弗尔伯爵,那伯爵低声给他们讲一段故事,大约是
十分有趣,惹得他们都笑到呼吸不来。屋子的当中有一个胖汉子,
是内务部的某处长,他独自一人重重地压在一张靠背椅上,张开着
眼睛正在睡觉。但是其中有一个少年似乎不相信王多弗尔的故
事,所以王多弗尔把声音提高说:

"福加孟,您这人未免太多疑心,您破坏了您的快乐。"

于是他笑着回到妇人们身边坐下。他是贵族的后裔,很喜爱
女人,很有趣味,把他的财产一顿子吃得精光。他的马厩在巴黎是
有名的,他为这个不知用了多少钱;他每日在王家俱乐部赌输了的
数目也够令人担心。他的情妇们每年要吞噬他的一处田庄或一带
树林,丕加尔堤一带的大产业渐渐完了。歇瑟尔夫人在身边腾出
一个位置给他坐,说:

"您自己对于什么都不相信,您还骂人家怀疑哩! 您才是破坏
快乐的人呢。"

"恰因这个缘故,所以我把我的经验告诉他们,好教他们知所
警戒呢。"他说。

但是人家叫他住口,因为他的话得罪了卫洛先生。妇人们分
开两旁,大家望见卫洛先生坐在后方的一张长椅子上。他是六十
来岁的男子,牙齿很不好,而笑容可掬。他在这里,好像在自己家
里一般,专听众人说话,一句不曾放过。他摇了一摇手,说那伯爵

并没有得罪他。王多弗尔仍旧容貌庄重,正经地说道:

"卫洛先生分明知道该信的事我总相信的。"

这是宗教上的说法,连歇瑟尔夫人也表示满意了。近门处的少年们不复笑了,这个大模大样的客厅,不能令他们开心。忽然一阵冷气吹过,大家在静寂中听见史丹奈的鼻音,因为他一味向那议员探消息,那议员一味守秘密,所以他终于发怒了。一霎时,沙苹夫人注视火炉;又重新回到刚才的谈话:

"去年我在巴黎看见了普鲁士王,以他的年纪而论,算是还十分强壮的。"

"俾斯麦伯爵会陪伴他来的",钟克乖夫人说,"你们认识俾斯麦伯爵吗?我在我的哥哥家里陪他吃过中饭。唉!这乃是当年他代表普鲁士到巴黎来的时候,是许久的事了……他最近的成功,我实在有些莫名其妙。"

"为什么呢?"尚特洛夫人问。

"天啊!叫我怎样对您说呢?……我不喜欢他。看他的样子很粗暴而且没有礼貌。而且我觉得他没有聪明。"

于是众人都谈论俾斯麦伯爵,大家的意见很纷歧,王多弗尔认识他,坚持地说他是一个喝酒赌钱之辈。正在辩论之间,门开了,爱克多进来,福歇利也在后面跟着。福歇利走近伯爵夫人,鞠躬说道:

"夫人,我记起了您的雅召……"

她笑了笑,说了一句客气话。福歇利向伯爵施礼之后,在客厅里一时顿有进了异乡之感;因为他只认识史丹奈一人。王多弗尔本是转过身去的,此刻走来与他握手。福歇利喜欢遇见了他,急急地要告诉他些言语,即刻把他拉在一边,低声说道:

"说的是明天,您懂了吗?"

"妙啊!"

"半夜,在她家里……"

"我晓得,我晓得……我同白兰胥去。"

他想要逃脱身,仍旧回到妇人们身边辩论俾斯麦,但是福歇利把他拉住。

"您绝对猜不着她拜托我来邀请谁。"

于是他轻轻地把头一抬,朝着摩法伯爵,那时摩法伯爵正在同那议员与史丹奈讨论一种预算。

"这是不可能的!"王多弗尔又吃惊,又觉得有趣,说。

"说哩! 她还要我赌咒务必把他领去给她呢。我这一来,多半为的是这个。"

二人悄悄地笑了一笑,王多弗尔连忙回到妇人队里嚷道:

"恰恰相反,我告诉你们,俾斯麦先生是一个很有趣的人……您看,有一天晚上他在我跟前说了一句妙话……"

这时的爱克多听见了他们低声地匆匆说了的言语,于是怔怔地望着福歇利,希望他同他解释,然而他始终不说。他们说的是谁? 明天半夜里要做什么事? 他不放松他的表兄了。福歇利走去坐下,尤其是沙苹夫人令他注意。人们常常在他跟前说起她的名字,他晓得她在十七岁就结了婚,此时她该有三十四岁了,她自从结婚之后便守着她的丈夫与她的婆婆在宅中过闭户隐居的生活。在社会上,有些人说她的孝心可嘉,有些人可怜她,记得当年她未被禁闭时的巧笑美盼,可惜她埋没在一间旧公馆里。福歇利仔细观察她,心下踌躇。他有一个朋友,最近在墨西哥的舰长任上死了的,在他离国的当天晚上,吃了饭之后,告诉了福歇利一件秘密的事情;这种事情,最谨慎的人有时也会泄露的。但是他的记忆太模糊了,那一天晚上他们吃饭太饱了;此刻他看见那伯爵夫人在这古色古香的客厅,穿的是黑色衣服,安静地微笑着,他越发不信朋友的话了。她的背后有一盏灯,把她丰腴的身材、棕色的头发、闲雅的半面映照着,只有她的嘴厚了些,显出一种不可压制的淫情。

爱克多厌烦起来,咕噜地说道:

"倒霉！他们在不停地争他们的俾斯麦！人家在这里闷死了。你打得好主意，偏要来！"

福歇利突然问他道：

"喂，伯爵夫人没有同人家睡觉吗？"

爱克多显出不自然的样子，吃吃地说：

"呀，不！呀，不！亲爱的，你从哪里猜想的呢？"

后来他知道他这样生气是不雅的，于是他将身倒在安乐椅上，又说道：

"呃！我说不是的，但是我并不比你知道清楚些……有一个小子名叫福加孟的，人家到处撞见他。当然，人家看见比这更厉害的事情还有。我呢，我不管……总之，最真确的乃是：纵使她找汉子开心，还算她狡猾，因为到处没有人传扬。"

于是他不等福歇利质问他，他自己先把他所知道的摩法家的事情告诉他。这时那些妇人们都在壁炉前继续地谈论俾斯麦，他们二人让大家把声音放低。看他们扎着白领结，带着白手套，教人猜说他们在谈论重大的正事。爱克多开始叙述了，原来爱克多与摩法的母亲很熟，她是一个不好说话的老妇人，她爱摆架子，弄威权，要人人在她跟前低头。说到摩法，他是一个将军的晚年的儿子；拿破仑在12月2日之役，因那将军有功，封他做伯爵。摩法也缺少快活的神气，但是人家都说他忠厚，说他做事有良心，而且他在朝廷里尽忠办事，能知自重，又有道德，所以人家都钦仰他。这是他的母亲给他的好教育：叫他天天去听忏悔，叫他不要逃学，叫他不要学少年人虚度光阴。他依言实行。他有很厉害的肝病，如最重的寒热病一般。末了，爱克多要切实地描写他，便低声附着他的表兄的耳朵说了一句话。

"这是不会的！"他的表兄说。

"人家向我赌过咒的，还不是真话吗！……他结婚之后，他还有这毛病呢。"

福歇利笑着注视那伯爵,只见他的面部有毫毛环绕,却没有胡子,自从他对史丹奈叙述款项的数目之后,更显得他是一个不好惹的人。福歇利咕噜地说道:

"不错,他真有个样子!唉,他给他妻子好一个赠品!……可怜,可怜,他该是怎样惹她厌了!我敢打赌,她是一点儿不知道的!"恰好沙苹夫人向他说话。他因为觉得摩法的情形太滑稽而且太稀奇了,一时听不见她的话。她重新又问道:

"福歇利先生,您不是揭载过俾斯麦先生的一篇小传吗?……您同他谈过话没有?"

他连忙起立,走近妇人队里,努力恢复了常态,而且他找到了一种很容易的答复:

"天啊!夫人,我老实对您说,我这一篇文章是抄袭德国出版的一本俾斯麦传的……我从来没有看见过俾斯麦先生。"

他停留在伯爵夫人身边,他一面同她谈话,一面继续地思量。看她不像有这许多年纪,人家至多只说她有二十八岁;尤其是她的一双眼睛保存着青春之火,长长的眼睑浴在一翳蓝光里。她是在一个不和谐的家庭里生长的,这一月住在叔雅尔侯爵家里,那一月住在侯爵夫人家里。及至她的母亲死后,她的年纪很轻,大约是她的父亲嫌她累赘,便迫她嫁了人。那侯爵是一个厉害的人,近来人们开始说他的奇异的历史,她虽则有孝心,也无可奈何!福歇利问她侯爵今晚来不来,她说他当然来的,但是要来得很晚,因为他的工作太忙了!福歇利自以为知道那侯爵在什么地方正在娱乐,于是他的神情仍旧严重。忽然间,他看见伯爵夫人左颊近嘴处有一个黑痣,他诧异起来。娜娜恰有这样的一个黑痣,一点儿不差!说也奇怪,在那黑痣上,也有几根小小卷曲的毫毛;不过娜娜的毫毛是黄色的,她的毫毛却是漆黑色的。这没有关系,这女人没有同人家睡过觉。只听得她又说道:

"我常常希望认识奥古斯达王后,人家切实地说她为人很忠厚,很信教……您想她会陪伴国王来吗?"

"我想不会的,夫人。"他答。

她没有同人家睡过觉,这是显而易见的。只消看她的女儿矫揉造作地坐在凳子上,她坐在她的女儿身旁,便可证明了。这坟墓般的一个客厅,放出教堂里的气味,令人联想到她屈服在铁手之下,过的是艰苦的生活。在这古色而潮湿的住宅里,她从来没有加上了自己的一件东西。宅中只有摩法专权,要人家忏悔吃斋。福歇利忽然看那老卫洛牙齿很不好,而笑容可掬,坐在妇人们背后,他更多得一个论据了。他认识卫洛是一个前任律师,专理宗教上的诉讼:他因此赚了不少的钱。他过的生活有几分神秘,人家到处接见他,恭敬地向他施礼,甚至于有几分怕他,好像他代表什么强权,隐隐中能给人祸福似的。然而他自己表示很谦卑,他是玛玳琏教堂的董事,此外他只承受了第九区市政局的副局长之任,依他说是借此消闲。呸! 沙苹夫人给人们包围得太厉害了,叫人无从下手! 福歇利溜出了妇人队里之后,对他的表弟说道:

"你的话不错,这里真闷煞人! 我们就要走了。"

但是史丹奈同摩法伯爵与那议员离开了之后,气冲冲地上前,流着汗,低声地咕噜道:

"好! 如果他们不肯说,就让他们不说吧,……我可以另找到些肯说的人。"

后来他把福歇利推到一个角儿上,变了腔调,得意洋洋地说:

"喂! 是明天吗?……我懂了,好朋友!"

"呀!"福歇利诧异地说。

"您不晓得……唉! 我好容易得到她家找见了她! 因为米让不肯放松我!"

"米让夫妇是知情的啊。"

"是的,她也向我说起……总之,她后来竟接见我了,……邀请我了……说是戏院散场后,半夜正十二点钟相见。"

那银行家的容光焕发，眨了几眨眼睛，说了一句隐藏深意的话：

"您呢，行了吧？"

福歇利假作不懂，说：

"什么？她想要谢我给她做了一篇文章，所以她到我家里去。"

"是的，是的……你们做新闻记者真有福，人家报答你们……喂，明天是谁付钱呢？"

福歇利把两臂张开，像要表示这是大家从来不能知道的。这时王多弗尔把史丹奈叫去了，因为他认识俾斯麦先生。钟克乖夫人差不多被说服了，她说了下面的几句话做结论：

"他给了我一个坏印象，我觉得他有凶恶的相貌……但是我愿意相信他有聪明。这就是他成功的原因。"

"当然啦。"那银行家勉强笑着说。

这一次爱克多却敢寻根究底，固执地质问他的表兄了：

"明天晚上人家在一个女人家里吃夜饭吗？……是谁？呃？是谁？"

福歇利作势表示人家在听他说话，叫他不可轻狂。门又开了，一个老妇人进来，后面跟着是一个少年男子，福歇利认得是那中学的逃学生。在《黄发的梵奴》之夜，他高声叫了一句"妙得很"，至今人们还常常谈起。这老妇人一来，全厅的人都起动了。沙苹夫人连忙站起来迎接，握着她的双手，叫她做亲爱的胡恭夫人。爱克多看见他的表兄怔怔地注视这情形，晓得他很想知道其中的缘故，于是概括地告诉他，令他动心：原来胡恭夫人是一个书办的寡妇，她的母家的旧基业在奥烈安附近，她只在李歇利欧路买了一所屋子作为行馆。她到巴黎来住几个礼拜，为的是把她最幼的儿子安置在巴黎，叫他进法科第一年级。她当年是叔雅尔侯爵夫人的好友，眼看沙苹夫人生长；沙苹夫人未结婚以前，曾在她家住了整整的几个月，现在她们还是你你我我地称呼呢。只听得她向沙苹夫人说道：

"我给你把乔治带来了。他长大了，不是吗？"

那少年有晶莹的眼睛，金黄的卷发，像一个假扮男子的少女。他毫无拘束地向伯爵夫人施礼，令她回忆起两年前在奥烈安同他玩了一场毽子。

"费理伯不在巴黎吗？"摩法伯爵问。

"唉！不"，那老妇人答，"他仍旧在布尔歇的军营里。"

她坐下来，骄傲地说起她的长子费理伯，他一时发狂自己去投了军，现在却升了陆军中尉。一切的妇人都环绕着她，表示同情与敬意。大家继续谈话，越发客气，越发考究了。福歇利看见了这可敬的胡恭夫人一副慈祥的脸孔露出蔼然的微笑，头上几幅宽阔的带子包着她的白发，他想起刚才怀疑沙苹夫人觉得自己太可笑了。

然而沙苹夫人所坐的一张宽大的红绸椅子又引起他的注意了，他觉得这椅子在这陈旧的客厅里太不相称了，竟显出一种爱好新奇的心理。这一种诱人情欲、教人懒惰的椅子，决不是摩法伯爵搬了进来的。这大约是一种尝试，是欲望与娱乐的开端。于是他又忘形了，又悠然沉思，隐约地忆及当年一间饭馆的特别室里他的朋友的一场私语。他所以希望混进摩法家里者，无非为一种淫欲的好奇心所驱使；既然他的朋友停留在墨西哥，谁晓得？非看一看不可。这当然是一场胡闹，然而这念头缠扰住他，他觉得受了引诱，他的淫心起了。那椅子上的红绸皱了，椅背也是颠倒的，此刻他注意到了，却觉得有趣。

"喂！我们走不走？"爱克多问，同时又说他到了外面一定可以打听知道人家偕同吃夜饭的那女人的名字。

"等一会儿吧。"福歇利答。

他再也不忙着要走了，借口说是人家拜托他请客，而他一时未便开口。这时那些妇人们在谈论某人出家修行的一件事，说是最能令人感动的一场礼仪，巴黎的上流社会为这事感动了三日之久。

原来出家的乃是福歇莱子爵夫人的长女,她受了不可抵抗的神示,竟进了嘉美利德修道院。尚特洛夫人是福歇莱夫人的表妹。她说那女子出了家的第二天,子爵夫人哭得呼吸不来,竟至于卧床不起。

"我呢",歇瑟尔夫人说,"我在教堂里坐的位置很好,我觉得这事很新奇。"

然而胡恭夫人却可怜那母亲:失了一个女儿,是多么悲惨的事啊! 她坦白地说道:

"人家说我非常尽忠于宗教,然而我到底觉得孩子们固执地要这样自寻死路乃是残酷的事情。"

"是的,这是一件可怕的事情。"沙苹夫人说时,打了一个小寒战,同时将身更用力地坐进火炉前她的大椅子里取暖。

于是那些妇人们互相辩论起来,然而她们的声音很平和,在严重的谈话里不时有轻微的笑声间杂着。壁炉上的两盏灯被玫瑰色的花纱罩着,放出微弱的光照耀她们。在别的地方也只共有三盏灯,以致这广阔的客厅沉在静和的阴影里。

史丹奈纳闷起来,他向福歇利叙述那歇瑟尔夫人的一件风流事,他竟叫起她的小名丽安尼来;他说时在那些妇人的椅子背后,把声音放低。他说丽安尼是一个任人调戏的女人。福歇利留心看她,只见她很滑稽地斜倚在她的椅子的一边,像一个男子般无所避忌,他终于觉得她在此地为可怪;他觉得嘉洛林家里还规矩些,因为她的母亲治家严些。唉! 这巴黎的社会是何等奇异的社会啊! 最规矩的人家也给些野人侵进去了! 那静默的卫洛,只晓得微笑地露出他的不好的牙齿,他大约是逝世的老伯爵夫人时代的宾客;其余如尚特洛夫人、钟克乖夫人、几个上了年纪的妇人与四五个坐在屋角儿上不动的老翁,大约也都是些老宾客。摩法伯爵引来的乃是些公家职员,他们都循规蹈矩,合朝廷的格式;其中有一个是某部的处长,他老是一个人坐在屋子中央,面部剃得光光的,眼神

昏瞀,身子给衣服束得太紧了,竟令他动弹不得!差不多所有一切
的少年人与几个上流人都是叔雅尔侯爵招来的,他保存着正统派
的交游,因为他进了议会之后曾经加入正统派。此外剩有歇瑟尔
夫人与史丹奈,这两人形迹可疑,不知是谁引来的。关于这一层,
胡恭夫人年纪高,却有明白的解答。然而福歇利看见歇瑟尔夫人
的时候,便以为这是沙苹夫人引来的。史丹奈继续低声地说道:

"又有一次,丽安尼引了她的戏子到莫多邦去。她住在波尔介
府,离莫多邦有二十里之远,她每天坐着两马的轻车到他所住的金
狮旅馆看他……那车子在门外等候着。丽安尼进去几个钟头不出
来,以至于许多人走拢来看她的车马。"

室中一时沉寂,高高的天花板之下大家度过了几秒钟的庄严
的时间。两个少年开始唧唧喳喳地私语,然而不久也就停止了。
大家只听见摩法伯爵走过的脚步声。那些灯似乎更黯淡了,炉火
熄了,四年以来的座上老亲友都浴在严厉的黑影里。好像宾客们
都觉得伯爵的母亲归来,大家看见她的严肃的脸孔似的。后来是
沙苹夫人再开口说:

"总之,巴黎人传说得很厉害……说是那少年男子死了,这就
是那可怜的女子出家的真原因,而且人家说福歇莱先生永远不会
赞成他们结婚。"

"人家还说许多别的话哩。"丽安尼冒失地说。

她说了,笑起来,不肯再说下去了。沙苹夫人为这一句有趣的
话所动,也忍不住把手帕子掩了嘴唇。在庄严的客厅里,这一阵笑
声好像水晶破碎了一般,福歇利又有了感触,这当然是一个裂痕的
开端。这时众声又起,钟克乖夫人反对沙苹夫人的话,尚特洛夫
人也说她晓得福歇莱曾经议过一头亲事,但是后来大家也就不提
了;男人们也说出他们自己的意见。在这几分钟内,那些波那巴特
派、正统派与怀疑派互相冲撞,一时议论纷纷。爱斯迭尔按铃,叫
人在炉中添炭。仆人把灯送上来,大家如重见天日。福歇利微笑,

好像觉得舒服了。

"妙啊！女子们嫁不得表兄,便只好嫁上帝",王多弗尔说了这两句,因为他讨厌这问题,特走近福歇利问道:"亲爱的,您看见过一个被爱的女子出家吗?"

他听不见答话,他越发厌烦了,于是低声说道:

"喂,明天我们一共多少人?……有米让夫妇、史丹奈、您、我与白兰胥……还有谁呢?"

"嘉洛林,我想……西曼……大约还有嘉嘉……人家总知道不清楚的,是不是? 在这种情形之下,预料二十个人,临时可以有三十个呢。"

王多弗尔注视着妇人们,突然改变一方面说:

"这钟克乖夫人,在十五年前该是还很好看的……那小爱斯迭尔还躺在那里,这又是一块漂亮的肉,预备给人放在床上的!"

忽然他又停止说这个,仍旧回说到明天的夜宴:

"在这种事情,最讨厌的乃是:常常只是那几个女人……非加上一些新的不可。请您努力找出一个来吧……呃! 我有一个主意了! 我要去把那一天晚上陆离戏院里那胖汉子带来的那女人请了来才好,待我同他商量去。"

他所说的乃是那内务部处长,此刻正在客厅中央打盹。福歇利远远地看他们商量这事,觉得有趣。那胖汉子规规矩矩地坐着,王多弗尔也走去坐在他的身旁。一霎时,他们二人似乎在争论那少女出家的真原因。不久之后,王多弗尔回来了,说:

"不行,他赌咒说她很规矩,说她一定拒绝的……然而我却打赌说我在洛尔家里看见过她。"

"怎么,您到洛尔家里去!"福歇利笑说,"您竟到这种地方去冒险!……我以为只有我这一班穷骨头……"

"呀! 亲爱的,人生于世,什么都该晓得才是。"

于是他们互相调笑,双睛睞睞地互相叙述殉教路的会食馆的详情,原来那胖妇人洛尔在那里招呼许多穷困的女人吃饭,每餐只收三个法郎。这是一个好窟窿!那些女人们吻洛尔时,都吻她的嘴。沙苹夫人偶然听见了一句,便掉转头来,他们都往后退,互相轻轻地碰着,大家都很快活。他们没有注意到旁边有乔治·胡恭在听他们说话,听得脸红了,竟从耳根红到他那少女般的颈。这孩儿十分害羞,同时又很羡慕。自从他的母亲放松了他在客厅里之后,他绕到歇瑟尔夫人身后坐下,因为他只觉得她一人是美妙的,而且他的心里还念念不忘娜娜!

"昨天晚上",胡恭夫人说,"乔治引我看戏去。是的,到陆离戏院去,我至少有十年不踏进陆离戏院的门口了。这孩子很爱音乐……至于我呢,我没有什么兴趣,但是我看见他那么高兴!……今日戏院里演的都是些新奇的戏剧,而且我承认音乐不能十分感动我的心怀。"

"怎么!"钟克乖夫人说时,举眼向天,"夫人,您不爱音乐!唉!一个人不爱音乐,这是可能的吗?"

大家也跟着这样说。胡恭夫人完全看不懂陆离戏院这一本戏剧的好处,大家也不开口;她们都看过那戏,然而她们却不谈论及。她们接着就谈音乐,大家说对于音乐大师的钦仰。钟克乖夫人只爱梵贝尔①,尚特洛夫人却为意大利诸名家揄扬。这些妇人的声音很柔和而无力,好像小教堂里的赞美歌。这时王多弗尔把福歇利拉到客厅中间,说道:

"喂,我们到底要找一个女人预备明天应用才是。我们去要求史丹奈好不好?"

"唉!史丹奈!到他手里的女人乃是巴黎所不要的了!"

这时王多弗尔四顾寻觅,又说:

"等一等,前几天我遇见福加孟陪伴着一个可爱的金发妇人。

———————
① 梵贝尔(Weber,1786—1826)是德国的大音乐家。

我要叫他把她带去。"

于是他叫了福加孟来,二人很快地商量了几句。大约商议中还有难题,因为他们小心地踱来踱去,跨过妇人们的裙子,直去找着另一个少年,三人在窗前继续地商量。剩下福歇利独自一人,只好走近了壁炉,恰听见钟克乖夫人说她每次听见梵贝尔的音乐时,必同时看见好些湖山林壑,与白露沾濡的乡村上的红日初升。忽然他觉得背后有人拍他,而且说道:

"你不是个好人。"

福歇利回头认得是爱克多,便问道:

"什么?"

"明天的夜宴……你很可以邀请我啊。"

福歇利恰要答话时,王多弗尔已经回来,向他说:

"那女人似乎不是福加孟的,只是那边那一位先生的姘头……她是不能来的了。真没有福气!……然而我到底招致福加孟。他要设法把王宫剧场的鲁意丝邀了来。"

只听得尚特洛夫人提高了声音问道:

"王多弗尔先生,听说礼拜天人家喝华克奈尔①的倒彩,不是吗?"

"唉!喝得好厉害的倒彩!"他答时,很有礼貌地走上前去。

后来人家并不留他,于是他又走开,继续地凑着福歇利的耳朵说:

"让我再去张罗……这些青年们该认识许多女子。"

只见他很客气地微笑着走近那些男子,在客厅四面拉人说话。他混进了某一队里,向每人的耳边说了一句,回身眨了几眨眼睛,有会意的样子。他好像颁布命令,他的态度很自然。他的话传遍,大家订了约会;同时那些妇人们叽哩咕噜地在辩论音乐上的问题,

---

① 华克奈尔(Wagner,1813—1883)是德国的大音乐家。

声音遮盖住了少年们互相招致的私语。只听得尚特洛夫人又说道:

"不,请您不要说起您那些德国人。歌曲乃是快乐的本身,乃是黑暗中的光明……您听见过巴蒂①唱的《理发匠》吗?"

"她唱得妙极了。"丽安尼说着,同时只在钢琴上奏几曲小歌剧。

这时沙苹夫人按铃了。每逢礼拜二宾客不多的时候,就在客厅里摆茶。沙苹夫人一面指点仆人把一张独脚桌搬开,一面把眼睛管住了王多弗尔伯爵。她模糊地微笑,把她那些雪白的牙齿露出一点儿。当那伯爵走过的时候,她问他道:

"喂,王多弗尔先生,您在捣什么鬼?"

"我吗,夫人? 我没有捣什么鬼。"他镇静地回答。

"呀!……我刚才看见您鬼鬼祟祟的……喂,请您帮一个忙吧。"

她把一个册子交给他,叫他拿到钢琴上去。然而他还有法子低声告诉福歇利,说明天将有奈奈,是本冬季的最美丽的酥胸;还有玛丽亚,是戏狂剧场新聘的演员。这时爱克多步步扯住他,要他邀请,他终于请他了。王多弗尔即刻答应要他,不过叫他要领了克拉丽丝去;爱克多假装怕叨扰人,不肯就答应。他叫他放心,说:

"既然我邀请您,这就够了!"

爱克多很想要知道那女人的名字,但是伯爵夫人已经把王多弗尔叫了去,问他英国人烹茶的法子,因为他每年为赛马之故往往到英国去。然而依他说只有俄国人会烹茶,于是他把秘诀传给了伯爵夫人。后来,好像他说话时心里同时想到许多事情上头似的,突然改口,问道:

"我请问您,那侯爵呢? 今晚我们不能见他的面吗?"

_____

① 巴蒂(Adelina Patti,1843—1919)意大利的女音乐家。

"哪里!"沙苹夫人答,"我的父亲切实地答应过我的。此刻我开始担心了……大约是他的工作缠住了他。"

王多弗尔心里明白,口里只微笑了一笑。他也猜得着叔雅尔侯爵的工作是什么性质的,他因此想起那侯爵有时候带一个美人到乡间去,也许可以把她请了来。

这时,福歇利以为夜深了,是应该冒险邀请摩法伯爵的时候了。王多弗尔以为他说的是笑话,问道:

"当真的吗?"

"千真万确的……如果我不替她传话,她要挖我的眼睛。您须知,这是她的怪脾气。"

"那么,让我来帮助您,亲爱的。"

十一点钟响了,伯爵夫人由她的女儿帮助着献茶,因为来宾大抵都是些熟人,所以茶杯与饼盘都挨着各人的座位送去,那些妇人们在炉火前,并不离开她们的椅子,轻轻地呷茶,用手指拿着饼干慢慢地啃。她们的谈话,从音乐移到日常交易的店家去了,大家说糕饼店只有布亚西耶家,镜店只有嘉特菱家,然而尚特洛夫人却主张赖登威尔家。这时的谈话越发迟缓了,一种惰性催眠了全座。史丹奈把那议员推在长椅的一角上,仍旧迫他说出消息。卫洛先生的牙齿大约是甜的食品弄坏了的,此刻他还吃那些饼干,沙沙地响,像一个老鼠;同时,那内务部处长把鼻子浸在茶杯里,半晌不抬头。伯爵夫人不慌不忙,经过了一个又一个,不吃的并不勉强他吃,她只站着注视那些男人,现出"无言的质问"的神气,然后微笑地走过了。盛烈的炉火把她的脸弄得通红,她活像她的女儿的姊妹;但是她的女儿在她的身边却显得太笨了。当她走近福歇利的时候,他正在同她的丈夫及王多弗尔谈话,她看见他们忽然住口了,但是她并不停步,更走远些,把那一杯茶送给乔治·胡恭。这时福歇利很风流地向摩法伯爵再说道:

"有一位妇人想要请您吃夜饭。"

摩法伯爵的脸孔全晚都是灰色的,很诧异地问道:

"什么妇人?"

"呃!娜娜!"王多弗尔一口说破了。

那伯爵的神气更严重了,他的眼睑一掩,同时额上一皱,似乎害了头痛病的样子,他说:

"但是我并不认识这位妇人。"

"不要说了吧,您还到过她家呢。"王多弗尔说。

"怎么!我到过她家吗?……呀!对了,前几天我去替乐善会捐钱。现在我差不多忘记了;……无论如何,我不认识她,我不能承受她的邀请。"

他变了冰冷的脸孔,意思是说他们这样开玩笑实在是没道理,像他这一流的人岂是那一类妇人的座上客!王多弗尔反驳说这是艺术上的宴会,有了艺术的关系,什么都可以原谅了。福歇利也说从前苏格兰的王子也肯坐在一个咖啡音乐馆的歌妓的身旁。摩法伯爵也不听他的话,只一口拒绝。虽则他很讲究礼数,竟至于露出生气的态度来。

乔治与爱克多正在对立着喝茶,早已听见了他们的几句私语,于是爱克多咕噜地说:

"呃?这原来是在娜娜家里,为什么我总猜不着!"

乔治一句话不说,然而他的金发飘动了,蓝睛闪烁了;数日来他的淫荡的心一时发作。现在他发现了他所梦想的一切了!

"不过我不晓得地址。"爱克多说。

"在哈斯曼大马路,阿尔加特路与巴斯基耶路的中间,第三层楼。"乔治一口气说完了。

爱克多诧异地望着他。他一则自负,二则难为情,脸红得很厉害,接着说道:

"我懂得了,她今早已经邀请了我。"

这时客厅里一时耸动,原来是叔雅尔侯爵来了,大家殷勤地迎接。王多弗尔与福歇利不能再劝摩法伯爵了。只见那侯爵艰难地走上前来，两腿酸软，脸色惨白，停步在厅的中央。他的眼睛眨了又眨，好像他在黑暗的小路出来，忽见灯光，禁不住眨眼似的。沙苹夫人向他说道：

"父亲，我已经失望，以为今晚见不到您了。假使您不来，我简直担心到明天。"

他怔怔地望着她不答，好像不懂得的样子。他的脸上剃了胡须，显得鼻子格外的大，像臃肿似的，他的下唇也吊下来。胡恭夫人看见他这样辛苦，很可怜他，满面慈祥地向他说道：

"您工作太多了，您应该休养才是……到了您这年纪，应该把工作让给少年人了。"

"工作，呃"，他毕竟吃吃地说了，"是的，工作，老是许多工作。"

他恢复精神了，把他那弯下了的腰挺起来，依照平常的习惯把手放在自己的白发上。他的白发稀疏，在他的耳后飘着。只听得钟克乖夫人问道：

"您为了什么工作，弄得这样晚？我以为您是到财政部里集会去了。"

沙苹夫人抢着说道：

"我的父亲要研究一个法律草案。"

"是的，一个法律草案"，他说，"不错，正是一个法律草案……我关了门研究……这是关于工厂的规程，我要人家注意礼拜日的休息。政府不肯从严施行，真是可耻。现在的许多教堂都空了，不久就有灾祸了。"

王多弗尔向福歇利丢眼色。他们二人都在侯爵身后，看他的动静。后来王多弗尔终于能把他拉到一边，同他说起从前他所带到乡下去的那一个美人，他假装惊怪，说他并没有这事。他有时候到维洛弗来·戴介尔子爵夫人家里住几天，也许人家看见的就是她。王多弗尔见他不肯说真话，便要报复他，突然问道：

"喂！您到了什么地方来？您的手腕儿满是蜘蛛网与石灰。"

"我的手腕儿吗？"他说时有几分不自在，"呃？真的……有点儿脏……大约是我在家里下楼的时候抹了来的。"

这时许多人都走了，已经差不多半夜了。两个仆人悄悄地把那些空杯子与糕饼碟子收了去。壁炉前的妇人把队伍缩小，在这残夜里越发谈得起劲，客厅自身也在打盹，壁上吊下了些黑影，于是福歇利说要告辞了。然而他一时忘情，又把沙苹夫人细看。她把主妇的事情交给人家做了，此刻她坐在原来的位置，一声不响地把眼睛对着炉中的残炭。她的面是那样白，那样固定，教他又怀疑起来。在火光中，她的唇边的痣上黑毛变为黄色了，活像娜娜的痣，连颜色也相同了。他忍不住凑着王多弗尔的耳朵说了一句，真的！王多弗尔从来不曾注意到这个！于是他们二人继续把娜娜与沙苹夫人的身上各部分相比较，他们觉得她们的下巴与嘴部模糊地相像，但是眼睛却不十分相同。而且娜娜像一个少女；沙苹夫人却像一只睡着的猫，爪缩进去了，剩有发抖的脚在外面轻轻地摆动。

"毕竟人家可以同她睡觉。"福歇利说。

王多弗尔用眼睛解剖沙苹夫人，说：

"是的，毕竟可以的。但是，您须知，我对于她的大腿不放心。她是没有大腿的，您要不要打赌。"

他住口了。福歇利连忙用肘撞他一撞，同时指着他们跟前的小凳上坐着的那爱斯迭尔。刚才他们把声音提高，没有注意到她，大约他们的话都给她听见了。然而她还是呆呆地坐着不动，伸着她那长得太快的瘦颈，她的头发也没有一根动摇。于是他们走开了三四步。王多弗尔发誓说沙苹夫人是一个正气的妇人。

此刻壁炉前的人声起了。钟克乖夫人说：

"你们说俾斯麦先生是一个聪明人，我赞成说也许是的……不过，你们还要说他是一个天才……"

原来那些妇人们仍旧回到第一次的谈话。福歇利气着说道：

"怎么！还是俾斯麦先生！这一次我真的要走了！"

"等一等"，王多弗尔说，"我们需要摩法伯爵切实地答复一句才走。"

这时摩法伯爵正在同他的岳父与几个庄重的男人谈话。王多弗尔拉了他过来，重新说起邀请的话，更从中劝驾，说他自己也是赴宴的一个。男人无论什么地方都可以去，人家至多说他好奇，决不会觉得他做了坏事。伯爵静听他的议论，把头低了，只不作声。王多弗尔觉得他在踌躇，此刻叔雅尔侯爵却走近来了，现出想要知情的样子。王多弗尔把原委告诉了他，福歇利连他也邀请，他偷看了他的女婿一眼。大家静默，颇难为情，但是后来他们二人都鼓起勇气，预备应承，恰巧摩法伯爵一眼看见卫洛先生把眼睛紧紧地望着他，便不开口了。那老卫洛不笑了，面如土色，眼似钢铁，又晶亮，又锋利。

"不。"摩法伯爵即刻答应了一句，这一次他的语气是这样斩钉截铁的，再也不能劝他了。

于是那侯爵也拒绝了，他的辞色更是严厉。他说起道德来，说上流社会应该给人做榜样。福歇利微笑了一笑，与王多弗尔握了握手，他不等候他，即刻就走，因为他还要到饭馆里去。

"明天半夜在娜娜家里，是不是？"他说。

爱克多也告退了。史丹奈也辞别了沙苹夫人。大家到外厅里取大衣的时候，每人嘴里都说"明天半夜在娜娜家里"，把一句话传遍了。乔治应该等候母亲一块儿走，然而他先站在门口，告诉人家一个清楚的地址，说是第三层楼左边的门。福歇利在未走以前，把眼向客厅望了最后一次，则见王多弗尔仍旧回到妇人队里，与丽安尼说笑话。摩法伯爵与叔雅尔侯爵也加入谈话，同时胡恭夫人在张开眼睛打盹。在裙裾的后面，剩有卫洛先生孑然一身，他变小了，仍旧笑容可掬。半夜的钟声，在这广阔而庄严的屋子里徐徐地响了。只听得钟克乖夫人还说道：

"怎么！怎么！您竟以为俾斯麦先生要同我国宣战，打我们……唉！越说越不成话了！"

宣战的话是尚特洛夫人说的，她的丈夫在阿尔萨斯开了一个工厂，她到阿尔萨斯时听见了这话。大家都笑她。

"幸亏有皇帝在那里。"摩法伯爵庄重地说，俨然一个官员。

这是福歇利听见的最后一句话。他再细看了沙苹夫人一眼，然后把门带上了。沙苹夫人从容地与那肥胖的内务部处长谈话，好像很有兴味似的。真的，他该是误会了，沙苹夫人哪里有可疑的痕迹？可惜，可惜。

"喂！你不下楼吗？"爱克多在通过室里喊。

在马路上，大家分手的时候，还叮咛地说道：

"明天在娜娜家里再见。"

第四章

自从清晨以来,索爱便把屋子交给一个酒席主任料理。这酒席主任是从柏烈邦店家来的,还带来了许多助手与伙计们。一切都是柏烈邦包办:夜饭呀,杯盘呀,饭巾呀,鲜花呀,直至于椅子与凳子,都是柏烈邦店家送来的。娜娜的柜子里找不出一打饭巾来,她虽则一时发达,还没有时间添置家私,又不屑到饭店里请客,她宁愿叫了饭店的人来。她以为这样比较地有体面些。她想要请大家吃一顿夜饭,庆贺她演剧的成功,好教人家替她揄扬。她的饭厅太小了,那酒席主任把食桌移到客厅里,桌上摆二十五副刀叉,未免狭窄了些。

"一切都预备好了吗?"娜娜在半夜归来便问。

索爱有生气的样子,唐突地答道:

"呀!我不晓得!谢上帝!我什么也不必管。他们在厨房里大骚扰,全屋子要给他们闹翻了!……还不够,他们还找我吵嘴。那两个今晚又来,我不管三七二十一,竟把他们赶出门外去了。"

她说的是娜娜的两个旧人,就是守财奴与黑汉子。娜娜自信前途很有希望,便决定把他们辞了,依她说是要"换一块新的肉"。她听了索爱的话便咕噜地说道:

"这些歪缠的小鬼!如果他们再来,请您威吓他们,说要到警察局告他们去。"

这时她呼唤达克奈与乔治,原来他们跟了她来,只停留在外厅里挂大衣。他们二人是在巴诺拉马路的伶人门相逢的,娜娜叫他们一同坐了马车回来。这时屋里还没有人到,于是她叫他们进梳妆室里去坐,同时叫索爱把梳妆室收拾收拾。娜娜不换衣服,只匆匆地把头发挽起,把些白玫瑰插在她的髻上与胸衣上。梳妆室里堆着许多客厅里的家具,这是刚才人家搬进来的,八仙桌呀,安乐椅呀,靠背椅呀,都是四脚朝天的摆放着。她的装束已经完好了,不料她的裙子抹着一张椅子的脚轮,竟破裂了。于是她恨恨地骂着,说她专遇着这种事情。她气冲冲地把长袍脱了,这是一件白色轻纱的长袍,很软很细,所以她在里面穿一件长的衬衫。但是她脱去了即刻又穿上,因为她找不着满意的另一件。于是她几乎哭起来,说她像一个拾烂布的婆子。达克奈与乔治只好把些扣针扣住了她的长袍的裂缝,同时索爱也给她重新理发。三人都在她身边忙碌着,尤其是那小乔治,竟跪在地上,双手捧着她的裙子。她毕竟气消了。达克奈说此刻至多只是十二点一刻,因为她匆匆地赶做完了《黄发的梵奴》的第三幕,吞骗了许多会话,省略了许多诗句。娜娜说:

"这对于那一群呆子总是好的。你们看见了吗?今晚的人真不少!索爱,您在这里等候我,您不要睡觉,也许我用得着您……呼!是时候了,有人来了。"

她溜走了。乔治还跪在地上,衫尾扫地。他看见达克奈紧紧地望他,不觉脸红了。然而他们到底互相亲爱,他们在那大活动镜前重新打好领结,又替换着刷衣服。二人得亲近娜娜的肌肤,都有得意的样子。

"教人猜是白糖。"乔治说时笑着,像一个贪吃的婴孩。

一个被雇请来的跟班把宾客们都引进了小客厅里。这是狭窄的一个屋子,只放着四张靠背椅子,因为多放椅子越发狭窄了。大客厅里传来杯盘与银器的声音;同时,门下有一道光线照进来。娜娜进来的时候,早已看见爱克多带来的克拉丽丝坐在一张椅子上。

"怎么！你是第一个。"娜娜说。原来自从她得了胜利之后,已经把克拉丽丝当做亲密的人看待了。

"呀！他才是第一个呢",克拉丽丝答,"他总怕赶不来……假使我相信了他的话,简直连胭脂也不洗,假发也不除,便赶来了。"

爱克多与娜娜初次会面,鞠躬施礼,说了些恭维的话,又提起他的表兄,把些繁文缛礼来掩饰他的动摇的心境。但是娜娜也不听他的话,也不问他的姓名,匆匆地握了他的手,便上前迎接洛丝。这时娜娜忽然变为很有礼貌的样子:

"呀！亲爱的夫人,您为人真好！……我非常希望您来！"

"说真的话,该是我快活呢。"洛丝也很客气地说。

"请坐……您不需要什么吧?"

"不,谢谢您……呀！我的扇子放在我的裘衣里,忘了拿来。史丹奈,您去看,在右边的衣袋里。"

史丹奈与米让是跟着洛丝进来的。史丹奈回身取了扇子来,同时米让像兄弟般地与娜娜接吻,而且迫着洛丝也吻她。在戏院里,谁不是一家人? 他又向史丹奈丢了一个眼色,意思是鼓励他,然而他给洛丝的一双怒眼吓怕了,只在娜娜的手上一吻,也就算了。

这时王多弗尔与白兰胥也来了。大家行了大礼,娜娜恭恭敬敬地把白兰胥引到一张椅子上坐下。王多弗尔笑着告诉娜娜,说福歇利在下面与人吵嘴,因为那门房不许绿西的车子进来。

在外厅里,人家听见绿西把门房骂做肮脏东西。但是那跟班把小客厅的门开了之后,她却雍容娴雅地进来,自道姓名,上前握着娜娜的双手,说她一见她就生爱,说她觉得她有可骄傲的才艺。娜娜闻言惭愧,向她道谢。自从福歇利到了之后,她似乎有事在心。她能走近他的时候,即刻低声问道:

"他来不来?"

福歇利虽则预备好了许多话来解释摩法伯爵拒绝的原因,但

他给她一时问急了,竟唐突地答道:

"不,他不肯。"

后来他看见她的面色变了,知道自己说话糊涂,便努力要说话弥缝:

"他不能来,因为他今晚带伯爵夫人赴内务部的跳舞会去。"

娜娜怀疑他不怀好意,咕噜地说道:

"好的!……仔细我处治你!"

福歇利听了她的威吓的话,心里不受用,说:

"你还说哩!我不喜欢这种差事,将来你叫拉布迭特办去吧。"

他们掉转了背,各自生气了。恰巧米让把史丹奈推向娜娜。他看见没人在她身边的时候,连忙上前,像是要为朋友寻快乐似的,低声向她说:

"您须知他害了相思病了……不过他怕我的妻子。您可以保护他,是不是?"

娜娜假装不懂,她微笑地注视洛丝,又望她的丈夫与那银行家,结果是对那银行家说道:

"史丹奈先生,等一会儿请您坐在我的旁边。"

忽然间,外厅里来了一阵喧笑声,私语声,活像学校里放学时的光景。拉布迭特进来了,背后跟着是五个妇人,绿西嘲说是他的学生队。这五个妇人中有一个是嘉嘉,一件绿绒的长袍裹在身上;有一个是嘉洛林,身上仍旧是一件大花的黑袍;还有莱雅,穿着平日的衣服;又有那胖奈奈,是一个金发的,胸部肿胀像个奶妈,人家都笑她;最后是玛丽亚,她是一个十五岁的少女,身子瘦长,性情活泼,最近才在戏狂剧场登台。拉布迭特把她们都放在一辆车子运来,他们说起途中拥挤的情形还忍不住笑,因为玛丽亚没有地方坐,竟坐在别人的膝上。她们都噙住了嘴唇,同大家握手施礼,很合规矩。嘉嘉学孩子口气,故意说些不正的拼音。奈奈在路上听见人家说有六个全身赤裸的黑人预备替娜娜上菜,所以此刻她的心还悬挂着，请求娜娜给她看那些黑人。拉布迭特骂她愚蠢，叫她住口。

"鲍特那富呢?"福歇利问。

"唉!"娜娜说，"您想我是多么伤心! 他今晚不能来。"

"是的"，洛丝说，"他的脚踏进了一个窟窿里，挫闪了脚，可叹得很……你们还没有看见他绷着脚躺在一张椅子上恨恨地赌咒呢!"

于是大家都可惜鲍特那富不来，一场好夜宴少不了鲍特那富。然而他既然不能来，大家也只好将就。他们已经谈到别的事情去，只听得有人大声嚷道:

"什么! 什么! 人家竟这样埋葬我!"

大家都掉转头来，原来这就是鲍特那富，他的身材很大，面色很红，腿硬挺挺地站在门槛子上，倚着西曼的肩。这时节，他是同西曼睡觉的。西曼曾经受过教育，会奏钢琴，会说英语。她是一个可疼的金发女子，把弱不胜衣的身上承着笨重的鲍特那富，几乎给他压扁了。然而她微笑，表示柔顺。他停步不语一会儿，觉得大家把他们看做一幅图画。他说:

"人家应该爱您，是不是? 我恐怕我纳闷，所以我自己说:我去吧……"

他忽然住口不说，却恨恨地骂了一句:

"天杀的!"

原来西曼走了一步快些的，他的脚又闪了一闪，于是他撞了她一撞。她仍旧陪着笑脸，低着头像一个怕打的畜牲，把自己那又胖又矮的身子拼命地支撑着他。在欢呼声中，大家殷勤招待他。娜娜与洛丝推了一张椅子来，鲍特那富坐下了，其他的女人们又推另一张椅子承住他的脚。屋子里所有的女伶们都去同他接吻，当然啦。他喃喃地只是骂，只是叹气。

"天杀的! 天杀的! ……也罢，我的肚子还结实，等一会儿你们看。"

其他的宾客们也来了，大家在屋子里转身不得。杯盘与银器的声音停止了，此刻大客厅里来了一阵吵闹的声音，原来是那酒席主任在那里骂人。娜娜等得不耐烦了，现在再也不等待宾客了，只怪人家不曾上菜。她差了乔治去问是什么缘故，同时她还看见许多男女宾客进来，很是诧异，这些人都是她从来不曾认识的。她有几分为难起来，便询问鲍特那富、米让、拉布迭特，他们也不认识。后来她询问到王多弗尔，他忽然想起了，原来是他在摩法伯爵家里所招致的少年们。娜娜向他道了谢。很好，很好。不过席上要窄狭得太厉害了。她请拉布迭特去叫人家加添七副刀叉。拉布迭特恰恰出去了，那仆人又引进了三个人。不，这一次却变成可笑的了；老实说，要不得这许多宾客。娜娜开始生气了，昂然地说这是不很妥当的。但是，她又看见来了两个，她不觉笑起来，她觉得这是太滑稽的了。也罢！来者不拒，尽管他们来吧！这时众人都站着，只有嘉嘉与洛丝坐着，鲍特那富一人却垄断了两张椅子。大家唧唧喳喳地低声说话，不时有轻轻打呵欠之声。

"喂！娜娜"，鲍特那富问，"我们毕竟就席了好不好？……我们已经把屋子塞满了，不是吗？"

"呃！对了。我们竟把屋子塞满了！"她笑着回答。

她把眼睛四面观望，她的神气变严重了，因为她不看见某人在座，十分诧异。大约是缺少了一个宾客，她只不说出名字来。大家只好再等待。几分钟之后，宾客们瞥见一个高大的男子站在他们的当中。这男子的神色很高贵，嘴上一把美丽的白胡须。最可怪的乃是：没有一个人看见他进来，只见卧房里的一门半开，大约他就是从卧房里溜进小客厅里来的。大家一时寂静，只听见一片私语之声。王多弗尔一定晓得那先生是谁，所以他们心心相印地握了一握手。妇人们争问王多弗尔，他只微笑不答。于是嘉洛林低声地打赌说这是英国的某爵士，他在明天就要回伦敦结婚去；她认得他,因为他上过她的手。一时间,这话传遍了妇人们的耳朵。然而玛丽亚却主张这是德国的一个公使,她认得他,因为他往往同她的一个女朋友睡觉。至于在男人们当中,大家说些很快的话批评他,说这似乎是一个了不起的人物。也许这夜宴是他付账的。是了,有九分相像了!呃!但愿夜饭好吃就好!总之,大家存疑,已经忘了那白胡子的老翁;只见那酒席主任把大客厅的门打开叫道:

"夫人的酒席预备好了。"

娜娜与史丹奈揽臂走,那老翁耸了一耸肩,娜娜只当看不见,于是他只好独自一人跟在娜娜后面。再者他们并没有好好地排班,男女们散漫地进去,大家笑这不讲礼仪的宴会。广阔而没有家具的一间房子里摆着一张长桌子,自东头直到西头;而这桌子还嫌太小,因为杯盘都接连了。四个十枝蜡烛的烛台照耀着桌子,其中有一个是镀金的,左右各有鲜花。桌上的食具都是饭店里的奢侈品:有金色花纹的瓷器,有久经洗涤而褪色的银器,至于那些水晶物品,假使每打中少了一件,尽可以到杂货商场买来添补。这好像是一个暴发户匆匆地请人们吃入宅喜酒,其实什么也没有布置好。先说就缺少了一盏大挂灯,那些烛台上的蜡烛并不引火,以至于室中只有黄色的淡光。桌上有些长颈果碟子、糖果碗子之类,上面载着些水果、饼干、果子酱。只听得娜娜说道:

"诸位请随意就席吧……这样更有趣些。"

她在桌子的中央站着。那大家不认识的老先生坐在她的右边,同时她也留史丹奈坐在她的左边。有好些宾客们已经坐下了,忽听得小客厅里有骂人的声音,原来这是鲍特那富给大家忘记了,他无论如何在两张椅子上挣扎不起来,只喃喃地骂着。西曼也跟着众人来了,所以他叫西曼。妇人们慌忙奔赴,大家都表示可怜他的样子,结果是由嘉洛林、克拉丽丝、奈奈、玛丽亚把他抬来了。然而要把他安置就席,也就很费周折。有人叫道:

"把他安置在桌子的中央,在娜娜的对面!鲍特那富在中央!

他可以做我们的主席!”

于是妇人们把他安置在中央,然而需要另一张椅子承着他的腿。两个女人把他的腿捧着,轻轻地把他躺放着。这没有什么关系,他可以侧着身子吃饭。

“天杀的!”他喃喃地说,“唉!我此刻笨得很!……小猫儿们,爸爸把自己交托给你们了。”

洛丝在他右边,绿西在他左边,她们说过愿意照料他。现在人人都坐下了。王多弗尔伯爵坐在绿西与克拉丽丝之间;福歇利却坐在洛丝与嘉洛林之间。另一边,爱克多赶着坐在嘉嘉身旁,虽则有克拉丽丝在对面招他,他也不理。米让是不肯放松史丹奈的,所以与他只隔了一个白兰胥,米让的左边乃是奈奈,奈奈的左边乃是拉布迭特。桌子的东西头乃是那些少年们、妇人们与西曼、莱雅、玛丽亚等,没有次序,只混在一起。达克奈与乔治微笑地望着娜娜,他们二人渐渐地更是意气相投了。

这时还有两个人不得坐,大家又说笑话了,男人们愿意献膝头给女人们坐。克拉丽丝的手弯不转来,便向王多弗尔说,要靠他喂她。唉!可惜鲍特那富一人竟占了两张椅子!大家努力设法,毕竟能使人人都坐下了。然而米让嚷着说大家竟像一桶子的鲞鱼!

“清煮天门冬汤。”伙计们捧着许多盘天门冬在宾客们背后巡行说。

鲍特那富高声劝人吃天门冬,忽然听得有人吵嚷了一声。门开了,三个迟到的客——两男一女——进来了。呀!不行,这三个是容不下的了!然而娜娜且不离位,放眼试看她是否认得他们。那女的是鲁意丝·卫若兰,那两个男的却是她从来没有见过的。只听得王多弗尔说道:

“亲爱的,这一位是我的朋友海军军官福加孟先生,是我邀请他来的。”

福加孟施了一礼,很如意地接着说道:

　　"而且我大着胆,擅自引了一个朋友来。"

　　"呀!好极了,好极了",娜娜说,"请坐吧……我看……克拉丽丝,请你移动一下子,你们那边很宽……好,已经尽了心了……"

　　大家还再挤紧,福加孟与鲁意丝占得一个桌角;他那朋友只好远远地离桌坐着,他吃东西的时候须把手臂从邻座的人们的肩中间伸过去。伙计们把汤撤开了,送上一种香菇小兔。鲍特那富骚动了全桌的人,他说曾经在一刹那间有意把普鲁利耶、方丹与那老波士克带来。娜娜正色地说:假使他们来,一定给他们不好下台。说如果她要邀请同人们,她会自己去请。不,不,不要那些下等伶人。那老波士克常是醉容满面;普鲁利耶太不庄重了;说到方丹,他在团体中令人难堪,因为他的声喉太大,而且会说糊涂话。再者,您须知,他们到了这些先生们队里,一定弄得手足无措的。

　　"对了,对了,这是真的话。"米让说。

　　在桌子的周围,这些先生们穿着常礼服,系着白领结,都是很规矩的人物。他们的脸色淡白了,越疲倦越显得他们超群。那老先生的举动很从容,怡然微笑,俨然一个外交会议的主席。王多弗尔如在沙苹夫人家里,对他的邻座的人们很有礼貌。今早娜娜还对她的姑母说:以男子而论,再也找不到更好的,他们都很高贵,很有钱,总之,是些有体面的男人。至于妇人们呢,她们也很守规矩,其中有几个,如白兰胥、莱雅、鲁意丝,是穿着露肩衣来的;只有嘉嘉也许太袒露了,像她这样的年纪,本该一些也不露才是。此刻大家有了座位,便开始谈笑起来。乔治自思他在奥烈安的乡绅们家里赴宴的时候,席上还更风流。这时大家几乎不说话,男人们互相不认识的只你望我,我望你;妇人们却安静地吃饭。乔治看见了这情形,非常诧异,他本来以为大家即刻互相拥抱接吻,谁料他们竟扮起绅士太太来!

　　这时伙计们送上两种接馔,一种是兰河的鲤鱼,一种是鹿腿。忽听得白兰胥高声说道:

"亲爱的绿西,礼拜天我遇见了您的奥里维耶……他长大得真快!"

"说哩!"绿西答,"他有十八岁了。教我不能自称年纪小了……昨天他已经回他的学校里去了。"

她的儿子奥里维耶是海军学校的学生,所以她说起了便有骄傲之色。于是席上大家谈起儿女来,妇人们个个都感动了。娜娜叙述她的大乐事:她的儿子小路易此刻在她的姑母家里,她的姑母在每天上午十一点钟前后把他送了来,娜娜把他放在自己的床上,教他同他那小狗律律玩耍。他与律律都混进了被窝里,好不令人笑煞!料不到小路易已经是狡猾的人了!

"唉!"洛丝说,"昨天我闹了一个整天!你们想想看,我到膳宿学校里找我的查理与亨利,晚上非领他们到戏院里去不可……他们跳起来,拍着他们的小手说:'我们去看妈妈做戏,我们去看妈妈做戏!……'唉!我的耳朵怕不给他们闹聋了!"

米让心中动了慈父之爱,殷勤地微笑说:

"演剧的时候,他们很滑稽,他们像大人一般地严肃正气,眼睛紧紧地望着洛丝,于是他们问我:妈妈为什么赤裸了两条腿?……"

全桌都笑起来,米让得了胜利,表示为父的骄傲,他非常爱他的儿子们,而且洛丝在戏院内外赚来的钱都交给他收理,他很忠心地经营,渐渐发财,这就是他心心念念不忘的一件事。他娶她的时候,他做一个大咖啡馆的音乐队长,她也在馆里做一个歌女,那时节,他们很热烈地相爱。现在他们只是两个好朋友,他们共同议定了:她呢,她尽量地工作,用她的才貌去赚钱;他呢,他抛弃了他的梵亚林,为的是便于照管她的生意。世上再没有一对夫妇像他们那样规矩,那样和谐。

"您的儿子,大的几岁了?"王多弗尔问。

"亨利有九岁了。呀!……这是一个寻快乐的男子!"米让答。

后来他又调笑史丹奈,说他不爱小孩子。而且他竟大着胆子说假使史丹奈做了父亲,便不至于这样耗丧了许多家财。他一面说,一面把眼睛从白兰胥的肩上望过去,窥探史丹奈的神色,看这与娜娜有无关系。这时,自从几分钟以来,洛丝与福歇利假倚着谈话,令他老大不高兴。洛丝也许不虚耗时间去做这种傻事吧?在这情况之下,他只好置之不理。他举起一双美手,小指上一只钻石戒指;他又吃了一块鹿肉。

这时关于孩子们的谈话仍旧继续着。爱克多坐在嘉嘉身边,心魂摇荡;他因在陆离戏院里看见过她的女儿陪伴着她,趁此就问她的女儿近来好吗?是的,阿美丽近来身体很好,然而她的孩子气还是很重!他听说阿美丽已经上了十九个年头,不胜诧异。嘉嘉的眼神里现出更威严的样子。及至他要晓得为什么她不曾把阿美丽带来,她冷冷地答道:

"唉!不,不,决不!还没有三个月以前,她硬要退出膳宿学校……我想把她即刻嫁了出去……然而她太爱我了,我不由自主地仍旧把她留着!"

她的眼睑变青了,只见她挤眉眨眼地又谈她的女儿的学校。她说假使她当年不曾积下一个钱,到现在的年纪还要工作,还有男子,尤其是年纪很轻的男子,她可以做他们的祖母;那么,结了婚还更好些。她俯身假倚爱克多,她的赤裸的大肩几乎把他压扁,他的脸红了。

"您须知",她说,"如果她跟着我走,却不是我的错处……少年人的思想都是很奇怪的!"

桌子旁边有一场大动作:伙计们忙于奔走。接馔完了之后,现在是正馔来了:一盘嫩鸡,一盘蒜汁鱼,一盘薄切牛肝。正馔未来以前,酒席主任只叫送上莫索酒,现在却送上香贝丹酒与烈奥威尔酒来了。在这替换盘碟刀叉的闹声中,乔治因为听了妇人们的谈话而诧异,便问达克奈:这些妇人们是否个个都有孩子。达克奈觉得他所问的话有趣,便详细地告诉他:绿西的父亲是北火车站的抹油工人,原籍英国。她有三十九岁了,一副马的嘴脸,然而长得可爱;她有了肺痨,然而她始终不死;她是这些妇人们当中最有体面的:三个王子、一个公爵都到过她的手里。嘉洛林生于波尔多,她的父亲是一个小职员,为羞耻而死了。算是她的运气好,她有一个标致的母亲。她的母亲起初是诅咒她,后来考虑了一年,终于与她重归于好,为的是想要救她免于破产。嘉洛林只二十五岁,人家都说她美,所以她的身价始终不变;那母亲做事很有条理,善理家务,计算收支,严密不苟。她的全家住在一所狭小的住宅,她自己住在三层楼,却把一个房间作为女裁缝们的工作室。至于白兰胥呢,她的真名乃是夏格怜·波涂,她是从阿米恩的一个市镇来的。她长得很漂亮,然而愚蠢,又爱说谎,她自称某将军的孙女,而且不承认她有三十二岁;俄国人很赏识她,因为她的身体很肥满。达克奈说到这里,简略地附带说及其他的妇人们:克拉丽丝本是圣奥班的一个丫头,给某夫人把她带到巴黎来,那夫人的丈夫却抬举了她。西曼是圣安东尼镇的木器商人的女儿,她的父亲使她在一个膳宿学校读书,原希望她做一个小学教员。玛丽亚、鲁意丝、莱雅,没有一个不是巴黎的马路上人;奈奈曾做牧牛的女儿直到二十岁。这一场谈话令乔治突然打破了疑团,一面听,一面怔怔地望着那些女人,心中兴奋,同时又茫然自失。这时他的身后那些伙计们还恭敬地叫道:

"嫩鸡……蒜汁鱼……"

达克奈凭着他的经验说:

"亲爱的,我劝您不喝酒,这时候喝酒毫无用处……您只喝一些烈奥威尔酒就算了,因为这不很令人乱说话。"

桌上的蜡烛与肴馔的热气熏蒸,紧紧地拥挤着的三十八个人都难于呼吸。伙计们不知不觉地踏在被脂肪沾污了的地毯上。然而这一场夜宴并不令人开怀,妇人们像猫儿般细嚼,余下来一半的肉;只有奈奈饕餮地把一盘的肉吃个精光。这夜深的时候,妇人们都有兴奋的脑筋与不调和的肠胃。娜娜身边的老先生拒绝人家奉献给他一切的肴馔，只喝了一羹匙的汤。而且他静对面前的空盘，怔怔地在望人。席上大家悄悄地打呵欠，不时有些人的眼睑闭了，有些人的脸孔变为土色了；王多弗尔说得好：这是令人闷煞的筵席。这种夜宴，若要快活，就不该正经。如果说要讲道德、守规矩，倒不如到高等人家的酒席上去，也不见得比这里更讨厌些。假使没有鲍特那富时刻吵嚷着，大家怕不睡着了！鲍特那富伸长了他的腿，由他身边的洛丝与绿西服侍他，竟像一个苏丹。她们二人只照管他，调护他，娇疼他，时时看顾着他的盘子与杯子，然而他终不免于叫苦。

“谁替我切肉呢？……我自己切不得，桌子太远了。”

西曼常常站起来，走到他的背后，替他切肉，切面包。那些妇人们个个都注意他所吃的东西，大家叫伙计拿菜来，给他堵了一嘴的菜。西曼揩他的嘴，同时洛丝与绿西替他换了刀叉，他觉得很如意，于是他终于表示满意了，说：

“好啊！你才是真的女人……女人生来原为的是这个。”

这时大家稍为振作精神，谈话变为普通的了。众人吃了一种冰冷柑汁，然后伙计们送上一盘香菇里脊，算是热盘；又一盘冷馅火鸡，算是冷盘。娜娜因宾客们都没有兴高采烈的样子，所以她生气了，高声说道：

“你们晓得吗？苏格兰的王子已经定下了一个包厢，预备他来参观展览会的时候去看《黄发的梵奴》。”

“我希望各国的王子们都去看。”鲍特那富满嘴含着肉菜说。

“我们等候波斯王，他在礼拜天可到。”绿西说。

于是洛丝谈起波斯王的钻石，说他的帽子上尽是宝石掩盖着，值得好几百万法郎。那些妇人们的面色变了，眼睛映映，露出贪婪的样子，于是她们伸长了颈，叙述不久就来的那些国王与皇帝。她们个个都希望至尊们逢场作戏，一夜的钱便够她们一生享受了。

只听得嘉洛林俯身向王多弗尔问道：

"喂，亲爱的，俄皇有多少年纪了？"

"唉！他是没有年纪的！没有法子可想，我预先告诉你。"王多弗尔笑着回答。

娜娜假装给他的话冒撞了，他的话未免太粗，众人咕噜地表示不服。这时白兰胥说她在米朗看见过意大利王一次，于是她便给大家讲述意王，说他的容貌并不好看，然而他所要的女人没有一个不到手的；后来福歇利切实地说意王不能来，她就现出纳闷的样子。鲁意丝与莱雅却努力说奥地利皇帝的好话。忽然间，大家听得玛丽亚说道：

"普鲁士王真是一个笨伯！……去年我到巴特去，我到处遇见他，总是与俾斯麦伯爵在一块儿。"

"呃！俾斯麦！"西曼抢着说，"我也曾认识他……他是一个可爱的男子。"

"昨天我恰是这样说呢，人家却不肯相信我。"王多弗尔说。

这时大家也像在沙苹夫人家里一般地把俾斯麦谈论很久，王多弗尔把昨天说了的话再说。一霎时，大家俨然在摩法伯爵的客厅里，只妇人们不同了。恰巧大家谈了俾斯麦又谈到音乐。后来福加孟露出一句话述及全巴黎传扬的少女出家之事，娜娜听了心动，一定要人家叙述福歇莱小姐的详情。唉！可怜的女子，竟这样活埋了！但是，一个人受了神示，也就顾不了许多！席上的妇人们都感动。乔治是第二次听见这些事情，所以听得不耐烦，便向达克奈询问娜娜的秘密习惯。这时的谈话不免又回到俾斯麦。奈奈不知道俾斯麦是谁，便附着拉布迭特的耳朵询问，于是拉布迭特冷冷地给她造出一大段历史：说俾斯麦专吃生肉，说他遇见一个女人在他的巢穴旁边的时候就把她驼在背上走了，说他如此做去，所以他才四十岁已经有了三十二个孩子。奈奈听了，信以为真，于是吃惊说：

"才四十岁就有三十二个孩子！那么,他虽则年纪不老,大约已经衰弱不堪了。"

座上的人都大笑起来,她懂得人家是取笑她,于是说道:

"你们真呆！我晓得你们说的是笑话吗?"

然而这时嘉嘉仍旧只谈展览会,她也像众妇人一般地快活,一般地准备发财。这是一个好时令,外省与外国的人都集中于巴黎。也许在展览会闭幕之后她的生意兴隆;许久以来,她在蜀维西看中了一所住宅,也许天从人愿,她可以到蜀维西休养去了。她向爱克多说道:

"您有什么法子? 人家是不能有所成就的……假使还被人恋爱的话！"

嘉嘉表示有情,因为她觉得爱克多的膝触着她的膝。他的脸孔通红。她一面说,一面丢眼角望他,知道他不是一个很有斤两的人,然而她现在不是难相与的了。结果爱克多得到了她的住址。这时王多弗尔私自向克拉丽丝说道:

"您看！我想嘉嘉在向您的爱克多打主意呢。"

"我哪里管他!"克拉丽丝说,"这男子乃是一个糊涂虫……我把他赶出门口三次了……您须知,少年们找老婆子,实在令我心中作呕。"

她住了口,悄悄地指着白兰胥。原来白兰胥自酒席开始以来,侧着身,很不舒服,然而她昂然自大,想要给那有体面的老先生看她的肩,那老先生却与她距离三个位置。克拉丽丝又说道:

"亲爱的,人家也丢开了您呢。"

王多弗尔怡然微笑,表示不关心的态度。当然,他不会阻止这可怜的白兰胥博得他人的欢心。他却特别关心于史丹奈在席上的举动。众人都晓得这银行家的风流嗜好;他是德国的很厉害的犹太人,包办种种生意,亲手赚得好几百万家财。后来他为女人所迷,却变为一个糊涂人:他对于女人,真是见一个爱一个;戏台上出演的女人们没有一个不被他收买的,价钱尽管怎样贵也不要紧。人家替他算过账,他为爱女人的热狂,曾经破产两次。正如王多弗尔所说:荡妇们挖空了他的荷包,乃是为道德报仇。这时他在兰特地方大开盐矿,仍旧在交易所里占势力;六个礼拜以来,米让夫妇大吃特吃他的盐矿。然而人们打赌说米让决不能吃得精光,还有娜娜张着嘴,露着一口白牙齿等候着呢。这一次史丹奈又着了迷,所以他在娜娜身旁像十分疲倦似的,肚子不饿而吃东西,嘴唇下垂,面部嵌着斑点。娜娜只消说出一个数目就行了;然而她不慌不忙,逗他玩耍,吹他的多毛的耳朵,看他的面上打寒战,借此开心,假使摩法始终做圣人,然后向史丹奈下手不迟。

"烈奥威尔酒呢,还是香贝丹酒呢?"一个伙计这样问,同时把头伸在娜娜与史丹奈之间,此刻史丹奈正在同娜娜低声说话,他听见伙计发问,糊里糊涂地答道:

"呃?什么?哪一种都可以,随您的便。"

王多弗尔用肘轻轻地撞绿西。绿西自从出了风头之后,嘴很厉害,心也狠得多了。今晚是米让得罪了她,所以她向王多弗尔说道:

"您须知,米让这一次可上当了,他希望再做当年庄吉耶的故事……您记得吗?当年庄吉耶同洛丝在一起,同时又爱慕洛尔……于是米让把洛尔供给了他,后来又揽着他的臂拉他归向洛丝,像一个游戏人间的丈夫……但是,这一次却要失败了,人家借给娜娜的男子,娜娜是不会还给人家的。"

"米让严厉地望着他的妻子,这是什么来由?"王多弗尔问。他把身向前俯,瞥见洛丝对福歇利十分有情,他才懂得绿西生气的原因。于是他笑着说道:

"哼!您是不是吃醋?"

"吃醋吗?"绿西气冲冲地说,"呃!如果洛丝想要福歇利,我甘心让给他。您想想他的价值!……每礼拜只送我一束生花,还靠不住！……亲爱的，您看，戏剧界的女人个个都是一样的。洛丝读了福歇利给娜娜做的文章之后，气得哭了；我是知道的。她也要他给她自己做一篇文章，所以她抓住了他……我呢，我要给他吃一顿闭门羹，将来您看！"

一个伙计捧着两瓶酒站在她的身后，她住了口，向伙计说：

"烈奥威尔。"

然后她又把声音放低，说：

"我不愿意吵嚷，吵嚷不是我做的事情……然而她到底是一个肮脏女人。假使我是她的丈夫，我要给她一顿好打……唉！她做这事，会倒霉的！她不认识我的福歇利，他还不是个干净的人，他黏着女人们，为的是谋他的位置……唉！好一个世界！"

王多弗尔努力使她安静。鲍特那富给洛丝与绿西冷待了，便生气起来，吵说人家让爸爸饿死渴死。幸亏这一嚷，把她们的耳目都转移方向了。这时的夜宴只挨延着，没有人再吃了，大家糟蹋了那些珍菌与波罗糕。但是，自开席至今，大家喝香槟酒，以至于宾客们渐渐醉起来，渐渐骚动，终于不很循规蹈矩了。妇人们朝着零乱的刀叉，各各把肘横在桌上；男人们因为要呼吸，把他们的椅子向后挪移；黑色礼服衬着白色的抹胸，赤裸的肩背恰似皎皎的素绢。天气太热了，桌子上的烛光更成黄色。有时候，卷发的头向前一俯，钻石的耳环的光芒照灼着高髻。含笑的眼睛，半露的银齿，都助席上的欢娱；银烛的反光烧了杯中之酒。这时大家高声说笑，指手画脚，往往有问无答，而且隔着桌子的两极端，远远地叫人。尤其是伙计们闹得厉害，他们以为是在自己的饭店里，互相拥挤，进冰与饭后果品时竟用喉音请。

"诸位请听"，鲍特那富说，"我们明天还要做戏呢……当心！不要多喝香槟酒！"

"我呢"，福加孟说，"五大洲的酒我都喝过了……唉！有的是非常厉害的烧酒，其中的酒精可以杀一个最强壮的人……然而却从来不能奈何我……我是不能醉的。我曾经努力求醉,终于醉不成。"

他的面色很惨白,很冷,倒倚着椅背,还在喝酒。

"这个我不管",鲁意丝说,"你不要喝了吧,你喝的也够了……假使要我在深夜里服侍你,岂不是笑话!"

绿西醉了,脸上现出肺痨病者的红光。洛丝的眼睛湿了,在卖弄风流。奈奈吃的太多了,糊里糊涂地只管笑着。其余如白兰胥、嘉洛林、西曼、玛丽亚互相谈论她们的事情,说她们与车夫怎样吵嘴,说她们预备到某村游玩,又叙述了些情郎怎样被人偷了去,或怎样奉还了人家。这时乔治身边有一个少年男子想要同莱雅接吻,被她赏了轻轻的一个巴掌,带着说:"喂!您放手吧!"说时还装怒态。乔治也醉得很厉害,他越看娜娜越动心,忽然起了一个念头,想要爬到地下,从桌底钻到她的裙脚下蹲着,像一只小狗。谁也不会看见他,他便规规矩矩地蹲到散场。他越想越有意,但是他到底迟疑一会儿。这时莱雅请求达克奈叫那少年男子不可乱动手脚,乔治听了,忽然大大地伤感起来,好像人家骂他自己似的。这真糊涂,真令人发愁,再也没有什么好处了。然而达克奈只开玩笑,迫他喝了一大杯的水,而且问他:三杯香槟酒便把他拉到地下去,假使他独自一人陪伴着一个女子,他会干出什么事情来了?这时福加孟又向哈梵纳说道:

"喂,他们把些野果子做烧酒,叫人猜是吞了火把……然而我却喝了一斤有余!还不能奈何我!……又有一次更惊人,我们到了印度东边的哥罗曼山上,有些野人给我们喝些我不晓得是什么,大约是胡椒合着硫酸,也奈何我不得……我是不能醉的。"

自从几分钟以来,他对面的爱克多惹他不喜欢,于是他冷笑,说了些扫兴的话。爱克多掉转了头,身体常常摆动,努力要挨近嘉嘉,然而终于有事令他操心了:原来人家拿走了他的手帕子。他带着醉容硬问邻座的人们要手帕子,而且弯腰注视椅底与脚底。嘉

嘉劝他不必操心,他说:

"我真糊涂,手帕子的角上有我的名字……这可以给我招是非。"

"喂!爱克多,阿克多,克爱多先生。"福加孟这样嚷着,因为他觉得把爱克多的名字变化得有趣。

爱克多生气了,吃吃地骂他的祖宗,恨恨地要把一个水晶瓶抛在他的头上。王多弗尔伯爵来劝止,说福加孟原是一个很滑稽的人。真的,惹得全座都笑了。爱克多不好发作,只好再坐下来;他的表兄厉声命令他吃东西,他便像孩子般遵从了。嘉嘉仍旧把他拉近身边;然而他不时还放眼偷看席上的人们,始终要找他的手帕子。

这时福加孟动了兴致,便隔着全桌远远地与拉布迭特挑战。鲁意丝努力要使他住口,依她说:如果他这样播弄别人,结果总是她倒霉。他把拉布迭特叫做"夫人",越叫越有趣,叫了又叫;拉布迭特耸了耸肩,每次都安静地说:

"亲爱的,不要叫了吧,这是没有意义的。"

然而福加孟继续地叫,甚至于辱骂起来,大家不晓得是什么缘故。拉布迭特不回答他了,转向王多弗尔伯爵说道:

"先生,请您叫您的朋友住口……我不愿意发怒。"

他搏战了两次。大家都赞成他,而且都攻击福加孟。福加孟这次一闹,席上增加了趣味,大家原觉得他有趣;然而因此大杀风景,也就不值得了。王多弗尔脸上起了铜青,硬要他取消拉布迭特的女性。其余的男子如米让、史丹奈、鲍特那富都出头干涉。只有那在娜娜身边已经给人忘了的老先生保存着尊严的脸孔,懒懒地,悄悄地,只是微笑,同时把无光的双睛望着残余的饭后果品。只听得鲍特那富说道:

"我的小猫儿①，我们就在这里喝咖啡好不好？因为我们坐得很舒服。"

娜娜不即刻回答。自从酒席开始之后，她不像在她自己家里，众人把她闹昏了：叫伙计呀，高声说话呀，毫无拘束，竟像在饭店里一般。她自己也忘了她是女主人，她只照顾着那肥胖的史丹奈，他正在她身边心魂动摇。她听他说话，然而还摇头拒绝他，同时又笑着逗引他。她喝了香槟酒之后，脸色通红，嘴湿润了，眼睛发光了；她转头的时候，现出颈后的微胀，真是动人春心；她每次把肩娇柔地一扭时，史丹奈又给她喝酒。他看见她的耳边的皮肤细润得似缎子一般。有时候，娜娜给人扰动了，想起席上的宾客们，便努力装很客气的样子，表示她懂得招待。夜宴将告终的时候，她已经很醉了，那香槟酒令她即时醉起来，她的心里很抱歉。忽然间，她想起一件事就动了怒，她想那些妇人们在她家里行为不端，乃是故意弄脏她的地方。唉！她看得很清楚！绿西曾经丢眼色教福加孟与拉布迭特寻仇，同时洛丝、嘉洛林与其他各人也都挑拨那些男子们。现在她们希望大家不和，教人猜说在她家吃饭的时候尽可以任意放肆。好！等一会儿他们看吧！她虽则醉了，还是最有体面最懂规矩的妇人。

"我的小猫儿"，鲍特那富再说，"请你叫人家就在这里摆咖啡吧……我为了我的腿，我宁愿你这样办好些。"

娜娜突然站起来，向史丹奈与那老先生耳边说了几句，他们二人听了都吃一惊。原来她说的是：

"活该！活该！这一次我得了教训，教我下次再请肮脏的客。"

后来她又指着饭厅的门，高声说道：

"如果你们诸位要喝咖啡，都在饭厅里。"

大家离了桌，互相推着向饭厅里走，并不注意到娜娜的怒气。

---

①　巴黎人所谓"我的小猫儿"，像中国人所谓"我的乖乖"。

一霎时,只剩下鲍特那富一人在客厅里,他倚着墙一步一步地挪移,咒骂那些女人,说她们吃饱后便抛了爸爸不顾。伙计们待他一转背,早已由酒席主任高声命令着把刀叉撤去了。他们匆忙奔走,互相冲撞,把桌上的东西搬开,好像戏台上的布景主任把哨子一吹,工人们便把仙宫的布景撤了似的。男女宾客们喝了咖啡之后,应该仍旧回到客厅里。

"哼!这里的天气凉快些。"嘉嘉走进饭厅时,打了一个寒战说。

饭厅的窗子还开着,两盏灯照耀着桌子,桌上已经摆好了咖啡,还有种种的醇酒。但是没有椅子,大家只站着喝咖啡;同时隔壁的伙计们撤席的声音闹得更凶了。这时娜娜不见了,也没有一个人担心;大家少了她也不要紧,各人自斟咖啡,小匙子不够,便向食具橱的抽屉里找去。众人结合成了好几群;在吃饭的时候离开的人们,此刻都合拢来了。大家互相注视,作有用意的微笑,与概略而能表示情况的言语。洛丝向米让说:

"奥古斯特,这两天内,福歇利先生该到我们家里吃一顿中饭,是不是?"

米让正玩弄着他的表链,听了妻子的话,便把一双严厉的眼睛向福歇利紧紧地望了一会儿。他以为洛丝做事糊涂,他是一个会打算的人,本不该允许她浪费光阴。也罢,为的是一篇文章,不得不然;但是文章成了之后,她的门也就该关上了。他晓得他的妻子的脾气不好,而且他常以慈父之心待她,允许她做一两件糊涂事,如果不得不做,他也就不阻她。于是他强作客气地答道:

"当然,这样一来,我是很喜欢的……福歇利先生,请您明天来吧。"

绿西正在同史丹奈与白兰胥谈话,却听见了米让请客。她把声音提高,向史丹奈说道:

"她们一个个都发狂了,其中竟有一个偷及我的狗……亲爱的,您看,您抛弃了她,难道是我的罪过吗?"

洛丝把头掉过去,她少量地喝咖啡,把眼睛盯着史丹奈,面色大变;她因被他遗弃所生的愤怒蕴蓄在双眼里像火焰一般,她比米让把事情看得透些;她知道米让想要再做当年庄吉耶的故事乃是一个不好的计策,这种计策用到第二次便不灵了。也罢!她不久可以得到福歇利,自从酒席开始之后她就运动了。如果米让不喜欢,不要紧,将来他可以得到一个教训。

"您不会同人家打仗吧?"王多弗尔走来向绿西说。

"不,您不要怕。不过,您叫她规矩些,否则我要教大家面子上都过不去。"

说后,又堂皇地向福歇利说道:

"烈昂,我家里还有你的睡鞋。明天我叫人把鞋子送给你的门房。"

福歇利想要搭讪说几句笑话,她像皇后一般地昂然走开了。这时克拉丽丝背倚着墙,为的是安静地喝一杯樱桃酒,她看见了他们的情形,不免耸了一耸肩。唉!何苦为一个男子闹事!两个妇人与她们的情郎同在一起,不该放慷慨些吗?譬如她,如果她愿意的话,她尽可以抓破了嘉嘉的眼睛,为的是爱克多。呀!呸!她管不了这许多!所以爱克多走过的时候,她只说这么两句就算了:

"喂!你爱的是腐败了的!这些还不熟,您该吃些熟透了的才是。"

爱克多似乎十分不好意思,他心下不自在。看见克拉丽丝嘲笑他,他越发怀疑她了,他说:

"你不要扯谎。你拿走了我的手帕子,快拿来还我!"

"时刻只说你的手帕子,令人讨厌死了!糊涂虫,我为什么要偷了你的手帕子呢?"

"呃!为的是把它寄给我的家庭,给我招是非。"他说时,表示不信任她的样子。

这时福加孟又狂饮醇酒,仍旧望着拉布迭特调笑他。拉布迭特正在妇人队里喝咖啡。福加孟开了口只管说:说他是一个贩马商人的儿子,有些人还说他是某伯爵夫人的私生儿;他家没有一个钱的入息,而他的荷包里常常有五百法郎。说他是荡妇们的仆从,是永远不同女人睡觉的男子。他越说越动气,嚷道:

"不行! 你们看,我非赏他一个耳光不可。"

他喝干了一杯香酒,那酒也不能奈何他,于是他把大拇指的指甲咬着作响。他正要奔向拉布迭特,忽然面色大变,倒在食具橱前,像一个土墩,他醉得半死了。鲁意丝很伤心,她早就说这事会有坏的结果;现在,她须预备下半夜给他调护了。嘉嘉安慰她,像一个有经验的妇人一般地放眼观察福加孟,便说这是不要紧的,他可以这样睡到十二以至于十五个钟头之久,没有意外的危险。于是人家把福加孟抬走了。

"呃? 娜娜哪里去了?"王多弗尔问。

是的,不错,她离了席之后就走开了,这时大家想起她,便个个都寻找她。史丹奈已经担心了一会儿,此刻向王多弗尔问及那老先生,因为那老先生也不见了。但是王多弗尔叫他放心,说那老先生已经给他送走了。说这是一个外国的要人,用不着提起他的名字;他很有钱,只花了钱开了一场夜宴就算了。这时大家又忘了娜娜,王多弗尔瞥见达克奈探头进门,而且把手招他。他跟着达克奈走到卧房里,只见娜娜坐在那里,身硬了,唇白了;达克奈与乔治站着,愕然望着她。他诧异地问道:

"您怎么样了?"

她不回答,也不掉过头来。王多弗尔又问一次,她才答道:

"我不愿意人家欺负我。"

于是她把要说的话都说了出来,是的,是的,她不是傻人,她把事情看得明白。在夜宴时人家欺负她,人家说些丑话表示瞧不起她。其实一群肮脏的女人都比她卑下了几等! 她往往替她们为难,而今却遭她们骂！她不晓得什么鬼神阻止了她,不立刻把这一群污秽的宾客赶了出门。娜娜越说越气,末了却说不出声,只能呜咽啜泣。王多弗尔说：

"哎呀,亲爱的,你醉了。该懂道理才好。"

她先就拒绝了,不肯再出去。

"我醉了,也许吧。然而我要人家尊重我。"

达克奈与乔治已经求了她一刻钟之久,她只不肯回到饭厅里。她硬着颈不肯走,说宾客们尽可以任意做事,说她太瞧不起他们了,决不肯出去同他们在一块儿。不,决不！那怕人家把她剁成肉酱,她也不离她的卧房。她又说：

"我本该提防她们才是。都是洛丝捣的鬼！我今晚等候一个正气的妇人不来,一定是她阻止了的。"

她说的是罗贝尔夫人。王多弗尔以人格担保,说罗贝尔夫人是自己拒绝了的。他听她说,同她辩驳,并不发笑。他看惯了这种把戏,知道女人们在这情形之下该用什么法子处治。然而当他想要握她的手,把她从椅子上拉起来的时候,她努力挣扎,怒气增加了一倍。岂有此理,谁敢说不是福歇利阻止了摩法伯爵！福歇利乃是一条毒蛇,是一个妒忌的人。他会缠住了 个女人,同时把她的幸福毁坏了,因为她分明晓得摩法伯爵很爱慕她,她本可以得到手的。

"他吗！亲爱的,不行！"王多弗尔说着,一时忘形,笑起来了。

"为什么呢？"娜娜正色地问时,酒气已醒了些。

"因为他信仰那些教士,如果他的手指轻微地摸了您,第二天他一定去教堂里忏悔……您信我一个忠告吧。我劝您不要放走了另一个才好。"

她静默了一会儿,心下思忖。后来她站起来,去把眼睛洗净了。然而当人家想要把她拉进饭厅去的时候,她只恨恨地嚷着说不肯。王多弗尔不再固执了,微笑地离开了卧房。他走了之后,娜

娜即刻大感动,投入达克奈的怀里说:

"呀! 我的心肝,只有你……我爱你,呃! 我很爱你! ……假使我们能常在一块儿,岂不是好! 天啊! 女人是多么不幸啊!"

乔治看见他们接吻,不觉脸红了,娜娜一眼看见,也抱住他接吻。说她的心肝不能与一个孩儿吃醋。她希望达克奈与乔治常常和气一团,因为三人这样相爱下去很是好事。这时一阵奇异的声音惊动了他们,原来有一个人在卧房里打鼾。他们寻觅了一会儿,看见这是鲍特那富,大约是他喝了咖啡之后,到房里来安身。他睡得很不舒服,身在两张椅子上,头靠着床沿,腿伸着。娜娜看见他开着嘴睡觉,每呼吸一次,鼻孔便掀一掀,她觉得很滑稽,不觉笑起来,笑得满身摇动。她从卧房里出来,达克奈与乔治跟着出来。她走过了饭厅,进了客厅,越笑越高声了。

"唉! 亲爱的",她说时,几乎投入洛丝的怀里,"您真料不到,请你们来看吧。"

那些妇人们都只好跟她走。她温存地握着她们的手,硬把她们往里拉,看她如此天真烂漫,众人都信任了她,笑了。大家到了卧房里,看见鲍特那富堂皇地躺着打鼾,大家都忍着笑,停留了一分钟之久,仍旧回到客厅里来。到了客厅里之后,忽然哄堂大笑。其中有一个女人叫大家住口,然后远远地听见鲍特那富的鼾声。

此刻将近四点钟了。饭厅里摆上了一桌纸牌,王多弗尔、史丹奈、米让、拉布迭特都坐下打牌。他们的身后站着的是绿西与嘉洛林,她们在打赌;这时白兰胥眼倦了,心里不受用,每五分钟必问王多弗尔他们什么时候走。客厅里大家试作跳舞,达克奈预备奏琴,娜娜喜欢他的琴,她以为她的心肝会奏华尔斯与波尔加就好,用不着什么琴师。但是大家不大高兴跳舞,那些妇人们互相谈话,在安乐椅上打盹。忽然来了一阵喧器之声,十一个少年人成群结队来了,在外厅里高声大笑,要推开客厅的门进来。原来他们是从内务部的跳舞会里出来的,穿的是礼服,系的是白领结,带着莫名其妙的徽章。娜娜生气，恨他们喧哗，便从厨房里把伙计们叫来，命令他们把那些先生们赶了出去；而且她赌咒说不认识他们。福歇利、拉布迭特、达克奈，所有的男人们都上前，给女主人撑体面。只听得外面有人口出粗言，有人揎拳露臂，大家恐怕要弄到打架为止。然而其中有一个黄发的少年，肌黄肉瘦的，固执地说道：

"哎呀，娜娜！前几天的晚上，在伯台尔家的大红客厅里……您不记得吗？您已经邀请了我们了。"

前几天的晚上在伯台尔家里吗？她完全不记得了。先说，是哪一天晚上呢？于是那黄发少年说是礼拜三，她记得很清楚：礼拜三曾经在伯台尔吃夜饭，但是她差不多敢断定她没有邀请一个人。拉布迭特开始怀疑了，便说道：

"娜娜，也许你一时风流，把他们邀请了。"

于是娜娜笑起来，这也许是的，她记不得了。总之，既然这些先生们来了，他们尽可以进来。一切都调停好了，新来的人在客厅里找见了些旧友，吵闹变为握手。那黄瘦的少年是属于法国的大姓。而且他们声称还有许多少年们大约也跟着来。真的，不错，时刻有人开门，许多男子穿着官家的服装，带着白手套进来，这也都是从内务部跳舞会里出来的。福歇利开玩笑，问内务部长是否也要来？娜娜听了，赌气说与部长来往的人们未必配得上她自己。这时她心里存着一种希望，却不肯说出来，原来她希望这从跳舞会出来的人们当中有一个摩法伯爵跟着也来了。谁敢担保他不改变意见呢？她一面同洛丝谈话，一面放眼窥探着门口，看有没有摩法伯爵进来。

五点钟响了，大家不跳舞了，只有打牌的人支持着不肯收场。拉布迭特把位置让了人，那些妇人们都回到客厅里。众人半醒半打盹，渐渐懈怠了。灯光荡漾，灯蕊成烬，把玻璃球照耀成为红色。那些妇人们在此时都感觉到一种莫名其妙的闲愁，觉得有把自己的历史告诉别人的需要。于是白兰胥谈及她的祖父——那将军；

克拉丽丝也捏造一段故事,说当年有一个公爵到她的叔父家猎野猪,遇见了她,便千方百计诱惑她;她们二人掉过背去,各自耸肩,自问这种诳话是否能够成立。只有绿西坦然承认她自己的根源,她甘心叙述她的少年时代,说当年她的父亲——那北火车站的抹油匠,每逢礼拜天,买了一个苹果糕吃,便眉开眼笑了。

"呀! 让我告诉你们!"玛丽亚突然嚷道,"我家的对门有一位先生,是一个俄国人,非常有钱。你们看,昨天我收到一筐水果,呀,一筐水果! 筐里有的是很大很大的桃子,葡萄也像这么大小,总之,是这时令里难得的东西……而且果子当中有六张一千法郎的钞票……这都是那俄国人送来的……我当然都送还了他。但是我想起了那些水果,心里未免不很受用!"

众妇人噙着嘴唇互相注视,玛丽亚这样小的年纪,胆子竟这样大。她们这种女人,竟有这种历史! 她们互相藐视,尤其是妒忌绿西,因为她曾经有过三个王子。自从绿西每天早上骑马游树林有了成绩之后,她们人人都学骑马,无非是一种热望所致。

天快亮了,娜娜已经绝望,便转眼不再望着门口。这时大家纳闷死了,洛丝推辞不肯唱《睡鞋儿》,只踡跼在一张安乐椅上与福歇利低声谈话等候着米让。这时米让已经赢了王多弗尔五十来个路易[1]。有一位肥胖的先生,带着勋章,容貌端重,用阿尔萨斯的方音叙述阿伯拉汉的牺牲[2],然而没有一个人懂得,他的话便成了瞎吹牛。大家都不晓得怎样做才可以畅快地度过这一夜。一霎时,拉布迭特附着爱克多的耳朵,大约告发了些妇人们,所以爱克多走去绕着每一个妇人的前后左右,细看她们有没有他的手帕子在她们的颈上。此刻食具橱里还剩有香槟酒,少年们便都喝起酒来。他们互相呼唤,互相鼓舞,糊里糊涂地把全厅闹翻了。那大姓的黄发少年发明不得什么新奇的玩意儿,正在闷得慌,忽然有了一个主

---

[1] 每一路易等于二十法郎。
[2] 这是《圣经》里的故事。

意：他把他的一瓶香槟酒拿去倾倒在钢琴上，别的少年们都捧腹大笑起来。奈奈瞥见了，诧异地问道：

"奇了！为什么他把香槟酒倒在钢琴上呢？"

"怎么，你不懂吗？"拉布迭特正色地答，"香槟酒是最有益于钢琴的，因为有了香槟酒之后那钢琴才能发音。"

"原来如此。"奈奈深信不疑地说。

后来她看见人家笑，她才生气起来，难道她晓得吗！为什么人家老是把她弄得昏头打脑的！

这么一来，当然弄糟了，看来这一夜的收场是不干净的了。在一个角儿上，玛丽亚抓住了莱雅，骂她同不很有钱的人睡觉；她们争吵的结果便是各出粗言，你说我的脸孔不好看，我说你的脸孔生得丑。貌丑的绿西却来劝和，说脸孔是毫无关系的，只要身体生得端正就好。更远些，在一张安乐椅上，一个公使馆的随员搂住了西曼的腰，要吻她的颈；这时西曼疲倦得不堪，一肚子不好气，每次都把他一推，说一声"你真惹厌"，而且把扇子痛打他的脸孔。众妇人当中没有一个愿意人家摸她的，难道他们把她们当做娼妇不成？然而这时嘉嘉已经再擒住了爱克多，几乎把他抱在膝上；克拉丽丝在两个男子中间走开了，看她发狂地笑，大约是被人家搔她发痒。在钢琴的旁边，许多少年们还在闹他们的把戏，他们互相拥挤，争先把香槟酒倾泻。这种玩意儿很简单而又有趣。

"喂！老朋友，请你再喝一口……呃！这钢琴口渴了！……当心！再来一瓶！不要糟蹋了才好。"

娜娜掉转了背，没有看见他们。这时史丹奈坐在她的身边，她改变了意见对待他了。也罢！这是摩法伯爵的错处，谁叫他不肯来？她那白縠的长袍又轻又皱，像一件衬衣；她的双眉低垂，像一个任人调戏的少女。她的鬓上与抹胸上的玫瑰花瓣都落了，只剩有些花梗。史丹奈把手摸她的裙，忽然撒手，原来乔治所扣的扣针还在裙上，把他的手刺痛了，流了几滴鲜血，有一滴落在她的袍上，沾污了。

"现在是签了字的了。"娜娜正色地说。

天色渐渐亮了,一道暧昧的曙光射进了窗里,有令人发愁的景象。于是大家开始告别了,杂沓纷纭,都感觉得不舒服。嘉洛林悔恨熬了一夜,便说如果不愿意看好看的把戏就该走了。洛丝歪了一歪嘴,表示她受了她们的累,每次同这些荡妇在一块儿都是如此的;她们不懂规矩,自始至终都令人作呕。这时米让已经赢尽了王多弗尔的钱,便携着妻子走了;他们走时并不关照史丹奈,只重新邀请福歇利明天去吃中饭。于是绿西不肯要福歇利陪送她,高声喝令他去陪送他那不值钱的女戏子。激得洛丝回头,咬着牙骂了一声"肮脏的娼妇"。但是米让看惯了她们的吵闹,把自己看得高,便把她推到外面去,叫她住口。绿西独自一人跟着他们,昂然下了楼梯。绿西之后便是爱克多,他呼唤克拉丽丝,然而她早已跟着她那两位先生走了,所以他像一个孩子般呜咽着,嘉嘉只好陪送他走。这时西曼也走了。只剩有奈奈、莱雅、玛丽亚、拉布迭特殷勤地愿意陪送她们。这时娜娜说道:

"不过我完全不想睡觉!要找些事情做才好。"

她从窗上的玻璃望那铅色的天空,有煤烟般黑的云遮掩着。此刻是六点钟了。哈斯曼大马路另一边,娜娜家对面的屋子还沉沉地睡着,在曙光里露出屋顶;马路上还没有车马往来,只听得一群扫街夫的木屐声。在这惨淡的巴黎的曙色里,她忽有少女的情怀,觉得她需要乡村的、诗意的、甜的、白的生活。她回到史丹奈跟前说道:

"唉!您不晓得吗?等一会儿请您带我到布兰若林去,我们在那边喝些牛奶。"

她像孩子般欢欣,怡然拍掌。那银行家正在后方纳闷,心里想着别的事情,听见她的邀请,当然表示同意。然而她不待他答话,早已把一件狐裘披上了她的肩。客厅里除了史丹奈之外只剩有一

群少年,他们把香槟酒都倒进了钢琴里之后,说要走了;忽然还有一个从厨房里拿着最后一瓶高兴地跑了来,嚷道:

"等一等! 等一等!……还有一瓶香酒……这钢琴,它需要一瓶香酒,好教它酒气醒些……现在,孩子们,我们走吧! 我们真是胡闹。"

娜娜进了梳妆室,索爱正在一张椅子上打盹,娜娜把她唤醒了。她打了一个寒战,帮助娜娜戴帽子,穿裘衣。

"毕竟好了,我做了你所希望的事了。"娜娜说时,性情大露,因为她已打定了一个主意,所以心里松快了。她接着说道:"你的话不错,与其另找一个,倒不如要了这银行家。"

索爱一肚子不好气,还懒懒地不动。她喃喃地埋怨娜娜,说她本该在第一晚就打定了主意。她跟娜娜进了卧房,问她怎样处置房里的两个人,原来鲍特那富还在房里打鼾;乔治早已悄悄地溜进了房来,把头钻在枕里,终于睡着了,轻轻地呼吸像一个小天使。娜娜叫索爱让他们静睡。但是她又看见达克奈进来,原来他在厨房里窥探已久,现出很悲哀的样子;娜娜心中又感动了,把他拥在怀里吻他,用种种方法温存他,说:

"哎呀,我的心肝,你该明白才好,事情一点儿没有变化,你分明晓得我只钟爱你一人……现在我不得不如此,不是吗?……我对你发誓,此后我们更要快活些。你明天再来,我们可以约定些时间……快! 你爱我就请吻我……唉! 重些,更重些!"

她溜走了。她再会见了史丹奈,心里喜欢,因为她想等一会儿可以喝牛奶。在这空了的住宅里,剩有王多弗尔伯爵单独地陪着那带勋章而且叙述阿伯拉汉的牺牲的那一位先生。他们二人滞留在打牌的桌子旁边,忘记了他们在什么地方,也不见太阳光进来。白兰胥却早已睡在一张安乐椅上,努力想要睡着。娜娜叫道:

"呀! 白兰胥还在这里! 亲爱的,我们喝牛奶去……您来吧,等一会儿您回来还可以看见王多弗尔在这里。"

白兰胥懒洋洋地爬起来。史丹奈充血的脸变白了,因为他怕白兰胥妨碍他,所以心中不自在。然而她们已经拉他走了,说:

"您晓得,我们想要人家当我们的面挤牛奶。"

第五章

陆离戏院里开演第三十四次的《黄发的梵奴》了。这时第一幕恰已演完，在伶人的休息厅里，西曼作洗衣妇打扮，站在一张壁桌上面的大镜之前，这桌在二门之间，二门之间是一个平角，直对包厢的走廊。她独自一人在那里研究，把手指揩眼睛的下面，使她的脂粉均匀。大镜的两旁有煤气灯，放光把她照暖。这时普鲁利耶进来了，他扮的是瑞士的大将，身上佩着大指挥刀，脚上穿着很大很大的靴，头上戴着很大很大的羽冠。他问道：

"他来了没有？"

"谁呀？"西曼说时不动，对镜作笑容，看她的嘴唇是否好看。

"那王子。"

"我不晓得，我要下去了……呀！他该来的。那么，他竟天天来了！"

普鲁利耶走近壁炉。这壁炉在壁桌的对面，炉内煤气炙得通红；上面也有两盏煤气灯在大大地放光。他举眼向左右望那时钟与那风雨表，还有许多塑金的斯芬克斯像伴着。后来他坐在一张靠背椅子上，这本来是一张绿绒的大椅子，给四代的伶人坐过了，已经变为黄色。他坐着不动，眼神无所专注，他们平日都是这样久候才得登台，所以他此刻现出厌倦而又忍耐的态度。

这时轮着那老波士克也来了。他拖着脚，咳嗽，身上裹着一件旧式号衣，肩上露出一角，教人们看得出他那镀金的王冠。一霎时,他把王冠安放在钢琴上之后,一言不发,不好气地顿脚,然而他还像个好好先生,只嫌他的手因中了酒毒而震颤了。他的醉容里有一簇白色的长须,倒有可敬的外貌。在这沉寂里,一阵骤雨打着那朝天井的大窗的玻璃,他恨恨地说道:

"真是倒霉的天气!"

西曼与普鲁利耶不动。壁上四幅风景画,一个名伶梵尔奈的肖像,都给煤气灯光映黄了。柱上有波第耶的一个半身像,他是陆离戏院当年的名伶,把空虚的双眼望着屋子里。这时只听得一声吵嚷,方丹进来了。他穿着第二幕里的服装,十分漂亮,全身黄色,手套也是黄的。他指手画脚地说道:

"喂!你们不晓得吗?今天是我的生日。"

西曼走近了他,好像给他那滑稽的阔嘴与大鼻逗引着似的,微笑地问道:

"呃?那么,你的乳名是阿希了?"

"正是!……我要告诉伯龙夫人,叫她在第二幕完后把些香槟酒送上来。"

这时远远地来了一阵电铃之声,声渐延长渐疲弱,不久又响。铃声止后,一个人上楼下楼大呼,声到走廊才灭了。原来那人叫的是:"第二幕的人登台……第二幕的人登台!……"这声音又近了,一个灰白脸孔的矮子从休息厅的门前走过,拼命地尖声叫道:"第二幕的人登台!"

普鲁利耶似乎没有听见呼声,说道:

"呃?香槟酒!你的身子好吗?"

这时那老波士克坐在一张绿绒的长凳上,头倚着墙,慢慢地说:

"我呢,如果我是你,我宁愿在咖啡馆叫香槟酒。"

但是西曼说应该给伯龙夫人赚几个钱。她说时,高兴地拍手,紧紧地望着方丹。他的山羊的假面具摇动了,眼、鼻、嘴,都玩起戏法来。

"唉! 这方丹!"她说,"只有他! 只有他!"

休息厅的两门开着,正对后台的走廊。沿着黄色墙,有很亮的煤气灯照耀着,许多人匆匆地走向前台,其中有古装的男子们,半裸而裹着轻纱的妇人们,这是第二幕里那黑球跳舞会里的人物的全体。人们在走廊的尽头听见他们一步一步地走下那五级的木阶。这时克拉丽丝跑过,西曼叫她,然而她说她即刻就来。等一会儿她果然来了,颤巍巍地披着肩带,裹着古装,原来她扮的是伊利思。

"糟糕!"她说,"天气不暖,而我把我的裘衣丢在化妆室里没有拿来。"

于是她站在壁炉前烘她的两腿,她的紧身衣里露出鲜艳的玫瑰色来。她又说道:

"那王子来了。"

"呀!"众人嚷了一声,要知道一个底细。

"呃,我刚才跑出去就为的是要看他……他在近台右边的第一包厢里,像上礼拜四一般。你们看! 一个礼拜之内,他已经来三次了。娜娜真有运气! ……我原打赌说他不再来了呢!"

西曼把嘴开了,正待说话,忽然听得休息厅旁一阵叫声,她便住了口。原来是那传报人在走廊里高声叫道:"号板响了!"西曼终于说道:

"三次了,好事开始了。你们须知,他不愿意到她家去,所以把她带到他家。似乎他花了不少的钱。"

"妙啊! 一个人到了城市里! ……"普鲁利耶凶恶地说,同时起立,向镜里一望,望这许多包厢里所钟爱的美男子。

"号板响了! 号板响了!"那传报人跑到各层楼与各走廊叫着,声音渐远渐灭了。

方丹知道那王子与娜娜第一次见面的经过,便向那两妇人叙述。她们偎倚着他,高声笑着,他低着头详细说明。那老波士克不动,他毫不关心,这类事情再也引不起他的注意了。一只猫儿团团地睡在那长凳上,他便怡然抚弄那猫。他终于把它抱起来,像一个多情的国王宠爱他的妃子。那猫打了一个大翻身,嗅了他的白色长须很久,后来给胶汁的气味逆了喉,便仍旧团团地睡在那长凳上。波士克聚精会神,心有所注。等到方丹叙述了那历史之后,便问他道:

"不要紧,假使我是你,我一定在咖啡馆里叫香槟酒,因为咖啡馆里的好些。"

"开场了! 开场了! 开场了!"那传报人用他那尖长而破裂的声音这样叫着。

这声音传播了一会儿,只听得一个人迅速地跑过去了。走廊的门突然打开,传来了一阵音乐之声与遥远的喧哗;不久,门又闭上了,只听得垫毛的双扉的暗哑之声。

这时休息厅里又沉寂了,好像是与那观众欢呼的戏座相隔千里似的。西曼与克拉丽丝仍旧在说娜娜,这是一个不慌不忙的!昨晚她还迟到了呢! 但是她们忽然住口,看见一个高大的女子探头进来一望,她知道错了,便向走廊的尽头走了。原来这是萨丹,她戴着帽子与面网,装着访人的妇女的神气。普鲁利耶咕噜地说这是一个野鸡,他在陆离咖啡馆里天天遇见她,已经一年了。于是西曼告诉大家,说有一天娜娜遇见了萨丹,认得她是当年的同学,便可怜她,拼命歪缠鲍特那富,要他聘她做戏。这时米让与福歇利进来了,方丹同他们握手,说:

"呃? 你们来了! 晚安。"

那老波士克自己也伸出了手指,同时西曼与克拉丽丝同米让接吻。福歇利问道:

"今晚的场面好吗?"

"唉! 好极了! 要看他们怎样闹法。"普鲁利耶答。

"喂！亲爱的，该是轮着你们了。"

是的，等一会儿才轮着呢，他们是属于第四出的。但是波士克本能地站起来，似乎心灵感通，知道轮着自己了。那传报人果然到了门口叫道：

"波士克先生！西曼姑娘！"

西曼匆匆地披上一件狐裘出去了。波士克不慌不忙，走去找着了他的王冠，一举手便架上了额；后来他曳着外衣，高一步低一步地走，像给人家起动似的，喃喃地去了。方丹向福歇利问道：

"您在报上发表的批评文章很好，谢谢您，不过，为什么您说伶人们都有虚荣心呢？"

"对了，亲爱的，为什么你说这话呢？"米让接着说时，把粗大的双手拍在福歇利脆弱的双肩上，几乎把他的身子压低了。

普鲁利耶与克拉丽丝几乎哈哈地笑起来，却勉强忍住了。自从好些时候以来，后台里常演一种滑稽剧，惹得全体演员都开心。原来米让恨他的妻子糊涂任性，恨福歇利只会做两篇不满人意的文章，此外对于他家毫无益处，于是他想出一个报仇的法子，便是故意表示亲热，借此处治他。每天晚上他在后台里遇着福歇利的时候，不是尽力握手，便是拼命拍肩，好像亲热到了发狂似的。福歇利原生得瘦弱，怎么经得起这开路神的拍打？然而他不愿意惹洛丝的丈夫生气，只得强作微笑，甘心忍受了。这时米让越闹越凶，说道：

"唉！福歇利，您在报上得罪了方丹了！当心！一、二、三，看打！"

他突然向福歇利的胸膛打了一拳，福歇利的脸色大变，说不出话来。忽然间，克拉丽丝向他们丢了一个眼色，原来洛丝已在休息厅的门槛上站着。洛丝早已看见了米让与福歇利的情形，于是径直地走向福歇利，好像没有看见她丈夫似的。她的身上是婴孩的打扮，赤裸着两臂，翘起了身子，像一个娇憨的小儿般地把她的额送到福歇利的嘴边。

"晚安,孩儿。"福歇利说时,亲热地吻了她。

这算是赔偿损失,然而米让毫不在意,好像没有看见这一吻。在戏院里,谁不同他的妻子接吻呢?他只笑了一笑,同时轻轻地瞟了福歇利一眼,意思是说洛丝这样气他,他非在福歇利身上求个报复不可。

走廊里的门忽开忽闭,戏座上喝彩之声直达休息厅。西曼做了她的戏回来了,说道:

"唉!那老波士克竟有了成绩!那王子笑得弯了腰,跟着众人也拍掌,好像他也受了院里收买似的……喂!包厢里坐在王子身旁的那一位高大的先生是谁?你们认识他吗?这是一个美男子,有很美的髭须,很高贵的神气。"

"这是摩法伯爵",福歇利说,"我晓得前天晚上那王子在皇后家里邀请他今晚吃饭……大约是吃了饭之后王子又把他拉了来。"

"呃,摩法伯爵",洛丝向米让说,"我们认识他的岳父,是不是,奥古斯特?你晓得,他的岳父就是叔雅尔侯爵,我到过他家唱歌的……恰好他也到院里来了,我远远地望见了他在一个包厢里。这老头子,他……"

普鲁利耶把他那很大很大的羽冠戴上了,转身叫洛丝道:

"喂!洛丝,我们去吧!"

她的话未说完,便跟着他跑了。此刻戏院的门房伯龙夫人在门前经过,手里拿着一个很大很大的花篮。西曼戏谑地问这花是不是给她的,伯龙夫人不答,只把下巴向走廊尽头娜娜的化妆室一努。唉!娜娜竟给花掩埋了!不久之后,伯龙夫人回来,交给克拉丽丝一封书信,克拉丽丝忍不住骂了一声,呸!又是这讨厌的爱克多!他竟不肯放松她!伯龙夫人说他还在门房等候她,于是她嚷道:

"请您对他说我要第二幕完场才下去见他……我要把我的手

粘在他的脸孔上。"

方丹连忙上前向伯龙夫人说道：

"伯龙夫人，请您听我说……请您听我说，伯龙夫人……请您在本幕完场的时候送六瓶香槟酒上楼来。"

这时那传报人已经又来了，气喘喘地叫道：

"一切的人们都登台！……方丹先生，轮着您了！赶快！赶快！"

"是的，是的，我来了，巴里约伯伯。"方丹仓皇地答。

他跟着伯龙夫人跑，还接着说：

"呀？话是这样说了，在完场后请您把六瓶香槟送到休息厅里……今天是我的生日，是我付钱……"

西曼与克拉丽丝带着窸窣的裙声走了。这时室中一切都沉寂了，走廊的门又闭上了，在休息厅的沉寂里，又有一阵骤雨打窗。巴里约是一个灰白的老翁，做了三十年戏院的伙计；此刻他很亲热地走近米让，把开着的鼻烟匣子送到他的跟前。米让受了他一捻鼻烟；他借此得了一分钟的休息，等一会儿他又要上楼下楼，奔走呼唤了。他知道还有娜娜夫人该登台，然而这一位夫人却是从心所欲，不怕受罚的，她要迟到就迟到。忽然间，他停了脚，诧异地说：

"呃？她预备好了，她来了……她该知道那王子已经到了。"

娜娜果然到了走廊里，穿的是下流妇人的装束，臂是白的，脸也是白的，眼下有玫瑰色的金箔。她不进休息厅，只远远地给米让与福歇利点了一点头，说：

"日安，你们好吗？"

她伸出手来，只有米让同她握手。于是她昂然复向前走，后面跟着的是她的化妆奴。那化妆奴跟着她接踵地走，而且弯腰替她理裙脚的折痕。化妆奴的后面，殿军乃是萨丹，她努力装一个规矩的女人，其实她讨厌得要死。

"史丹奈呢?"米让突然地问。

"史丹奈先生昨天到路华莱去了",巴里约答,"我想他要在那边买一个别墅……"

"呀!是的,我晓得,买给娜娜的。"

米让说了,面色变为严重。从前史丹奈说过要替洛丝买一个公馆!也罢,不该与人呕气,好留下将来的机会。米让虽则想入非非,还不失昂然的态度,在壁炉与壁桌之间踱来踱去。这时休息厅只剩有他与福歇利二人,福歇利疲倦了,挺卧在一张大椅子上,他的神色很安静,眼睑半闭,米让走过时放眼望他。当他们二人独自相对的时候,米让不屑打他,打他有什么用处呢?既然没有一个人观场,他也不高兴玩把戏了。他既然以妻子公诸同好,也就没有闲心肠做争气的丈夫。福歇利欣幸得了这几分钟的松快,便有气无力地把脚伸长了对着炉火,把眼睛朝空,从风雨表望起,直望到时钟。米让散步了一会儿,站在波第耶的半身像前,心神不注地望着,后来又转身向窗前,则见天井上的黑窟窿渐渐大了。雨止了,剩有深沉的寂寥,加之以壁炉内的煤气薰蒸,越发添了几分阒然的气象。后台里再也没有一声喧哗,楼梯与走廊都像死了似的。这是每幕戏剧快完场时的情景,台上全体演员欢呼之时,正是休息厅里杳然无人、沉睡在炭气里的时候。

"呀!你看这些脏畜牲!"鲍特那富突然这样嚷着。

他才到来,已经开口骂两个场面女伶,因为她们假装没本事,竟几乎跌倒在戏台上。他瞥见了米让与福歇利,便叫他们来,要给他们看些什么:原来刚才那王子已经要求在第二幕完场后进娜娜的化妆室里向她道贺。鲍特那富正要把他们领到戏座上去,恰巧那堂院的来了。鲍特那富气冲冲地叫道:

"请您把那两个笨人——费南德与玛丽亚罚了一次再说。"

后来他的气消了,努力装做高贵的神气,把手帕子揩了一揩脸孔,又说:

"让我去迎接王子。"

在全座喝彩声中，戏幕下垂了。台前的列灯熄了，台上变为半暗，伶人们纷纷地乱撞。他们都急急地回到他们的化妆室里，同时那些布景工人赶快把诸景搬开。这时西曼与克拉丽丝却停留在台的后方，低声地谈话，她们只三言两语便把一件事情说妥。克拉丽丝已经仔细考虑过了，宁愿不看见爱克多，因为爱克多已经没有决心抛弃了她去找嘉嘉。克拉丽丝叫西曼去同他说一个男子不该这样歪缠一个女人，她说了话是要做的。

于是西曼仍穿着洗衣妇的衣服，肩上披着她的狐裘，走下了那弯曲而窄狭的楼梯。这楼梯的阶级是肥腻的，墙壁是湿的，直通门房。这门房位置在伶人楼梯与办事人楼梯之间，左右有玻璃嵌着的板壁，活像一个大而透光的灯笼，室中有两道煤气管烘着。在格子架上有许多书信与报纸堆叠着。桌子上有些花篮，混杂在忘了撤去的脏碟子与尚待改缝纽扣的一件上身衣的旁边。在这秩序不整齐的小室里，竟有许多上流男子在那里等候着，他们带着手套，衣冠整齐，盘踞着那四张陈旧的麦秆椅子，他们都像很有忍耐、很柔顺的样子，每逢伯龙夫人带着答复的话从戏院里下来时，他们都猛然回头。此刻恰巧她把一封信交给了一个少年男子，他忙着在通过室里的煤气灯下把信打开，看了后他有几分变色，因为他，在这地方看这种书信不止一次了，现在仍旧是这么两句："我爱，今晚不行，我没有功夫。"爱克多坐在后方的一张椅子上，在桌子与炉火之间；他似乎决定要在这里消遣这一夜，然而他不放心地把两条长腿缩了进去，因为一群小猫儿正在他的前后缠扰他，同时那母猫蹲在他的背后，把一双黄眼睛紧紧地望着他。

"呃？原来是您，西曼姑娘。您有什么事？"伯龙夫人问。

西曼请她把爱克多叫出来，但是伯龙夫人不能就令她满意，因为她在楼梯下开了一间小酒店，预备伶人们在每幕完场时到来喝酒。此刻有黑球跳舞会的几个男女伶穿着戏装在等候着，他们一则口很渴，二则很忙，一片声催饮，弄得她的头有几分昏乱。原来她的酒店只像一个柜子般宽，柜里一盏煤气灯照耀着，其中有锡皮盖着的一张桌子与许多酒瓶子堆着的一个架子。这一间小酒店的门开了之后，里面一阵酒精的烈气冲出来，杂着戏院里的浓臭与门房里的花篮的浓香。伯龙夫人给戏子们喝了酒之后，才问西曼道：

"喂，您要的是那边那一个棕色头发的男子吗？"

"哪里！不要说糊涂话！"西曼说，"我要的是火炉边那瘦男子，您的母猫嗅他的裤子的。"

于是伯龙夫人把爱克多引到通过室里，这时其他的男子只好耐心再等，闭了气不作声；同时那些戏子们沿着阶梯饮酒，拍手，张开喑哑的醉喉欢呼。

戏院里鲍特那富在台上大闹那些布景工人，因为他们半天还撤不去那些布景。他骂他们是故意做的，好教那王子不便进来。

"扯呀！扯呀！"布景队长这样地嚷。

后来，台的后方的戏幕扯上了，台上空无所有了。米让窥伺了福歇利许久，此刻他又乘机殴打他。他一把抓住了他，叫道：

"当心！桅杆几乎把您压碎了。"

他抱起他，摇他，然后放他到地上。那些布景工人们狂笑起来，福歇利不好意思，面色变了，他的双唇震颤，险些儿大闹起来，然而米让却做好人，很亲热地把手拍他的肩，几乎把他的肩骨打断了，说道：

"我是关心于您的身体的！……唉！如果您遭了祸，我怎么得了！"

这时人们一片声叫："王子来了！王子来了！"大家都把头向着院里的小门望去。此刻只看见鲍特那富的背，他弯腰献笑，极尽谄媚的能事。后来那王子出现了，很高，很壮，胡子是黄的，皮肤是粉红色的，一看便知道他是一个结实的风流男子，在他那十分整齐的礼服里现出他的粗大的骨骼。他的身后有摩法伯爵与叔雅尔侯爵跟着走。这戏院的一角是黑暗的,众人都沉在很大的黑影里。鲍特那富因为对一个皇后的儿子———一个未来的国王说话,特别恭敬,表示惶恐震颤的假声音。他说:

"如果殿下肯随我来……请殿下往这边走……殿下当心……"

那王子非但不急急要走,而且很有趣地看工人做布景的工夫。这时工人们恰放下了一盏大光灯,灯给铁网挂着,照得台上全部光明。尤其是摩法,他从来不曾参观过戏院的后台,所以他诧异起来,觉得有一种不舒服的心情,心中作呕,同时杂着恐怖。他举眼望着屋顶,屋顶下亦有许多小灯,像一排微蓝色的小星;又有大小不同的许多铁丝,有飞桥,有悬挂在空中的布幕,像田家晾着的内衣。

"上工!"布景队长突然这样叫。

那王子自己提醒摩法伯爵,叫他当心。一幅布幕降下了。工人们布置第三幕,这是爱特那山的岩洞了。有几个去种桅杆,有几个到墙边取框子,用很坚韧的绳子把那些框子绑在桅杆上。后方须布设吴尔刚铁厂的红光,一个灯匠裁了一条支柱,把柱上的灯燃着,在红玻璃管里露出光芒。这在表面上觉得他们很拥挤忙乱,其实事事都有了秩序了;在这忙乱里,那提戏人小步走来走去,借此舒畅他的双腿。鲍特那富不住地鞠躬说:

"殿下这一来,我实在当不起。戏台并不大,我们做我们所能做的罢了……现在如果殿下肯跟我来……"

摩法伯爵早已走向化妆室的走廊。这廊斜峭,令他吃惊,尤其是他觉得脚下的地板撼动,越发担心。他们从开着的地窟里瞥见地下的灯光,这是地下的生活,黑魆魆地,有人声与地窟里的轻风。当他再上台来的时候,一件意外的事使他停了脚步,原来是两个女人穿着第三幕的服装,在幕眼的前面谈话。其中有一个掀高了臀部,用手把幕眼弄阔些,要寻觅戏座上的人。只听得她突然说道:

"我看见他了!唉,这一张狗嘴!"

鲍特那富给她丢了脸，恨不得在后面踢她一脚。然而那王子却微笑，欣幸得听见了这话，便紧紧地望着她。她却不管他殿下不殿下，厚着脸皮只是笑。鲍特那富终于劝那王子跟他走了。摩法伯爵出了一身大汗，脱了他的帽了。最令他不舒服的乃是炉火薰蒸的空气，气味很重，除了煤气外还有布景的胶漆气、暗陬的污秽气、伶人们的古装的臭气。走廊里越发令人呼吸不得，有的是化妆室里的脂粉肥皂的腻水的酸气。伯爵走过的时候，抬了头，向楼梯下的空隙一望，原来有一阵光芒与热气冲着了他的颈窝。上面有的是脸盆声、笑声与呼声。门户频开，流出妇女的气味，这是发油和脂粉的气味的混和。他不停脚，忙着走，几乎是跑，同时为他从来不曾晓得的这种地方而发抖。叔雅尔侯爵像在自己家里一般，欣然地说道：

"呃？戏院的里面是很奇怪的，是不是？"

这时鲍特那富走到廊的尽头，是娜娜的化妆室了。他安静地把门键一扭，自己让开了路，说：

"殿下请进……"

只听得一个女人诧异地叫了一声，大家看见了娜娜，上身裸着直到腰带之间。她看见了他们，连忙躲进了一个锦屏后面，这时那梳妆奴正在揩她的身子，她躲了之后，梳妆奴只好捧着手巾站着。娜娜躲着嚷道：

"唉！这样进来，真不是事体！不要进来吧，你们分明知道是不能进来的！"

鲍特那富似乎不满意于她这一躲，说：

"亲爱的，不要走，不要紧，这是殿下。哎呀，您不要孩子气才好。"

她仍旧不肯出来，然而已经笑了，于是他很亲热地、急抢抢地说道：

"天呀！这些先生们都晓得女人的身体是怎样的。他们不会吃了您。"

"这个说不定。"那王子风雅地说。

人人都笑起来，笑得格外厉害，为的是逢迎他。鲍特那富说这是一句妙语，很富有巴黎气味。娜娜不再回答了，锦屏动摇，大约她已经打定主意不出来了。摩法红了脸，仔细观看那化妆室。这是正方的一间房子，天花板很低，四面饰的是浅色的哈湾绫。锦屏也是同色的绫，有铜柱支撑着，把房子的后面截成一个小室的样子。两个大窗直对戏院的天井，对面相隔至多三米之远，有一面风雨飘零的大墙。黑夜里窗格子映过去，墙上有黄色的影子。室中一面大立镜，对面是白大理石的妆台，台上有的是许多水晶瓶子或匣子，里头盛着的是种种的油与粉。伯爵走近了那大立镜，看见自己的脸很红，额上有许多细点的汗珠。他低了头，走到妆台的前面站着；台上的脸盆里满盛着肥皂水，盆的旁边有些象牙的小物件与湿的海绵，他目不转睛地看了一会儿，似乎有悠然神往的样子。他第一次到哈斯曼大马路拜访娜娜时所得的幻想又上了心头，他觉得脚下的厚地毯软了；照耀着妆台与立镜的几盏煤气灯放出轻轻的啸声，灯光在他的鬓角打晃。一霎时，他觉得这低低的天花板下的女人气味更热烈了，恐怕受不住，所以走到两窗之间的一张横炕上坐下。然而他即刻又起来，回到妆台旁边，什么也不看了，瞪着一双不专注的眼睛，回想当年在他卧房里凋谢了的一篮上品水仙花，他几乎为此而死了。水仙花腐败了的时候有人类的气味。

"你赶快吧！"鲍特那富说时，把头探进锦屏后面。

这时那王子殷勤地听叙雅尔侯爵说话，侯爵在妆台拿起了一只兔脚，解说怎样可以做成白色的脂粉。萨丹在一个角儿上审视诸先生们，看她的样子像个贞洁的处女；同时那梳妆奴——余勒夫人——预备好了梵奴的紧身衣与古装。余勒夫人没有年纪了，她的脸部有滑光，眼睛不灵活，像一个只见她老未见她嫩的妇人。这一个妇人，她在化妆室里给浊气熏干了，但是，巴黎最著名的大腿与奶子都经过她的手里。她穿的是一件常年不换的褪色的黑袍，在她那平坦而不表现女性的胸衣上插着一大簇的扣针，正对着她的心口。此刻娜娜揭开了锦屏出来说：

"先生们，我请你们恕罪，我料不到你们来……"

众人都掉转头来看时，只见她完全不穿衣服，只扣上了一截抹胸，遮住了乳部的一半。刚才众人看见她躲开时，她正在匆匆地脱去了便服，还没有十分脱完。她的后面裤子里还露出衬衣的一角。她的臂是赤裸的，肩是赤裸的，尖尖的乳头露了出来，显得这肥胖的金发少女的可爱。她的手时时刻刻扳住了锦屏，似乎她预备一阵惊怯，好重新躲进去似的。

"是的，我料不到，我永远不敢……"她吞吞吐吐地说时，假作惭愧的样子，颈上微红，作难为情的微笑。

"哎呀，既然人家觉得您很不错，您就不必客气了！"鲍特那富说。

她仍装着天真的少女们迟疑的态度，像被人搔腋一般地摆动身子说：

"殿下的恩宠太重了……我这样迎接殿下，望殿下原谅……"

"我才是讨厌的人"，那王子说，"但是，夫人，我忍不住一腔热诚，要来贺您……"

于是她毫不在意地只穿着一条裤子走过众人跟前，大家闪开，让她梳妆去。她的臀部很丰满，裤子膨胀起来；她的胸部向前倾，还巧笑地向他们施礼。忽然间，她似乎认识了摩法伯爵，便伸出手来给他接吻，行朋友的礼。后来她又责备他不曾到她家参加夜宴。那王子调笑摩法伯爵；伯爵吃吃地说不出话来，觉得他的火热的手里握了她那新洗的纤手一秒钟，忍不住打寒战。原来今晚伯爵在那王子家里大吃大喝了一顿，他们二人都有几分醉意，然而他们还很守规矩。摩法为着要掩饰他的动荡的心魂，只得找谈天气的一句话来搪塞，说：

"唉！这里热得很！夫人，您怎样能够在这种温度中生活呢？"

大家恰要从天气谈下去，忽听得化妆室的门前起了一阵喧哗。鲍特那富把门孔的木板抽了，向外望时，原来是方丹，后面跟着普鲁利耶与波士克，他们三人的臂下都夹着酒瓶，手上捧着酒杯。方丹敲门，嚷说今天是他的生日，他买香槟酒给大家喝。娜娜望了王子一眼，征求他的同意。那王子自然愿意，他不肯妨碍任何人。然而方丹没有得到娜娜的容许，早已进来了，说道：

"我并不悭吝，我买酒给大家喝……"

他本来不知道王子在房里，此刻突然看见了。他连忙住口，又严肃又滑稽地说：

"国王达哥贝尔在走廊里，他请求与殿下交杯。"

那王子微笑了，大家都觉得有趣。然而房间太小了，容不下这许多人。说不得，只好拥挤着了，萨丹与余勒夫人在后方，靠着锦屏；男人们都环绕着半裸的娜娜拥挤着。那三个男伶还穿的是第二幕的服装。普鲁利耶把头上那瑞士将军的帽子脱了，否则帽翎要冲破了天花板；波士克还穿着王袍，戴着白铁的王冠，站定了他那醉翁的双腿，向那王子施礼，像国王迎接邻国的太子的礼一般。酒杯都满了，大家交杯。

"我恭祝殿下万岁！"那老波士克堂皇地说。

"我祝军人万岁！"普鲁利耶接着说。

"我祝梵奴万岁！"方丹说。

那王子很客气地摇摆他的酒杯。他等了一等，施礼三次，说：

"夫人……将军……陛下……"

他一口气喝了酒。摩法伯爵与叔雅尔侯爵也跟着说了喝了。大家俨然在朝廷里，不说笑话了。在这煤气灯光之下，游戏世界混合了真世界。娜娜忘了自己只穿着一条裤子，竟摆起贵妇人的架子来，俨然一个真的梵奴皇后，招待着国家的要人。她在每一句话里都叫了一声殿下，行了许多礼，把波士克当做至尊，把普鲁利耶当做陪伴至尊的大臣。没有一个人笑这一种奇异的混合：这真王子是一国的储君，喝一个戏子的香槟酒。他在这戏装的朝廷里，梳妆奴、荡妇、献妇人的男子，种种的人当中，仍旧怡然自得。鲍特那富看了这情形，心内自思：假使那王子肯像这般地在《黄发的梵奴》第二幕里出台，岂不大有收入！鲍特那富此刻变为很熟的人了，说：

"喂，我们要把我那些小女人们都叫了来。"

娜娜不愿意。然而她也很放任自己了。方丹戴着滑稽的假面，拉她近他身边。她把身子挨擦他，眼紧紧地望着他，像一个怀孕的女人想要吃什么肮脏的东西似的，她忽然把他你你我我地称呼起来，说：

"喂，斟酒呀，呆子！"

方丹重新又斟了各人的酒，大家喝酒，说着刚才的颂词：

"殿下万岁！"

"军人万岁！"

"梵奴万岁！"

但是，娜娜摇手叫他们住口，把酒杯高高地举起，说：

"不，不，方丹万岁！……这是方丹的生日，方丹万岁！方丹万岁！"

于是大家交杯第三次，为方丹祝福。那王子早已看见娜娜紧紧地注视了方丹，此刻便向方丹施礼，很恭敬地说：

"方丹先生，我为您的成功而饮。"

这时那王子的礼服后面抹着了妆台。这妆台像床位的坳处，像一个窄狭的浴室，花露水的浓香与脸盆的脂腻冲上汽来，与香槟的酒气相混合。娜娜坐在那王子与摩法伯爵二人的中间，挤得很紧，他们只好把手举起，以免稍为动弹便碰着了她的乳或臀部。余勒夫人扳着脸孔等候着，额上没有一点汗珠；至于那淫邪的萨丹看见了这情形却很诧异。一个王子与许多穿着礼服的先生们竟坐在些化妆的伶人当中,尤其是与一个裸体女人在一块儿;萨丹心里暗想:上流人并不见得就很干净。

这时走廊里巴里约伯伯的铃声来了。他走到化妆室的门口的时候,大吃一惊,因为他看见那三个伶人都穿着第二幕的服装。

"唉!先生们,先生们",他吃吃地说,"请你们赶快吧……刚才人家已经在观众休息厅里摇了铃了。"

"呸!让观众们再等候吧!"鲍特那富毫不在意地说。

然而他们的酒瓶已经空了,他们重新施了礼,那些伶人们上楼穿衣去了,波士克的可敬的一把假须给香槟酒浸湿了,他把它取开,他的醉翁真面目突然露了出来,显得是沉迷于酒的老伶人的蓝青脸孔。他走到了楼梯前,只听得他用嗄声向方丹说起那王子:

"是不是?我引得他高兴了!"

娜娜的化妆室里只剩有王子与伯爵、侯爵。鲍特那富跟着巴里约走了,同时吩咐他下次须先请娜娜许可然后敲门。

"先生们,请容许我。"娜娜这样请求了一句,便改妆她的臂与脸部,预备第三幕里的裸体。

那王子与叔雅尔侯爵坐在横炕上,只剩有伯爵站着。在这令人窒息的热气里,他们肚里的两杯香槟酒增加了他们的醉意,萨丹看见他们关了门伴着娜娜,以为自己躲进锦屏后才是识事的人;她进了锦屏后坐在一个大箱子上,很不舒服;至于余勒夫人却不然,她安然地走来走去,一句话不说,也不望人一眼。

"刚才会唱的时候您唱得妙极了。"那王子说。

于是大家开始谈话,然而都是简短的语句,说了不久又静默了。娜娜不能常常回答,她用手把雪花膏涂在臂上与脸上之后,用手巾的一角抹上了一层白胭脂。一霎时,她不对镜,微笑地溜了一眼望着那王子,同时还拿着白胭脂。

"殿下疼我了。"她说。

她的打扮乃是麻烦的一件事,叔雅尔侯爵眼望着她,现出十分

愉快的样子,此刻轮着他说话了,他说:

"音乐队不能用细微的声音伴着您唱吗? 他们的音乐盖住了您的歌腔,这是不可饶恕的一种罪恶。"

这一次娜娜却不回头了,她拿起了白胭脂,把它轻轻地涂抹,十分留神,把身子弯向妆台,以致她的裤子的后面更加突起,弄得圆圆的。她要表示感激侯爵的恭维,便把臀部摇了两摇。

大家一时静默。余勒夫人看见娜娜的裤子在右腿上露了一道裂痕,于是她在自己的心胸上取了一枚扣针,跪下地来,在娜娜的大腿旁边替她补那裂痕;娜娜并不知道她在跪着,却自己只顾搭粉,同时又小心地不让粉到她的脸蛋儿上。这时那王子对她说:假使她到伦敦唱戏,全英国人一定为她喝彩。她客气地笑了一笑,扭转身子一会儿,她的左颊被粉涂得很白,她忽然变了严肃的神气,想起应该涂上些红胭脂。她重新把脸对镜,把手指浸在一个盂子上,挑了些红胭脂,轻轻地涂在眼下,直到太阳穴为止。那些男子们都不说话,恭恭敬敬地坐着。

直到此刻,摩法伯爵还不曾开口。他不由自主地忆念他的青春,他的孩子时代的卧房是很冷的。不久以后,十六岁了,他每晚与他的母亲接吻的时候,把这一吻的冷气带了回来,直到打睡的时候。有一天,他从一扇半开的门走过,瞥见一个女仆正在洗身;这是他成年后直到结婚以前的唯一的深入脑筋的回忆。结婚之后,他觉得他的妻子十分柔顺,能尽妇道,他自己也觉得肉欲是可鄙的事情。后来他大了,老了,还不晓得肉的娱乐,因为他谨严地履行宗教上的规条,便把生活纳入那些规条里。忽然间,人家把他投进了女伶的化妆室里,当面就是一个裸体的妇人。他从来不曾看见过他的妻子系裤子,此刻却看见一个妇人当他的面梳妆,毫无避忌;妆台上盆盂杂沓,香气是这样浓厚,这样甜蜜。他的整个的心灵起了革命,想起娜娜的魔力缓缓地侵入他的心灵,不觉害怕起来,同时联想到童年所读过的宗教书籍。他自以为到了魔界了,娜娜便是魔鬼,她的笑,她的奶子,她的屁股,处处藏着魔力。但是他自许非凡,以为自己一定晓得自卫。这时那王子很舒服地坐在横炕上说道:

"那么,话是这样说了,您明年到伦敦去,将来我们招待得您很好,您再也不愿意回到法国来……呀! 亲爱的伯爵,你们不十分晓得抬举你们的美人,我们要把你们的美人都抢走了。"

叔雅尔侯爵恃着自己是熟人,便不好气地说道:

"抢走了,他并不要紧。他就是道德的本身。"

娜娜听见了道德的话,很滑稽地把眼望伯爵,他觉得十分不好意思。后来他觉得他有这意思为可怪,便自己恼自己。为什么在这女子跟前起了道德的观念就觉得不好意思呢? 他非战胜这念头不可。但是这时娜娜想要拿一支毛笔,偶然失手,毛笔坠地了,她弯身欲拾,他连忙代她拾起,他们二人的呼吸相遇了,梵奴的披散的头发滚在他的手上。这是一种愉快杂着疚心,是宗教上所谓造孽的愉快,有入地狱的危险。

此刻门外又来了巴里约伯伯的声音:

"夫人,我可以敲门吗? 戏座上的人等得不耐烦了。"

"等一会儿吧。"娜娜毫不在意地答。

她把毛笔浸在黑脂盂里,然后把鼻子靠着镜,闭了左眼,小心地画她的双眉。摩法在她的身后怔怔地望她,他在镜子里望见她的浑圆的双肩,与玫瑰色的阴翳中的双乳。他努力要不看,却没法子掉过头去,因为她闭了一只眼睛,脸容越发动人,还有两个笑涡,令人起意。等到她闭了右眼再画眉的时候,他懂得他是她的人了。只听得那传报人喘着气又叫道:

"夫人,他们顿脚了,快要打破了凳子了……我可以敲门了吗?"

"呸!"娜娜生气地说,"您要敲就敲,我不管! ……如果我还没有打扮好,他们等候就让他们等候吧!"

她的气消了,转身微笑,向那些先生们说道:

"真的,我们要谈一分钟的话也不行。"

现在她的臂与脸部打扮好了。她用手指把红胭脂在双唇上画了两道阔痕。摩法伯爵的心魂更动摇了,这些淫邪的脂粉诱惑了他,这画成的少妇更能令他起意。太红的唇衬着太白的脸,两眼因有了两道黑眉而更大了,睛里发烧,似乎动了爱情之火。这时娜娜走到锦屏后脱去了裤子,穿上了梵奴的紧身短裤;一会儿就出来了。她毫不害羞地解开了她的抹胸,向余勒夫人伸着手臂,让她替她穿上了那短袖的戏装。

"赶快,既然他们生气了!"她说。

那王子把眼睛闭了一半,很内行地审视她的乳房的曲线;叔雅尔不知不觉地点了一点头。摩法再也不愿意看了,只好把眼望着地毯。然而梵奴是这样就算完了妆,她只披上了一层轻縠。余勒夫人在她的左右走动,眼睛空明,像一个木雕的老妇。只见她手慌脚乱地在她的心胸上的针插上取下了些扣针,扣住了梵奴的戏装,用她的干燥的手摩触着这赤裸的肥躯,因为自己也是女性,便像摩触一个木偶,心中并没有什么念头,也没有什么回忆。

"好了!"娜娜说着,向镜子里望了最后的一眼。

鲍特那富再来了,他很担心,说第三幕已经开始了。娜娜说:

"好! 我就去! 您看这些事情! 老是我等候别人!"

这些先生们都从化妆室出来了,但是他们并不告辞,那王子说他希望在后台里参观第三幕。剩有娜娜一人,她很诧异地四面张望,说:

"她往哪里去了?"

她寻觅萨丹,结果是找见她坐在锦屏后的大箱子上等候着,她安然地答复娜娜说:

"有那许多男人在这里,我当然不愿意妨碍你啦!"

她又说此刻她要走了,但是娜娜拉住了她,说她很呆! 既然鲍特那富应承收留她了,今晚的戏收场之后就可以办妥的。萨丹游移了一会儿,这里的花样太多了,不是她的地方了。然而她到底不走了。

那王子从那木板的小楼梯下去时,只听得一阵奇异的喧哗。原来戏台的另一边有些人在那里顿足乱骂。那些等候出台的伶人们正在看两个人在那里胡闹,闹得他们都惊骇起来。这两人就是米让与福歇利。刚才米让又开玩笑,假意与福歇利亲热,趁势拍打他。他发明了一种新戏法,在福歇利的鼻上屡屡弹指,据他说是替他弹走了苍蝇。这戏法当然很能使伶人们开心。米让见众人欢喜,越发放肆了,便索性打福歇利一个耳光,一个当真的、痛快的耳光。这一次他闹得太凶了,福歇利当着众人的面,再也不能陪笑忍受了这样的一个耳光,于是他们二人停止了他们的喜剧,恶狠狠地互相扑上身来扼喉。他们都滚在台柱后的地上,互相叫做乌龟。

“鲍特那富先生!鲍特那富先生!”那管理人惊慌地来叫鲍特那富。

鲍特那富向那王子告了罪,然后跟了那管理人来。他看见滚在地上的是福歇利与米让,他忍不住表示生气的态度,唉!他们择得好时间!殿下在后台的另一边,而且戏座上的人们也都可以听见!这还不够倒霉,恰巧洛丝也来了,她喘着气进来,这正是她出台的时间,吴尔刚在前台叫她答话了。然而她看见她的脚边滚着她的丈夫与她的情郎,他们互相扼喉,互相蹴踢,头发扯脱了,礼服给地上的尘埃染白了,她惊得目定口呆。他们拦住了她的去路;正在奋斗的当儿,福歇利的帽子几乎滚出了前台,幸亏一个布景工人截住了。这时吴尔刚特别添造了些打诨的话儿,暂博观众的欢笑,重新又叫她答话。洛丝站着不动,怔怔地只管望着他们二人。鲍特那富动了怒,在她的颈后悄悄地说:

“你不要望了!去!去!……这不关你的事!你错过了出台的时间!”

　　洛丝被他一推，跨过了二人的身上，走出了前台，给台前的列灯照耀着，观众看见她了。她还不懂他们为什么滚在地下打架。她颤巍巍地，耳边哄哄有声，走向台前，作含情的狄燕的巧笑，开口唱第一句歌曲，她的歌腔是这样热，所以观众为她喝彩。此刻她还隐隐地听见后台里他们殴打的声音。他们滚在地下，直滚到前后台交界处的屏幌。他们的脚踢着屏框作响，幸亏有音乐掩盖住了。鲍特那富终于把他们隔开了，气愤愤地嚷道：

　　"哎呀呀！你们不能在你们家里打架吗？你们分明晓得我是不喜欢这个的……你呢，米让，你好好地听我说，站在靠天井的一边；您呢，福歇利，如果您不站在靠花园的一边，我就把您赶了出去……呃？话是这样说了：一个靠天井，一个靠花园，否则我就禁止洛丝带你们到戏院里来。"

　　当他回到王子跟前的时候，王子问他是什么事情，他安然地说：

　　"唉！并没有什么。"

　　娜娜站着，一件外套裹着身子，与这些先生们谈着话等候出台。摩法伯爵走上去，要在两个框子之间向外面望一眼，那管理人向他做了一个手势，他懂得应该轻轻地走路。在灯光照得通明的后台里，少少的几个人在那里停了脚步低声谈话，又蹑着脚走开了。那管灯工人在煤气管旁边守候着。一个穿号衣的倚着台柱，努力要探头外望。同时，最高处有那管幕人坐在他的凳子上守候着；他似乎很有耐心，他不懂戏剧的情节，专候电铃一响便把幕放下或揭起。在这呼吸不来的空气里，践踏声与私语声里，来了前台的伶人们的声音，这声音变暗了，像一种假腔，令人诧异。更远些，在音乐队的嗷嘈的声音以外，有戏座上的人们呼吸声，宛如松涛，不时杂以笑声、哄声、喝彩声、鼓掌声。观众尽管不说话，后台的人也觉得有他们在戏座里。这时娜娜忽然把裘衣一收，说道：

　　"不知是什么地方透了风。巴里约，请您看看。我敢打赌人家把一个窗子打开了……真的,这里要冻死人了!"

巴里约发誓说他亲自把窗子都关上了。也许有些窗格子被打破了吧? 伶人们个个怕风,人人叫苦。在这重滞的煤气里,加上了一阵一阵的冷气吹来,真是肺炎症的制造场,方丹的话不错。

"你们脱了衣服试试看!"娜娜生气地说。

"嘘!"鲍特那富叫她住口。

前台上洛丝唱得一句好歌,一阵喝彩之声掩盖了音乐。娜娜住了口,面色变为严重。这时摩法伯爵要向某一处走,巴里约阻住了他,说那边是通前台的。他从斜面及反面看见了那边的布景,原来是许多招贴纸糊着的几个框子,这算是爱特那山的银洞,洞的后方是吴尔刚的铁厂。厂内有毛笔画的大铁条,上面有红灯的光映着,把铁条烧得通红。还有许多红蓝玻璃的柱子搭配得均匀,算是一堆炭火。台的第三行的地上有许多路的伏地灯光,烘托出一个黑色的岩洞。还有一个可通前台的实际门,门向前斜,门前有许多小灯光,宛如节庆日散布在草地上的小灯笼;那扮演朱侬的特路渥夫人,老气颓然,昏昏欲睡,在等候出台。

这时有一件事引起了大家的注意,西曼正在静听克拉丽丝叙述一件故事,忽然失口嚷道:

"呃? 特丽恭来了!"

大家看时,果然是特丽恭,头上几丛卷发,俨然一个往来于律师之门的伯爵夫人。她一眼看见了娜娜,便径直地走近了她。她们二人匆匆地说了几句话,娜娜答道:

"不,现在不行。"

特丽恭的神气变严重了。普鲁利耶走过,与她握了一握手,还有两个场面女伶怔怔地瞻仰着她。她现出游移的样子。一会儿,她把手招了西曼来,她们二人又匆匆地说了几句话,西曼答道:

"好的,在半点钟后。"

她正要回她的化妆室时,伯龙夫人带着许多书信走来走去,把其中的一封交给了她。鲍特那富动了气，低声责备那门房，说她不该把特丽恭夫人放进来。这女人恰在这一晚到来！遇着了他的殿下，真令他生气。伯龙夫人在戏院里做了三十年的事，此刻冷笑地回答他，她哪里晓得？特丽恭替戏院里一切的女人们做事，总经理先生遇见她不止数十次了，不曾说过一句什么话。鲍特那富听了她的答语，正要用粗言骂她，只见特丽恭毫不在意地仔细审视那王子，似乎她以为男子们给她一过眼便知道了斤两。她微笑了一笑，她的黄脸生了光辉，于是她从容不迫地在那些可敬的小女人们的队里穿过去，走了。她走时还回头向西曼说：

"您就来，是不是？"

西曼似乎很麻烦。这一封信乃是一个少年男子写的，她原与他约定今晚。此刻她草草地写了几个字交给伯龙夫人："我爱，今晚不行，我没有工夫。"但是她还担心，以为那少年男子也许仍旧等候她。她不是第三幕里的人物，所以她想要即刻就走，于是她请克拉丽丝先出去看一看，因为克拉丽丝须待第三幕的末出然后登台。她下楼去了，西曼却回到她们二人共有的化妆室里。

下面，伯龙夫人的小酒店里，有一个戏子打扮着白律东，独自一人在喝酒，身上穿的是金花红袍。门房的小生意大约是很兴隆的了，因为楼梯下的地洞里给洗酒杯的水流得很湿。克拉丽丝把衣裳撩起，因为她怕那油腻的阶级把那伊利思的戏装弄脏了。她谨慎地停了脚步，只在楼梯的转弯处探头向门房里望一眼就算了。幸亏她这样灵巧，否则事情就糟了。爱克多不是还在那里，在桌子与火炉之间，在原来的那一张椅子上吗？他当着西曼的面，假意走了；西曼去后，他又来了。而且这门房里仍旧满坐着些先生们，带着手套，很有礼貌，有柔顺而忍耐的样子。他们个个都在等候，正色地你望我，我望你。此刻桌子只剩有肮脏的盘碟，因为刚才伯龙夫人已经把那些花篮派送了。然而有一朵坠地的玫瑰凋谢了，玫瑰的旁边是那一只圆圆地蹲着睡觉的母猫；同时那些小猫儿却在先生们的脚边疯狂地乱跳乱跑。克拉丽丝一时起意要把爱克多赶到外面去。这愚人，他不喜欢畜牲；他把两脚缩了，生怕触着那母猫。这时那白律东喝了酒，一面上楼，一面把手背揩嘴。他遇着了克拉丽丝，便调笑着说：

"当心！他会擒了你！"

于是克拉丽丝改变意见，不要同爱克多闹了。她看见了伯龙夫人把那书信交给西曼的少年男子，他就走到通过室的煤气灯下看信："我爱，今晚不行，我没有工夫。"他大约是看惯了这种书信的，所以他一声不响就走了。唉！这一位至少可以说是会处世的人！他不像他们硬颈，盘据着伯龙夫人的麦秆椅子，在这玻璃大灯笼一般的门房里，一则热煞，二则气味难闻。然而男子们都给这个迷住了！克拉丽丝心中作呕，上了阶台穿过了戏院，慢慢地爬上了三层楼梯，到化妆室里向西曼报告。

这时后台上那王子与娜娜谈话，他没有离过她，眼睛半闭，只管紧紧地望她。娜娜的眼睛不看他，只微笑说"是"，点了一点头。鲍特那富正在详细地向摩法伯爵解说辘轳的用法，伯爵忽然被整个心灵所驱迫，竟丢了鲍特那富，走近了娜娜，打断了她与王子的谈话。娜娜举起眼睛，像向王子微笑一般向他微笑。然而她时时刻刻侧着一只耳朵，静听是否轮着她出台。那王子给伯爵这一撞，觉得难为情，便向娜娜说道：

"我想第三幕是最短的一幕了。"

她不回答，容色忽然不同，原来轮着她出台了。她把双肩一耸，把她身上披着的裘衣褪了下来，余勒夫人站在她的后面接了。她裸着身子，抬起双手拨了一拨她的头发，便出台了。

"嘘！嘘！"鲍特那富叫。

伯爵与王子都诧异起来。在这大大的静寂里，观众的唧唧喳喳的声音与长叹的声音传上台来。天天晚上，到了娜娜裸体登台的时候，台下都发生同一的效果。摩法伯爵想要观看，便把眼凑近了一个幕孔。在那些台前的列灯以外,戏座上似乎很黑暗,好像充满了紫色的浓烟。一行一行的脸孔都是黯淡的颜色,娜娜的白色更为显眼。大家觉得她变大了,自楼下至屋顶都给她塞满了。伯爵从她的背后望她,只见她的腰袅着,臂开着;同时地下有提戏人的头与她的脚并排。这提戏人是一个老头子,他的头摆在地上像是割断了的,看他的神情很可怜,很忠厚。她唱入场歌,唱到某几句的时候,她的颈上似乎起了一种流波,流遍她的全身,透出了她那轻纱衣服。她唱完了最后一节,台下喝彩之声雷动,她向观众施礼,弯腰时身上的雾縠飘摇,头发触着腰腹。伯爵看见她的腰弯了,臀部加大了,将身向着他所窥探的幕孔退回来,他挺直了身子,面色大变。这一出完了,他此刻只看见戏景的反面,有许多五光十色的旧广告,颠倒错杂地糊着。在那实际门上,许多伏地小灯之间,奥伦布诸神都来会合特路渥夫人,而她恰在那里昏昏欲睡。他们都等候本幕的末出,波士克与方丹坐在地上,膝头顶着下巴;普鲁利耶未出台就伸懒腰,打呵欠。他们一个个都疲倦了,眼红红的,都急急地要睡觉。

　　福歇利本来被鲍特那富禁止他停留在靠天井一边,他只好在靠花园一边踱来踱去。此刻他走近了伯爵,自愿引他参观那些化妆室,借此脱身。摩法的心渐渐软了,失了主意,终于跟福歇利走了。未走之前,他放眼寻觅叔雅尔侯爵,则见他已经不在身边了。他心里松快,同时却又担心。他原在后台里听见了娜娜唱歌;此刻离了后台,颇觉依依不舍。

　　福歇利比伯爵先上了楼梯;有些木机器把第一第二层楼关了。这是暧昧的屋子的一处楼梯,因为伯爵从前出去捐款做慈善事业时曾经见过这样暧昧的屋子。楼梯是破坏了的,没有装饰的,垩的是黄色,梯级因被人急践而残毁了,一道铁栏杆也因被手摩擦而光滑了。每一个平台上,有一个很低的窗子,与地板相齐。墙上嵌着的灯笼照着这黯淡的楼梯,蒸发出一种热气,这气便积聚在这狭小的楼梯里。

伯爵到了楼梯下，重新又觉得有一种浓厚的空气坠在他的颈窝上，原来这是从化妆室里传下来的女人气，落在灯光与杂响里。他每上了一个梯级，脂粉的香气与服装的酸气都熏得他热起来，越发心中无主。第一层楼有两处走廊，突然转角，房门都是黄色的，有白色的大字号码，像一间形迹可疑的旅馆。地下的石砖缝里的石灰绽开了，起了些高低不平的岐嵝儿，显得是一间老屋。伯爵冒着险，把眼向着半开的一门望去，则见是一间很脏的房子，原来这是一间理发室，室内只有两张椅子、一面镜子、一张有抽屉的长桌，桌上给梳篦的垢腻染黑了。一个快活男子流着汗，在那里换各种应用的布；同时，在旁边的一个房间里，有一个妇人预备出去，正在带上手套；她的头发蓬松而且很湿，好像是刚才从浴室里出来似的。福歇利叫伯爵走，二人上了第二层楼，只听得右边的走廊里有人气冲冲地叫了一声"天啊"，原来是一个小野鸡名叫马第尔德的，打破了一只脸盆，盆里的肥皂水直流到平台上。这时，一个化妆室猛然地关上了。两个妇人匆匆地穿着抹胸走过；另有一个用牙齿咬着衬衣的一角，出来便走了。于是有些笑声，吵嚷声，忽然中断的歌声，沿着走廊走去，可以从门缝里看见些裸体女人，雪白的肌肤与淡色的衬衣。有两个女子很快活，互相指示她们身上的黑痣；另有一个年纪很轻的，几乎是一个女孩，她把裙脚撩起直到膝头，为的是缝补她的裤子。化妆奴们看见有两个男子来了，稍为把门帘子拉一拉，算是有规矩。这时乃是戏剧的完场，大家拥挤着，忙着洗了红脂白粉，变了城市的装束，轻轻地加上一点儿细粉，却把香水加倍，以至门缝里透出很浓的气味来。到了第三层楼，摩法伯爵为酒气所侵，便索性看个尽兴。这里是场面女伶们的化妆室，二十个女人堆在一屋子里，这是一间公共的房子，肥皂与香水错杂地摆放着。他走过的时候，听见了一阵很大的洗濯声，脸盆里起了暴风雨。他要上最后一层楼时，为好奇心所驱使，忍不住向一个门孔里再看一眼:则见房里空了,灯光之下只剩有一个便壶,便壶的周围是七零八乱的许多裙子丢在地上。这房子乃是他所保存的最后印象。到了第四层楼,他喘不过气来,一切的臭味,一切的煤气都升上了这里。黄色的天花板似乎是烧熟了的,赭色的浓气里有一个灯笼照耀着。一霎时,他倚着铁栏杆,觉得栏杆微温,于是他闭了眼睛,尽量地呼吸他素来不晓得的女性的气味。福歇利走开了一会儿,此刻又走了来说:

"伯爵您来了。人家请您。"

原来走廊的尽头便是克拉丽丝与西曼的化妆室,这是屋顶之下的一间长方形的房子,四角不齐,墙上有许多裂痕,很不好看。屋顶有两个天窗,光线从上面透进来。但是此刻是夜里,房中有煤气灯照耀着。墙壁是用七个铜子一捆的彩纸糊的,门帘是绿色的,有粉红色的花纹。两块木板并列着,算是妆台,板上铺着一块漆布,给污垢的水染黑了;板下有几个锌壶,几个满装着脏水的洋锡桶,还有几个黄色的瓮子。这好像一间杂货商店,有的是缺口的脸盆、缺齿的梳篦。因为这是她们二人公有的房间,大家在那里换衣洗面,一则很忙,二则不顾公德,所以任凭它的秩序零乱。她们并不在这里居住,肮脏的景况再也不在她们心上了。只听得福歇利又很客气地叫道:

"伯爵请进,克拉丽丝想要同您接吻。"

摩法终于进去了,但是他吃了一惊,因为他看见叔雅尔侯爵坐在两个妆台之间的一张椅子上,原来侯爵早就到了这里。他的两脚张开,因为一个水桶翻了,流出一堆白沈。人家觉得他很舒服,他晓得好地方,到了这浴盆似的令人不能呼吸的房间里,因为他觉得这不清洁的地方能够显得不贞洁的女人更自然。

"你是不是跟那老的走?"西曼附着克拉丽丝的耳朵问。

"近来更常常跟他走了!"克拉丽丝高声地答。

此刻一个化妆奴——是一个很熟而且很丑的女子——正在帮

助西曼穿上外套,听了她们的话便笑弯了腰。她们三人你推我,我推你,吃吃地说了些话,更令他们快活了。福歇利说:

"喂,克拉丽丝,请你与先生接吻。你须知,他是有荷包的。"

他又转身向摩法伯爵说:

"您看,她这人很好,她就与您接吻的。"

然而克拉丽丝给男子们缠得着了恼,她激烈地骂下面在门房里等候她的那一班肮脏东西。而且此刻她忙着下楼,不肯让人家再缠她,以至于错过了最后一出。后来福歇利把门堵住了,她只好在伯爵的髯上吻了两吻,说:

"这两吻并不为的是您!只为的是福歇利把我歪缠。"

她溜走了。伯爵当着他的岳父的面,觉得很难为情,脸上起了一阵红晕。刚才他在娜娜的化妆室里,看见了奢华侈丽的墙壁与镜子等物,不像此刻看见这两个女人在顶楼里的凄惨的景况使他生了怜悯之心。西曼忙着走了,侯爵跟着她走,向她的颈边说话,她一味摇头表示不肯。福歇利笑着跟他们走了。于是伯爵觉得只剩有他一人陪伴着那化妆奴,她正在洗濯那些脸盆。此刻轮着他也走了,他下楼时,两腿酸软。到了每一层楼,重新看见系着下衣的女人们,在他走过时把门开阖作响。在这四层楼的许多女人的吵嚷声中,他只看得很清楚一只红色的大猫,在这妇人的浓香里,这猫翘着尾巴,沿着梯级跑下来,同时把背摩擦着那铁栏杆。只听一个妇人哑声说道:

"唉!他们讨厌得很,竟不住地叫我们再出台!我以为今晚他们要把我们留到天亮哩!"

此刻是戏剧的完场,幕闭了。楼梯里千人耸动,争先穿衣出去。摩法伯爵下楼,到最后的一个梯级,瞥见娜娜与那王子慢慢地在走廊里走。娜娜停了脚步,微笑地把声音放低,说道:

"对了,一会儿见。"

那王子回到戏座里,鲍特那富正在那里等候他。此刻只剩有摩法伯爵与娜娜在一起,他为欲望与怒气所驱使,竟跑到娜娜后面;在娜娜正要回她的化妆室的当儿,他在她的颈窝上重重地印了一个吻,恰印在那长及眉际的金色毫毛之上。他这一吻,恰像她在楼上接受了的一吻。娜娜动了气,早已把手举起来。后来她认得是伯爵,便微笑了一笑,简单地说道:

"我给您吓了!"

她这一笑真可爱,一则惭愧,二则柔顺,好像她早已不敢希望这一吻了,现在得到了便无限快乐似的。但是她不能够,今晚不能,明晚也不能,非等待些时候不可。纵使她能够,她也要激一激他的欲火。这些意思都在她的眼神里露出来了。末了,她再说:

"您知道吗?我有了产业……是的,我买了乡下的一个别墅,在奥烈安附近。听说您有时候也到那边去。这是那小娃娃乔治·胡恭说的,您认识他吗?请您就到那边去看望我吧。"

伯爵本是一个胆怯的人,刚才大胆妄为,此刻想起,便害怕起来,同时觉得惭愧,于是他恭恭敬敬地施了一礼,说不久一定遵她的邀请去拜访她。他说了就走开,脚步渺茫,如在梦里。

他正要去会合那王子,从休息厅前走过时,忽听得萨丹嚷道:

"您是肮脏的老头子!不要惹我生气!"

原来这是叔雅尔侯爵,他转来追求萨丹。萨丹此刻讨厌那些阔人了。娜娜刚才把她介绍给鲍特那富了。但是,她因为恐怕说错了话,便闭了口一言不发,她因此闷得要死。她想要找一个地方出气,恰巧她在后台里撞着了她的一个旧人,便是那扮演白律东的男伶。这男伶原是一个卖糕饼的,在整个礼拜内给了她许多爱情,同时给了她许多耳光。她正在等候他,听见侯爵把她当做戏院里的女伶,同她说话,便动了她的怒气。于是她严肃正气地说了这么一句:

"我的丈夫就要来了,您看!"

这时伶人们披着大衣,带着倦容,一个一个走了。一队队的男或女都从那弯曲的小楼梯走下来,黑影里映出他们的破帽破衣,显出伶人的丑容,除了红胭脂便只剩有惨白的面色。台柱上的灯光熄了,那王子还在静听鲍特那富叙述一段小故事,他的意思是要等候娜娜。娜娜毕竟来了,台上全黑了,戏卒们拿着灯笼巡行了一周。鲍特那富为着要避免他的殿下向巴诺拉马路走那迂路,便叫人把由门房直达那通过室的走廊的门开了。沿着这路乃是那些小女人们,因为有许多男子正在巴诺拉马路等候她们,所以她们争先从这一边逃走了。她们互相拥挤,你的肘靠着我的肘,大家放眼望后面,直到了外面才能呼吸。这时方丹、波士克、普鲁利耶慢慢地走了出来,大家嘲笑那些规矩的男子们还在陆离戏院的庑下大踏步地走来走去,而此刻那些小女人们早已到了大街,陪着她们心爱的情郎走了。尤其是克拉丽丝狡猾,她时时刻刻当心爱克多。他果然还在门房里,与那些硬颈不肯走的先生们同坐在伯龙夫人的椅子上。他们都掀着鼻子等候。于是她跟着一个女伴,挺着身走过了。那些男子们的眼睛眨了又眨,提心吊胆地望着楼梯脚边的罗裙飘摇。他们越看越失望,因为她们一个个都走完了,他们竟不认得一个熟人。那一窠黑色的小猫儿还睡在漆布上,靠着它们的母亲的肚子,四脚伸张,似乎十分有福;同时那红色的大猫坐在桌子的另一头,伸长了尾巴,把它那一双黄色的眼睛看那些女人们走了。

"殿下请向这里走。"鲍特那富到了楼下说,同时指着走廊。

这时还有些场面女伶走过。王子跟着娜娜,伯爵与侯爵也在后面。这是一条很长的羊肠小路,位置在陆离戏院与邻宅之间,上面有斜下的屋顶,屋顶开着几个玻璃小窗。墙壁里流出潮湿之气。众人的脚步踏着石砖作响,如在地道里一般。这走廊好像一个小收拾房,堆着许多器具,其中有一张木匠用的长凳,预备布景时须要刨削些什么;还堆着许多木栅子,每晚把这些栅子排在戏院门前,以便买票的人排班。娜娜走到一道喷泉之前,迫得把衣服撩起，因为水管关不紧，渗湿了地上的石砖。大家走到了通过室的时候，互相施礼道别了。剩下了鲍特那富一人，他耸了一耸肩，表示对于那王子的总批评；他这种藐视的态度，很有哲学的意味。这时洛丝把他的丈夫与福歇利领了来，为的是要在她家里给他们劝和。

"他到底不免傻里傻气的。"鲍特那富向福歇利说了这么一句，也不加以解释。

街道上摩法一人独走。那王子安然地把娜娜叫上他的车了。侯爵跟着萨丹与她那戏子；他的心动了，只好跟着他们，模糊地希望她赏他的脸。摩法的脑里发烧，想要步行回家。现在他的内心的战争停止了，一种新生命的波涛把他那四十年信教的心理漂荡净尽。当他沿着大马路走去的时候，街上往来的车声辚辚，入了他的耳朵，只像是一片声叫着娜娜的名字；他在光明的路灯之下看见娜娜裸体跳舞，柔软的臂与雪白的肩都令他销魂。他觉得他给她占领了。假使当天晚上他得与她相聚一个钟头，他情愿否认一切，卖掉一切。这是他的青春之心醒了，男子纵欲的本能发作了，忽然间，把他那宗教的冷心肠变为热心肠，把他那上了年纪的男子的尊严变为一个荡子的态度。

第六章

胡恭夫人觉得独自与她的儿子乔治住在芳呆特很寂寞,便邀摩法伯爵与他的妻女到来住一个礼拜。他们在昨天到了。胡恭夫人的住宅是 17 世纪末期建筑的,宅外有很大很大的方形围墙,却没有什么点缀品;然而花园里,却有很美丽的树荫,又有活水的池塘,有不涸的源泉接济着。这花园沿着由奥烈安到巴黎的大路,像一段绿波,像一丛大树,把这遍地菽麦的平原的单调的风景增加了许多韵致。

十一点钟的时候,午饭的钟声响了第二次,众人都在膳堂会合了。胡恭夫人很慈祥地微笑,在沙苹夫人的脸上重重地吻了两吻,说:

"你须知,住乡间乃是我的习惯……我在这里看见了你,令我变嫩了二十岁……你在你那旧卧房里睡得很舒服吗?"

她不待沙苹夫人回答,便转身向爱斯迭尔说:

"你也只打了一个盹吗?……好孩子,吻我吧。"

众人坐在广大的膳堂里,膳堂的窗子是向花园的。大家只坐在那长大的食桌的一头,因为坐近些便亲热些。沙苹很快活,想起了少年时代的事情,便向众人谈及:说她在芳呆特住过许多个月,游览了许多次;有一个夏天的晚上,她跌在池塘里;有一个冬天的晚上她在一个衣橱里发现了一部很旧的骑士小说,便在葡萄蔓的炭火前读了一晚。乔治隔了几个月不见伯爵夫人,现在看见她很奇怪,她的面容有些变化了;至于爱斯迭尔却恰恰相反,她更笨了,不多说话,似乎更不振作了。

大家吃的是半熟鸡卵与牛排,很简单。胡恭夫人便唠叨地埋怨屠夫们,说他们要不得。她要买什么,都在奥烈安买,而人家从来不曾照她的单子卖给她。再者,宾客们吃得坏,乃是他们自己的不是:他们来得太迟了,不合时令了。她说:

"这是没有意义的。我从6月起就等你们来,直到而今9月半了,你们才来……所以,你们看,这不成个样子了。"

说着,她把手指着树上的初黄之叶。天色黯淡,绿云掩住了远空,是静和而含愁的风景。她继续地说道:

"唉!我还等候些宾客,这样才更快活些……先说,有两位先生是乔治所邀请的,一位是福歇利先生,一位是达克奈先生,你们是认识他们的,不是吗?……还有王多弗尔先生,他在五年前就应承了我,也许今年他决意来了。"

"好!"伯爵夫人笑着说,"如果我们只等候王多弗尔先生,那就糟了!他忙得很!"

"费理伯呢?"摩法问。

"费理伯已经告了假",胡恭夫人说,"但是,他到家的时候,大约你们已经不在芳呆特了。"

仆人送上了咖啡。大家谈起巴黎,提及史丹奈的名字。胡恭夫人听了,轻轻地叫了一声,说:

"说起史丹奈先生,不是有一天晚上我在你们家里遇见的那肥胖的银行家吗?……他真是一个坏人!他不是替一个女伶买了一份产业吗?这份产业离这里只有十里之远,在庶山之后,居米耶山之旁。全奥烈安的人都失了体面……亲爱的,你晓得这事吗?"

"我完全不晓得",摩法答,"呀!史丹奈竟在这附近买了一份产业!"

乔治听见他的母亲说到了这事之后,把鼻子几乎浸在咖啡里。

后来他听见了伯爵的答话,诧异起来,便抬头怔怔地望着他,为什么他努力要说谎呢?摩法注意到了乔治的神情,便恼了他一眼。胡恭夫人继续地说出详情:这史丹奈所买的村名叫美若德村;要到美若德村去,须先上了庶山,到居米耶山,走过一条桥梁,这样走去,须多走了两个基罗米突的路;否则就该走湿路,有变水鸭的危险。

"那女伶叫做什么名字呢?"伯爵夫人问。

"呀!人家告诉过我的",胡恭夫人说,"乔治,今天早上那园丁告诉我的时候你是在场的……"

乔治假装思索的样子。摩法等候着,同时用手指把一个小匙子打滚。于是伯爵夫人转向摩法问道:

"史丹奈先生不是同陆离戏院的歌女娜娜要好吗?"

"娜娜,对了,可恨!"胡恭夫人生气地说,"现在人家在美若德村等候她。那园丁把一切都告诉了我……乔治,是不是?那园丁说今晚人家等候她来。"

伯爵诧异,身子轻轻地跳了一跳。但是乔治却急急地说道:

"唉!妈妈,那园丁不晓得,他是乱说的……刚才那车夫说的恰恰相反,他说在后天以前,美若德村并不等候什么人。"

他努力装做自然的态度,同时丢一个眼角看伯爵听了他的话有什么神情。伯爵重新把匙子打滚,似乎已经放了心。伯爵夫人的眼望着远远的绿林正在出神,好像不参与谈话似的,她的心中陡然起了一种秘密的心思,口里却勉强微笑着;至于爱斯迭尔却挺直地坐在椅子上静听人家谈论娜娜,她那处女的白色脸孔丝毫没有变动。这时胡恭夫人回复了她的慈祥态度,静寂了一会儿,说:

"天啊!我本不该生气。应该叫世上人人都能生活才好……如果我们在马路上遇见了这女人,我们只不向她施礼就完事了。"

大家离桌的时候,她还骂沙苹夫人今年要人家再三邀请才来。但是沙苹夫人自己辩护,把罪过推诿给她的丈夫,有两次,行李已经预备好了，打算在第二天起程，他忽然收回成命，说有紧要的事情不能走。等到大家以为没有走的希望的时候，他忽然又决定了主意。于是胡恭夫人也述说乔治也说了两次要回，结果是回不成；后来她不望他回了，他忽然在前天回来。这时大家到了花园来了。摩法与乔治在两位夫人的左右，各各反过背去，静听她们说话。胡恭夫人在她的儿子的黄发上吻了几吻，说：

"我也不说什么了，乔治回到乡下来陪着母亲过冷寂的生活，总算他好……好一个乔治，他没有把我忘了！"

到了下午，她担心一件事，乔治吃了中饭之后，即刻叫头重，渐渐地叫起痛来。将近四点钟的时候，他想要上楼睡觉，这是唯一的医方，他说睡到明天的时候，他的病可以完全好了。他的母亲要自己看他上床，但是，她出了房门之后，他跳起来把门闩关上了，借口说是不愿意人家来烦扰他。于是他娇声地叫："晚安！妈妈，明天见！"而且说他只打一个盹。其实他并不再睡，他的脸色放光了，眼睛闪烁了，悄悄地再穿了衣服，在一张椅子上坐着不动，只静候着。等到晚饭的铃响了之后，他窥见摩法伯爵走向客厅去了。十分钟之后，他晓得不会给人家撞见了，于是取了一根爬墙绳子，从窗子里很活泼地爬下楼来。他的卧房在第一层楼，窗子正对着屋后。他投入了丛林里，滚出了花园，连跑带跳地走过了田野，向庶山方面走去。他的肚子是空的，他的心满贮着热烈的情绪。时已黄昏，天上开始下些细雨。

恰是今晚娜娜该到美若德村来。自从 5 月以来，史丹奈替她买了这一处别墅之后，她日夜只渴想到来安排，想到流泪为止；然而每次请假都给鲍特那富拒绝了，他说须到 9 月才行，借口说是在展览会的期间内生意正好，决不肯让人替她登台，一晚也不可以。到了 8 月底，他又说须等到 10 月。娜娜动了气，说她非在 9 月 15 到美若德村来不可。她甚至于邀请了许多人来，当场与鲍特那富挑战。她本来很内行地抵抗了摩法许久，有一天的下午，摩法到她家哀求她,至于周身发抖,她终于答应做个好人,但是非在美若德村那边不可。她与他约的也是 9 月 15。后来到了 12 日,她忽然要带了索爱一人就走,因为她怕鲍特那富既然知道她 15 日走,也许他会想法子阻止她。现在她叫医生出了一张病证,寄了给他,把他丢在巴黎,岂不是一件快乐的事!她自思:独自一人先到了美若德村住两天,没有一个人知道,岂不是好?她起了这一个念头,即刻推索爱收拾行李,把她推上了马车,然后很感动地吻她,请她原谅。直到了火车站的食室,她才想到应该写一封信告诉史丹奈,她说:如果他想要一个很新鲜的娜娜,请他等到后天才来找她。后来她另想起一件事,又写一封信请求她的姑母马上把小路易领了来,乡下的空气对于婴孩是多么有益!而且在树林下玩耍是多么快乐!从巴黎到奥烈安,在卧车上,她只说的是这话。她一时动了慈母之心,便把花儿鸟儿与她的孩儿混在一起说,说得眼睛都湿了。

美若德村离车站有三十里之远。娜娜找了一个钟头才找着了一辆车子,这是一辆很大很大的然而破坏了的马车。车子慢慢地走,加上了一种碎铁的声音,车夫是一个沉静寡言的老翁,却给娜娜问了他一大堆的事情:他是不是常常从美若德村经过?那村是不是在这山坡的后面?村里该有许多树,是不是?至于那屋子,远远地可以望见吗?那老翁不好气地喃喃作答。娜娜心里急于要到那别墅,竟在车上跳起舞来;至于索爱却怪她这样早就离开了巴黎,挺挺地坐着,现出老大不高兴的样子。忽然那马停了脚步,娜娜以为是到了,把头探出了车门,问道:

"呃?我们到了吗?"

那车夫用不着回答,只向马的身上加鞭,那马便很辛苦地爬上山坡。娜娜瞻望着那灰色的天空之下的广漠的平原,与天上堆着很大的云朵,心里十分快乐。

"唉!看呀,索爱,这里有的是草!这些都是麦吗?……天啊!这是多么好看啊!"

"这可见夫人不是乡下人",索爱终于冷冷地说了,"我呢,我在那牙科医生家里做工的时候,他在波其华有一所屋子,所以我对于乡村是很熟悉的……呀! 今晚的天气很冷,这里的气候潮湿得很。"

这时大家在树林下经过,娜娜嗅着树叶的气味,像一个少年的狗。忽然间,转了一个路角,她从树枝里透望过去,瞥见一所住宅的一角,也许是这里了;她又开始询问那车夫,他仍旧摇头说不是的。等到大家下了山坡的另一面之后,他才把鞭子一指,说道:

"您看,就在那边。"

她站起来,把全身探出了车门之外,还看不见什么,便嚷说:

"哪里? 哪里?"

她终于分辨出一堵墙壁来了,于是她连叫带跳,活现出一个有了激烈的感触的妇人。

"索爱,我看见了! 我看见了! ……你在另一个车门望去吧……唉! 屋顶上有砖砌的平台。那边还有一个花厅! 呀! 宽得很! ……唉! 我喜欢极了! 你看,索爱,你看!"

车子在铁栅前停了。一个高大而干枯的园丁,手拿着呢帽,来把一个小门开了。娜娜想要维持自己的尊严,因为刚才那车夫虽则闭口不说话,似乎他在肚里嗤笑她了。此刻她忍耐着,从容地走路,听那园丁说话。这园丁却很多话了,他说屋子没有收拾好,请求夫人恕罪,因为他今早才收到夫人的信。娜娜虽则努力要装从容不迫的态度,然而她的脚已经不着地,她走得这样快,竟令索爱赶她不上。走到了小路的尽头,她站住了一会儿,放眼端详了那屋子一眼。这是意大利式的一所大别墅,屋旁另有一座小屋子,是一个英国的富翁建筑的。他在那伯尔住了两年,所以他要自己建筑意大利式的屋子,然而不久他又讨厌了。

"让我引着夫人看去。"那园丁说。

但是她已经比他先走了,她说用不着起动他,她自己会去看,

而且她觉得如此更好些。她的帽子且不脱早已奔进了屋子里。她
呼唤索爱,在走廊里远远地同她说话,这数月来没有人住的屋子的
沉寂,给她的笑声与呼声打破了。先看那通过室:有几分潮湿,但
是不要紧,她并不在那里睡觉。客厅里布置得很时髦,窗子正对着
草畦;只有红色的家具不好看,将来她换过就是了。至于说到饭
厅:呀!是多么漂亮的饭厅啊!假使在巴黎有这样宽高的饭厅,岂
不够人娱乐!她走上了第一层楼,忽然想起她还没有看那厨房,她
叫了一声"呀",便又走下楼来。索爱一见了厨房便非常地赞赏:那
洗碗的石槽是多么美!灶的内部是多么宽,人家可以在灶上烤一
只全羊!她再上楼来的时候,看见了卧房越发快活。这是路易十
六式的陈设,壁纸是粉红色的。好啊!在这房里一定睡得很舒服!
后来又看了四五间宾客的卧房,最后看到顶楼的漂亮的收拾房,很
适宜于存放行李。索爱仍旧不高兴,每看一间房子只瞟了一个冷
眼。她跟在娜娜后面,渐离渐远。她望着娜娜勇敢地爬上了崎岖
的楼梯,直上天台。谢谢吧!她不想要跌断了手脚!忽然远远地
来了一阵呼声,像壁炉的烟囱里放出的声气一般。

"索爱!索爱!你在哪里?上来呀!……唉!你是想不到
的……这竟像个天宫!"

她喃喃地埋怨着,上了梯子。只见娜娜站在屋顶上,倚着砖砌
的栏杆,注视那越远越宽的山谷。天涯是广漠无边的,被灰色的水
汽弥漫了,一阵狂风吹走了细雨。娜娜迫得用双手扶定了帽子,不
让狂风吹跑了,然而她的裙脚飘摇,好像国旗当风,噼啪作响。索
爱把头缩了进去,说:

"呀!不行,不行!夫人要给风吹跑了!……多么厉害的
风啊!"

娜娜听不见索爱的话,只管低头望着她的产业。围墙以内约
有七八亩的地皮。此外便是一个很大的菜园。她连忙下楼,在楼
梯上推索爱急走,吃吃地说道:

"满地是些白菜！……唉！这么大的白菜！……还有生菜呀，酸菜呀，葱子呀，样样都有。快来，快来。"

雨下得很厉害了。她打开了白绸的阳伞，竟向小路上便跑。

"夫人仔细冒了风寒！"索爱叫着，只在阶台的廊下停留着不走。

然而娜娜偏要看。每看见了一种菜，便嚷起来：

"索爱，这里有许多菠菜！来呀！……唉！还有些百叶菜！奇了！奇了！百叶菜也有花的吗？……呃？这是什么？我不认得这个……来呀，索爱也许你认得。"

索爱不动。夫人大约是发狂了，天下了倾盆的大雨，白绸的阳伞变黑了；这伞并不能遮盖夫人，她的裙子已经湿透了，然而她一概不管。她冒着雨看了菜园又看果园，每逢一树必停步，每逢一菜必低头。后来她又跑到井前，放眼望一望井底，揭开了一个护菜罩子看下面有些什么，她看见了一个很大很大的南瓜，便聚精会神地瞻望了一会儿。这时她的心恨不得即刻走遍了那些小道，把一切的事物都占有了，实现了当年她在巴黎石路上拖着女工的破鞋子的时候的幻梦。雨越下越大了，她完全不觉得，只恨太阳下山太早了。她看不清楚东西了，只好用手指摸索，知道一个大概。忽然间，她从黄昏里分辨出了些蛇蛋果，于是她的童心动了。

"有些蛇蛋果！有些蛇蛋果！是的，有的，我摸着了！……索爱，快拿一只盘子来！快来摘蛇蛋果！"

娜娜蹲在泥水上，丢开了阳伞，大雨直打着她的头。她只管摘蛇蛋果，双手浸湿在叶子里。她虽则连声叫着，索爱始终不拿盘子来。在她起身的当儿，似乎看见一个黑影子溜进来，她吃了一惊，叫道：

"一个畜牲！"

她定神再看时，便诧异地站在路上不动，原来这是一个男人，而且她认得他。

"怎么！原来是小娃娃！……你在这儿做什么，小娃娃？"

"呃！"乔治说，"我来了！"

她一时呆了，说：

"那么，是那园丁告诉你，说我今天来了？……唉！你看这孩子！身上都湿透了！"

"呀！让我告诉你我在路上遇了雨。而且我不愿意从居米耶山走来，所以我走到庶山脚下的时候跌进了一个天杀的水涡里。"

娜娜忽然忘了她的蛇蛋果，因为她动了恻隐之心，可怜的小娃娃，竟跌进了一个水涡里！她一手拉着他便往屋里走，说要给他生火取暖。乔治在黑地里把她叫住，说道：

"你须知，刚才我躲着不敢见你，我恐怕像在巴黎一般，你没有约我，我就去看望你，结果是给你骂了一顿！"

她笑着不答，只在他的额上印了一个吻。在这一天以前，她把他当做一个孩子，不会把他求爱的话当真，以为他是一个不相干的小男人，只值得与他开玩笑罢了。

安顿乔治乃是一个问题，她硬要在她的卧房里生火，以为如此更好些。索爱看惯了娜娜招徕男子，所以乔治这一来并不令她诧异。只有那园丁送炭上来时，瞥见一个浑身湿透了的男子，他自思他并没有给这男子开门，为什么他就进来了？所以他一时呆了。然而人家叫他出去，说不再用得着他。一盏灯照亮了卧房，炉火也放出光明的火焰。娜娜看见乔治发抖，说：

"他的衣服不会干的！他要伤风了！"

唉！没有一件男人的裤子！她正要呼唤那园丁，忽然有了一个主意。原来这时索爱在梳妆室里卸行李，拿了些衣服进来给夫人替换：一件衬衣，一套短裙，一件梳妆衣。

"好极了！"娜娜说，"这些都可以给小娃娃穿。呃？你不嫌我的衣服吧？……等到你的衣服干了之后，你换过了便赶快回去，不要让你的妈妈骂你……赶快吧！我也要到梳妆室里换我的衣服去了。"

十分钟后,她穿了一件睡衣出来,快活地拊掌说:

"唉! 小乖乖! 你打扮得多么美的一个小女人啊!"

他只穿了一件夜用衬衫,一件绣花裤子,外面披着一件细麻布的有花边的梳妆衣。此刻他活像一个少女,双臂裸着,是少年金发人的手臂,他丰盛的头发还是湿的,垂在他的颈上。

"呀! 他竟像我的身材一般长细!"娜娜说时,揽了一揽他的身子,"索爱,你来看,这衣服实在与他相宜……呃! 好像是为他做的! 只嫌胸衣宽了些……可怜的小娃娃,他的胸没有我的胸一般大!"

"当然啦! 我只欠这一点儿!"乔治微笑地说。

三人都快活起来。娜娜把那梳妆衣的纽子自高至低都扣上了,以免他失了规矩。她把他当做玩偶般播弄,时而拍他几下,又把他的裤子的后面掀起了一个球形。她问他的身体是否舒服,又问他是否觉得热。唉! 他还不舒服吗! 最暖的就是女人的衬衣,假使他能够的话,他情愿穿一辈子。他滚在这里面,一则细软,二则浓香,他以为在这里面可以找得出一点儿娜娜的微温的生活。

这时索爱已经把乔治的湿衣拿到厨房里去,预备在葡萄蔓的炭火上迅速地烘干。于是乔治躺在一张靠背椅上,敢说出一种老实话来了,他说:

"喂,你今晚不吃饭吗? ……我呢,我饿得要命。我还没有吃晚饭呢。"

娜娜生气了,好一个呆子,空着肚子从妈妈家里跑出来,为的是跌进一个水涡里! 但是,她自己的肚里也有饿神来侵了。当然应该吃饭啦! 不过,只好马马虎虎,有什么便吃什么。于是在炉火前摆了一张独脚桌子,临时创出一席很滑稽的晚饭。索爱跑出去问那园丁,园丁说他已经预备好了一种白菜汤,以为如果夫人没有在奥烈安吃了晚饭来,可以勉强供应;夫人在信里忘了吩咐他应该预备什么。幸亏酒窖里有的是种种的好酒。于是他们每人有一盘白菜汤,加上了一小块猪油。后来娜娜在她的布袋里搜寻,找出了好些食品,乃是她临行时买了来以备不时的需要的:有一块牛肝,一包糖果,好些橘子。他们二人都像妖精般大吃一顿,像老朋友般不拘礼。娜娜把乔治叫做"亲爱的妹妹";她觉得这样一来,一则熟套些,二则亲热些。到了用饭后果品的时候,他们不愿意起动索爱,只在柜子上面找着了一罐果子酱,也不换匙子,二人轮流着把果子酱分吃了。

"呀! 亲爱的妹妹",娜娜说时,把那独脚桌推开,"十年以来,我不曾像今晚吃得这样好!"

然而天时已晚了,她想要把小娃娃送出去,因为恐怕他给他妈妈责骂。他呢,他一味说他有的是时间。再者,衣服还烘不干,索爱说至少还需要一个钟头。她因为旅行疲倦了,站着打盹,他们便叫她睡去。于是这幽静的住宅里只剩有他们二人了。

这是很温和的一天晚上。索爱在未上楼以前先把床理好了;炭火烧残,这蓝色的卧房里有几分令人气窒。娜娜嫌空气太热了,起来把窗子打开一会儿。忽听得她轻轻地惊叫道:

"天啊! 这是多么美的风景! ……亲爱的妹妹,你看。"

乔治来了,好像是他觉得栏杆太矮,竟揽住了娜娜的腰,把头假倚在她的肩上。天色忽然变了,云散天高,一轮明月把金光映在田野之上。这是无上的幽静。谷口迤迤,向平原而渐阔;在这月光映成的银湖里,一丛一丛的树林竟像一个一个的小岛。娜娜一时触景生感,自觉变小了。其实在她现在记不起了的某一个生活时期里,她曾经梦见过这种夜景。自从她下了火车之后,看见乡村这样大,花草这样香,住宅与菜园,一切都打动了她的心,竟令她自以为离了巴黎二十年。她昨天的生活如同隔世。她所不晓得的事都上了她的心头。这时乔治在她的颈上印了些温存的小吻,更增加了她的心灵的震撼。她不坚决地把手推开他,像推开一个向母亲献娇而令母亲疲倦的一个小孩，而且又催他就走。他呢，他不说不走；等一会儿吧，等一会儿他才走吧。

一个鸟儿唱了又止，这是窗下的一棵树上的一只红颈鸟。

"等一等"，乔治说，"它怕灯光，让我把灯熄了。"

他熄了灯，又回来揽着她的腰，说：

"等一会儿我们再把灯点着吧。"

于是他搂紧了娜娜。她静听着鸟儿唱歌，同时回忆身世。是的，在此宛转的鸟声中，她已经看见了一切。当年她情愿贡献一颗心，换这样的月光，这样的小鸟，与一个满腔爱情的少年男子。天啊，她觉得这是难得的幸福，几乎哭起来。她并非生来就注定过的是肮脏的生活。此刻乔治的胆子更大了，她把他一推，说：

"不，放手吧，我不愿意……在你这年纪，真是不成事体……你听我说，我愿意永远做你的妈妈。"

她起了贞洁之心，脸色通红了，然而没有一个人能看见她的脸红。他们的身后的卧房里夜色沉沉，田野间万籁俱静。她从不像今夜这般惭愧。她虽则觉得难为情，要反抗自己；但是她渐渐觉得没有力量了。这梳妆衣与妇女的衬衫还惹她发笑，好像一个女友寻她开心。她勉强作最后的努力，终于吃吃地说道：

"唉！这是坏事，这是坏事！"

在这良宵的景色里，她像处女般倒在乔治的怀抱中了，于是这屋子便睡去了。

次日芳呆特村里的午饭钟响时，饭厅再也不嫌太宽了。第一辆车载来的是福歇利与达克奈；第二班火车载来的是王多弗尔伯爵。乔治下楼最迟，面色淡白了些，眼圈发黑了。人家问他的病，他回说已经好得多了，但是因为病势来得凶，所以此刻他还头昏。胡恭夫人微笑，紧紧地望着他，还不放心。今早他的头发梳得不好，她便替他拨了一拨；他把身子向后退，似乎因为受了宠爱而觉得难为情。在席上，她很有情地取笑王多弗尔，说她等候了他五年。

"你毕竟来了……您是怎样来了的?"

王多弗尔也用诙谐的话回答。他说昨天他在俱乐部里赌输了许多钱,于是他离开了巴黎,预备在外省得把他的财产输个净尽,他说:

"是的,老实说,我希望您替我在本县里找一个承袭我的财产的女人……我想这里可爱的女人一定不少。"

胡恭夫人又谢达克奈与福歇利肯应承了她儿子的邀请。她忽然看见叔雅尔侯爵进了门来,原来他是第三辆车载了来的,胡恭夫人又诧异,又快活,说:

"呀!今天竟是一个集会了!你们都互相约好了吗?……有什么事情发生了?几年以来,我要集合你们,始终不能如愿,现在你们同时都来了……唉!我不埋怨了!"

胡恭夫人叫添了一副刀叉。福歇利恰坐在沙苹夫人身旁,看见她兴高采烈的样子,不禁诧异起来,因为从前他在米洛迈斯尼路的严肃的客厅里看见的沙苹夫人是那样无精打采的。达克奈坐在爱斯迭尔的左边,看见她沉静寡言,颇为担心,而且觉得她那很尖的双肘讨厌。摩法与叔雅尔诡秘地互相丢了一个眼色。这时土多弗尔越说越诙谐,竟谈及他不久要结婚。胡恭夫人说:

"说起女人,我最近有了一个女邻居,你们该是认识她的。"

她说出娜娜的名字来,王多弗尔假作十分诧异,说:

"怎么!娜娜的产业是在这里附近吗?"

福歇利与达克奈也惊呼起来。叔雅尔侯爵正在吃一个鸭脑,似乎他没有听懂。他们里头没有一个人笑的。胡恭夫人又说:

"当然,这位妇人昨晚已经到了美若德村。我今早听见园丁说的。"

忽然间,他们真的诧异起来,大家都抬了头,掩饰不住他们惊奇的面色。怎么?娜娜竟先到了!他们只料她明天来,以为他们比她先到一天呢！只有乔治低了眉望着酒杯，有疲倦的样子。自从酒席开始以来，他似乎昏昏欲睡，然而他的眼开着，模糊地微笑。他母亲的视线不曾离了他，终于问他道：

"乔治，你的病还没有好吗？"

他吓得一跳，红着脸回说他已经完全好了。然而他仍旧像一个整夜跳舞的少女，面色疲倦，同时春心犹动。

"你的颈上是些什么？很红的。"胡恭夫人吃惊地说。

他的心慌了，吞吞吐吐地回答，说他不晓得，说他的颈上并没有什么。后来他把衬衫的领子揭高了些，说：

"呀！是的，一只蚊子咬了我一口。"

叔雅尔侯爵斜丢了一个眼角望了那红的地方一眼。摩法也怔怔地望着乔治。大家吃完了饭，便决定了游玩的计划。福歇利看见沙苹夫人越笑，他的心越动了。当他把一只果碟递给她的时候，他们的手互相碰着了，她有情地瞟了他一眼，令他回想当年他的朋友在酒酣时告诉他的心腹话。再者，她不是原来的沙苹夫人了，她穿的是灰色轻纱的长袍。双肩越显得丰腴无骨，似乎比从前风流多了。

大家离席后，达克奈滞留在福歇利后面说笑话，他说爱斯迭尔是一把扫帚，不知将来落在哪一个倒霉的男子身上。后来福歇利说出她的嫁赀的数目，他便变了严肃的面色，原来爱斯迭尔有四十万法郎的嫁赀。

"她的母亲呢？"福歇利问，"呃！很风流！"

"唉！这一个却不错……但是没有法子想！"

"呸！谁晓得？……将来再看吧。"

这一天的雨还很大，大家不应该出门。乔治急急地走开，回到卧房里把门关上了两重。这些先生们互相知道不期而会的原因，然而他们却避免互相说明。王多弗尔赌钱输得太厉害了，真的有意到乡下休息；他预备找一个女友作伴，以免太烦闷了。福歇利因为洛丝此刻很忙,放他几天的假,他便趁这假期到乡下来,他的心中打算:假使他与娜娜都受了乡村风景的感触,便向她商议,要为她再做一篇文章在报上发表。达克奈自从娜娜有了史丹奈以来,就与她赌气,现在到了乡下来找机会,希望重寻旧欢。至于叔雅尔侯爵,他也等候他的时间。然而在这些追寻梵奴的踪迹的男人们当中,最着急的乃是摩法,他一则新起了淫欲的念头,二则害怕,三则生气,心中成了战场,新旧意志互相冲突,所以他是最不自在的一个。而且他得了正式的许可,娜娜等候他。但是,为什么她早走了两天呢? 于是他打定了主意,在当天晚上吃了晚饭之后便到美若德村去。

到了晚上,伯爵出了花园的当儿,乔治跟着也溜了出来。摩法向居米耶山方面走,乔治却取捷径,爬过了庶山,到了娜娜家里,气喘喘地流了两行很大的眼泪,心中愤愤不平。呀! 他懂得了,此刻在路上的老头子乃是娜娜约来的! 娜娜看见他吃起醋来,吃了一惊,把他搂在怀里,努力安慰他,哪里! 他误会了,她并没有约一个人来,摩法伯爵这一来并不是她的罪过。小娃娃真呆,没来由提心吊胆! ……除了她的儿子之外,她只爱乔治一人。于是她吻他,替他拭泪。等到他气消了些,才说:

"你听我说,将来你看一切都是你的。史丹奈来了,他在上面……但是,我爱,这一个我可不能把他赶出去。"

"是的,我晓得,我不说这个。"乔治说。

"呃! 我把他推在后方的卧房里,我说我有了病。他在卸他的行李……既然没有人撞见你,你赶快上楼,到我的卧房里等候我吧。"

乔治奔上前揽她的颈吻她。这么看来,她真的有几分爱他! 那么,像昨晚一样吗? 他们仍旧熄了灯,在黑暗里相守到天亮吗? 只听得门铃响了,他便悄悄地跑了。他上了楼,到了卧房里,把鞋子脱了,以免行走有声;后来他又在锦屏后的地板上躲藏,乖乖地等候着。

摩法伯爵来了，娜娜接见他，此刻她的心魂犹动，有几分难为情。她约了他来，甚至于愿意践守约言，因为她觉得他似乎是个正经的男子。但是，谁料得到有昨天的事呢？昨天她这旅行，遇见她所不曾认识的一所屋子，又有一个少年男子满身是水，跑了进来；她觉得这很好，应该继续下去才是乐事！自从三个月以来，她一味使他等待，把自己的身份抬高，要使他更加热烈。好！现在叫他再等吧！如果他不高兴，他走了也就算了。她宁愿放松了他，不愿给乔治戴绿帽子。

伯爵恭恭敬敬地坐着，像一个邻人到来拜访似的，只有他的手带着几分震颤。他这多血的人，给娜娜的巧妙的兵法泡制，他的欲望渐渐发作了。这样严肃正气的一个男人，他是一个内臣，恭恭敬敬地在王家的内廷里侍候君王；他每夜咬着枕头哽咽，要抵抗淫魔，谁知始终无效，天天只见美人儿映着眼帘。这一次，他打定了主意，要索性做了下去。他在路上的幽静的黄昏里早已决定用强，所以他只说了几句话，便要双手擒住了娜娜。

"不，不，当心。"娜娜简单地说了，并不生气，而且带着微笑。

他咬着牙再擒她，她一味挣扎。他此刻很野蛮，竟扳起脸孔说她是约他来睡觉的。她虽则为难，仍旧微笑，握着他的双手，很亲热地把他称呼做"你"，为的是把她的拒绝的态度弄和婉些。

"哎呀！爱！你放安静些吧……真的，我不能……史丹奈在楼上。"

但是他发狂了；她从来不曾见过狂到这地步的一个男人。她害怕起来，用手指堵住他的嘴，不让他吵嚷；又低声哀求他住口，并且放了她。史丹奈下楼了。糟糕！然而史丹奈进门来的时候却见娜娜娇柔地躺在一张靠背椅子上，说：

"我呢，我非常爱乡下……"

她回头看见了史丹奈，便不说下去了，改口说道：

"爱,这是摩法伯爵先生,他散步的时候看见了灯光,便进来贺我们的新居。"

两个男人互相握手。摩法的脸向着黑暗里,半晌不说话;史丹奈也是无精打采的样子。大家谈的是巴黎,说生意不好,交易所里这几天很不行。谈了一刻钟之后,摩法告辞了。娜娜送他出去,他要求明天的晚上再见,娜娜没有答应他。史丹奈即刻上楼,嘴里喃喃地只怪女儿们多病。好,两个老头子算是打发走了!娜娜到卧房里来找乔治,只见他仍旧乖乖地躲在锦屏后面。房里是漆黑的。她坐在他的身边,他把她扳倒在地,二人在地板上滚来滚去玩耍,笑了又吻,吻了又笑,后来滚到了一只柜子旁边,把他们的赤裸的脚碰痛了,然后停止不滚了。此刻摩法伯爵远远地在居米耶路上,懒洋洋地走,手捧着帽子,把火一般热的头在这幽静而清凉的夜气里浴着。

以后的日子乃是甜蜜的生活来了,娜娜在这少年的怀里重新得到了她的十五岁。她过惯了敷衍应酬的生活,久已憎恶男人,而今她在这青春的温存里发现了爱情之花了。现在她往往忽然脸红,忽然来了一阵情绪使她发抖,她须要笑,须要哭,这完全是处女的忐忑的心怀,有欲望混杂着,令她觉得害羞。她从来没有感觉到这个。乡村的柔情浸渍了她的心坎,她小的时候早已希望在牧场里与一只山羊在一块儿生活,因为有一天她在城寨上看见下面有一根桩子系着一只山羊在叫着。现在美若德村全村的产业都是她的,她的心里非常感动,因为这已经超过了她当年的大志。她此时的心情乃是一个女孩的新的心情;晚上的时候,她在大空气里呼吸够了,给树叶的气味熏醉了,上楼来找着锦屏后面躲着的乔治。她觉得这事活像当年她与她的表兄所做的一件事。原来当年她有一个表兄,她该嫁给他,于是她背着她的父母与他捣鬼,这乃是她第一次造孽,轻微的声音便吓得她发抖,生怕她的父母听见,那一次她已经赏识了暗中摸索的甜滋味与提心吊胆的春情。

此时的娜娜像一个多情的少女，往往妙想天开。她望月，一望就是几个钟头。有一夜，全宅的人都睡了，她要乔治陪她到花园里散步。他们互相揽着腰在树林下散步，在草地上睡觉，醒来时浑身是露。又有一次，在卧房里，她忽然揽着乔治的颈哽咽起来，断断续续地说她怕死去。她往往低声唱着洛拉夫人的一首情歌，满口是花儿鸟儿；唱时感动，至于流下泪来，于是住了口很多情地拥抱着乔治，要他允许给她一种永远之爱的誓言。她自己也承认这是呆事，所以他们又变为朋友，坐在床沿上吸香烟，露着他们的赤裸的腿，把脚跟轻轻地打地板。

但是最令娜娜心花怒发的，乃是小路易到来。她的慈母之爱竟像疯人的狂热一般，她把他装扮得像王子一般漂亮，放他在太阳光里看他摇动两腿；又同他滚在草地上。她即刻就要他在她旁边的卧房里睡觉；同他睡的乃是洛拉夫人，她受了乡村空气的影响，一倒下床去便打起鼾来。小路易并不妨碍小乔治。娜娜说她有两个孩子，一样地疼爱他们，分不出谁是路易，谁是乔治。夜里的时候，她丢开了乔治不止十次，为的是去看路易的呼吸好不好；但是她回房来的时候仍旧用慈母的心来爱护乔治。他呢，他是一个坏孩子，喜欢在娜娜怀里撒娇，让她温存他，像一个小娃娃在摇篮里。娜娜给这种生活迷住了，便老实地向他提议大家不再离开乡下。他们要发送了一切的人们，只剩下她与他及小路易三人在一块儿生活。他们作一千个计划，直说到天明；同时洛拉夫人因为采野花疲倦了，捏着拳打鼾，然而他们却听不见。

这美满的生活延长至差不多一个礼拜之久。摩法伯爵每晚到来，结果仍是走了，弄得他的面部膨胀，两手发烧。有一天晚上，人家竟不接见他，因为史丹奈有事回了巴黎，人家告诉他说娜娜害了病。娜娜的内心搏战，一天甚似一天，自思决不该辜负乔治。这孩子如此天真烂漫，十分相信她；假使她辜负了他，自问良心，岂不是一个最下流的女人！而且她自己也恨无聊的生活。索爱看见了这一次的事情,口里不说,其实她却看不过眼,她以为娜娜变糊涂了。

等了第六天,有一群宾客竟来扰她的好梦。原来她从前约了许多人来,以为他们不会当真到来的。有一天的下午,她看见美若德村的木栅外来了一辆满载着人的公共马车,她又吃惊,又生气。

"是我们来了!"米让是第一个下了车子,把他的二子亨利与查理拉下车来,口里嚷着。

跟着下车的是拉布迭特,他扶了一队女人下车。这些女人便是绿西、嘉洛林、奈奈、玛丽亚。娜娜希望没有别人了,谁知还有一个爱克多跳下了踏板,把发抖的双手去扶嘉嘉与她的女儿阿美丽下车。他们共是十一个人。要安置他们,麻烦得很。宅中只有五间宾客的卧房,其中有一间已经被洛拉夫人与小路易占了。娜娜把最大的一间给了嘉嘉与爱克多,又决定把阿美丽安置在他们的梳妆小室里的一张吊床上。米让与他的两个儿子住第三间;拉布迭特住第四间。又把第五间改为公共寝室,安放了四张床,给绿西、嘉洛林、奈奈、玛丽亚住下。至于史丹奈呢,他回来之后只好在客厅的横炕上睡了。一个钟头之后,宾客都安置停妥了,先时生气的娜娜,此刻却欣幸能像一个贵族妇人款待宾客。那些女人们都恭喜娜娜得了美若德村,说是一处可赞美的产业。后来她们又把巴黎的新闻传给她听;她们同时说话,笑呀,欢呼呀,拍打呀,闹个不了。呃!鲍特那富呢?他对于她这一次逃走有什么话说?不,并没有什么。他起初还说要叫警兵把她拘回巴黎,后来他只给她找了一个替人就算了,而且她的替人卫若兰在《黄发的梵奴》里竟得了很好的成绩呢。这个新闻使娜娜的面色严重起来。

这时才是四点钟,大家说要出去兜一个圈子。娜娜说:

"你们不晓得,刚才你们来的时候我恰要出去拾山芋呢。"

于是大家也不换衣服,个个都说要去拾山芋。这是一种娱乐。那园丁与两个助手早已到了宅后的田上了。那些妇人们到了山芋田,都跪在地上,把她们的戒指挖土,挖得了一个很大的山芋的时候便欢呼起来。她们觉得这事很有趣！奈奈得了胜利了，是她年纪最轻，而她拾得的山芋最多，一时忘形，把她们当做呆人，竟教导她们。那些先生们的工作却不很起劲。米让似一个有志气的人，他利用这一次的乡村旅居的时间，施给两个儿子的教育，于是他便向他们叙述当年巴孟第耶提倡种芋的历史。

到了晚上，晚饭是最有趣的了，众人都大吃一顿。娜娜很高兴，与那酒席主任握手，原来这酒席主任是曾经在奥烈安的主教邸第里做过厨子的。到了喝咖啡的时候，女人们都吸香烟。震耳的喧哗之声透出了窗纱，消灭在傍晚的晴空里。村夫们在篱边滞步，抬头望着灯光辉映的绮楼。

"呀！可惜你们后天就要走了"，娜娜说，"也罢，我们总要商量做了一件事才好。"

于是大家决定在明天——礼拜日——去参观夏门的修道院的旧址，因为相离只有七个基罗米突之远。他们在奥烈安叫五辆车子，吩咐车夫们在中饭后来迎他们，到了晚上七点钟的时候仍旧把他们送回美若德村吃晚饭。这样一来，一定非常有趣。

这一天晚上，摩法伯爵照常爬过了庶山，到木栅前按铃。但是他看见许多窗子里都射出灯光，而且屋里人声喧阗，他便诧异起来。后来他听得是米让的声音，懂得了原因，于是转身走了；他心里痛恨事情又发生了新障碍，越想越气，决定用激烈的手段。乔治却有一个小门的钥匙，安然地进了小门沿着墙走，竟上楼来，进了娜娜的卧房。不过他要等候到过了半夜才见娜娜回房。这一夜娜娜醉得很厉害，比前几夜更疼爱他了；她喝了酒之后是这样风骚，竟变了浆糊一般胶住了他，因此她一定要他陪她去参观夏门的修道院。他不肯，他恐怕给人撞见他们二人同车，便会惹起许多丧失体面的闲话。但是她哭得泪流满面，像一个被牺牲而失望的女人，于是他劝慰她，正式地允许参加他们的娱乐。

"那么，你很爱我吗？"她断断续续地说，"你说你爱我吧……

喂？我爱，如果我死了，你不是很伤心吗？"

娜娜到了美若德村之后，芳呆特村被她摇撼了。每天上午，吃午饭的时候，胡恭夫人不由自主地说到娜娜，把园丁报告的话叙述给大家听；她感觉得这种荡妇竟能缠绕最能自尊的世家妇女的心怀。这样仁厚的她，现在也愤激起来，模糊地觉得似乎有大祸临头；每晚她好像看见了马戏场逃出来的一只猛兽跑到本村里来，心里十分惊恐。因此她便与她的宾客们吵嘴，怪他们一个个都到美若德村的附近徘徊。人家曾经看见王多弗尔伯爵在一条大路上与一个不戴帽子的女人说笑，然而他自己辩护，说这并不是娜娜。实际上这也不是娜娜，只是绿西陪伴着他，告诉他说她已经驱逐了第三个王子。叔雅尔侯爵也是天天出门，不过他说这是医生的吩咐。至于说到达克奈与福歇利，胡恭夫人实在是没有道理。尤其是达克奈，他已经放弃了重寻旧欢的计划，并没有离开芳呆特村，只恭恭敬敬地在爱斯迭尔身边献殷勤。福歇利也是一样地陪伴着伯爵夫人母女。只有一次他在一条小径里遇见了米让，只见他抱着一大簇的花，在向他的儿子们讲授植物学。两个男人互相握手，互相报告洛丝的消息，她的身体很好，他们每人在早上收到她的一封信，她说她希望他们在乡下多住几天，享受新鲜的空气。在这许多宾客里，胡恭夫人只不责备摩法伯爵，此外她也不责备乔治。摩法伯爵自谓他在奥烈安有许多重大的事情，不能去看望那贱妇那；至于乔治呢，这可怜的孩子，竟令她操心起来，因为他每晚都觉得头痛得很厉害，迫得在黄昏的时候便上楼睡觉去了。

每天的下午，摩法伯爵一定出门，于是福歇利便做了沙苹夫人的常随的骑士。当他们到花园的另一头散步的时候，他替她拿交叉凳子与阳伞。他把他做新闻记者的小聪明运用出来，使她开心；他趁着乡居之便，忽然把她变做知己的朋友。她似乎重新获得了青春，即刻与他周旋，因为她觉得这少年陪伴着她，他的打趣的话似乎不至于招惹是非。有时候他们只二人在一丛树的后面，他们的眼睛便互相注视；后来听见了一阵笑声，他们便不互相注视了，忽然变了严肃的面色，瞪着一双庄重的眼睛，似乎他们已经心心相印，互相了解了。

礼拜五，午饭的时候，又须加了一副刀叉，卫洛先生来了。胡恭夫人记得去年冬天在摩法家里曾经邀请过他。他弯了腰吃饭，假装一个无足轻重的好好先生，似乎并不感觉到人们对他表示的敬意。他终于令人忘了有他在座了，于是他在席将终时啮着一块糖，偷看达克奈把些蛇蛋果递给爱斯迭尔，偷听福歇利向沙苹夫人叙述一件小故事，令她非常开心。等到人家望他的时候，他又微笑装作没事人儿。席散后，他揽了摩法伯爵的臂，把他拉进了花园。人家晓得伯爵自从母亲死了之后，卫洛先生对他很有权威。摩法家的统治权问题，卫洛先生很有关系，所以巴黎有奇异的种种传说。福歇利大约是因他来了心里不舒服，便向乔治与达克奈叙述他的家财的来源，说卫洛先生原是一个律师，耶稣会交托了他一案很重大的诉讼，他因此发了财；依福歇利说，看他是一个很慈祥的好好先生，其实他很阴险，关于教会的种种骗案都有他在内主持。乔治与达克奈说起笑话来，因为他们觉得这老头子傻里傻气的。他们当初以为教会里倚重的卫洛先生不知是怎样伟大，原来却是这滑稽的样儿。但是他们住口了，摩法揽着卫洛先生的臂再进来，面色大变，眼眶红了，好像是哭了似的。

"刚才他们一定谈论的是地狱。"福歇利嘲笑地说。

沙苹夫人听见了他的话，掉过头来，二人四目相遇；他们在冒险以前，各用这长时间的注视，谨慎地互相试探。

照平常的习惯，吃了中饭之后，大家走尽了花畦，直上假山遥览平原。礼拜天下午的天气非常晴和。早上十点钟前后，大家还怕下雨；午后的云并没有散开，却变为透明的一层薄雾，太阳的光线直射地上，成金黄色。于是胡恭夫人提议要大家从假山的小门下去，徒步地走向居米耶，直达庶山散步去。她虽则是六十岁的人了,然而她的身体还活泼,很喜欢走路。众人也都说用不着车子。于是大家不很整齐地走去,直走到了河上的木桥。福歇利与达克奈陪着沙苹夫人母女先行;接着便是摩法伯爵与叔雅尔侯爵,他们的身边是胡恭夫人。王多弗尔昂然地走,嫌这路太长,便索性走在后面吸香烟。卫洛先生微笑着,时而缓步时而急步,从甲组走到乙组,好像要听见一切的人们说话似的。只听得胡恭夫人仍旧可怜她的乔治,说:

"唉,可怜的乔治,他到奥烈安去了!他要去请达卫尼耶医生诊治他的头痛症,因为那医生老了,不肯到芳呆特村来……呃,还没有到七点钟的时候,你们还没有起床,他早已走了。这也好,可以使他散散心。"

但是她改口说道:

"奇了!他们停留在桥上做什么呢?"

众人看时,果然见达克奈与福歇利及沙苹母女都滞留在桥头不动,他们趑趄不前,像是怕有什么障碍似的。然而路上并无障碍。

"向前走啊。"摩法伯爵叫。

他们仍旧不动,在看些什么到来,然而后面的人还看不见。路是曲的,有一带很密的白杨遮住了。这时只听得一阵喧阗之声渐来渐大,车轮声、马鞭声与笑声相应和。忽然间,五轮车子次第出现了。车上满载着人,几乎把车轴压断,车中的人们旖红旎绿,十分热闹。

"这是怎么一回事?"胡恭夫人诧异地说。

后来她猜着了,觉得在路上遇着这一班人,真是可耻,于是说道:

"呀!原来是那女人!请你们走吧。不要显出……"

但是已经来不及了,那载着娜娜一群人去参观夏门旧址的五辆车子竟向那小桥来了。福歇利与达克奈及沙苹母女都只好向后退,胡恭夫人与其他各人也都停了脚步,沿着大路排列着。这竟是森严整肃的排班!车上的人们的笑声止了,一个个都回头望人。此刻大家静寂,只剩有马蹄得得地响着,于是大家互相紧紧地注视。第一辆车子里是玛丽亚与奈奈,她们挺卧着像两位公爵夫人,裙子在车轮上摇风,她们用藐视的眼光看这些正气的妇女们徒步地走路。接着是嘉嘉,她一个人充满了全张凳子,掩住了爱克多,所以人家只看见他的鼻子。第三辆车子里是嘉洛林伴着拉布迭特;第四辆车子里是绿西伴着米让与他的两个儿子。到了第五辆,乃是一乘无盖四轮车,车上娜娜伴着史丹奈;娜娜前面有一张活动椅子,椅子上坐着的乃是那可怜的乖乖的小乔治,他的膝头穿插在她的膝头中间。

"最后的一个是她,是不是?"沙苹夫人安然地向福歇利问,假装不认得娜娜。

那无盖车的车轮几乎碰着她,她也不向后退一步。两个妇人交换了一种深刻的眼光,似乎要在一秒钟内看透了对方的一切。至于男人们,他们都很好。福歇利与达克奈很冷,不认得一个人。侯爵很担心,生怕那些女人们同他开玩笑,便拔了一根草,用手指搓弄。只有王多弗尔站得远些,用眼睑向绿西示意,绿西过时,也回他一个微笑。

"当心!"卫洛先生站在摩法伯爵后面说。

摩法心烦意乱,目送娜娜。他的妻子徐徐地掉过头来审察他。于是他的眼望着地下,似乎怕见马蹄,因为他的肉与心都给车子载去了。他险些儿大声叫苦,他一眼看见了乔治在娜娜的裙脚下,便明白了。一个孩子!她竟喜欢一个孩子而不喜欢他,真是令他气煞!史丹奈不算什么,只有这孩子可恨!

胡恭夫人起初还不认得是乔治。至于乔治呢,过桥的时候,假使不是娜娜的膝头夹住了他,他早已跳进河里去了。于是他吓得周身都冷了,面色惨白,挺直地坐着。他不望一个人。也许人家不会看见他。

"呀!天啊!"胡恭夫人忽然说,"伴着她的乃是乔治!"

五辆车子在这相识不相施礼的人群中过去了。这一切令人难堪的巧遇,虽则事情是很快地过去了,似乎将来永远有遇着的机会。现在那些车轮辘辘,把一群扬眉吐气的荡妇载去了。她们的罗绮辉煌,笑语喧哗,回头望着后面。后面剩有一群上流社会的人物站在路边,一个个都不好意思。娜娜掉转头来,看见他们踌躇了一会儿,也不过桥,竟向原路回去了。胡恭夫人一声不响,倚在摩法伯爵的臂上,看她这样悲哀,没有一个人敢劝慰她。这时绿西把头探出了车门,娜娜远远地对她说道:

"喂,亲爱的,您看见了福歇利没有?看他那一副坏嘴脸!将来我要处治他……还有达克奈,当初我待他多么好,现在他竟不点一点头……他们真是有礼!"

史丹奈觉得那些先生们的态度很对,于是她便同他大吵闹。依他说,她们竟不值得他们一揭帽子吗?随便哪一个无赖都可以欺负她们吗?好!连他也没有礼貌,真是十足了!谁不该向女人施礼呢?

"那高大的女人是谁?"绿西在车声中远远地问。

"是摩法伯爵夫人。"史丹奈答。

"呃?我原猜是她呢",娜娜说,"好,亲爱的,她尽管是伯爵夫人,其实没有什么……对的,对的,其实没有什么……你们须知,我是有眼睛的。现在我认识了你们的伯爵夫人,竟像我亲身制造出来的一般……我说她同那毒蛇福歇利睡觉,你们敢不敢打赌?……我说她一定同人家睡觉!女人看女人,是很容易看得出来的。"

史丹奈耸了一耸肩,自从昨晚以来,他的脾气渐渐不好。他接到了许多书信,非明天回巴黎不可,而且滞留在这里也不快活,谁愿意特地跑到乡下来睡客厅里的一张横炕呢?

"可怜的小娃娃!"娜娜忽然感动地说,因为她看见乔治的面色惨白,仍旧直挺挺地坐着,断断续续地呼吸。

"您以为妈妈认得是我吗?"他终于吃吃地说了。

"呀!这个当然!"她惊叫了一声:"……这也是我的罪过,你本不肯来,是我强迫你来的……乔治,你听我说,我给你妈妈写信好不好?看她的样子,是很可敬重的一个人。我要说我从来没有看见过你,今天是史丹奈第一次邀了你来的。"

"不,不,你不要写信",乔治很担心地说,"让我自己料理……如果人家惹我生气,我就索性不回去了。"

他眼怔怔地出了神,寻找些诳语为今晚之用。五辆车子滚到了平原,在两旁有树的一条又直又长的大路上。银灰色的空气罩住了田野。这些女人们仍旧隔着车子高声谈话,车夫们暗笑她们滑稽。有时候她们当中一个站起来远望,倚着同车的人的肩,不肯坐下来,直至车子震动,把她摇到凳子上才止。这时嘉洛林与拉布迭特大谈其话,二人的意见相同,都说娜娜不出三月之内就会把她的别墅卖了的,于是她拜托他暗地里替她花儿个铜子买了来。他们的前面是爱克多,他此刻很风骚,吻不着嘉嘉的中风的颈窝,便吻在她的脊骨上,隔着一层衣服,把紧张的布吻得很响。阿美丽直挺挺地坐在活动椅上,叫他们停止,因为她不愿意垂着手旁观人家吻她的母亲。在另一辆车子上,米让想要绿西赞赏他的儿子们,便要他们背诵拉芳登的一篇童话;尤其是亨利了不得,他毫不思索,一口气背了出来。还有第一辆车里的玛丽亚,她终于纳闷起来,便向那愚蠢的奈奈捏造了一番话,说巴黎的乳酪商人用些浆糊与郁金粉制造鸡卵发卖。路太远了,还不曾到吗?这问题从甲车传到乙车,直传到娜娜的耳朵里,娜娜询问了车夫之后,便站起来高声说道:

"还要一刻钟的工夫……你们看,那边的树林后面那教堂……"

后来她又说道:

"你们不晓得,似乎夏门府里的女主人乃是拿破仑的一个旧人……唉!这是一个宴客的英雄,是现在所没有的人物了;这是左赛夫告诉我的,左赛夫却是听见主教府里的仆人们说的……现在呢,她却做了女教士了。"

"她名叫什么?"绿西问。

"她名叫安克拉夫人。"

"伊尔玛·安克拉,我曾经认识她!"嘉嘉说。

于是各车里都有惊叹之声,杂着众马的更快的蹄声。许多人探出头来看嘉嘉;玛丽亚与奈奈回头跪在凳子上,拳握着倒过来的皮蓬。于是大家互相发问,时而加上了些不恭敬的话,然而她们的心里实在钦慕嘉嘉。嘉嘉曾经认识她,她们想起了当年的旧事,便都敬重嘉嘉。只听得她又说道:

"唉!那时节我的年纪很轻。这没有关系,我还记得,我看见她过生活……人家说她在自己家里很可憎,但是她在车子里是多么风光啊!她的历史很有趣,她骗钱的手段真高强,而且她真是不要脸……怪不得她有一所府第。她要洗剥一个男人,只一吹就完事了……呀!原来伊尔玛·安克拉还活着!好,让我告诉你们,她大约有九十岁了。"

忽然间,她们的面色都变为严重。九十岁!绿西说得不错,她们当中没有一个能活到九十岁的。她们都是孱弱多病的人。而且娜娜说她不愿意长寿,早死些还快活些。此刻大家到了,车夫们把马紧催,鞭声打断了她们谈话的声音。绿西在这闹声中仍旧说话,她换了一个题目,劝娜娜在明天陪她们一块儿回巴黎。这一季的生意超过了她们的愿望,现在展览会快闭幕了,她们应该回巴黎去。但是娜娜偏是硬颈,她说她憎恨巴黎,不愿意回去这样早。

"是不是?爱,我们停留在这里。"她向乔治说时,同时把膝头夹紧了他的膝头,也不顾及史丹奈。

五辆车子突然停止了。大家下了车,都诧异起来,原来这里只是山坡下的一片空地。有一个车夫把鞭头指着一丛树林,说林下便是夏门的修道院的旧址。这个令她们都大失所望。她们觉得这是没有意思的:只有荆棘掩着的一堆砖瓦,与半个崩颓的塔。老实说,犯不着空跑了二十里的路程!于是车夫指示她们那府第,说府第的花园便接着修道院的旧址,劝她们走一条小路,沿着墙走去;她们兜一个圈子,这五辆车子却径直地到村镇里的广场等候她们。这是很有趣的散步。她们都应承了。嘉嘉沿着路走到花园的转角,在一个木栅前停了脚步,说:

"呀!伊尔玛住得很舒服!"

他们都肃静地注视那塞着木栅的一丛很大很大的树林。后来他们在小路上沿着围墙走,同时抬头瞻仰那些很高的树,树顶竟像绿色的屋顶。走了三分钟,他们又遇着另一个木栅;从这木栅看过去,则见一块很大的草畦,草畦上有两株百年老橡树,树下有一块很浓的阴影。再走三分钟,另有一个木栅,木栅内是一条很阔很阔的大路,这好像黑暗的一条走廊,走廊的尽头有一道日光,落地来像一颗明星。他们都惊讶起来,起初还守着静默,后来渐渐发出惊叹的声音。他们因为妒忌,努力要说嘲笑的话;其实他们都起了羡慕之心。这伊尔玛的力量是多么大啊!这可以使妇女们扬眉吐气了!他们沿途看见了许多树,而且有许多长春藤蔓延在墙上,亭子的屋顶高过墙壁,榆树与柳树成丛,再过去便是一带白杨。这一带树林是无穷尽的吗?这些女人们渴想看见府第,她们转弯抹角地走倦了,还没有看见什么,所见的都是许多丛树。她们双手抚定了小栅,把脸儿靠着铁。她们幻想着很大很大的府第,然而相离尚远,越发生了一种敬仰之心。她们从来不走路的,不久便觉得疲倦了。这围墙还没有穷尽,沿着小路还是一样的灰色的砖。她们当中有几个以为没有走尽的希望了,便说要向后转。然而她们越是走倦了,越发起了敬仰之心,她们每走一步,这幽静而庄严的住宅更加了一重诱惑力。

"我们真呆!"嘉洛林咬着牙说了。

娜娜耸肩示意叫她住口。娜娜隔了些时候不说话了,面色有几分淡白,而且十分严重。忽然间,到了最后一转角,围墙完了,府第出现了,原来这府第正对着村镇的广场。大家停了脚步,抬头忽见一间大厦,阶台很阔,屋的前面有二十个大窗子,加上了三处厢房,石壁上嵌着花砖。这历史上的府第是亨利第四住过的,人家还保存他的卧房,房里有奢纳绒铺着的一张大床。娜娜呼吸不来了,像孩子般叹了一口气。

"他娘的!"她低声地自说。

忽然大家有了一种大感触。原来嘉嘉说教堂门前的一个妇人正是伊尔玛本人。她还认得她,她虽则这样老,还站得很直;而且当她作态的时候仍旧有她的眼神。此刻教堂里做了晚课,许多人出来了。伊尔玛在教堂前的长廊小立片时。她穿的是死叶色的绸衣,很简单,很伟大,活像一个从大革命逃难出来的一个侯爵夫人。她的右手拿着一本很厚的祈祷书在太阳下放光辉。她慢慢地走过了广场,后面跟着一个穿制服的跟班,他昂然地、规规矩矩地走。全教堂的人都出来了,夏门的人一个个都非常恭敬地向她施礼,一个老翁吻她的手,一个女人竟要跪下来。这竟是有年纪有荣名的一个皇后。她上了阶台,便进府里去了。

"有秩序的人终于达到目的地。"米让很相信地说,同时注视他的两个儿子,像是要给他们一个教训。

这时各人表示各人的意见。拉布迭特觉得伊尔玛风韵犹存。玛丽亚放出了一句粗言,惹得绿西生气了,说应该尊重老人家才是。总之,大家都承认伊尔玛是非凡的人。众人上了车子,从夏门归美若德村。一路上娜娜只不说话,她回头望了那府第两次。在车轮的声音里着了迷,她再也不感觉得史丹奈在身旁,也不看见乔治在她的前面。黄昏里一种幻象映在她的眼帘,她时时刻刻还看见那有年纪、有荣名、有权威的皇后走过。

到了晚上,乔治回芳呆特村吃晚饭去。娜娜渐渐分心了,叫他回去请求他的妈妈恕罪。她忽然生了尊敬家庭的心理,所以严厉地说这是应该的。甚至于她叫他发誓,今夜不再来睡觉,她疲倦了;他顺从了她的话就算是尽了他的责任。乔治受了这一场教训,垂头丧气地回到了母亲跟前,心里悲伤,只低了头不说话。幸亏他的哥哥费理伯回来了,这是一个很快活的军人,议论风生,把他的母亲要骂他的话都打消了。胡恭夫人只好含着泪怔怔地望他;然而费理伯知道了,便威吓乔治,说如果他再到那女人家里去,他便到那边扭着他的耳朵把他拉回来。乔治的心宽了,早已暗自打算在明天下午两点钟溜到娜娜家里与她再订相会之期。

这一个晚上,芳呆特村的食客似乎都有难为情的样子。王多弗尔声称要走了,他要把绿西带回巴黎。他觉得看见了她十年还没有起过一次的欲望乃是一桩奇事。叔雅尔侯爵的鼻子凑着盘子,想起了嘉嘉的女儿,他记得当年阿美丽在他的膝上坐,孩子们长大得真快!现在她竟胖起来了。尤其是摩法伯爵一言不发,他红着脸正在出神。他向乔治怔怔地望了许久。席散后,他上楼掩上了房门,说身上有一点儿发热。卫洛先生连忙也跟了上来。二人在楼上闹了一场:伯爵躺在床上,暴躁地倚着枕哽咽;卫洛先生的声气很和婉,把他叫做兄弟,劝他求上帝相助。他不听见他的话,只管喘气。忽然间,他从床上跳起来,吃吃地说:

"我忍不住了……我要去了……"

"好的,我陪您去。"卫洛先生说。

他们出来的时候,看见两个人影向黑暗的小路上走去了。原来这是福歇利与沙苹夫人,他们每晚都让达克奈在家里帮助爱斯迭尔烹茶。这时摩法伯爵在大路上走得很快,卫洛先生只好奔跑着跟随他。那老头子喘着气还不住地引证多端,劝他避免肉的诱惑。摩法为夜气所侵,竟不开口。到了美若德村,他只简单地说:

"我忍不住了……您回去吧。"

"那么,我希望上帝保佑您。他从种种的路上走,为的是获得他的胜利……您的罪孽将是他的兵器。"卫洛先生说。

这时美若德村里大家在吃饭的时候吵嘴。娜娜回来之后接到了鲍特那富的一封信,他劝她多休息几天,言外有不必倚靠她做戏的意思;陆离戏院里每天晚上完场后,观众把卫若兰再叫出来两次呢。米让再催娜娜明天与他们同回巴黎,娜娜生气了,说她不要别人劝告。而且她在席上摆架子,令人窃笑。洛拉夫人说了一句不很文明的话,她便嚷起来,说她不许任何人在她跟前说粗言野语,哪怕是她的姑母也不行。而且她努力装正气的女人,说要给小路易受宗教上的教育,又以为自己的品行很好,惹得人家都讨厌她。人家尽管笑,她自己很相信,说有秩序自然会有财产,她不愿死在麦秆上。众妇人都嫌她啰唆,说她不是原来的娜娜了。但是她坐着不动,仍旧想入非非,瞪着眼睛正在出神,幻出一个很富而且很受人敬礼的娜娜。

大家正要上楼睡觉,摩法恰巧来了。拉布迭特瞥见他到了花园里,他懂得了,于是帮他的忙,把史丹奈支使开了,出去拉着他沿着黑暗的走廊直走进了娜娜的卧房。拉布迭特很会做这种事情,他很灵变,很机巧,似乎很乐于替人造幸福。娜娜并不惊怪,只讨厌摩法太发狂了。然而她自思:一个人处世应该很老成;恋爱是一件糊涂事,没有一点儿益处。而且她看见小乔治的年纪这样轻,未免起了惭愧之心。老实说,她做了的事未免不很忠厚。好!现在她要走了一条好道路了,她要一个老的了!

"索爱",她对那欣幸就可以离开乡下的女仆说,"明天你起来的时候就请你收拾行李,我们回巴黎去。"

这一夜她同摩法睡觉,然而并不快乐。

第七章

　　三个月之后，12月的一天晚上，摩法伯爵在巴诺拉马路踱来踱去。这一晚的天气很温和，刚才下了一场大雨，巴诺拉马路满满地挤着许多人，因为这是有屋顶的街道。这些人都在那些商店的旁边拥挤得很繁，一排一排的，几乎令人转不得身。各店的门面都有很亮的灯光照着，其中有白色的水晶球、红色的灯笼、扇子与钟表等物。珍宝店里陈列的是金器，糖果店里陈列的是糖果，女帽店里陈列的是绸缎，都在那些映射灯下炫耀着，真是五光十色。在许多颜色鲜艳的招牌当中，有一只绯红的手套，远望像一只流血的手，割断了而粘连在一只黄色的套袖上似的。

　　摩法伯爵慢慢地走到了大马路来，向甬道上望了一眼，仍旧回到巴诺拉马路，沿着那些商店走。湿热的空气在这狭小的走廊里化成了有光的轻烟。雨伞滴湿了的地砖上橐橐地起了许多脚步声，却没有一个人开口说话。伯爵的面色给灯光映得淡白，呆呆地踱来踱去；有些散步的人在他的肩际掠过，便放眼审视他。于是他为要避免人家注意，便在一间纸店门前停了脚步，专心地凝视着窗里陈列着的镇纸，原来这些镇纸乃是些玻璃球，球的里面有山水与花草。

　　他什么都看不见，一心只念娜娜，为什么刚才她还再说谎一次呢？今天早上他接到她的信，叫他今晚不必到她家去，借口说是小路易病了，她要到她的姑母家里过夜，为的是看护他的儿子。摩法心里怀疑,在傍晚的时候到她家里问时,只听得门房说娜娜恰恰到戏院里去了。他诧异起来,因为新演的剧本里并没有她在内。为什么她要说谎呢?这一晚她到陆离戏院来做什么呢?

一个人走过,把他撞了一撞,他不知不觉地离了纸店,到了一间玩具店门前,又很专心地呆望着玻璃窗里陈列着的日记册子与雪茄烟管,烟管的角儿上都有同样的一只燕子。娜娜一定变了心了。起初的时候,从乡下归来之后,她把他弄得魂灵颠倒;她吻他的脸的周围,吻他的颊上的髯毛,像母猫疼爱小猫一般,发誓说他是她所爱的小狗,她在世上只爱他一人。他不怕乔治了,因为他的母亲把他留在芳呆特村,不放他到巴黎来。还有那肥胖的史丹奈,摩法以为自己可以替代了他,却不敢开口说及。他晓得史丹奈又起了经济上的恐慌,快要被交易所没收他的财产,他只好依附着兰特盐场的股东,努力要他们筹出几个钱来。当摩法在娜娜家里遇见他的时候,她便平心地向摩法解释,说他为她花了不少的钱,现在她不忍把他像一只狗一般地赶出门外。再者,自从三个月以来,他被肉欲迷住了心窍,除了须要占有她的身体之外,并不觉得有别的需要了。他的肉欲启发得这样迟,此刻他只像一个少年人狼吞虎咽,再也没有心想到虚荣与妒忌了。只有一种显明的感觉能使他动心:娜娜不像当初那么客气了,不吻他的胡子了。他因此担心,他不懂妇女的心理,自问她有什么可以责备他的呢?他自以为已经充满了她的愿望了。此刻他始终想着今早的一封信,她到她的戏院里来消遣一夜本是很简单的目的,为什么要说谎,把事情弄复杂了呢?行人们又把他一挤,他便走过了廊子,在一间饭店的通过室里停了脚步,聚精会神地望那玻璃窗里的几只拔了羽毛的百灵鸟与躺着的一尾大鲑鱼。

后来他似乎还魂了一般,摇了摇身子,举起了眼睛,知道此刻已经将近九点钟了。娜娜快出来了,他决定问她一个实情。他一面走,一面想起从前在戏院门前接她的时候已经在这地点徘徊过好几次了。所有一切的商店都是他所认识的,店里发出来的臭味都是他闻过的了:灯上的煤气,俄国牛皮的臊气,还有一间糖食店的地层里发出来的华尼庐的香气,化妆品店里发出来的麝香。掌柜的妇人们都像认得他,温和地注视他,弄得他不敢停脚了。一霎时,他又怔怔地望着商店上面,许多招牌伴着的一排一排的小圆窗,好像他第一次看见,要细心研究似的。后来他又走到大马路上站了一分钟。雨渐小了,只像一种微细的尘埃。雨滴在他的手上,冷气把他心里的热气打消了,于是他想起了他的妻子。她现住在马冈附近,她的女友歇瑟尔夫人家里。自从入秋以来,她病得很厉害。这时甬道上的车辆在泥水里打滚,因此他想现在是这样的天气,住乡下的人更难堪了。忽然间,他担心一件事,于是他回到走廊的人丛里,大踏步向前走。原来他忽然这样设想:假使娜娜提防他,她会从孟麦特走廊里溜走了的。

　　从此刻起,摩法伯爵便在戏院的门口窥伺着了。他不高兴在回廊里等候,因为他恐怕有人认得他。于是他站在陆离走廊与圣玛克走廊的转角。这是一个暧昧的地方,有些黑暗的商店:一间是没有主顾的鞋店,一间是尘埃布满了的木具店;还有一间烟气弥漫的阅读室,室中有的是罩着灯罩的灯,在放出淡淡的绿光。在这里徘徊的人却都是些衣冠整肃而且很有耐心的先生们,杂在醺醉的布景工人们与褴褛的场面女伶们里头。戏院门前只有一盏煤气灯照耀着,灯外的玻璃球却是没有光泽的了。摩法一时有意询问伯龙夫人;后来他恐怕她告诉了娜娜,娜娜便会从大马路溜走了。于是他仍旧踱来踱去,决定直等到人家要关铁栅的时候把他赶出来,然后他才走;这种事,他已经遇着两次了。他一想起了孤零零地归家睡觉,心里就痛苦起来。每次有些不戴帽的女人与穿着污秽衣服的男子出来的时候,一个个都放眼审视他;他每次只好走回到阅读室的窗前。在玻璃窗上贴着的两张布告中间,他始终只看见同样的景象:一个老头子挺直了身子,独自一人占了一张很大很大的桌子,在一盏灯的绿光之下,用他的一双绿手捧着一张绿色的报纸正在阅读。还差几分钟就到十点钟了,另有一个高大的黄发美男子,戴着手套,也在戏院门前散步等候着。于是他们每次相遇的时候各各斜望了一眼,大家都有提防的意思。摩法伯爵直走到两个走廊的转角,那边有一面很大的立镜嵌在墙上,他在镜上看见他庄重的容貌与规矩的步伐,心里又惭愧,又害怕。

十点钟响了。摩法突然想起:他要知道娜娜是否在她的化妆室里并不是一件难事。他走上了三级阶台,穿过了黄色粉刷的小通过室,只见院子里的门只是掩上了的,他便悄悄地开门溜了进去。这狭小的院子潮湿得像一口井,其间有许多臭气熏天的厕所与厨房的炉灶,还有那门房堆积来的一些花草。这时候,院子里给一种黑色的水汽弥漫着;但是两边墙壁上的窗子却大放光明:楼下是什物室与戏役的站所,左边是办公处,右边与楼上乃是伶人们的化妆室。这好像黑暗里的灶口一般。摩法伯爵一进来便看见第一层楼的化妆室是有灯光的。他的心里顿觉松快,高兴起来,竟忘了形,不知道自己是在一间巴黎老屋的污泥与秽气里了。溜斗里沙沙有声,原来是化妆室里的人大倾腻水。伯龙夫人的窗子里溜出了一道灯光,映黄了一段苔侵的石路与洗碗槽的水滴坏了的一堵墙脚。这里堆着的是些旧桶子与破钵子,还有一只破锅子,锅子里长出一颗小树来。这时只听得门响了,伯爵便退了出来。

娜娜不久一定下楼来了。他仍旧回到阅读室的前面;一盏小灯截破了一块黑影,那老头子还是不动,他的报纸上只有他的破影。后来他又向前走,这一次他走得更远了,他穿过了很大的走廊,沿着陆离廊直到费陀廊,这廊下又冷又没有行人,沉在无声的黑暗里。他又转身,走过了戏院门前,转过了圣马克廊,竟走到了孟麦特廊,他看见一间杂货店里有一具锯糖的机器,他觉得有趣,便站了一会儿。但是,走到第三周的时候,他忽然又怕娜娜从他的背后溜走了。于是他与那黄发男子站在戏院的门口,他们二人你望我，我望你，外面表示谦恭有礼，其实他们是互相仇视的。某一幕完场之后，有些布景工人衔着烟斗走了出来；一个个都把他们撞闯，他们都不敢作声。有三个头发蓬松的女子穿着肮脏的衣服立在门槛上，她们在吃苹果，把果核吐在地上。他们二人都低了头，不看她们无耻的眼色，不听她们粗鄙的言语。她们出来的时候，故意撞着他们，觉得如此乃是很好玩的。

恰巧这时娜娜走下了三级阶台，她瞥见了摩法，脸色大变。

"呀！是您！"她吃吃地说。

那些场面女伶起初还冷笑，后来认得是她，便害怕起来。她们都排了班站着，像奴婢们做坏事被主妇撞见了一般，大家严肃正气，不敢放肆了。那高大的男子躲开了，他放了心，同时也很悲哀。

"好！请把您的臂给我吧！"娜娜不好气地说。

他们徐徐地走了。伯爵本来预备好了许多话问她，此刻却找不出一句话说。倒反是她很迅速地叙述了一段经过：八点钟的时候她还在她的姑母家里，后来她看见小路易的病好得多了，所以她忽然起意要到戏院里来走一趟。

"有什么重要的事情吗？"他问。

"是的，为的是一本新戏剧，人家征求我的意见。"她踌躇了一会儿，才这样回答。

他懂得她说的是假话，但是她的手臂揽紧了他的手臂，他起了一种肉感，便失去了勇气。他等候了这许久，并不发怒，也不记恨，现在他有她在手里，便一心只想要保留着她。到了明天他再想法子探问她到她的化妆室里来的真原因不迟。娜娜仍旧踌躇，显然是在内心做功夫，一则要装没事人儿，二则要打定一个主意。她走到了陆离廊的转角，在一间扇店的前面停了脚步，说：

"呃？这螺钿镶着的羽扇好看得很！"

后来她又毫不在意地问道：

"那么，你送我回去吗？"

"当然啦,你孩子的病已经好些了。"他诧异地说。

她后悔不该说孩子的病好些了,于是她说小路易的病也许有新的变化,她要再到巴第诺尔去看望他。摩法说他愿意送她去,她不好说推辞的话。她此时的心很急,同时要表示和婉,真把她气坏了。后来她忍着气,决定挨些时间。但愿能在半夜离开了伯爵,她的一切的愿望便都可以实现了。她说:

"真的,不错,今晚你是独身的了。你的妻子要明天才回来,不是吗?"

"是的。"伯爵答时,觉得有几分难为情,因为她不客气地把伯爵夫人叫做他的妻子。

这时娜娜偎倚着他,问火车的时刻,问他去不去车站等候她。她又放慢了脚步,像是觉得那些商店很有趣似的。她走到了一间珠宝店的前面,又站着说:

"你看! 多么稀奇的一只手镯!"

她非常喜欢巴诺拉马路。她在青年时代,便爱巴黎的假珠宝与纸制的假牛皮的器具。当她走过的时候,她不能不停步观看各店里的陈列品,还像当年跋着破鞋的孩子时代一般。她在一间糖食店前忘了形,又静听旁边的一间店子里奏风琴。她尤其爱看很便宜的古玩,譬如核桃挖的百宝箱、拾破布的人的筐子、王多梦柱与镌着寒暑表的埃及碑。但是,今晚她心慌意乱。真所谓视而不见。她不得自由,讨厌得很! 在这敢怒而不敢言的情况之下,她预备做一件坏事。唉,同那些上流人来往有什么用处呢? 她因为她的孩子般的嗜好,已经败了那王子与史丹奈的财产,然而她还不晓得钱在哪里去了。哈斯曼大马路她的住宅的家具还没有布置完备;只有那红绸糊的客厅的点缀品太多了,倒显得雅俗杂陈,很不相称。到了现在,当她没有钱的时候,债主们逼得她更紧;她觉得这是很奇怪的事,因为她自以为很会理财,为什么仍旧穷困呢? 一个月以来,她恐吓史丹奈,说如果他不给她一千法郎,便把他赶出门外,于是他千辛万苦,才罗掘了一千法郎来。至于摩法呢,他是糊里糊涂的,他不晓得给女人钱,她也不能怪他悭吝。呀!假使她不常常记起品行端正的格言,她早已脱离了这社会了!索爱每天早上都劝她,说她应该懂得处世的道理;她也常常想起夏门的府第,她的幻象一天一天地扩大起来。所以她虽则怒气勃勃的,她仍旧很柔顺地揽着伯爵的手臂,在渐渐稀少的行人里,从这一间店面到那一间店面。外面的石路干了,一阵凉风进了走廊,扫荡了廊里的热气;彩色的灯笼,一排一排的小灯,与那当做招牌的很大很大的扇子,都被风吹动了。在饭店的门外,一个伙计把门上的水晶灯球熄了。其他各商店里空空地没有主顾,只剩有掌柜的女人们似乎正在开着眼睛睡觉。

"唉!这爱情!"娜娜说时,已经到了最后一间店子,又退回几步,很有感触地注视一只饼制的猎犬,这猎犬在许多玫瑰花里的一个狗窦的前面,正在举起一只脚。

他们毕竟离了这走廊,她不愿意要车子。她说天气很好,他们并不忙,何不散步回去更有趣些?后来她到了那英国咖啡馆门前,她又想要吃蠔子,她说自从今早她知道小路易病了之后,她还没有吃一点儿东西。摩法不敢逆她的意,但是他还不敢明目张胆地伴她坐咖啡馆,所以他要了一间特别室,匆匆地沿着走廊溜了进去。娜娜跟着他,似乎很熟识这馆子。一个伙计把特别室的门开了,他们正要进去,恰巧旁边人声喧阗的客厅里有一个男子突然走了出来,原来这就是达克奈。

"呃?娜娜!"他嚷说。

伯爵连忙躲进了特别室里,室门仍旧半开着。达克奈走时,眨了几眨眼睛,用嘲笑的口气说:

"呃!你好了!现在你从王宫里把他拉了来了!"

娜娜微笑,以指按唇,示意叫他住口。她看见他很有架子了,她对他还有几分情爱,所以虽则恨他与上流妇人在一块的时候便假装不认得她,此次她还欣幸遇见了他。

"你近来怎样了?"她很亲热地问。

"我混进社会里了。真的,我想要结婚了。"

娜娜耸了一耸肩,有可怜他的样子。但是他半戏半真地说如果他要做一个干净的男子,在交易所赚来的钱仅仅够买花送给女人,这种生活实在过不下去。他的三十万法郎,只用了十八个月。如今他要讲实用,他不久要娶一份很厚的嫁赀,而且像他的父亲成为一个县知事。娜娜仍旧微笑,不相信他。她把头向客厅里一送,问道:

"你在那边同谁在一块儿?"

"唉!一群的人!"他说时忘了他刚才的计划,"你不晓得,莱雅在叙述她游埃及的经过呢。有趣得很!她说了一段洗澡的故事……"

于是他就谈那洗澡的故事,娜娜且不走,殷勤地听他说。说到后来,他们都把背靠着走廊的墙上对立着。煤灯在很低的天花板下照耀着,厨房里放出些不甜不酸的气味。有时候,客厅闹得太厉害了,他们为着听话便利起见,竟把脸儿凑拢来。每隔二十秒钟,有一个伙计捧着菜盘子走过,看见他们阻住了走廊,只好叫他们让路,但是他们并不住口,退到墙边,靠着墙仍旧谈论,像在他们自己家里一样舒服,虽则有食客们的喧哗与伙计们的奔走撞闯,他们毫不在意。

"你看!"达克奈说时,指着特别室的门,原来摩法已经不见了。

他们二人都注视那特别室,那门轻轻地震动,似乎有微风摇撼着,后来那门终于慢慢地掩上了,没有一点儿声音。他们你望我,我望你,静默地笑了一笑,伯爵在那里面该是闷煞了。娜娜问道:

"我来问你,福歇利为我做的文章,你看见了吗?"

"是的,是那一篇《金蝇》",达克奈答,"我没有同你谈起,因为我恐怕你伤心。"

"伤心吗？为什么？他那文章长得很。"

她因为《费加罗报》肯给她占篇幅，觉得非常荣耀。但是，假使不是她的理发匠法朗西带了报纸来，解说给她听，她竟不会晓得这文章里说的是她。达克奈偷眼审视她，只管悄悄地冷笑。也罢，既然她自己满意，人人也应该满意了。

"对不起。"一个伙计两手捧着一块方冰走过，把他们隔开。

娜娜向摩法等候着的特别室走了一步。达克奈说：

"好！再会！你去看你那乌龟吧。"

"为什么你叫他做乌龟呢？"

"当然因为他是乌龟啦！"

她听了这话，引起了她的兴趣，便又回来靠在墙上。

"呀！原来如此！"她只这样说了一句。

"怎么！你不晓得吗？他的妻子同福歇利睡觉……大约是在乡下的时候就开始了。刚才我来这里的时候，福歇利就走了，我猜他与她今晚有一个约会。她对她丈夫假说她旅行去，我想。"

娜娜起了一阵感触，默然不语。半晌之后，她才拍着大腿说：

"我也怀疑呢！那一天我只在路上看见她一眼，我就猜透了她……一个正气的妇人肯偷汉子吗？而且她偷的竟是那没廉耻的福歇利！他将来会教她做些好事的！"

"唉！"达克奈恶狠狠地说，"这并不是一种尝试。也许她比他知道的更多呢。"

于是她愤激地叫道：

"真的！……好一个社会！太肮脏了！"

"对不起！"一个伙计捧着酒瓶走过，隔开了他们。

达克奈重新又傍近她，把手揽着她一会儿。他此刻运用他那迷惑女人的清朗的声音向她说道：

"再会吧，爱！……你须知，我始终爱你。"

她离开了他；微笑地向他说话时，一阵喝彩欢呼的声音从客厅

里透出来,盖住了她的声音。她说:

"呆子,我们的关系已经完了……也罢,不要紧。这两天你可以再到我的家里来。我们再谈吧。"

后来她的面色变为十分严重,像一个抱愤的世家妇女一般,说:

"呀!原来他是个乌龟……呃,亲爱的,这个讨厌得很。我生平最痛恨的乃是乌龟。"

她进了特别室的时候,看见摩法坐在一张狭小的横炕上,面色淡白,双手伸来缩去,显出不耐烦而又勉强忍耐的样子。他并没有一句话责备她。她此刻的心里动摇,又可怜他,又藐视他。唉!这可怜的男子,竟被一个坏女人给他戴了绿帽子!她很想即刻上前揽颈安慰他。但她回心一想:这也是一种报应。谁叫他对女人们糊里糊涂?这么一来,可以给他一个教训。然而她终于被慈悲心战胜了。她本来说要吃蠔子,便叫了些蠔子来吃了,还不肯丢开他。他们只在英国咖啡馆里耽搁了一刻钟,便一块儿回到哈斯曼大马路来。这时是十一点钟了;在半夜以前,她总可以想出一种和平的方法赶走了他。

为慎重起见,她在外厅里吩咐索爱说:

"你替我窥探着他;如果他来了,这一个还伴着我,你就吩咐他不要作声。"

"但是我把他安置到哪里去呢,夫人?"

"把他留在厨房里更妥当些。"

此刻摩法在卧房里早已把礼服脱了。房里的炉火很红。这卧房仍旧与从前是一样的:家具是紫檀木的,椅子与墙壁是刺绣的,绣的是灰色底的蓝色大花朵。有二次,娜娜想把房子改造,第一次想要改为黑绒的,第二次想要改为白绸的,加上些玫瑰色的结子。但是,史丹奈应承了之后,她却又把他给她改造房间的钱吃光了,始终没有变更过。她只在壁炉上添了一张虎皮,天花板下挂了一

盏水晶小灯。这时他们进了房来,把门掩上了之后,她说:

"我呢,我的眼睛不倦,我不要睡。"

摩法此刻不怕人家撞见了,便十分柔顺地遵她的命令,他唯一的忧虑乃是怕她生气。他说:

"随你的便吧。"

然而他又把靴子脱了,然后坐在火炉前面。娜娜有一种娱乐乃是对着衣橱的立镜脱衣裳,她可以从头看到脚。她把衣服一件一件地褪下来,直褪至衬衫,然后一丝不挂地忘了自己,向镜子里望了又望。她很爱她的身体:凝脂般的肌肤,与弱柳般的腰肢,令她怔怔地望着出神,她自己也销了魂。那理发匠往往遇见她这样站着,她连头也不回。于是摩法生气了,她自己却诧异起来。他怪她哪一点呢?她这样做,并不为的是别人,只为的是她自己。

这一晚,她想要看清楚些,便把壁上的六支蜡烛都点着了。但是她正要卸了衬衫的当儿,忽然住了手,沉思了一会儿,一个问题到了唇边:

"你没有看见《费加罗报》上的文章吗?……桌子上的就是。"

这时她的脑筋里重现出达克奈的冷笑,她的心里怀疑起来。假使福歇利说她的坏话,她非报仇不可。于是她又矫作不大关心的样子,向摩法说道:

"人家说那上头叙述的是我。是不是?爱,你的意见怎么样?"

她把衬衫卸了,赤裸裸地等候摩法读完那一段文章。原来福歇利所做的一篇《金蝇》叙述的是一个女子的历史,说这女子的祖宗四五代都是些醉汉,困苦与酒毒把历代的血脉渐渐地越弄越坏了,直到这女子的身上,便变了一个不规则的女性。她在巴黎的一个市镇里生长;她的身材很高,面貌很美,肌肤十分完满,好像粪土堆里长出来的肥壮的植物一般。因此她竟能为穷困的人们报仇,在社会里扬眉吐气。平常的时候,腐败的种子只在民众里传播,而她竟把腐败的种子传播到贵族的社会上来。她变为自然界的一种大力,破产的一种酵母,她不知不觉地把巴黎放在她雪白的两腿中间弄腐败了。直到这篇文章的末段,福歇利才把她比做一只金蝇,说这蝇从污秽里飞了出来,沿途嘬吮了许多死尸,于是它嗡嗡地唱,跄跄地跳,耀着它那翅上的金光,飞进了王侯的第宅,只一停在男人们的身上,即刻毒死了他们。摩法看完了这文章,抬了头,眼怔怔地只望着炉火。

"怎么样?"娜娜问。

他默然不答:似乎想要重复地看一遍。他忽然觉得一股冷气从他的脑盖直流到他的肩头。这文章写得神出鬼没,却有很奇怪的比拟。他被这一篇文字打动了心,数月以来他所不愿意设想的事情,而今都启发在他的心头了。

于是他把头抬起来。此刻娜娜正在对镜自赏,悠然神往。她低下头来,聚精会神地在镜子里注视她的屁股右边的一个小棕色痣。她把指头摸那痣,更弯腰把那痣弹了几弹,大约是她觉得这地方有这一个小痣乃是有趣而且好看的。后来她又研究她的身体的其他各部分,像一个小儿为好奇心所驱使一般。她每次看见了自己的身体,没有一次不惊叹的,活像一个少女初次看见她的身体发育。她徐徐地把两臂张开,显出一个丰腴的梵奴,又弯了身,看了正面又看背面,呆望着双乳的斜面与又圆又滑的双股。末了,她又把身子向左右摇摆,撇开了两膝,扭动腰肢,竟像一个埃及舞女用肚子跳舞一般。

摩法瞻望着她,越望越怕,手里的报纸坠下地来。此刻他的心境清明,便自己藐视自己,对了:在三个月以内,她败坏了他的生命了,他料不到平日所痛恨的污垢竟染进了他的骨髓,此刻一切都快要败坏在她的身上了。一霎时,他悟起了淫邪的毒,他的家庭与社会都在动摇欲倒的情况之下了。这时他没法子掉过头去,便索性紧紧地望她,努力想要利用她的赤裸的身躯令他心中作呕。

娜娜不动了。她的右臂放在颈后,左手握着右手,头向后仰着,两肘离了身。他看见她的双眼半闭,口半开,一种淫笑直上眉梢。她脑后的黄发长垂肩背,像一只母狮颈上的毛一般。她的腰折下了,同时肋旁紧张,显得她的腰很坚韧,乳房结实,凝脂般的肌肤里现出很强壮的筋络。一道细纹从肩上直流到脚边,在股上起了一段微波。摩法眼看着这有情的身躯,则见金色的肌肤与各处的圆形都在烛光下反映出一种绫绢的光彩。他想起当初他对于妇女的厌恶的心理,又想起了《新旧约全书》,便觉得娜娜是个猛兽。娜娜是个多毛的人,一簇细毛在身上像一把天鹅绒。她的两股与大腿像一匹牝马的臀部,很多肉肉隆起,有许多很深的折痕。这是无意识的猛兽,只她的气味已经够败坏社会了。摩法越看越不厌,心绪萦绕,甚至于闭了眼睛不看之后,他仍旧见黑暗里有一个凶恶的娜娜,管领了他的全身。从今以后,他永远只好在她的眼前与她的肉里过生活了。

这时娜娜把身子袅做一团,似乎她的四肢已经起了一阵情欲的震颤。她的眼睛湿了,把自己弄小,好像要容易感触自己的身躯似的。后来她又撒开了两手,从颈上直溜了下来,溜到乳上,便热狂地把手压她的双乳。于是她昂了头,把腮向左偎,向右偎,向双肩偎,娇柔地温存她的全体。她贪吃的嘴吹出她的欲望来。末了,她把嘴吻了许久她的腋旁,同时向镜里微笑,原来镜里的娜娜也在吻她的腋旁哩。

这时摩法低声长叹,这孤寂的欢娱令他动了气。忽然间,像被狂风吹送似的,一时不能自制。于是他用野蛮的手段,竟把娜娜一搂,把她摔在毯子上。她叫道:

“快放手! 你摔痛了我了!”

他知道他自己是不可救药的了,他分明晓得她是无智识的、污秽的、说谎的;然而他还要她,哪怕她有毒,他也不管。一会儿,他把她放了起来,她生气地说道:

“唉! 你真糊涂!”

然而她的气不久就消了,现在不怕他不走了。她披上了一件有花边的夜用衬衫,走到炉火前面坐在地上。这是她最爱坐的地方。她又问福歇利的文章是怎样的;摩法想要避免吵嘴,便只模糊地回答。再者,她也说她有过福歇利一些时候。现在她默然不语,沉思了半晌,要设法发送摩法。她希望用客气的手段,因为她毕竟是一个好心人,不愿意害人家伤心;尤其是这一位,他已经做了乌龟,越发应该可怜他。

"喂",她到底开口问他了,"你的妻子是明天回来吗?"

摩法躺在一张靠背椅上,四肢疲倦,有打盹的样子。娜娜怔怔地望着他,心里不住地寻思。她把一边的大腿坐在那皱了的轻纱之上,两手扶着她的一只赤裸的脚,很机械地把脚扭了又扭。

"你结婚很久了吗?"她问。

"十九年了。"伯爵答。

"呃!……你的妻子呢,她待人好吗?你们过的共同生活很好吗?"

他默然半晌,然后很难为情地说:

"你须知,我曾经请求过你,叫你千万不要提起这种事情。"

"奇了!为什么呢?"她说时,已经着了恼,"你的妻子,我不会吃了她……亲爱的,你须知,世上的妇女都有同等的价值……"

然而她住了口,因为她怕一时尽情说了出来。不过她装了一种高尚的态度,因为她自以为是个好心人。唉!这男人真可怜,她应该放松了他。这时她心里起了一个有趣的念头,紧紧地望着他微笑说:

"喂,福歇利逢人说你的许多话,我还没有告诉你哩……他真是一条毒蛇!我不恨他,因为他做的文章还对得住我,然而他毕竟是一条毒蛇。"

她说着笑得更厉害了。她放下了她的脚,把身子挪到伯爵跟前,把两乳靠紧他的两膝。又说:

"你看,他竟向人家发誓,说你娶妻子的时候还是一个童男……呃? 你还是一个童男吗? ……呃? 真的吗?"

她用眼神催迫他,她的手直放到他的肩上摇撼他,要他承认。

"当然啦。"他终于用严肃的声气说了。

于是她仍旧倒坐在他的脚上,大笑起来,断断续续地说话,一面说,一面把手轻拍着伯爵的脸。

"怕不令人笑煞! 天下只有你是这样的,你真是一个怪物……唉! 我的可怜的小狗,那时节你大约是呆得很! 一个男人不懂事,实在滑稽得很! 岂有此理! 我恨不得看见你们的第一夜! ……你们的经过很好吗? 告诉我两句吧! 唉! 我求你告诉我吧。"

她问了又问,寻根究底地把最微细的情节都问他。她笑了又笑,笑得弯了腰,衬衫褪了下来又撩起,炉火把她的肌肤映成金光,伯爵着了迷,渐渐地把他的新婚之夜叙述给她听了。此时他已经丝毫不觉得难为情,他解说当时他怎样失了童贞,连他自己也觉得有趣。不过他还存着几分羞耻,所以他选择了些比较文明些的字眼。娜娜得了势,趁此便问及伯爵夫人。他说他的妻子长得很好,只嫌她太冷了。他叙述到这里,又说:

"唉! 你犯不着吃醋。"

娜娜不笑了。她再回到她的原位,背向着火,两手抱膝,把下巴靠在膝上。她正色地说道:

"亲爱的,一个男人第一夜在妻子跟前有不懂事的样子,这是没有价值的。"

"为什么?"伯爵诧异地问。

"因为……"她慢慢地回答,有博士的气概。

她一面说,一面摇头。后来她毕竟肯说明白些了:

"你须知,我是晓得这种事的经过的……老实说,女人们是不高兴不懂事的男子的。她们一句话不说,因为她们害羞,你懂吗? ……但是她们的心思比男子更厉害呢……男子不晓得的时候,她们迟早是要向外发展的……你相信我的话吧。"

他似乎不懂得她的话。于是她越说越着实。她是个好心人,凭着她的友谊,给他这个教训。自从她知道他是乌龟之后,她便有事在心,觉得如果不同他说了出来,终是不痛快。

"天啊! 我说的是与我没有关系的事……我说这话,因为人人都应该有幸福……我们谈下去吧,是不是? 好,我希望你坦白地答复我。"

她顿了一顿,换了坐的姿势,把身子烘火。

"呃? 热得很。我的背脊烤熟了……等一等,让我烤一烤我的肚皮……这是很能医治痛苦的!"

她转了身,乳向着火,脚承着大腿,又说:

"让我问你,你不再同你的妻子睡觉了吗?"

"是的,我向你发誓。"摩法说时,恐怕有一场吵闹。

"你相信她真的是一块木头吗?"

他把额放低了,表示肯定的意思。

"因此你才爱我吗? ……答复我吧! 我不会生气的。"

他仍旧点头不语。她说:

"很好! 我早猜是这样的呢。呀! 可怜的小狗! ……你认识我的姑母洛拉夫人吗? 将来她来的时候,你可以叫她叙述她家对门的果子商人的历史吧……你不晓得,那果子商人,他……娘的!这炉火热得很! 我非转身不可。现在我要烤左边的肉了。"

她说着,把左股向火,看见炉炭把她的肉映得更红更胖,她不觉失笑,心中自乐。

"是不是? 我竟像一只鹅……唉! 对了,一只烤鹅……我转身了,我转身了。真的我把我的肉汁拌着我的肉烤熟了。"

她有了一种巧笑,忽然外面有人声与双扉之声。摩法诧异起来,用眼睛质问她。她的面色变严重了,而且有担心的神情。她说这当然是索爱的猫,这可恶的畜牲,把一切都打破了。此刻是十二点半钟了。这乌龟的幸福，与她有什么相干？现在另一个来了，她应该赶快把他打发走了才是。

"刚才你说到什么了？"伯爵殷勤地问，因为他看见她这样可爱，十分欢喜。

但是娜娜存心赶他走，她的脾气突然变了，她变了残酷，也就不说客气话了：

"呃！是的，我说到那果子商人与他的妻子……亲爱的，你听我说，他们二人从来不互相接触过！……你须知，她是很喜欢那事的；他呢，他是一个不见世面的呆子，不晓得做事……后来他以为她是一块木头，于是他向外发展，找了好些野女人；他的妻子在另一方面也找了些比她丈夫更坏的男子……凡是合不来的夫妇，结果总是这样的。我是晓得很清楚的！"

摩法终于懂得她的隐语了，面色大变，想要叫她住口。但是她已经得了势了：

"不，不要叽哩咕噜了！……假使你们不是些傻瓜，你们对妻子该是对我们一样好。假使你们的妻子不是些糊涂虫，她们也会费心把你们笼络，像我们笼络你们一般……这些都是些教训……好孩子，放进你的袋子里去罢。"

"您不应该谈论那些正气的妇人，您是不了解她们的。"他气愤愤地说。

忽然间，娜娜跪起来，说：

"我不了解她们！……你的正气的妇人们，她们并不干净！不是我激你，请你找出一个敢像我这样见人的……老实说，你不说还好，说起你那些正气的妇人便叫人笑痛了肚子！请你不要把我迫得太紧了，不要迫我说些不好听的话，叫我将来后悔。"

伯爵喃喃地低声骂了一声粗言，算是答复了她。此刻轮着娜娜的面色变白了，她望了他几秒钟不说话。后来却用清朗的声音说：

"如果你的妻子给你戴绿帽子,你怎么办?"

他表示了一种威吓的态度。她又说:

"好!我呢?如果我给你戴绿帽子呢?"

"唉!你吗?"他说着,耸了一耸肩。

当然,娜娜不是不好心的人。初说话的时候,她本想劈头就骂他做乌龟,后来她终于忍住了。她喜欢安静地告诉他。但是,到了最后,他激得她动气了,她便管不得许多了。她又说:

"那么,我不晓得你在我家做些什么……你把我歪缠了两个钟头……我请你找你的妻子去吧,她正在同福歇利做这个。是的,一点儿不错,他们在台布路,勃罗旺斯路角……你看,我把地址也告诉你了。"

她看见摩法站起来,身子不稳,像一头被屠槌打了的老牛,于是她得了胜利,又说:

"正气的妇人们竟出头把我们的情郎抢去了!……好!正气的妇人,她们做的好事!"

但是她不能再说下去了,摩法很凶恶地把她一推,她便直挺挺地躺在地上。他举起了脚跟,预备如果她再说便踏碎了她的头颅。一霎时,她大惧起来。他一时发了狂,把房间乱扫。他一方面不许说话,一方面大闹起来,令她忍不住流泪。这时她非常后悔,她扭转了身子,烤她的右边的肉,同时决意安慰他:

"我向你发誓,爱,我以为你是晓得了的。否则我决不会告诉了你……再者,这也许不是真的。我呢,我并不说肯定的话。人家告诉了我,社会上都传遍了,但是,这有什么证据呢?……呀!你枉自提心吊胆,这是你错了。假使我是男子,我一定不管女人的事。你须知,女人们无论上流下流,都是同等的价值。"

她攻击一般的女人,想要使他少受些刺激。但是他不听她的话了,他在踏来踏去的时候,早已穿了靴子,披上了礼服。他还把房间打了一会儿。后来他作最后的一纵,好像他发现了门口似的,他便走了。娜娜十分生气，虽则只剩有她一人在房里，她高声又说：

"好！一路福星；当人家同他说的时候，他真有礼！……我还拐弯子呢！是我先回来，我已经道歉不少了！……他还要呕我的气！"

她老大不满意，把双手抓她的两腿，但是她到底决定她的主意了。

"呀！呸！他做乌龟，并不是我的罪过啊！"

此刻她的身子各方面都烤熟了，像鹧鸪一般热，于是她钻进了被窝里，按铃通知索爱，教她把那在厨房里等候着的另一个叫进房里来。

在外面，摩法凶狠狠地走路。刚才天又下了一阵大雨。他在油滑的石路上滑了一脚。他机械地向空中注视，则见天上有几朵烟煤般黑的云，在月亮上面滚走。在这时候，哈斯曼大马路的行人很少。他沿着奥比亚的工作场走去，他寻觅黑暗，吃吃地说了些没有条理的话。那荡妇说的是诳语，她一则糊涂，二则残酷，以至于捏造了这些话。他举起了脚跟的时候，本该踏碎了她的头颅。总之，这是很可耻的一件事，他决不再见她了，再也不摸她了，否则他便是一个没志气的人。此时他尽量地呼吸，表示他得了解放。呀！这赤裸的魔鬼，在炉火边烤肉像一只烤鹅，竟把他四十年来所尊重的人物唾弃无遗，真是可恨！月儿出来了，一片银光浸了杳无行人的马路。他忽然绝望了，好像堕落在很阔很阔的虚空里，魂飞魄散地哽咽起来。

"上帝啊！完了！什么都没有了！"

沿着马路有许多赶路的人正在把三步并作两步走。他的脑里始终浮现着娜娜所叙述的事，他想要研究实际的情形。他的妻子须在明天早上才从歇瑟尔夫人的府第归来。但是，她尽可以在前一晚回巴黎，在那男人的家里过夜哩。现在他记起芳呆特村消夏时的许多情节来了:有一天晚上,他撞见了沙苹在丛树下,与那男人在一起;她一时心乱,竟不能答复他的话。现在她为什么不会到他家去呢?他越想越觉得娜娜的话很近人情。结果他竟觉得这是自然的,而且是必要的了。他在一个荡妇的卧房里脱裤子,同时他的妻子在一个情郎的卧房里脱衣裳,这乃是最简单而且最合逻辑的事。他设想到这一层,勉强使自己冷静。肉欲的影子扩大了,竟像包裹了全世界。他的脑里浮现了种种的热狂的形象。忽然间,裸体的娜娜引出了裸体的沙苹。他有了这种幻象,便把她们二人接连在荡妇的一类,于是他一时失足,竟跌倒在甬道上,有一辆马车经过,几乎把他压碎了。有些女人从咖啡馆里出来,笑着用肘撞碰他。这时他不由自主地重新流泪,不愿意在人们跟前哽咽,便逃进了一条无人而黑暗的小路,这是罗西尼路。他沿着那一排寂然无声的屋子,像一个孩子般哭起来。他用一种暗哑的声音说道:

"完了!什么都没有了,什么都没有了!"

他哭得太厉害了,便把背靠着一扇门,把双手掩面,泪珠浸湿了手。只听得一阵脚步声,他又离了门口。这时他像一个夜不归,脚步不稳,感觉得一种羞耻,一种恐怖,令他逃避人群。当那些行人走过的时候,他以为人家看见他的肩膊动摇便会猜透了他的事情,所以他努力要装没事人儿。他从船户路走到了孟麦特路。他看见了灯光辉煌,知道到了大路,便连忙回步,他这样地跑了一个钟头的路,专找些最黑暗的地方走去。他的双脚自然而然地走向一个目的地,然而他很耐心地拐了一个大弯子。末了,到了一个路口,他抬起头来看时,原来他已经到了。这正是台布路与勃罗旺斯路的交叉点。他从哈斯曼路到这里,本来只需五分钟,他因为头脑昏乱,竟费了一个钟头。他记得上月的一天早上,他到福歇利家里道谢,因为福歇利做了一篇文章称赞王宫的跳舞会,而且提及他的名字。福歇利的住宅在第一层楼,宅中那些方格小窗子给一间商店的大招牌遮掩了一半。左边最后的一个窗子里有一道灯光从半间的窗帷里透出来。他停了脚,眼怔怔地望着那一线光芒,聚精会神,像等候些什么似的。

墨汁般的天空里,月儿已经不见了,却下了一阵冰冷的细雨。圣三教堂里报了两点钟。勃罗旺斯路与台布路把辉煌的灯光互照着,灯光渐远渐灭,只剩有一种黄色的烟雾。摩法站着不动。原来这上面便是卧房,他还记得:房中的地毯是红色的粗布做的,后方有路易十三式的一张床。那灯该是在右边的壁炉上。他们大约已经睡了,因为没有一个影儿晃动。只有那一线光芒射出来,像一盏小灯的回光。他的头始终抬着,预定一个计划:他按铃,便上楼,门房叫他,他也不理;把肩头撞破了房门,奔至床前,不等他们撒开了怀抱,便扑在他们身上。一霎时,他想起了他没有军器,不敢动手;后来他又决定扼他们的喉咙。他重新定了他的计划,又加以改良,然而他始终要等候一个凭据,然后下手。假使此刻他看见了一个女人的影子,他一定按铃了。但是他心里想这也许是一个误会,想到这里,心就冷了。假使不是的,他上了楼,有什么话好说呢?他的心里从新起了怀疑,以为他的妻子是不能到这男人家里的,因为太没有这个道理了。他站着不动,渐渐发呆,他等待太久了,他的久视的眼神幻出种种的幻象来。

天下了两阵骤雨。两个巡警走近来,他只好离开了他站着的门口。等到他们走进了勃罗旺斯路之后,他仍旧回来,他的身给雨点打湿了,冷得只管发抖。那一线光芒始终架在窗间。这一次,他正要走时,房里却有一个影子走过了,这影子走得很快,竟令他自以为是误会的。但是房里的影子往往来来,竟是全室骚动了。于是他仍旧呆呆地滞留在走道上,觉得心口疼得发烧似的,现在他只静候以求明白一切了。只见好些臂膀与腿的影子晃动,一只很大很大的手像一只水壶般摆来摆去。他都看不清楚,然而他似乎看得出一个女人的髻子。他自己辩论起来:这髻子教人猜是沙苹的,不过那颈似乎太大了。此刻他失了感觉,失了能力。他的半疑半信的心理,越发令他的心口疼痛,于是他倚着门想要强作镇静,却像叫花子一般地发抖。他无论如何,视线离不了那窗子,他的盛怒变为道德家的幻想:他看见自己是个议员,在一个会社里大发议论,尽量地攻击败坏风俗的人,说淫人自有灾祸。他也像福歇利做文章骂传毒的苍蝇,声称有了这败坏的风俗之后,社会便不成为社会了。这种幻想令他的心里好过些。这时房里的人影不见了,大约他们又睡觉了。他始终只凝视着,如有所待。

三点钟响了,四点钟也响了。他仍旧不能走开。一阵一阵的骤雨下来,他躲在门下,两腿都溅了泥水。此刻再也没有行人走过了。有时候,他的眼睛闭了,好像给那一线光芒烧着了似的,然而他坚持到底,仍旧呆呆地望着。那些影子又晃动了两次,动的姿势是与前相同的,那水壶般大的手还在摆来摆去。两次的结果都变了寂静,那小灯放出秘密的光芒。他忽然有了一个主意,于是他便安静了些。原来他想要展缓下手的时间,等到他的妻子出来的时候才下手还不算迟。他不会不认得沙苹。这样一来,事情很简单,一则有了把握,二则不失体面。所以他只须停留在这里就够了。在许多摇撼他的心情里,现在只剩有求知的需要。但是他因为心中纳闷,便在门前打起盹来;他努力找一个法子消遣。于是他计算他还要等待多少时间。沙苹须在九点钟前后才到火车站去,那么他还该再等差不多四个半钟头。此时他非常有耐心,觉得长夜漫漫的等待自有雅趣。

忽然间,那一线光芒竟灭了。这很简单的一件小事在他看来却是一件意外的大祸,觉得一则可恨,二则可悲。他们显然是熄了灯,预备入梦了。在这时候睡乃是合理的。但是他生气起来,因为此刻那黑魆魆的窗子再也不能引起他的兴趣了。他再望了那窗子一刻钟之久,困倦起来,便离了门口,向街道上走了几步。直到五点钟,他只是往来散步,不时又抬头看窗。窗子仍旧是黑的;有时候他还自问他是不是在梦里看见窗子里的影子动摇。一种非常的疲倦压坏了他,他一阵发昏,竟忘了他在马路上等候的是什么。他也不知道他在什么地方,懵懵地蹴了石路一脚,惊得一跳,醒来时周身冰冷,频频发抖。唉！何苦这样瞎操心？既然他们入睡了,便让他们睡去吧。管他们的事情又有什么用处？天色黑得很,没有一个人会知道这些事情。于是他心里的酸甜苦辣都消灭了,求知心也泯了,只希望找一种宽怀的事便算了结。冷气渐渐增加,他在马路上挨不住了;他走开了两次,又走了回来,然而回时只捱着脚步,所以渐离渐远。完了,什么都没有了,他直走到了大马路,不再来了。

在马路上乃是凄凉的路程,他懒洋洋地沿着墙走,脚步始终是一样的。他的脚跟作响,他只看见他的影子打转,随着路灯的光或大或小。这事令他的心有所注,便觉得舒服了许多。走了一会儿,他竟不知道他走过了些什么地方,他觉得似乎在一个马戏场里兜圈子。他的心里只剩有最清楚的唯一的一种记忆。他莫名其妙地忽然觉得脸朝着巴诺拉马路的街闸,两手握住了铁栅。他不摇动那铁栅,只因他的心充满了种种感动,便努力要向走廊里张望。他什么也看不清楚,只见一团黑暗掩住了无人的檐下,从圣马克路来的风把一种湿气吹到他的脸上。他仍旧坚持着。后来他从幻梦里惊醒,便诧异起来,自问他此时到此地寻找着什么,竟这样热心地靠着铁栅,以至于栅子嵌进他的脸孔里。于是他重新向前走,一时绝望,心中起了无限的悲哀,似乎此后永远落在这黑暗里。

曙光终于出现了,把冬夜的微光很凄惨地照在巴黎泥泞的石路上。摩法回到新奥比亚的工作场一带的正在兴工的马路上。路上的新石灰给大雨一打,货车一碾,竟变了一个污泥小湖。他也并不看他踏在什么地方上,他只管走,失脚又站稳再走。巴黎醒了,扫街夫与早起的工人们,一群一群地走过,他的心绪更烦,同时曙光也渐渐大了。人们看见他的帽子承着水点,身上沾着污泥,十分狼狈,大家都诧异起来。他躲进了许多栏栅中间。在他的虚空的灵魂里只剩有一个念头:他只自怜命苦。

于是他想起了上帝,他忽然起了要求太上的安慰的念头,连他自己也很奇怪,觉得是意料不到的事。因此他想起了卫洛先生,同时脑海里浮现出他那肥满的脸孔与破坏的牙齿。数月以来,他避免与他相见,他非常伤心;现在假使他去敲他的门,倒在他的怀里痛哭,他一定很快乐的。从前的时候,上帝总能矜怜他。他稍有一点儿痛苦,或在生活之路上遇着了一点儿障碍,他便进了教堂里跪着,把微小的生命去倚仗太上的神威;他祈祷了出来,心中泰然,预备委身于社会上的善举,一心只希望永远得救。但是,现在呢,除非是他怕堕落地狱的时候才到教堂里走一趟。一切的惰性都中伤了他,娜娜耽误了他的仪礼。现在他觉得忽然念及上帝乃是可怪的事情。唉,当初他这懦弱的人性与那凶恶可畏的孽障相遇的时候,为什么他不即刻念及上帝呢?

然而他艰难地向前走,要找一个教堂。他记不得了,晨光把路向改变了。后来他走到了安登路口,瞥见圣三教堂的钟楼模糊地隐在大雾里。白色的塑像下临着零落的花园,好像黄叶丛中的许多怕冷的梵奴。到了长廊下,他喘气一会儿,因为上阶时辛苦了。他进了教堂里,教堂里很冷,昨夜的炉火已经熄了,很高的穹窿里充满了一种轻烟,是从玻璃大窗侵入的。堂庑下黑色沉沉,杳无一人;在这暧昧的夜色里,只听得一阵破鞋之声,原来是一个堂役初醒惺忪,懒懒地捺他的鞋子。摩法摸着了一排椅子,一阵伤心,跪了下去,靠在圣水瓶边的栏栅前面。他合了掌,思索祈祷的话,深愿尽心忏悔一番。但是,只有他的嘴唇开阖,念着些语句,而他的心却奔驰教堂之外,沿着马路上走,并不休息,如受了鞭策一般。他说了又说:“上帝啊,请您救我吧!上帝啊,你所创造的人,到来凭您判罪,您不要放弃了他啊!上帝啊,我崇拜您,您肯让我死在您的敌人们的手里吗?”没有一人回答,黑影与冷气落在他的肩上;远远地听见破鞋之声,妨碍他的祈祷。在这无人的教堂里,他始终只听见这可恨的鞋声;在做弥撒的人未来以前,竟没有人先扫一扫地。于是他扶着一张椅子起来,膝骨窄窄地作响。原来上帝还没有到这里来。那么,为什么他要到卫洛先生的怀里痛哭呢?卫洛先生是一个人,越发不中用了。

他机械地走回娜娜家里。到了门口,他觉得泪满眼眶,这并不是自恨命苦,只是弱了,病了。他接受了太多的雨点,感受了太多的冷气,实在疲困不堪了。他一想起回到米洛迈斯尼路他的公馆里去,心里越发害怕。娜娜家的门还未开,他只好等候门房出来。他上楼的时候,早已给迷人的暖香侵了肌肤,他以为不久便可以伸腰畅睡了。

索爱开门,看见是他,一则吃惊,二则担心。说娜娜头痛得很厉害,一夜不曾合眼。总之,她还可以进去看夫人是否睡着了。她进了卧房之后,他便倒在客厅里的一张靠背椅子上。娜娜即刻出来了。她才跳下床来,仅仅穿了一条裤子,赤着脚,披着发,衬衫是皱的破的,显得是恋爱之夜颠倒衣裳的情景。

"怎么! 又是你!"她涨红了脸说。

她为怒气所驱使,竟上前要把他摔出门外,但是她看见他这般潦倒,便起了怜悯之心,于是她比较地温和了些,说:

"唉! 我可怜的小狗,你的身上好干净! 什么事呀?……你去侦探了他们吗? 你枉自提心吊胆吗? 呃?"

他默然不答,像一头被棰打了的老牛。她懂得他始终还没有证据,便说话安慰他道:

"你看,是我弄错。你的妻子是正气的,还有什么好说!……现在,亲爱的,你应该回家睡觉去。你非睡觉不可了。"

他只是不动。

"哎呀,走吧。我不能留你在这里……在这时候,大约你也不打算在这里住下吧?"

"不,我们一块儿睡觉。"他吃吃地说。

她勉强忍着一种激烈的举动,然而她动了怒了,他不是疯了吧?

"哎呀,走吧。"她又说了一次。

"不。"

于是她心中起火,大嚷起来:

"你真令人可恼!……老实说,我讨厌你到了十分,请你回去见你那给你戴绿帽子的老婆去吧!……对了,你是个乌龟,现在是我明白对你说了……好!你打算走了吧?你终于放了我吧?"

摩法的眼眶里满是眼泪,合了掌说:

"我们睡觉吧。"

忽然间,娜娜怒气填胸,自己也哽咽起来,说人家欺负她!这些事情与她有什么关系呢?她很客气地说了许多委婉的话来报告他,他却歪缠到她的身上来!岂有此理!她有的是好心,却好不到这地步!此刻她用拳打着桌子箱子骂道:

"娘的!我受够了!我的主顾多着呢,把我剖解了也还不够分派,而我却想要忠心于一个人……但是,亲爱的,假使我一开口,明天我怕没有钱用吗?"

摩法抬起头来,十分诧异,说他从前没有想到金钱的问题,只要她表示一种愿望,即刻就可以实现,他的财产全部都是她的。

"不,太迟了",娜娜愤愤地回说,"我喜欢的是不等人家开口就给钱的男人们……不行,你须知,每一次给我一百万我也要拒绝的。现在完了,我有别人了……去吧!否则我决不回答你的话,而且我要闹一个鸡犬不宁。"

她盛气地走向他。她自以为是一个好心人被激动了气,要把欺负她的男人报仇,自信她有这权利,而且比他高尚。这时门又开了,史丹奈进来了。这一次闹得凶到了极点。她有了一种可怕的呼声:

"好!另一个来了!"

史丹奈被她喝呆了,便停了脚步。他看见了摩法,心里很不自在,因为自从三个月以来他总恐怕与摩法分说。他的眼睛眨了又眨,很难为情地摇摆着向前,同时避免与摩法的眼光接触。他不住地喘气,脸上飞红。原来他走遍了巴黎,特来报告一个好消息,却恰巧遇了这一场灾难。

"你呢,你又要怎么样?"娜娜粗声地说时,与他你你我我地称呼,也不管摩法在旁边听见。

"我……我……"他吃吃地说,"我有一样东西交给您,是您所知道的。"

"什么东西?"

他犹豫地不肯说出口。原来前天晚上她同他说过:假使他不替她弄到一千法郎给她还债,她就不接见他了。两天以来,他风尘仆仆,直到今天早上才凑足了款子的数目。此刻他踌躇了一会儿,终于从衣袋里掏出一个封包来,说:

"是那一千法郎。"

娜娜早已忘记了,此刻见他说起,便嚷道:

"一千法郎! 我要你们施舍吗? ……谁稀罕你的一千法郎!"

她接过了那封包,扔在他的面上。他变了一个有见识的犹太人,弯着腰很辛苦地把那封包拾起来。他呆呆地只望着娜娜。摩法与他互相丢了一个眼色,大家垂头丧气;同时她却两手叉腰,越嚷越高声:

"呀! 你们欺负我够了吗? ……你呢,亲爱的,我喜欢看见你也来了,因为我可以把你们一扫而空……呷! 出去!"

他们都像疯瘫了似的,并不忙着要走。她又说:

"喂? 你们以为我糊涂吗? 也许吧! 但是你们太令人讨厌了! ……呸! 我不高兴出风头,饿死了我也是甘心情愿的。"

他们哀求她,想要使她息怒。她又嚷道:

"一,二,三,你们不肯走吗? ……好,请你们瞧,我有客呢。"

她很粗暴地把卧房的门开得很大,于是摩法与史丹奈瞥见方丹躺在衾枕狼藉的床上。他料不到娜娜教他这样见人,所以他的两腿朝天,衬衣飘荡,把一团黑肉滚在揉皱了的花纱里,像一只雄山羊。再者,他在女人床上给人家撞见成了习惯,也就不慌不忙。他给他们吓了一跳之后,即刻镇静了,努了一努他的嘴,抽了一抽他的鼻,做了一副鬼脸。原来自从一个礼拜以来,娜娜每晚到陆离戏院去找方丹,这是荡妇们的淫癖,她们专找最丑的丑角。

"你们瞧!"她说时指着方丹,活像表演悲剧的女伶的手势。

摩法本来一切都忍受了,此刻看见娜娜如此凌辱他,他的心中不忿。

"娼妇!"他吃吃地骂。

娜娜已经到了卧房里,听见伯爵骂她,又出来答话:

"什么? 娼妇! 你的老婆呢?"

她走进了房里,猛然把门一阖,加上了闩子。摩法与史丹奈二人独自在客厅里你望我,我望你,默然不语。索爱进来了,她并不赶他们走,倒反同他们谈了些很入理的话。她是一个识事体的人,觉得夫人做事未免太过了。然而她到底袒护她的主妇,她说这丑角是不相干的,只要让她的脾气发过了就好。他们二人一言不发,便都出去了。到了马路上,同病相怜,二人默然地互相握了一握手,然后他们扭转了身子,一步一跌地各走各的道路去了。

摩法回到米洛迈斯尼路的时候,他的妻子恰恰也回来了,二人在广阔的楼梯上相遇,黑暗的墙壁射下了一道冷气。他们抬头,互相见面了。伯爵的衣服还染有污泥,面色惊惶,显得是从淫邪的地方回来的人。伯爵夫人像是在火车上过夜困倦了似的,头发梳得不好,眼皮起了一道浓青,正在站着打盹。

第八章

在孟麦特的环龙路一所小住宅的第四层楼上,娜娜与方丹邀请了几个朋友来占王糕①,他们在这里刚住了三天,现在他们请朋友们吃入宅喜酒。

他们当初并不存心同居,只因一时兴奋,便突然过这蜜月的生活。自从她同摩法、史丹奈二人大闹了一场把他们赶走了之后,她觉得她的境地已经很危险了。她审察她的境地:那些债主不久都会到外厅里来,干涉她的恋爱,说如果她不是见机的人,他们便要把她的一切家私都拍卖了。到了那时节,大家争她的家私,势必大吵大闹一场,所以她宁愿一切放弃了。再者,哈斯曼大马路的住宅也不满她的意,因为都是些涂金的房子,实在没有意思,讨厌得很。她一时迷恋着方丹,便想要一间明亮的小卧房,一个紫檀木的衣橱与一张蓝缎的床,回复当年她的卖花女的志愿。在两天之内,她把能带出来的东西,如古玩与首饰等物都变卖了,约莫带了一万法郎,并不通知门房一声,就走了,像一只长逝的飞鸿,不留一片印泥的鸿爪。这样一来,债主们不至于牵她的衣裙了。方丹为人很好,他不说不肯,只任凭她做去。而且他做事还像一个好朋友:人家虽则说他悭吝,他竟肯拿出差不多七千法郎来凑合娜娜的一万法郎。在他们看来,这一万七千法郎便是这小家庭的巩固的资产。他们

_____

① 这是法国的风俗。

把私财变为公有之后,便离了哈斯曼大马路,把环龙路的两间房子租了来,陈设了家具,每人住一间,竟像一对老朋友。起初的时候,这种生活的确是妙不可言。

王糕节的晚上,洛拉夫人带着小路易先到。她看见方丹还没有回来,趁势说她的侄女一番,说她这样放弃了财产,将来可虑得很。

"唉!姑母,我太爱他了。"娜娜说时,紧握着双手放在胸前,作一种很好看的姿势。

这一句话在洛拉夫人心中发生了非常的效力,她的眼睛湿了。

"真的,不错,爱情比一切都强。"她深信不疑地说。

她看见宅中的陈设很可爱,忍不住连声喝彩。娜娜领她参观卧房与饭厅,以至于厨房。老实说,这不是很宽很宽的地方,然而地毯与壁纸都换了新的,太阳照进来,光线很够,也就令人畅快了。

这时洛拉夫人把娜娜留在卧房里,同时那小路易却到厨房里在那女佣的后面看她烧一只鸡。现在她不再用索爱了。索爱很忠心于娜娜,竟鼓着勇气停留在哈斯曼大马路抵挡大敌,她以为娜娜将来一定付她的工钱,所以她并不担心。娜娜虽则破产了,索爱还替她抵抗债主们,她救出了许多残余的东西,运用从容收军的手段,只说娜娜旅行去了,绝对不肯把她的住址告诉人家。而且,她因恐怕人家跟寻她的踪迹,所以她虽则很愿意来访问娜娜,也只好忍耐着了。但是今天早上她却跑到了洛拉夫人家里,因为有了好消息的缘故。她说昨天那些煤炭老板、糊纸匠、洗衣店老板都愿意展缓期限,甚至于说如果娜娜肯回哈斯曼大马路住宅里做一个识时务的人,他们情愿借给她一笔很大的款子。洛拉夫人把索爱的话都述说了,说大约是有一位先生做这事的背景。娜娜愤愤地说道:

"决不!债主们,他们太没有人格了!他们以为我可以卖身还清他们的账吗?……你须知,我宁愿饿死,不愿辜负方丹。"

"我也是这样回复她呢。唉！侄女儿，你真是个好心人！"洛拉夫人说。

然而娜娜听说人家把她的美若德村拍卖了，卖价很贱，拉布迭特便替嘉洛林·爱佳买了，这消息真把她气煞。她恨的是那买主是一个无赖之徒，她们虽则假装正经，其实比不上些下流种子。唉！老实说，她比她们都强得多呢！她说：

"她们尽管夸口，金钱是不能给她们真幸福的……再者，姑母，你听我说：我竟不知道世上有她们这一班人存在，因为我太幸福了。"

恰巧此刻马路华夫人进来了，她戴着奇异的帽子，只有她自己觉得好看。她们久别重逢，大家欢喜。马路华夫人解说从前她看见娜娜太阔气了，所以她不敢上门；现在呢，她可以不时到来打牌了。大家又参观一次她的住宅，到了厨房，当着那给烧鸡浇油的女佣的面，娜娜大谈其经济，她说她只雇女佣，不要丫头，因为丫头太贵了；而且她愿意自己料理一切的家务。小路易却望着那烧罐流涎。

这时起了一阵人声，原来是方丹引了波士克与普鲁利耶来了。大家可以就席了。桌上已经摆上了汤盘，娜娜还在引他们参观她的住宅。波士克看了他们的"狗窠"，毫不动心，然而既然人家请他吃饭，他不免说两句好话，所以他连声说道：

"呀！朋友们，你们住得真舒服啊！"

到了卧房里，他仍旧照例说客气话。但是他平日最恨女人们淫秽，如果他看见一个男子被这类秽物所迷，心中便愤愤不平。在他醉了的时候，他可以直说出来。现在呢，他只眨着眼说：

"呀！你们这两个风流种子，竟悄悄地做了这事……好！是的，不错，你们有道理。将来一定很快活，我们也常常来看你们。"

这时小路易正在把一把扫帚当做马骑，普鲁利耶不怀好意地笑道：

"呃？奇了！你们已经养了这小娃娃吗？"

这话似乎很滑稽，洛拉夫人与马路华夫人捧腹大笑。娜娜非但不生气，还很感动地微笑，说不是的，不幸得很；为她设想，为路易设想，她都深愿普鲁利耶的话是事实；然而不要紧，也许他们终于会养出一个来呢。方丹假意做个好好先生，把小路易揽在怀里，玩弄他，与他咿咿呀呀地说话：

"不要紧，干爷也应该爱的……小顽皮，把我叫做爸爸吧！"

"爸爸……爸爸……"小路易吃吃地叫。

人人都温存那孩子。波士克不耐烦，便催他们就席；只有吃饭是正经。娜娜请大家允许她把小路易安在她的身边。席上大家很快活，只有波士克倒霉，小路易在旁边抓他的碟子，他要时时刻刻提防。洛拉夫人也累他不舒服，她自作多情，低声向他说了许多奇奇怪怪的话，说有许多很不错的先生们还在追求她；说着还不算数，她的眼睛起了淫意，竟用膝头撞他，累得他慌忙躲开。普鲁利耶对马路华夫人全无敬意，他不曾递给她一样肉菜。他一心只在娜娜，看见她与方丹在一块儿，自己很不好意思。这时他们二人的毛病发了，便互相接吻起来。他们也不顾什么，便你挨我我挨你的。波士克看不过眼，含着满嘴的菜说：

"好淘气的孩子们！吃饭呀，你们有的是接吻的时间，等我们走了之后再接吻不迟。"

但是娜娜已经忍耐不住了，她的脸红得像一个处女，她的笑容与她的眼神都露出热烈的爱情。她的双睛盯住了方丹，把他叫了许多小名字：我的小狗、我的小狼、我的小猫，叫个不了。当他把水或盐递给她的时候，她侧了身，吻他：逢眼吻眼，逢鼻吻鼻，逢耳吻耳。如果人家责骂她，她便运用机谋：谦恭柔顺，像一只被打服了的母猫，仍旧悄悄地拉他的手吻了又吻。她非与他的身子的某一部分接触不可。方丹很殷勤地让她温存，他的鼻子动摇，现出肉欲的快乐。他的羊嘴与魔鬼的丑貌竟获得这丰腴洁白的美人的错爱。有时候,他也还一个吻,显得他虽是一个享福的人,他还想要客气。

"你们真讨厌!"普鲁利耶说了,又向方丹说,"你走开吧!"

他把方丹赶走了,替换了刀叉,竟占了他的位置,坐在娜娜身旁。于是大家欢呼喝彩,说了许多粗话。方丹扮出失意的神情,竟像吴尔刚为梵奴而痛哭。普鲁利耶即刻向娜娜献殷勤,但是,当他把脚勾她的脚时,她狠狠地踢他一脚,教他规矩些。不,她当然不肯同他睡觉。上月的时候,她因为他的容貌生得好看,会经起意爱他;现在她却憎恶他了。假使他再犯她,她便会假意拾饭巾,把酒杯扔到他的脸上去。

然而这一个夜会还过得很好。他们谈来谈去,自然谈到陆离戏院。那无赖的鲍特那富还不死吗?他的旧病复发,痛苦极了,值不得用夹粪的钳子夹他。昨天在试演的时候,他时时刻刻只骂西曼。这样的一个人死了,伶人们决不会哭他!娜娜说如果他要求她做一个角色,她一定给他钉子碰;再者,她说不愿意做戏子,戏院还比不上她的小家庭有价值。方丹不是现演的人物,也不是试演的人物,乐得夸口,说他爱绝对的自由,只求能与他的爱人围炉以度良宵,便是幸福。众人都喝彩,叫他们做幸运儿,假装羡慕他们的幸福。

这时大家占了王糕,国王落在洛拉夫人之手,她便放进了波士克的杯子里。于是大家欢呼:"国王喝酒!国王喝酒!"娜娜利用这众人欢乐的机会,走去揽住了方丹的颈,吻他,在他的耳边说了些私话。普鲁利耶以为自己是一个美男子反得不到国王,便生了气,骂这游戏不好。小路易在两张椅子上睡着了。后来他们在夜里一点钟前后才分散,在楼梯上大呼"再会"。

两个礼拜之内,这一双恋人的生活的确过得很好。娜娜自以为恢复了当年未知名时的心理:她第一次穿一件绸衣时是多么快乐!她很少出去,安心享受幽静简单的生活。有一天的清晨,她下了楼,正要到市场去买鱼,忽然劈面遇着她从前的理发匠法朗西,他的衣冠整肃不异昔时;她给他看见了,心里很惭愧,因为她只穿了一件梳妆衣,头发蓬松,拖着破鞋子。但是法朗西是个细心人,还加重他的礼貌。他并不发问一句话,只假意以为她是出外旅行。唉!自从夫人决意旅行之后,不知苦了多少人哩!这是大家的损失!娜娜起初还觉得难为情,后来为求知心所驱使,终于询问他了。此刻行人们拥挤着他们,于是她把他推到一家的门下,自己站在他的跟前,手里还携着一只篮子,她问:人们对于她的逃走有什么话说?唉!他所服侍的女人们有说好的,有说歹的,总之,她这一走惊动了全城,影响不小。史丹奈呢?史丹奈先生的生意越发不行了,如果他没有新的规划,一定弄到不可收拾。达克奈呢?唉!这一位却好得很,达克奈先生要运动结婚了。娜娜为许多回忆所激发,张开了嘴还要问他,但是她觉得说出摩法的名字来很难为情。于是法朗西微笑,先自提起了,说到那伯爵先生呢,可怜得很,自从夫人走了之后,他痛苦到了极点。他似乎是一个很悲哀的人,凡是会有夫人的脚迹的地方都有他的踪影。末了,是米让先生遇见了他,引他到了自己家里。这消息令娜娜笑了又笑,却是勉强的笑。她说:

"呀!现在他是同洛丝在一块儿的了……您须知,法朗西,这与我毫无关系……他这伪君子!他养成了习惯,叫他吃一礼拜的斋也不行!他还同我发过誓,说经过了我之后他再也不要女人了呢!"

她勉强假装没事人儿,其实她的心里气愤极了。又说:

"洛丝所弄到手的情哥儿乃是我所吃剩了的!唉!我懂得了。因为我抢了她的史丹奈,所以她要报仇……好一个坏蛋!我摔出了门口的男人竟给她拉了去!"

"米让先生说的话却不一样",法朗西说,"依他说,是伯爵先生驱逐了您的……对了,他还说伯爵的态度很可恶,竟在您的后面踢了一脚呢。"

娜娜的脸色突然大变,嚷道:

"呃?什么?在我的后面踢了一脚吗?他的话真所谓不要良心!好朋友,老实说,是我把那乌龟摔到楼梯下面的!他是一个乌龟,你不可不晓得,他的伯爵夫人同许多许多男人睡觉,甚至于同那流氓福歇利睡觉呢……米让呢,他的丑猴子洛丝太瘦了,没有人要,所以他拼命在路上拉人!……好肮脏的世界!好肮脏的世界!"

她呼吸不来了,喘了半晌再说:

"呀!他们说这话吗?……好,法朗西,我要找他们去……我们即刻就一块儿去,好不好?……对了,我就去,等一会儿我们看他们还有没有狗胆子,敢说在我的后面踢了一脚……踢吗?打吗?我受过谁的打来?你须知,永远不会有人打我的。因为谁摸着我,我就吃了谁。"

然而她变安静了。总之,他们尽可以任意造谣,现在她只把他们当做鞋底的烂泥。这种肮脏的人,如果理他们,便先弄脏了自己。她只信仰她自己就够了。法朗西变为熟人了,看见她穿的是当家的梳妆衣,所以临别时便向她进了些忠告,说她错了,不该为一种怪嗜好而牺牲了一切;怪嗜好乃是有害于生活的东西。她低着头听他说话,他惋惜地说,像一个有眼人看见一个美女这般潦倒,忍不住替她伤心。她终于答道:

"这事,我有我的主意。我毕竟感谢你,亲爱的。"

她握他的手。他的衣冠虽则整齐,他的手不免还有些油腻。他们分别了后,她便买鱼去了。这一个整天,她心心念念不忘那在后面踢一脚的话。她甚至于同方丹谈起,自称是一个意志坚强的人,受不得人家一弹指的。方丹便自负非凡,说所有一切上流的人们都是些坏蛋,都是值得藐视的。从此之后,娜娜真的藐视社会了。

恰巧这一天晚上他们到蒲富戏院去看一个女伶开始做戏,这女伶乃是方丹所认得的。当他们看完了戏,徒步走下了孟麦特的时候,已经是差不多一点钟了。到了安登路,他们买了一个糕饼,回到床上吃;因为天气不暖,却又值不得生火。他们在床上并肩坐着挺直了腿,被盖着肚子,枕承着背,大家吃夜餐,同时谈论那女伶。娜娜觉得她很丑,又没有风韵。这时糕饼已经分成两份,摆在夜桌上,蜡烛与火柴中间;方丹睡在前面;便伸手取了糕饼,大家吃了。末了,他们竟吵起嘴来。娜娜嚷道:

"唉!还说哩!她的眼睛像小螺钻钻穿了的窟窿,她的头发像麻絮的颜色!"

"你不要说了吧!"方丹说,"她的头发美得很,还有一双满贮着火的眼睛……你们女人总是互相攻击的,滑稽得很!"

他有了不如意的样子,终于用粗暴的声气说:

"好了吧,你太唠叨了!你须知,我是不喜欢人家啰唆的……我们睡觉吧,否则大家不好下台了。"

他说着,把蜡烛吹熄了。娜娜生了气,继续地吵闹。说她平日受人尊重,她不愿意人家用这种口气同她说话。方丹不回话了,她也只好住口,然而她睡不着,翻来覆去。

"妈的!你摇动够了吧?"他突然一跳,这样嚷着。

"床上有些糕饼的碎片,你怪得我吗?"她冷冷地说。

不错,床上有的是饼片。她觉得周身染了饼片,连大腿上也有了。只要一片碎饼已经够她发痒,够她搔破了皮肤。再者,吃糕饼的时候,谁不在被窝里翻来覆去呢?方丹动了怒,还忍耐着,便重新点着了蜡烛,二人都起来,穿着衬衣赤脚下了床,掀开了被窝,用手在褥子上拨那些饼片。他冷得发抖,便要再睡;她吩咐他先擦一擦脚,他不听,已经上了床。后来她也上床睡下了;谁知恰恰挺直了身子,她又摇动起来,原来床上还有的是饼片。她便嚷道:

"好!我说的话还会错吗?叫你擦脚你不擦,现在你的脚又带了饼片上床来了……我不能! 我同你说,我不能!"

她作势要跨过他跳下地去。方丹一心想要睡觉,给她激得忍耐不住了,便猛然地给了她一个耳光。这一个耳光太重了,竟把娜娜即刻打下来,头压着枕头仍旧睡了。她一时不知如何是好。

"唉!"她简单地像孩子般叹了一声。

一霎时,他又恐吓她,问她是否再动,再动呢,便再给她一个耳光。后来他把蜡烛吹熄了,挺着身子很舒服地睡着,即刻打起鼾来。她把鼻子凑着枕头,低声呜咽。他恃强欺负她,真是卑鄙的行为。然而她的确心中害怕,因为方丹的丑面变得更凶了。她的脾气消了,好像是那一个耳光的效力。她尊重他,只好把自己的身子紧贴着墙壁,把全床的地位都让了给他。她甚至于睡着了,颊上犹温,眼眶含泪,这是苦中带甘;她被他压制得疲倦了,也就不觉得床上有饼片了。到了早上,她一觉醒来,便把赤裸的双肩揽住了方丹,紧紧地贴着她的双乳。呢? 他永远不再打她了,是不是? 她太爱他了;他所给的耳光,她还觉得是甜蜜的。

于是成了一种新生活,或是或非,方丹往往给她一个巴掌。她养成了习惯也就甘心受打。有时候,她嚷起来,恐吓他;但是他把她迫到了墙边,说要扼死她,她也就变软了。最常见的乃是:她倒在一张椅子上,哽咽了五分钟,不久她就忘了,快活起来,唱呀,笑呀,奔走往来,裙带曳遍了全宅。最不幸的乃是:现在方丹整天都在外面,非到半夜不回来,他天天到咖啡馆找朋友去。娜娜原谅一切,战战兢兢地向他献媚;怕的是:如果她责备他一句,他会不再回来了。但是有些日子,马路华夫人不来,她的姑母与小路易也不来的时候,她便纳闷得要死。所以,有一个礼拜天,她到市场里买一只鸽子,正在讲价的时候,遇着萨丹来买一扎小萝卜,她喜欢得不得了。自从那王子吃方丹的香槟酒的那一晚之后,她们二人不再见面了。萨丹看见她在这时间穿着拖鞋在马路上行走,吃了一惊,说道:

"怎么！原来是你，你在这一区里住吗？呀！可怜的妹妹，你也倒了运了！"

娜娜蹙了一蹙眉，示意叫她住口，因为有许多妇人在那里，她们都穿的是卧房的衣服，不要衬衫，头发散垂像一块粗绒。早上的时候，区里的野女子们把床上客送出了门之后，都到市场来买肉菜，看她们拖着破鞋子，双睛肿胀，昏昏欲睡，便可知昨夜她们被人骚扰得疲倦不堪，因此脾气也不好了。在广场上，每一条马路都有这种女人走向市场来：脸黄的，年纪还轻的，披头散发也能动人的，丑的，老的，臃肿的。她们都不涂脂粉，因为她们除了夜里的工作之外，白天里人家看见她们丑陋是不要紧的。这时走道上有些行人回头望她们，然而她们当中没有一个肯笑一笑的，因为她们都忙着买东西，大家俨然做了当家女人，与男子们没有关系了。恰巧在萨丹付萝卜的钱的当儿，有一个少年人走过，——大约是一个商店职员——向她远远地叫了一个"日安，爱"，她突然挺直了身子，像一个皇后被人侮辱似的，说道：

"这猪猡不疯了吧？"

后来她自思她实在认得他，三天以前，将近半夜的时候，她单身走上了大马路，走到拉伯律耶路口，遇见了他，同他谈了半个钟头的话，想要做他的生意。然而因此她更生气了，说：

"他们真是糊里糊涂，在青天白日里叫出这种话来！一个人正经地做事情的时候，便应该受人尊重才是。"

娜娜虽则怀疑那些鸽子是不新鲜的，终于买了。于是萨丹想要把自己的住所指给她看，原来她恰住在市场旁边的罗歇福高路。等到她们只剩有二人在一块儿的时候，娜娜便叙述自己对于方丹的热爱。萨丹走到了自己的门口，手夹着萝卜停了脚步。此刻娜娜正在兴高采烈地叙述她的经过，轮着她自己说谎，她也发誓说她在摩法的后面踢了几脚，把他赶出了门口。萨丹听了，感动地说：

"呀！妙！妙！用脚踢，妙得很！他一句话也没有说，是不是？

他太没有志气了！我恨不得在旁边看他的狗嘴……亲爱的，你有道理。呸！我真瞧不起金钱！当我有了我的情哥儿的时候，我就甘心饿死……喂，请你允许我，常常来看我是不是？我的门是在左边。请你敲三下，因为歪缠我的人太多了。"

从此以后，娜娜到了纳闷时，便去看望萨丹。她每次包管可以找着她，因为她非到晚上六点钟以后不出门。萨丹有两间卧房，是一个药铺老板替她陈设家具的，为的是避免警察。但是，还不到十三个月，她已经弄坏了那些家具：椅子穿了洞，帘帷脏了，臭气熏蒸，什物零乱，竟像一群狂猫居住的一所宅子。早上的时候，她自己也讨厌起来，便决意打扫一下子；因为油腻太多了，打扫起来便只剩下椅子的靠手与破旧的壁绫。今天室中更脏了，人家不能进来，因为门口有许多东西坠在地上。因此她终于索性不理家务了。在灯光之下，嵌镜的衣橱、时钟、帘帷，都还能令男人们炫目。再者，自从半年以来，她的房东常常说要赶她走。那么，她要收拾房间为的是谁呢？也许为的是他吧！当她早上起来，性情温和的时候，把脚向衣橱与横柜踢得察察地响，叫一声"去去！"

娜娜来时，差不多每次都见她睡着。甚至于萨丹下楼买东西的日子，她上楼来之后太疲倦了，也就倒在床沿上打睡起来。白天的时候，她捺着脚步走路，在椅子上打盹，直到晚上上灯的时候才能把她惺忪的睡眼撑开。娜娜在萨丹的家里，觉得很舒服，她坐着没有一件事做，虽则床上的被褥狼藉，脸盆丢在地上，昨晚沾了泥的裙子搁在椅子上，她也不觉得难堪。她们谈天说地，各道衷情，说个不了。萨丹只穿着衬衫，躺在床上，脚高于头，吸着一支香烟，在听娜娜说话。有些下午，她有伤心的事情的时候，便买了些茴香酒来喝，依她说是可以忘愁。她也不下楼，甚至于不穿裙子，便伏着楼梯的栏杆，大声叫门房的女儿拿酒上来。那女孩只有十岁，把杯子盛着一杯茴香酒送上，放眼瞟了几次萨丹的赤裸的两腿。她们的谈话都归结到男人们的坏处，娜娜说起了方丹便忘了住口，她说不上十句话便要说到他所做的事或所说的话。萨丹是个好女子，并不厌烦，殷勤地听她叙述怎样凭窗等候方丹，怎样为烧焦了牛肉而吵嘴，怎样赌气几个钟头然后在床上讲和。为了谈话的必要，娜娜竟说到她所接受了的许多耳光：上礼拜他竟打肿了她的眼睛；昨天晚上，为了睡鞋的事情，他还把她推到夜桌上呢。萨丹听了，并不诧异，把香烟吹了又吹，然后停止了，说她自己专会低头一闪，教男人的巴掌落空。她们二人叙述男人的毒打，觉得往往是为了同一的事故便受打许多次。娜娜因为要天天说方丹，所以天天来访萨丹；她说了又说，从他的敲打直说到他脱靴的态度。萨丹也与她应和：她叙述的事更厉害，她说有一个糊纸店老板把她打倒在地，死了，她仍旧爱他。不久以后，娜娜每天到来便哭，说再也不能继续下去了。萨丹把她直送到她的门口，还在马路上停留了一个钟头，看他是否杀她。到了第二天，她们二人整天下午都庆幸一场和好，然而她们口里虽则不说，心里却情愿天天有人喝打，因为这可以令她们的爱情更热烈些。

她们二人成为不能分离的了。然而萨丹始终不到娜娜家里去，因为方丹声称他不许有女客来访。她们一块儿出外游玩，所以有一天萨丹把娜娜领到一个妇人家里。恰好这妇人便是罗贝尔夫人。娜娜很有几分敬重她，自从她昔日不肯赴娜娜的夜宴之后，娜娜心心念念不忘她。罗贝尔夫人住的是莫斯尼耶路，这是欧罗巴区的一条幽静的新路，路上没有一间房子，只有的是狭小的住宅，住的都是些女人。此刻是五点钟；沿着很少行人的走道，有贵族所住的很高的白屋，屋前有些证券商人与市侩的马车停着，同时有些男人们走得很快，举眼望那些窗子，窗子内有些穿着梳妆衣的妇人们似乎正在等候着。娜娜起初不肯上楼，冷冷地说她不认识女主人。但是萨丹再三地要她一同上去，她领了一个女友同来也不是不可以的啊。她这一来，只不过是表示有礼，因为昨天她在饭店里遇见了罗贝尔夫人，罗贝尔夫人非常客气，要她发誓来看望她。

娜娜终于顺从了她。到了楼上,一个打盹的小丫头向她们说夫人还没有回来。然而她请她们进了客厅,自己出去了。

"呀!妙得很!"萨丹说。

这住宅是用黯淡的彩布糊的,严肃而带乡绅气象,像一个杂货店老板新发了财,想要模仿世家似的。娜娜心中受了感触,想要说笑话。但是萨丹生气了,说她敢担保罗贝尔夫人的德行,人家始终只遇见她与一些庄重的老先生揽臂同行。此时她有的是一个从前做过糖果商人的,他为人很正经。当他来的时候,看见了这庄严的住宅,便不敢轻忽,先叫人传报然后进来,而且把她叫做"我的孩子"。

"呃?她在这里了!"萨丹说时,指着时钟前面安放着的一个相片。

娜娜研究了那相片一会子,相片上是一个黑发的妇人,面部很长,噙着双唇,露出不放肆的微笑。看她这种态度,人家会说她真是一个上流妇人。娜娜终于说道:

"奇了!我一定在什么地方遇见了这么一副脸孔。什么地方呢?我记不得。但是我想一定不是在一个干净的地方遇见了她……唉,对了,不错,一定不是一个干净的地方。"

她回头对着萨丹又说:

"那么,她约你来看望她吗?她要你替她做什么?"

"她要我做什么吗?有什么!不过在一块儿坐一坐,谈一谈……这只是一个礼数。"

娜娜紧紧地注视萨丹,又把舌头向上腭弹了一弹。总之,这一切都不关她的事。但是罗贝尔夫人累她们等候太久了,娜娜便声称她不能再等候,于是她们二人都出来了。

到了第二天,方丹预先告诉娜娜,说他不回家吃晚饭,所以她很早就到了萨丹家里来,要请她在饭店里吃一顿,选择饭店乃是一个大问题。萨丹提议几间啤酒店,娜娜觉得太不干净了。末了,她劝肯了她,决定到洛尔家吃去。这是殉教路的会食堂,一顿饭只费三个法郎。

她们等到不耐烦了,又不晓得在街道上做什么好,所以她们直到了洛尔家里,竟早到了二十分钟。三个饭堂还在空着,她们坐在一张桌子前面,这桌子恰对着洛尔的柜台,她高高地坐在一张凳子上。这洛尔是五十多岁的妇人,身躯肥满,却把腰带与抹胸束紧了。好些女人们陆续地到来,一个个与洛尔亲嘴,表示很有情、很知己的样子。洛尔这老妖精,眼睛很湿的,与她们一一应酬,努力要使她们不吃醋。屋子里的女佣却是一个瘦长的女人,忙忙碌碌地来照应那些女人。她们的眼睑是黑的,双睛闪闪,如有火光。不到一会儿,三个饭堂都满了。这里大约有一百多个女主顾,她们随便杂坐着。她们里头有一大半是将近四十岁的,身体肥笨,脸上一块臃肿的肉连着软滑的一张嘴。在这些大奶子、大肚子的胖女人当中,还有几个修短适中的少女,看她们的样子,还是天真烂漫的,然而她们的举动已经是不识羞耻了。这是一个女主顾从城外跳舞场替洛尔引来的初学做生意的一班女子。还有那些胖女人,她们向老男子们献媚,给他们一顿好吃。至于说到男子们呢,他们的人数并不多,至多只有十五个,少则十个。他们在裙带丛中都现出很没有志气的样子。其中只有四个是特来参观的,他们却很舒服地谈天说地。

"是不是?"萨丹说,"他们的红烧肉好吃得很。"

娜娜点头,表示满意。这是外省的旅馆的大菜:一盘春卷,一盘饭拌母鸡,一盘白豆,还有一盘华尼卢糖。那些女人们特别喜欢母鸡,她们细细玩味,慢慢地揩她们的嘴唇。娜娜起初恐怕遇着些旧时的女人,会被她们问些糊里糊涂的话;后来她却放心了,因为她并不看见一个面熟的人。只见这一群女人里头种种的人都有:她们一样地伤风败俗,有些穿着褪色的衣服,戴着破旧的帽子,坐在衣服华丽的女人们的旁边。一霎时,娜娜注意到一个少年男子,他在一群肥胖的荡妇当中，挺直地坐着。但是当他笑的时候，他的胸部膨胀起来了。娜娜忍不住轻轻地叫道：

"奇了！这竟是一个女子！"

萨丹正在大吃母鸡，抬头说道：

"是的，不错，我认识她……她很不错！人们都争先要她！"

娜娜歪了一歪嘴，表示憎恶。她还不懂得这个道理。然而她却很有理智地说关于嗜好与颜色是不应该争论的，因为也许将来有一天我们自己也会喜欢起来。她因此也就安心吃她的华尼卢糖，同时她看见萨丹贴起一双蓝眼睛，在扰乱邻近的桌子。尤其是在她的身边有一个很客气的女人，她一味拥挤，惹得娜娜几乎干涉她。

这时一个妇人进来了，令她诧异起来，原来她认得这是罗贝尔夫人。罗贝尔夫人像一只黑鼠，先向那瘦长的女佣点了一点头，然后走来倚在洛尔的柜台前，两人互相接吻很久。娜娜觉得这样出色的一个妇人与洛尔这样亲热乃是奇怪的事情，因为罗贝尔夫人并没有谦卑的神气，她向饭堂里四面张望，低声地与洛尔谈话。这时洛尔又坐下了，俨然是一个淫邪的神像，她的嘴给一班信徒吻得很滑很滑了，她驾驭着这一群胖女人，做了四十年的饭店主人，谁也比不上她有魔力。

罗贝尔夫人瞥见了萨丹，于是丢了洛尔，殷勤地走来，说她昨天失迎，抱歉得很。萨丹感动了，硬要让她坐下来吃饭，她却发誓说已经用过晚饭了。她这一来，只想要看一看。她站在萨丹后面，一面说，一面倚着她的肩，微笑着，现出献媚的样子，又说：

"我们看，什么时候我可以再见您呢？假使您有功夫……"

娜娜再也听不下去了，这一场谈话激怒了她，她恨不得把这上流女人教训一番。但是，又有一群妇人进来，便把她吓住了。原来她们都是些很阔气的女人，衣服华丽，加上了许多钻石。她们有一部分到洛尔家里来，把洛尔你你我我地称呼。只因她们有了淫邪的嗜好,所以她们带了十万法郎的珠宝在身上,还到这里来吃三个法郎一顿的晚饭,那些满身泥污的穷女子们又诧异,又妒忌她们。她们进来之后,语声高扬,笑声响亮,似乎在外面带了一道阳光进来。娜娜认得其中有一个是绿西,又有一个是玛丽亚,所以她很难为情,连忙掉过头去。在差不多五分钟之内,这些妇人与洛尔谈话的时候,她只低了头,假意把面包皮在桌布上搓揉着,直等到她们走过了邻近的饭堂里才止。后来她能掉过头来的时候,大吃一惊,原来她身边的椅子空了,萨丹已经不见了。

"好! 她到哪里去了?"她不知不觉地高声说了一句。

她身边的那胖女人原先很注意萨丹,此刻笑了一笑,很有恶意。娜娜因她这一笑便动了气,用威吓的眼睛望她,她柔声地说道:

"这不是我做的,只是另一个。"

于是娜娜懂得人家要笑她,便不再说了。她竟安静地坐了一会儿,不愿意教人家看出她在生气。她听见邻近的饭堂里有绿西的喧笑声,原来绿西邀请了孟麦特跳舞场的许多女子到来吃饭。天气很热;那女佣把脏了的盘子撤开了,饭拌母鸡的气味扑进鼻子里来。这时那四位先生给五六对男女喝酒,希望把他们灌醉了,好听见他们说许多粗话。现在最能令娜娜发怒的乃是她要付萨丹的饭钱,好一个娼妇! 给她吃了饭,她并不道谢一声,便跟了一个野女子走了。当然,这不过是三个法郎,但是萨丹的举动太可恶了,未免令她难堪。她毕竟付钱,把六个法郎摔给了洛尔便走。此刻她藐视洛尔更甚于水沟里的污泥。

到了殉教路上,她怀恨的心理更增加了。当然,她不会去追赶萨丹,这样污秽的人,值不得同她计较。但是她今晚过得很不好,于是她懒洋洋地走向孟麦特去,尤其是痛恨罗贝尔夫人。这一个妇人真有胆量,竟敢装一个出色的妇人;是的,在污秽的地方她便出色! 现在她深信自己在蝴蝶馆里遇见过她。蝴蝶馆乃是卖鱼路的一个龌龊的跳舞场,男人们花了三十个铜子便可以把她带了去。她还用谦虚的手段去笼络各机关的部长。人家瞧得起她,请她赴夜宴,她竟假装正气,不肯参加!唉!这样的好德行!世上偏是这种假正经的女人做坏事,她竟到这无人知道的肮脏窟窿来!

　　娜娜心里想着这些事情,不觉已到了环龙路她的家。她看见屋子里有灯光,心里突突地跳。原来是方丹回来,他也因为朋友请他吃饭,饭后被朋友丢了,所以懊恼地回来。她以为他非到夜里一点钟以后不会回来的,此刻看见他先回来了,生怕被他打耳光,于是忙着向他解释,他冷冷地听她说;她只好扯谎,虽则承认用了六个法郎,却说是与马路华夫人用去了的。于是他的神气庄重,把人家寄给她的而且经他拆开了的一封信递给她。这是乔治的一封信,原来乔治还被软禁在芳呆特村里,每礼拜寄了几页热情的话给娜娜,他自己心里也就松快了些。娜娜最喜欢人家写信给她,尤其是盟誓旦旦的恋爱话头。她把这种信对谁都念。方丹认得乔治的笔法,而且很赏识他。但是今天晚上她太怕他吵闹了,只好假装冷淡的神情。她匆匆地把信看了一遍,即刻丢开了。方丹讨厌这样早就睡觉,然而他不晓得怎样消遣才好。忽然间,他掉转身来说:

　　"我们回复这孩子的信好不好?"

　　依照平日的习惯,乃是他写回信,他一则要与乔治比赛笔墨,二则因为娜娜听见他高声朗诵了那回信之后,便热狂地吻他,说只有他能有这样的好笔墨,所以他更快活了。写信的结果,是使他们兴奋,因此更互相钟爱。

　　"随你的便",她答,"让我去烧茶。然后我们才睡觉。"

　　于是方丹坐在桌子前面,摆好了笔墨与信笺,弯了手臂,伸长了下巴,高声开始念道:

　　"我的心肝……"

　　在一个多钟头之内,他努力做文章,有时候为一句话而思索,双手捧头,等到他找着了一句哀艳的话的时候,他便自己笑起来。

娜娜悄悄地已经预备好了两杯茶。他念那信竟像戏台上道白一般,抑扬顿挫,加上了种种表情的姿势。他在这信里写了五页"美若德村的美景良辰",说"这回忆像一种微香存留着"。他发誓说:"她永远尽忠于这爱情之春。"末了,他又声称她唯一的愿望乃是"重寻这种幸福,如果这种幸福是可以重新找到的话"。

"你须知",他说,"我说了这一切,都不过是些客气话⋯⋯这都是开玩笑的⋯⋯呃!我想他该是感动的了!"

他扬扬得意了,然而这一夜娜娜却变笨了,因为她始终不放心,所以不敢欢呼搂抱他。她只觉得这信还写得好,此外没有什么。她因此得罪了他,他老大不高兴,说如果这信不满她的意,她尽可以另写一封。他们并不像平日一般地念了热爱的话头便互相接吻,却只二人对坐在桌边,冷冷地不说话。然而她到底给他斟了一杯茶,他只沾了一沾唇,便嚷道:

"好坏的茶!你加上了些盐吗?"

娜娜不过把双肩耸了一耸,他便大怒起来,说:

"呀!今晚要起风波了!"

吵闹从此起了。时钟只指着十点,吵闹乃是消磨时间的一个法子。他暴躁起来,把娜娜辱骂,骂了一件事义骂另一件事,也不容许她自己辩护。说她是肮脏的,是糊涂的,到处乱跑。后来他又闹到金钱的问题,说他在外面吃饭的时候何曾用过六个法郎?每次都是人家付钱请他吃的,否则他宁愿回家吃清炖牛肉。还有那牵线的马路华夫人更可恶,明天她来时,他一定把她驱逐出去!好!如果他与娜娜都常常把六个法郎丢在马路上,将来怎么得了!

他说:"我是要算账的!你把钱交给我看,我们到了什么地步了?"

他的一切的贪鄙悭吝的本能都暴露了。娜娜被他压服了,心惊胆怕地连忙在写字桌的抽屉里取出剩下的钱来给他。原来在今天以前,他们把抽屉的钥匙放在公共的箱子里,他们可以自由地取

用他们的钱,此刻他把钱数了一数,说道:

"怎么! 一万七千法郎只剩下不到七千法郎,而我们同居不过三个月……真是岂有此理!……"

他自己奋身向前,推挽那写字桌,把抽屉拿到灯下搜寻,则见果然只有六千八百零几个法郎。于是大风雨来了,他骂道:

"三个月用了一万法郎! 妈的! 你怎样用去了? 呃? 好好地答复我! ……这都到了你那死尸姑母的手里,是不是? 否则就是你给男人们钱用,对了。这是显然的了……你肯不肯回复我?"

"呀! 你何苦生气呢!"娜娜说,"这账是很容易算的……你没有算起买家具的钱;而且,新入宅的时候我不得不买些饭巾等物,用钱是很快的。"

但是他虽则要她解释,同时却不愿意听她的话。他安静了些,再说道:

"对了,太快了! 你须知,我讨厌这共同的火灶了……这七千法郎是我的。好! 我就保留了这七千! ……说哩! 既然你是一个败家精,我不愿意败家,各保各的财产吧。"

于是他神气十足地把钱放进了衣袋里。娜娜惊愕地望着他。他继续地说,越说越客气了:

"你懂吗? 姑母不是我的姑母,孩子不是我的孩子,我不是一个傻瓜,肯赡养他们吗? ……你高兴用你的钱,这是你的事,我不管;至于我的钱呢,乃是神圣不可侵犯的! ……将来你烧一片羊腿的时候,我就给你一半的价钱。我们在每天晚上算账好了!"

忽然间,娜娜激愤起来,忍不住叫道:

"喂,你不是吃了我的一万法郎吗? ……好不要脸!"

但是他越发争论了。他隔着桌子猛然送给她一巴掌,说道:

"请你再说两句看!"

她虽则挨了打,仍旧再说;于是他擒上身来,拳脚交加。不到一会儿,她挨不下去了,终于像平日一般地脱了衣服,哭着上床睡

了。他吹熄了灯,也要上床睡下。他忽然看见桌子上还有他写给乔治的一封书信,于是他小心地折好了那信,转身向床,威吓地说:

"这信很好,明天我自己把它交到邮局去,因为我不喜欢反反复复的性情……你不要呜呜咽咽地惹我生气!"

娜娜悄悄地哽咽,终于不敢作声。当他睡下来之后,她的悲郁填胸,便伏在他的胸膛上又哽咽起来。他们打架的结果往往如此的;她最怕失了他,无论如何,她要他做她的人,弄到她自己没有志气。她伏上来两次,他两次凶恶地推开了她。但是她不住地哀求,给了他许多温暖的吻,她的一双大眼含着泪珠,像一只尽忠的小狗,终于引起他的欲念了。然而他俨然像个好王子,不肯就把身份降低。他让她与他温存,似乎是说他是值得请求宽恕的一个男人。后来他忽然担心,生怕娜娜捣鬼,无非为的是要重新得到那钥匙。蜡烛已经熄了,他觉得有坚持到底的必要。

"你须知,这不是儿戏的,我把钱保留了。"

娜娜正在他的颈上睡着,找到了一句最高尚的话:

"是的,我不怕……我要工作去。"

但是,从这一天晚上起,他们的共同生活一天比一天难过了。白礼拜一至礼拜六,无非是打耳光的声音,竟像的的达达的时钟,要规定他们的生活似的。娜娜被打既久,身体更显得窈窕,她的皮肤变为浅红色,摸来无骨,看来有光,竟弄得她越发美了。因此普鲁利耶疯狂地徘徊在她的裙边;当方丹不在家的时候,他把她推到屋角儿上,想要吻她。但是她涨红了脸挣扎,即刻生起气来,她觉得他想要对不起他的朋友乃是最可恶的事情。于是普鲁利耶冷笑,现出不好下台的样子,说娜娜该是很呆的人!她怎么能够缠住了一个丑猴子不放手呢?方丹有的是大鼻子,十足像一只马猴!貌丑还不要紧,而且他又常常打她!

"也许是吧,但是我却爱这样的一个人。"有一天她如此回答了,显得她是一个赏识异味的女人。

波士克没有什么，只尽量地多来吃饭就算了。他常常在普鲁利耶背后耸肩，以为他虽则是一个美男子，却不是正经的人。他参观这一家的吵闹不止一次了。吃到饭后果品的时候，方丹打娜娜的耳光，他却庄重地吃东西，觉得他们这些举动乃是自然的事，他为着混饭吃，只晓得赞叹他们的幸福。他自称哲学家，把一切都放弃了，甚至于放弃了名誉。有时候，普鲁利耶与方丹倒在椅子上，忘了自己是在撤了馔的桌子的前面，叙述他们的成绩，直说到夜里两点钟，他们的姿势与声音，活像做戏的时候一般；至于波士克呢，他专心吃东西，只不时轻轻地叹一口气，表示不屑计较的意思，却一声不响地喝完了一瓶烧酒。达尔玛的声名，而今何在？倒不如静静地喝酒，犯不着叽里咕噜的！

有一天晚上，他看见娜娜在流泪。她撩起了衣服，给他看她的背上与两臂上的黑色伤痕。他望了一望她的皮肤，并不像那坏蛋普鲁利耶趁势打她的主意，只堂堂皇皇地说道：

"亲爱的，有女人的地方便有耳光。我想这是拿破仑说的一句话……我劝你把些盐水洗一洗吧。盐水医治这种痛苦乃是最好不过的。好，明儿你还要挨打，但是皮不破血不流的时候你还不该叫苦……你须知，我自己上门来讨饭吃了，因为我看见了些羊腿肉。"

洛拉夫人却没有这种哲学，每逢娜娜在自己的雪白的皮肤上指给她看一道新的青痕的时候，她便惊喊起来。人家打杀她的侄女儿了，这还了得！后来方丹果然把洛拉夫人赶出了门口，说他再也不愿意在他家里遇见她。自从这一天之后，她在娜娜家里，恰巧方丹回来的时候，她只好由厨房里走出去，非常令她短气，因此她最恨这无礼的方丹。她尤其是怪他不曾受过好教育；她呢，她所受的教育比谁都好，却被他欺负。有一天，她向娜娜说道：

"唉！这是很容易看得出来的。他完全不晓得礼貌是什么东西。他的母亲该是很平常的人；你不要说不是的，我看得出来！……我不说我；虽则我这样年纪的人有受人敬重的权利，然而我也不说……但是你呢,你犯了什么罪,惹得他如此处治你? 不是我夸口,我从来只教你学好,而且你在家里也受过很好的教训。从前我们同在一家的时候,大家都是很好的,是不是?"

娜娜并不反驳,只低着头听她说。她又说道:

"再者,你向来所认识的都是很出色的人物……昨天晚上索爱在我的家里,大家还谈起呢。她也不懂,她说:'夫人从前有了一个很有礼貌的伯爵——在我们二人中间不妨说,似乎是你引坏了他——现在她怎么能够让这丑角磨折她呢?' 我呢,我说毒打也还可以忍受,但是,假使我是你,我一定不能忍受他的无礼的说话……总之,他没有一点儿好处。我还不要他进我的破旧房子里,而你却为了这样的一个鸟儿败了家财! 是的,爱,你败家了! 你要什么男子不行呢? 最有钱的富翁也有,政府的人员也有! ……够了,这话本不该是我说的。但是,假使我是你,我便把他抛弃在这里,说一句:'先生,您把我当什么人?' 你的威严的神气怕不吓得他手脚发抖吗?"

于是娜娜哽咽地哭起来,断断续续地说:

"唉! 姑母,我爱他。"

实际上是洛拉夫人看见她的侄女支付那小路易的膳宿费渐渐少了,每次给她几个法郎,还像很吃力的样子,于是她担心起来。当然,她还要尽心竭力地抚养那孩子,等候苦尽甘来。但是她一想起方丹阻碍着娜娜母子,令他们不能发财,便气愤不过,甚至于否认爱情了。因此她在最后说了这些严厉的话:

"喂,将来有一天他打伤了你的肚皮的时候,你就去敲我的门,我给你开门。"

不久以后,金钱的问题成为娜娜忧虑的焦点。方丹已经带走了那七千法郎,这钱当然到了安稳的地方,她从来不敢质问,因为她要表示有廉耻。她生怕他以为她爱他为的是几个铜子。他本来答应过,说他愿意供给家中的日用。起初的几天,每天早上他给她三个法郎。但是他给了钱便有很大的苛求,他想把这三个法郎买到了一切:奶油也要,肉也要,时鲜也要;假使她冒险说了几句令他注意的话,或隐隐地示意说三个法郎买不得整个菜市,那么他就生气了,说她不中用,说她是败家精,说她愚蠢,受商人欺骗,而且他威吓她说他预备到外面吃饭去。过了一个月之后,每天早上,有时候他竟忘了把三个法郎留在横柜上。她大着胆问他,还说了许多拐弯的话。然而他们因此吵闹起来,他专找些借口的话来骂她,她太难堪了,宁愿不靠他的钱生活。当他没有留下三个法郎而仍旧有饭可吃的时候,他便快活得像一只黄莺儿,好情好意地吻娜娜,绕着椅子跳舞。她因此也快活了,甚至于希望她在横柜上找不着一个钱;虽则她经过许多艰难才弄得两餐饭吃,然而她觉得还舒服多了。有一天,她甚至于奉还了他那三个法郎,捏造了些假话,说昨天还剩下来一些钱。然而他昨天并没有给她钱,于是他踌躇地不敢收受,生怕她给他一个教训。于是她用热爱的双眼凝视着他,吻他,表示死心塌地地爱他;然后他把钱放进了衣袋里,他的手微微地震颤,活像一个贪官受赃的样子。自从这一天起,他再也不关心了,也不问钱是哪里来的;看见山芋便欢喜,看见火鸡与羊腿更是眉飞色舞的,恨不能扩大了他的喉咙。然而他终于不免打娜娜几个耳光,甚至于他很快活的时候,也要温习温习他的手段。

　　娜娜发现了一个法子,便能供给一切,有些日子,屋子里的食物竟绰绰有余。波士克每礼拜总有两次害了食积病的。有一天晚上,洛拉夫人告辞了,看见很丰盛的肴馔不得到口,便气愤起来,忍不住很粗暴地质问是谁付钱的。娜娜给她一时问急了,呆呆地哭起来。洛拉夫人懂得了,便说:

　　"好! 干净得很!"

　　原来娜娜为着家里的和平,竟甘心做她所不愿做的事了。而且这也是特丽恭的罪过:有一天,方丹吃了一盘咸鱼,怒气冲冲地走了,恰巧她在拉哇尔路遇着了特丽恭。特丽恭正在没有生意做,娜娜便答应了她。方丹非到六点钟以后是不会回来的，于是娜娜腾出了一个下午，晚上赚了四十或六十法郎回来，有时候还更多些。假使她晓得维持她的地位，她还可以说要两百或三百法郎；然而她这么一来，锅子里有东西可煮，她已经很满意了，晚上的时候，她忘了一切，只见波士克吃得肚子膨膨的，方丹肘倚着桌子，让她吻他的眼。看见那了不起的神情，显得娜娜爱他，并不为的是金钱，只爱的是他的本人。

于是娜娜因为爱她的爱人，爱到了发狂，便回复了当年的生涯。她徘徊马路，一双破鞋子踏着街头，为的是几个法郎。从前她为了罗贝尔夫人的事，曾经与萨丹大闹了一场；有一个礼拜天她在市场里遇见了她，却与她讲和了。萨丹只闲闲地回说：一个人不喜欢某一件事的时候，也犯不着叫人家跟着也憎恶起来。娜娜本是开通的人，便赞成了她这哲学的心理：真的，谁敢担保自己将来不像别人一样呢？于是她就原谅她了。娜娜甚至于起了好奇的心理，向她调查些淫邪的地方；她自己知道的已经不少，现在到了这个年纪还得到了些新知识，真令她惊讶起来。她听了便笑，觉得滑稽，同时也有几分憎恶，因为她到底有几分小姐气，不合她的习惯的她就觉得可嫌。自此之后，每逢方丹在外面吃饭的时候，她便到洛尔家里吃饭去。她听见食客们谈爱情与吃醋的历史，自己也觉得开心。那肥胖的洛尔像母亲一般地爱她，往往邀她到阿斯尼耶她的别墅里去住几天。这是乡村的一所屋子，里头有七个女人的卧房。她辞绝了，因为她的心中害怕，然而萨丹向她发誓说，那边只有的是巴黎的先生们与她们荡秋千，抛球箱。于是她应承说将来她能离家的时候才去。

此时娜娜的心绪不宁，没有什么娱乐，天天需要钱用。特丽恭往往用不着她，于是她竟不晓得到什么地方卖身去。结果她只好跟着萨丹到马路上徘徊。小路泥泞，路灯黯淡，她们等待得烦躁起来，过的是最下流的淫邪生活。娜娜重新回到城边的下等跳舞场里,这是当年她穿着肮脏的裙子跳舞的地方。她重见城边的黑暗的马路,她记得十五岁的时候,在这里给许多男人们接吻,然后她的父亲来找她回去。现在她与萨丹奔走于跳舞场与咖啡馆之间,她们所爬上的楼梯,都是给痰与啤酒沾湿了的。有时候,她们慢慢地沿着马路走,靠着人家的大门站着。萨丹当年在拉丁区做过学生们的生意,现在她引了娜娜到俾利耶跳舞场与圣米歇尔路的啤酒馆里去。可惜假期到了,拉丁区的生意冷淡得很,于是她们又到各大马路里来,总算这中心点的生意好做些。从孟麦特到拉丁区,她们混过了全巴黎了。下雨的晚上,鞋子湿透了;天气很热的晚上,胸衣沾了汗珠;等待了一会儿又散步,散步了一会儿又等待,侥幸遇见了一个行人,拉他进了一间陋室里;出来时踏着油腻的楼梯,嘴里喃喃地骂着。

夏天快完了;这是多风雨的夏天,夜里热得很。她们吃了晚饭之后,在将近九点钟的时候就出发。在洛烈德圣母院路的走道上,有两队女人沿着商店走;她们撩起了裙脚,低了头,匆匆地走向大马路,像是很忙的样子,竟没有工夫看一看各商店的陈列品。这是伯列达区的妇女,每逢路灯一亮就走向大马路来。娜娜与萨丹沿着圣母院走,照常地从伯勒第耶路经过。离富家咖啡馆只有一百米之远了,她们本来小心地把手撩起了衣服的,此刻到了做生意的地方,便把裙脚放了下来。此刻她们不怕尘埃了,衣裙扫地,小步地越走越慢,走到一间大咖啡馆的明亮的灯光之下便故意滞留。假使有些先生们回头望她们,她们便哈哈大笑,回头望他们,像在自己家里一般。她们的脸色变白了,加上了唇上的红与眼睑上的黑,在阴影里活像百货商店里的十三个铜子一个的菩萨堕落在马路上似的。直到了十一点钟,在行人撞碰的当儿,她们仍旧很风流;只有些笨人的鞋跟,勾落了她们的裙带,惹得她们远远地骂了一声"猪猡!"她们很熟地与咖啡馆里的伙计点头,停了脚在一张桌子前面谈话;有人请她们喝咖啡,她们也就不辞,于是欣然坐下,慢

慢地喝咖啡,等候戏院里散场。但是,夜越深,她们的心越急;假使
她们不曾回萨丹的屋子里一两次,她们越发用下流的手段,拉人更
凶了。沿着这渐少行人的大马路的树下,她们起初是激烈地讲价,
后来竟打骂起来。有些是正气的人家父母领着女儿们,他们见惯
了也就不稀奇,只安静地走过,并不匆忙。她们从奥比拉戏院到詹
纳斯戏院走了两次之后,看见男人们一个个挣脱身子走得更快,她
们只好回到孟麦特路来。这路上的饭店、啤酒店、熟肉店的灯光都
亮到两点钟,许多女人都挤在那些咖啡馆的门前。这是巴黎之夜
的最热闹的地方,也就是卖身一夜的交易场所,她们在路上当众商
议价钱,竟像娼寮里的走廊。娜娜与萨丹晚上归来的时候,如果两
手空空,便互相吵起嘴来。洛烈德圣母院路黑暗了,行人很少了,
只剩有几个女人走来走去。这是些可怜的野女子,她们一夜没有
生意,便生起气来,死守着不肯归家,还在伯列达路角或芳泉路角
拉住了一两个醉汉子,嘎声地同他们讲价。

　然而也有些意外的横财:有些上流的人物把徽章藏在衣袋里
走了来,她们就可以赚好几个路易。尤其是萨丹会看风色。湿气
很重的夜里,巴黎吐出了淡淡的气味,她晓得这阴沉的天气与暧昧
的路角的臭味,可以引动男人们。她窥伺着那些最容易上手的,她
一看他们无光的眼睛就可以看得出来。她很有几分害怕,因为最
上流的便是最肮脏的。他们除去了假面具之后,露出了真面目,他
们的嗜好千奇百怪,淫邪到了十分,所以这娼妇萨丹失了敬礼,向
尊严的坐车子的人们发牢骚,说他们的车夫还好些,因为车夫们晓
得尊重女人,没有阶级的观念,不欺负她们。上流人的淫恶到这地
步,连娜娜也诧异起来,因为她还保守着好些成见,而今给萨丹铲
除了。那么,依她说,严格地说起来,世上竟无所谓德行了? 自上
流至下流,大家只是鬼混。自晚上九点钟至早上三点钟的巴黎,真
是肮脏到了极点! 她想到这里很觉得有趣,说假使人家能参观一
切的卧房,一定可以看见许多滑稽的事情,下流人与上流人混在一

起,有不少的大人物比下流堕落更深一层,她因此更完成了她的教育。

有一天晚上,她来找萨丹出去,恰巧遇着叔雅尔侯爵从萨丹的楼梯下来,只见他的面色淡白,两腿酸软,扶着栏杆一步一步地挪移。她拿了手帕子掩着脸孔,假装揸鼻涕的样子。到了楼上的时候,她看见萨丹的房里脏得可怕,房中隔了一礼拜不收拾,床上臭得很,又有好些夜壶丢在地上。她觉得萨丹认识侯爵乃是可怪的事情。呀!是的,不错,她认识他;甚至于她与她那糊纸店老板在一块儿的时候还被他来啰唆呢!现在他不时到她家里来,她被他缠死了,他专爱嗅那些不干净的地方,直嗅到她的睡鞋。

最令娜娜担心的,乃是这下等淫荡生活的实情。她记得当年大出风头的时候,何等风光快活;而今她看见她身边的荡妇们一天一天地渐渐倒了。后来萨丹又把警察的事情恐吓她。关于警察的事情,萨丹的经验太多了。从前的时候,她同一个管风化的警察睡觉,为的是叫人家不骚扰她,所以人家两次想要捉她,都给他阻止了。现在呢,她越发担心了,因为她的事情更显明了;人家如果再捉她,便逃不脱身。警察们为着博取赏金起见,尽量地多捕女人。他们遇一个捉一个,你一嚷呢,他们就给你一巴掌,叫你住口。哪怕他们在人丛中捉了一个良家女子,他们也不放松,因为他们自信有势力,而且可以得报酬。夏天的时候,他们十二个为一群,或十五个为一群,在大马路上布了罗网,每夜非捉到三十个女人不住手。不过,萨丹晓得地方;她一眼看见了警察的鼻头,即刻溜走了,剩下一班心惊胆怕的小女人们在那里叫苦连天。警察局的威风如此可怕,以至于有些女人停留在咖啡馆门口像瘫痪了似的,看警察们扫荡全街。萨丹非但怕警察,尤其是怕别人告发她,她丢了那糊纸店老板的时候,他恨恨地走了,谁敢担保他不告发她呢?靠情妇们生活的男人专用的是这种手段。至于说到肮脏的女人们呢,只要你比她们美些,她们就可以对你不起!娜娜听了这一番话,越想越怕。她生平最怕法律，这是她所不曾认识的权威。假使男人们要对她报仇，谁也不会救她的。她幻想那圣拉赛尔监狱像一个黑暗的窟窿，人家把女人们割了头发，然后活埋到里面去。她往往自思：如果她丢了方丹，便可以有人保护她。于是萨丹安慰她，说有注册的办法；警察们把她们列了一个名单，常常察验她们，便永远不捉她们了。然而她还是心惊胆怕的，不愿意在名单上头，生怕人家察验她。她这放荡不羁到了极点的女人，想起察验的事情，却还担心，还害羞。

恰好将近9月底的时候，有一天晚上，她与萨丹正在卖鱼路上散步，忽然间，萨丹开步就跑。她问她的时候，她低声说道：

"警察！走呀！走呀！"

大家在人丛里匆忙地奔跑，裙脚被扯破了，她们互相践踏，叫喊起来。有一个女人跌倒在地，她们都笑着看那些警察们行凶；这时警察们很快地已经排好队伍了。萨丹也不见了。娜娜两腿酸软，走不得路，自料一定被捕了，忽然来了一个男子，揽住了她的手臂，竟向那些怒气冲冲的警察们跟前走过。原来这是普鲁利耶，他认得是娜娜。他一句话不说，便把她拉到了卢歇孟路。此刻这路上很少行人，娜娜到了这里，能呼吸了，但是她立脚不稳，他只好扶定了她，她竟不道谢一声。他终于说道：

"哎呀，你非休息一会儿不可了……你同我上楼去吧。"

他住的是左近的牧牛路，所以他要她到他家里。但是她即刻硬撑了，说：

"不，我不愿意。"

"既然人人都可以得到手……为什么我要你，你不愿意呢？"

"因为……"

这"因为"二字把她的意思都表现出来了，她太爱方丹了，决不肯背着他与他的一个朋友要好。那些路人是不算数的，因为她为的是需要，并不为的是娱乐。普鲁利耶看见她这样痴呆地执拗，以为自己是一个美男子竟比不上一个丑角，便因羞成怒，做出卑鄙的举动，他说：

"好！随你的便吧。不过，亲爱的，我不同你一路走……你自己设法避难吧。"

于是他抛弃了她。她又害怕起来，拐了一个大弯子，才回到孟麦特她的家里。当她硬着身子沿着各商店跑时，每逢一个男人走近她，她的脸色就吓得惨白。

她经过了这一场惊恐之后，心里常常跳着。到了第二天，她到她的姑母家里去，恰好在巴第诺尔区的一条幽静的小路上，碰着了拉布迭特。一见面的时候，大家都觉得难为情。他虽则仍旧是殷勤可爱的人，但是他有了秘密的事情。毕竟是他先回复了神气，欣然地说："幸会幸会。"真的，社会上的人们看见娜娜失了踪，大家至今还很惊讶。人家常常找她，她的朋友一个个都憔悴得要死。他要表示亲热，便像父亲告诫女儿一般地说道：

"亲爱的，在我们二人中间不妨老实说，你变糊涂了……一个人一时有了古怪的嗜好，这是大家懂得的。不过，你到了这地步，钱给人家吃光了，还要挨打！……你希望人家替你立一个贞节牌坊吗？"

她静听他说，有很难为情的样子。后来他谈起洛丝，说她获得了摩法伯爵之后很是扬扬得意，于是她的双睛冒火了，说：

"唉！假使我愿意……"

他就做一个殷勤的朋友，说愿意调停，但是她却不肯，于是他又从另一方面进攻。他告诉她，说鲍特那富采用了福歇利的一本戏剧，其中有一个最重要的主角，是最适宜于她的。她听了，吃惊地嚷道：

"怎么！一本戏剧！其中有一个主角的位置！他在这剧本里头，而他竟没有告诉我！"

她说的是方丹，但她不肯说出名字来。而且她即刻安静了。

她说她再也不进戏院里去了。拉布选特大约还不相信,所以他还微笑地劝了又劝。

"不!"她严厉地说了。

她与他分别了。她的浪漫主义令她自己很有感触。并不见得他能这样忠心;然而他所进的忠告与法朗西所进的忠告一点儿不差,她的心也就动了。到了晚上,方丹回来的时候,她问起福歇利的剧本。方丹进陆离戏院做戏已经两个月,为什么他没有同她谈及剧中有一个位置呢?

"什么位置?"他凶恶地说,"你不希望扮那贵族妇人吧?……呀!你竟以为你有才艺了!这一个角色,你担任得起吗?……你真滑稽极了!"

他的话非常地得罪了她。整个晚上他都嘲讽她,叫她做马尔斯小姐。他越欺负她,她越觉得好;她在她的古怪的嗜好里得到了一种苦中的乐趣,令她越发钟情了。自从她为了吃饭问题,天天去找路上的行人之后,经过了身体的疲劳与心中的憎厌,她越发爱他。他变成了她的淫邪的嗜好,她情愿出钱买取;又成为她的需要,她少不了他;一次一次的耳光,是增进爱情的刺激品。他看见她有这样好的脾气,越发欺负她了。她惹他生厌,因此他怀恨在心,甚至于不计较他本身的利益。有时候,波士克劝他几句,他竟发怒起来,不知是什么缘故,他竟嚷说他瞧不起她,瞧不起她的晚饭,说他要把她赶走了,好教他把那七千法郎赠给另一个女人。于是这就成为他们的姻缘的结局。

有一天晚上,娜娜在将近十一点钟的时候回来,看见住宅的门已经上了铁闩子。她敲了第一次,没有人答应;又敲第二次,仍旧没有人答应。然而她分明看见门下露出灯光,方丹却在里头不动一动。她敲了又敲,叫了又叫,叫得生气起来。方丹终于开腔了,他的声音又慢又粗,只骂这么一句:

"妈的!"

她捏了双拳又敲。

"妈的!"

她敲得更重了,几乎敲破了门。

"妈的!"

他们支持了一刻钟之久,她只管乱敲,他只管臭骂,活像山谷里的回声。后来他看见她敲不住手,便突然开了门,自己占住了门槛子,抱着双手,仍旧用又冷酷又野蛮的声音说道:

"妈的!您敲够了吗?……您想要怎么样?……喂!您让我们睡觉好不好?您不晓得我的房里有人吗?"

他果然不止一人在房里,娜娜瞥见蒲富戏院的女伶已经脱了衣服,只剩一件衬衫。她的眼睛像小螺钻钻穿了的窟窿,她的头发像麻絮的颜色,在娜娜买来的家具中间扬扬得意地坐着。方丹向前走了一步,张开他的十指像些铁钳子,现出很可怕的样子说:

"滚吧,否则我要扼死了你!"

于是娜娜很伤心地哽咽起来。她的心中害怕,连忙逃走了。这一次轮着人家把她赶出了门口。在盛怒之下,她忽然想起了当初她驱逐摩法伯爵的故事,但是,总不该是方丹替摩法报仇啊。

到了马路上,她第一个念头是要到萨丹家里去,假使她家没有人,就可以在她家过夜。她到了她的门前,恰巧遇见了她。原来萨丹的房东已经把房门上了锁,不许她回去了。她说这是不合法的,因为家具是她自己的家具,于是她发誓要把房东拉到警察局里去。但是,十二点钟已经响了,非先找一张床睡觉不可。萨丹为避免警察起见,终于把娜娜领到拉哇尔路去,因为那边有一个女人开一间小小的旅馆。人家在第一层楼给她们一间狭小的卧房,窗子是向天井的。

"我很可以到罗贝尔夫人家里去,她不至于不给我一个地方睡觉……但是,同你去却不行……她现在妒忌得很可笑。前几天晚上她还打我呢。"

　　她们进了卧房,关了门之后,娜娜还在伤心,流泪痛哭,把方丹的坏处说了又说。萨丹殷勤地听,安慰她,比她还更抱愤,便攻击男人们:

　　"唉!那些猪猡!唉!那些猪猡……你须知,我们再也不该要那些猪猡了!"

　　后来她帮助娜娜脱衣服,表示很殷勤柔顺的样子,她很亲热地说:

　　"亲爱的,我们快睡觉吧。睡下去就好些了……呀!你真呆!何苦这样纳闷!我告诉你,男子们都是些肮脏东西!你不要再想起他们吧……我呢,我很爱你。不要哭了,信你的好朋友的话吧。"

　　到了床上,她即刻拥抱住了娜娜,要安慰她。她不愿意再听见方丹的名字了;每次娜娜开口要说方丹的时候,她连忙给她一个吻,鼓起嘴唇假作生气的样子,叫她住口。此刻的萨丹披散了头发像一个美丽的女孩,有了感触似的。娜娜在这温柔的拥抱里,渐渐把自己的眼泪揩干了。她感激萨丹,便还给她许多吻。两点钟响了,蜡烛还在亮着;她们谈说亲爱的话头,二人都轻轻地笑了。

　　忽然间,旅馆里一阵喧哗之声起了,萨丹爬起床来,赤裸着一半身体,侧着耳朵静听。

　　"警察来了!"她说时脸色变白了,"他娘的!真倒霉!……我们可糟了!"

　　她从前常常告诉娜娜,说警察往往搜查小旅馆。然而这一夜她们二人都没有关心到这层,所以一块儿到拉哇尔路住下。娜娜一听见了"警察"二字便丧了魂魄。她跳下了床,直跑到窗前,开了窗子,神气仓猝,像一个疯妇想要跳窗子似的。幸亏那天井是有玻璃盖着的,玻璃上有许多铁丝。于是她毫不踌躇,跨过了窗栏,衬衣飘摇,大腿露天,竟溜进黑暗里去了。吓得萨丹惊叫:

　　"不要逃走呀!你要跌死了!"

　　此刻人家撞门了,她做个好人,把窗子关上,又把娜娜的衣服丢进了衣橱里。她自己已经决定听天由命,自思无论如何,如果人家捉了她去,她便可以脱离恐怖了。她假装眼很倦的样子,先打了几个呵欠,与外面的人问答了一番,然后开门。进来的是一个胡子邋遢的大汉子,向她说:

　　"请您把双手给我看……您没有针痕,您并不工作。好,快穿您的衣服吧。"

　　"我不是野鸡,我只是一个磨首饰的工女。"萨丹厚着脸皮说。

　　然而她分明知道争辩是无用的了,便柔顺地穿好了衣服。这时旅馆里起了许多叫喊的声音,一个女人扳住了门不肯走;又有一个同她的情郎睡觉,因为她的情郎担保她,她的胆子大了,便说自己是一个正气妇人,现在受人家欺侮,要到警察局起诉去。在一个钟头之内,旅馆里有的是楼梯上的大踏步声、捶门声、争吵声、哽咽声、裙子擦墙声。这一群女人突然地醒来,惶然地跟着三个警察走出。一个有礼貌的黄发的警察长指挥着警察们把她们带去了,旅馆里仍旧静寂起来。

　　没有一个人告发娜娜,于是她得了救了。她从黑暗里摸进了卧房,周身发抖,吓得要死。她赤裸的双脚被铁丝勾破了,流出血来。她在床上坐了许久,仍旧侧耳静听;直到天快亮的时候她才睡着了。但是到了八点钟,她一醒来就逃出了旅馆,跑到她的姑母家里。洛拉夫人恰巧与索爱吃咖啡牛奶,看见她这样早就到来,身上脏得像一个灶下丫头,而且垂头丧气,即刻便猜透了,说:

　　"是不是? 我早就说他会打伤了你的肚皮……好,进来吧,我始终欢迎你。"

　　索爱早已站了起来,很恭敬而且很熟地说:

　　"人家毕竟把夫人还了我们了……我等候夫人许久了。"

　　洛拉夫人要娜娜即刻与小路易接吻;依她说,母亲变了老成便是孩儿的幸福。此刻小路易还在睡着,他的血色很少,竟像有病似的。当娜娜把脸凑近他那白色的而且有瘰疬的脸孔之上的时候，想起了数月来的千辛万苦，真是心如刀割。

"唉！我的可怜的孩子，我的可怜的孩子!"她吃吃地说，同时还带着哽咽的余声。

第九章

陆离戏院里在试演《小公爵夫人》。第一幕试演过了，此刻大家正要开始试演第二幕。近台的包厢里的旧椅子上坐的是福歇利与鲍特那富，他们正在讨论；同时那提戏人哥赛尔——是一个驼子——坐在一张麦秆椅子上，嘴咬着一支铅笔，正在翻检那手写的剧本。忽然间，鲍特那富把他那很粗大的手杖打着地板，气冲冲地嚷道：

"呃？还等什么呢？巴里约，他们为什么还不开始呢？"

巴里约是个管戏人，他回答说：

"因为波士克先生不见了，所以还不曾开始。"

于是起了一场大闹，人人都叫唤波士克，鲍特那富骂道：

"天杀的！老是这样！人家尽管按铃，他们老是到不该到的地方去……而且，如果人家留他们工作到四点钟，他们就叽里咕噜了。"

这时波士克从容不迫地来了，他说：

"呃？什么？要我怎么样？呀！是了，轮着我了！该早对我说啊……好的！西曼说：'呀！宾客们来了。'于是我就进去……我从哪里进去呢？"

"当然是从门口进去啦。"福歇利生气地说。

"是的，但是门在哪里呢？"

这一次鲍特那富埋怨到巴里约身上了，他开口又骂，又把手杖打地板。

"天杀的！我早已说过要摆一张椅子当做门。每天都应该摆放的……巴里约？巴里约在哪里去了？又一个！他们都跑了！"

巴里约给他闹得慌，便弯着腰移了一张椅子来，一声不响地安放了。于是第二幕开始了。西曼戴着帽子，围着裘衣，装做女仆安排家具的样子。她停了手，说道：

"您看，我不觉得暖，所以我把手放在暖袖里。"

后来她看见波士克进来，便轻轻地叫了一声，声腔变了，说：

"呃？原来是伯爵先生。您是第一个先到的了，伯爵先生，夫人一定很喜欢的。"

波士克有的是一条沾泥的裤子，一件黄色的大外套，一条很阔很阔的围巾围在颈上。他的手放在衣袋里，头上戴一顶旧帽子。他不做戏，只捺着脚步，用喑哑的声音说道：

"伊莎比萝，请您不必起动您的主妇；我要出其不意地进去看她。"

他们这样地试演下去。鲍特那富蹙着眉毛，倒在靠背椅上，厌倦地听着。福歇利烦躁起来，常常改变坐的姿势，时时刻刻心痒，想要止住他们，但是他勉强忍耐着。他听见他的背后那黑暗而空虚的戏座里有唧唧喳喳的声音。于是他转身向鲍特那富问道：

"她在这里吗？"

鲍特那富点了一点头。原来他要聘娜娜扮剧中的奢辣尔婷，娜娜说在未应承以前，要先看一看剧本的内容，因为她希望扮演一个正气的妇人，生怕又像当初一般地扮一个淫妇。这时她同拉布迭特躲在一个黑暗的包厢，因为是拉布迭特劝鲍特那富聘她的。福歇利放眼瞟了她一眼，仍旧看人们试演。

戏院里只有近台的包厢是有灯光的。台上一个小架子，伴着台前的列灯。一架反射灯把一切的光明都反射在戏台的第一行，在黑暗里像一只黄色的大眼睛，现出黯淡悲惨的景象。哥赛尔靠着那细长的小架子，举起了那手写的剧本，为的是要看得清楚些；然而灯光射来，更显出他的驼背。鲍特那富与福歇利已经是在黑暗里。一盏灯笼钉在墙上，把广阔的戏院只照耀着几米的地方；伶人们身后的影子动摇，现出奇怪的样子。其余戏台的各处只充满了浓烟，像一个破屋的残材的木厂，里头堆积着许多梯子、框子与种种布景的东西，其中的褪色的油画散乱地堆叠着，也像破屋的残余。空中悬挂着许多旧布，活像卖破布的商店的梁上悬挂的许多破旧衣裳。最高处有一道太阳光从一个窗子射进来，冲破了戏院里的夜色。

这时许多伶人在台的后方谈话，等候轮着他们登场。他们谈话的声音渐渐高了，激得鲍特那富从椅子上跳起来嚷道：

"呀！你们住口好不好！我听不见一个字……如果你们要谈话，便请到外面谈去吧。我们要在这里工作……巴里约，如果他们再说话，我要把他们一个个都罚钱了！"

他们住口一会儿。他们聚成一小群，坐在一个花园里的一张长凳与许多小椅子上；原来这是剧中的布景，不久就要用的。方丹与普鲁利耶静听洛丝说话，她说戏狂剧场的主任允许给她许多薪水，要聘她去做戏。忽听得一片声叫道：

"公爵夫人！……圣费曼！……轮着公爵夫人与圣费曼了！"

人家叫到第二次的时候，普鲁利耶才记得自己是圣费曼。洛丝扮的是公爵夫人爱莲，她已经等候他一块儿登场了。那老波士克做完了戏回来了，在空的而且响亮的木板上慢慢地拖他的脚步。于是克拉丽丝把长凳让一半给他坐下了。她谈起了鲍特那富，说：

"他为什么这样骂人呢？等一下就好看了！……现在要做一本戏剧的时候，他非发怒骂人不可！"

波士克耸了一耸肩，因为他对于这些风波是不介意的。方丹说：

"这剧本很没有意思，将来会失败的。"

后来他又向克拉丽丝谈起了洛丝的事：

"喂？你相信戏狂剧场的薪水吗？……每晚三百法郎，而且演一百次。为什么不加上了一所乡村别墅呢？……假使人家给米让的老婆三百法郎一晚，他岂不即刻丢开了鲍特那富吗？"

然而克拉丽丝相信三百法郎的数目，以为方丹专爱说同事们的坏话。此刻西曼回来，打断了他们的话头。她的周身发抖。众人都围着颈巾，扣着衣纽，仰视天空，则见太阳放光，却照不进这黑暗而寒冷的戏台。西曼说：

"休息室里没有火！他变了一个守财奴了，可恨之至！……我很想要离开这里了，因为我不愿意害病。"

"静默呀！"鲍特那富又像雷一般地叫。

于是在几分钟之内大家只听见伶人们背诵戏文的含糊的声音。他们不很表演姿态，说话也不装腔作势，以免辛苦。但是当他们表现某一种意思的时候，他们便向戏座里望了又望。戏座在他们的前面，像一个大窟窿浮着一个模糊的黑影，又像一个很高而没有窗子的仓房里关着一种轻尘。戏座的灯是熄了的，只有台上半明半暗的灯光照来，景象凄凉，有昏昏欲睡的样子。天花板上的油画给夜色埋没了。左右边近台的包厢里，白上至下，张着些灰色布幔，为的是保护包厢里的各种陈设。围栏上的绒布也有粗布掩盖住了，淡白的颜色冲破了一团黑影。在这灯光黯淡的时候，人家只看见各包厢沉在黑暗里，衬出那几层楼座，楼上的椅子本是红色绒子垫的，现在变为黑色了。那大光灯垂下很低，灯旁的宝石充满了音乐处，令人联想到搬场的情景，因为这好像是观众一去不回的样子。

恰好此刻洛丝扮那误入一个少女的家里的小公爵夫人，走向台前，举起双手，朝着那空虚、黑暗、凄凉的戏座，歪了一歪嘴。

"天啊！是多么奇怪的社会！"她郑重地说了这一句，自信很有效力。

娜娜裹着很大的披肩,躲在楼下包厢的深处,静听伶人们道白,眼睛紧紧地望着洛丝。她转身向拉布迭特低声问道:

"你敢断定他一定来吗?"

"我敢断定的。他大约是邀了米让同来,为的是有所借口……等到他来了之后,你即刻走上马弟尔德的化妆室里,我就引他去见你。"

他们说的是摩法伯爵。这是拉布迭特用第三者的资格介绍他们相会。原来他早已与鲍特那富有了一次严重的谈话。这时的鲍特那富因为失败了两次,生意很不容易挽回,所以他愿意给娜娜扮一个角色,希望摩法伯爵因此欢喜,好借给他一笔款子。

"这奢辣尔婷一角,你以为如何?"拉布迭特说。

但是娜娜不动,也不回答,只静默地看人们做戏。原来这戏的第一幕,叙的是一个公爵名叫博里华的背着妻子与一个歌剧明星名叫奢辣尔婷的要好。第二幕里叙的是一个戴面具的跳舞会,这会是那个女伶召集的。公爵夫人爱莲来到那女伶的家里,为的是看那些妇人有什么神秘的手段可以笼络她们的丈夫。引她进去的是她的表弟圣费曼,他希望引她到淫邪的路上去。她想要学乖,而她第一次所得的教训乃是:她听见奢辣尔婷用很粗蛮的话骂那公爵,他还柔顺地忍受。于是她大大地诧异起来,惊叫道:"好!原来我们女人对男子们说话该是这样的!"奢辣尔婷在第二幕里只在这一出出场。至于公爵夫人呢,她的好奇心不久就受了惩罚了:有一个男爵名叫达第和的,又老又丑,以为她是一个风骚的女人,于是大施其手段。同时博里华公爵在一张长椅子上与奢辣尔婷接吻,同她讲和。这时奢辣尔婷一角还没有人扮演,于是哥赛尔伯伯站起来道白,而且滚在波士克的怀里,表现种种的姿态。大家做到了这一出,做得很不起劲,于是福歇利忽然在他的椅子上跳起来。他忍耐了许久,此刻他十分生气,再也忍不住了,嚷道:

"这不是这样的!"

伶人们停止了,双手摇摇地站着。方丹有藐视的样子,嗡着鼻子问道:

"什么?谁做的不对了?"

"没有一个人做得对的!完全不是的,完全不是的!"

福歇利说着,指手画脚地在木板上踏来踏去,自己也表演起来。

"呃,您,方丹,您该懂得达第和的放纵的性情;您应该弯了身子,作这么一个姿势,去擒那公爵夫人……你呢,洛丝,你此刻应该走过去,很快地,这么一来;但是不要太早了,须等到你听见接吻的声音的时候……"

他停了一停,因为解说的兴致来了,又向哥赛尔嚷道:

"奢辣尔婷,接吻吧……很重的!好教人家听见!"

于是哥赛尔伯伯转身向波士克,拼命地把嘴唇弹得很响亮。

"好!这才是接吻",福歇利扬扬得意地说,"再来一次,接吻……你看,洛丝,我在此刻突然走过了,轻轻地惊叫道:'呀!她吻他了!'……但是,为了这个,达第和非上去不可……方丹,您听见吗?您要上去……好,你们一齐试试看。"

伶人们再试演这一出,但是方丹不服气,乱做一场,所以还是不行。累得福歇利又解说了两次,每次更加热心,而且做样子给他们看。他们一个个都无精打采地听他说,好像他要他们颠倒着头走路似的。他们很笨地试演,即刻又停止了,竟像一些断了线索的木偶。

"不行,我觉得这太难了,我不懂!"方丹终于用放肆的声气说了。

鲍特那富直到此刻不曾开口。他把整个身子跌进了靠背椅里,人家看不见他的脸了。只在那小架子的微弱的灯光里,看见他的帽子掩着他的眉毛,他的手杖横放在他的肚子上,大家几乎以为他睡着了。忽然间,他坐了起来,挺直了身子,安然地向福歇利说道：

"好朋友,这太没有意思了!"

"怎么! 没有意思! 亲爱的,您自己才没有意思呢。"福歇利说时,面色大变了。

鲍特那富突然生气了,非但把"没有意思"四个字说了又说,而且他还骂福歇利糊涂。说人家一定喝倒彩,这第二幕一定做不完。福歇利晓得他每逢一本新戏剧试演的时候他都要骂的,然而自己也忍不住生起气来。他老实不客气说鲍特那富野蛮,于是鲍特那富更是气愤了,把手杖画小圈子,像老牛般喘气,嚷道：

"天杀的! 快不要惹我! ……我们做了一刻钟,都是糊里糊涂的……呃,糊里糊涂的! 这个毫无意义……然而这却是很容易的事情! 你呢,方丹,你不要动。你呢,洛丝,你这样做作了一下子,不要太过度了,于是你就下来……好,这一次你们走吧。哥赛尔,你接吻吧。"

这么一来,越发混乱了。这一出戏还是做不好。这一次轮着鲍特那富做样子给他们看,他的姿势像一只大象;福歇利在旁边冷笑耸肩,表示可怜他的样子。后来方丹也要出头说话,波士克也要进忠告。洛丝疲倦了,终于坐在那当做门口的椅子上。大家不晓得做到什么地方了。还不够倒霉,又来了一个西曼,她误会了,以为轮着她,匆匆地出场,混进了这秩序零乱的人群里。鲍特那富生气极了,那手杖画小圈子也画够了,便索性向西曼的后面一撞。这是他的习惯:他同女伶们睡了觉之后,却往往在试演的时候打她们。西曼逃走了,他还气冲冲地嚷道：

"天杀的! 领了这个去吧。如果你们再惹我,我便索性把戏院的门关了!"

福歇利戴起了帽子,作势要离开戏院,但是他走到戏台的后方又停了脚步,仍旧走了下来;他看见鲍特那富汗流浃背,也坐下了。他自己也坐在另一张椅子上,他们二人并肩地坐了一会儿,不动;

这时黑暗的戏座里寂然无声。伶人们等候了差不多两分钟。他们一个个都无精打采的，像是做了些什么很辛苦的事情。

"好，我们继续下去吧。"鲍特那富说时，声音像平时一般，他的怒气完全消了。

"对了，我们继续下去吧，明天我们再整理这一出。"福歇利说。

他们躺下了，伶人们继续试演，却是厌烦的神情。在这戏院经理与主编人相持的当儿，方丹与其他的伶人们，在后方的长凳上大家作乐。他们低声地笑，喃喃地骂，说了些粗言野语。后来西曼回来了，她因为鲍特那富打了她一手杖，所以哭着告诉大家。他们都悲愤起来，说如果他们处在她的地位，一定扼杀了这猪猡。她揩了眼泪，点头赞成；这一次完了，她要丢了他了，而且昨天史丹奈说过愿意提拔她，她何苦不走呢？克拉丽丝听了便诧异起来，史丹奈没有一个铜子了，怎能提拔她？但是普鲁利耶早已笑起来，笑这史丹奈会耍把戏，他伴着洛丝当众招摇，为的是成就他的盐场的生意。他还预备一种新计划，到处宣传，说他要在君士坦丁海峡开一条隧道。西曼很关心地静听着。至于克拉丽丝呢，一个礼拜以来，她没有一天不是气忿忿的。原来她一时放松了爱克多，让他走到了嘉嘉的怀里，如今他快要承继一个很有钱的叔父的产业了！算是她倒霉，他穷的时候是她的，有钱时却到了别人的手里。而且这可恶的鲍特那富又只给了她一个劣等的角色，只有五十行；以为她不能扮那奢辣尔婷，她梦想着这一个角色，希望娜娜不肯来。

"好，我呢？"普鲁利耶冷冷地说，"我没有两百行。我本想辞了的……叫我扮圣费曼，真没道理。而且你们看，这是何等的文章！将来包管他一败涂地！"

西曼与巴里约伯伯谈了一会儿的话，气喘喘地回来说：

"说起娜娜，她竟在戏座里呢。"

"在哪里？"克拉丽丝连忙问时，站起来张望。

这话即刻传开去，人人弯腰向前望，试演的道白在无形中停顿

了。鲍特那富本来是坐着不动的,此刻挺起身来又嚷道:

"什么? 有什么事发生了? 你们先把这一幕做完了好不好? ……那边,不要吵! 唉,真淘气!"

娜娜在楼下包厢里追随着那剧本。有两次,拉布迭特想要同她谈话,她烦躁起来,用肘撞他,叫他住口。第二幕做完了,戏院的后方现出两个人的影子。他们蹑着脚走下来,以免脚步的声音。娜娜认得是米让与摩法伯爵。他们悄悄地来与鲍特那富施礼。

"呀! 他们来了!"她说时,叹了一口气表示放心。

洛丝把最后的一句戏词说了,于是鲍特那富说:在演第三幕以前,须把第二幕再温习一次。他丢了演戏的事情,殷勤地欢迎伯爵,表示过度的敬礼;同时福歇利假意专心照管那些伶人们。米让啸了一口气,双手放在背后,紧紧地望着他的妻子;此刻洛丝似乎有很烦躁的样子。

"喂! 我们上去吧?"拉布迭特向娜娜问,"我先把你安置在楼上的化妆室里,然后下楼,把他带来给你。"

他即刻离开了楼下的包厢,她只好暗中摸索地沿着楼下散座的廊子里走。但是鲍特那富猜着是她,便来追赶,追到廊子的尽头,在昼夜有灯光照耀着的一条羊肠小路赶上了她。他为着急速进行起见,即刻与她谈起请她扮演淫妇的事。

"是不是? 多么好的角色! 这是为你而设的……你明天就来试演吧。"

娜娜表示冷静的态度,说要再看第三幕。

"唉! 第三幕好极了! ……那公爵夫人在家里耍风流,博里华因此憎恨,却又因此改过。而且,这里头有一段很滑稽的误会的话头,达第和来了,他以为自己是在一个舞女家里……"

"奢辣尔婷在里头吗?"娜娜抢着问。

"奢辣尔婷吗?"鲍特那富说时有几分难为情,"她有一出戏,不很长,却很能引人入胜……这是为你而设的,你相信我的话吧! 你肯不肯签字？”

她怔怔地望了他半晌，然后答道：

“等一会儿我们再看吧。”

她去会见拉布迭特，他正在楼梯下等她。全院的人们都认得
是她了，于是大家唧唧喳喳地谈论起来：普鲁利耶以为她这一次如
果再进院里来，乃是可耻的事情。克拉丽丝却很担心，怕娜娜夺了
那奢辣尔婷一角。至于方丹呢，他假装不在意，表示冷淡的样子，
因为他无论如何，总不应该攻击他曾经爱过的一个女人；其实他的
心里由爱变恨，他记起她的忠心，她的美貌，又想起他因为有了魔
鬼的淫邪嗜好，以至于不愿意与她同居，越想越记恨在心了。

这时拉布迭特再下楼来，而且走近伯爵，洛丝见了娜娜早已留
神了，而今看见拉布迭特这一来，便猜透了一切。她被摩法累得要
死，是的，不错；但是她想起这般地被人家抛弃，便气愤起来。她平
日对于这种事情不肯向丈夫争论，这一次却忍不住了，便狠狠地对
米计说：

“你看明白了吗？……不怕说的，如果她像当年抢史丹奈一般
地抢了他去，我一定挖她的眼睛！”

米计很安静，很大方，似乎他看透了一切，他说：

“住口！呃？你快住口我就欢喜你了！”

他是一个会处世的人，他已经弄疲倦了摩法。他觉得：如果娜
娜向他一招手，他竟可以甘心替她做牛马。那么，这样的热情，他
怎能抵抗呢？他是懂得男人们的心理的，所以他只想趁这机会谋
利。这要看将来怎么样，现在他只静候着。

“洛丝，登台吧！人家再做第二幕了。”鲍特那富叫。

“去吧！你由我去做就是了。”米计说。

他觉得恭维福歇利的戏剧乃是滑稽的事情。这一本戏剧是很
有力量的了；不过，为什么那女人是这样的正经呢？这不是自然
的！他冷笑地问：谁要把那博里华公爵派做奢辣尔婷的情人。福

歇利非但不生气，而且微笑了一笑。这时鲍特那富望了摩法一眼，有不如意的样子；米让见了，也有了感触，面色变为严重了。只听得鲍特那富骂道：

"天杀的！我们要开始了。喂，巴里约！……呃？波士克不在这里吗？他竟瞧我不起了！"

这时波士克却从容不迫地来了。大家开始温习，同时拉布迭特把摩法伯爵带上楼去。伯爵心中惶恐，怕见娜娜。自从他们二人绝交之后，他感觉得心灵十分空虚，生怕一变习惯便要受痛苦，所以任凭人家把他拉到洛丝家里。再者，他过的是糊涂的生活，他想要一切不闻不问，所以他自己禁止寻找娜娜，为的是避免与妻子争吵。他似乎觉得以他的身份而论，他应该忘记了她。但是他的内心酝酿着一种反动，娜娜渐渐地又征服了他；他想起从前种种的经过，与她的肌肤的诱惑，于是他的心中发生了一种新的感触，几乎是父亲爱女的心理。从前那可恨的一场大闹，已经烟消云散，他的眼睛再也看不见方丹，他的耳朵再也听不见娜娜骂他做乌龟，赶他出门了。这一切都不过是些言语，说出来就消灭了；至于他的内心的深处，还藏着一种温柔的回忆，渐久渐显，以至于令他坐立不安。他忽然起了痴呆的念头，自己怪自己，以为假使当初他真的爱她，也许她不至于负他呢。他的悲哀一天一天地更难堪了，他便变为很不幸的人。这好像一种旧伤痕重新发作，痛苦加倍。这不复是顿起的、盲目的欲望，只是一种妒忌的热情，只需要她一人，她的头发，她的嘴，他心心念念不忘的她的身体。当他记起她的娇声的时候，他的四肢百体都发抖起来。他想念她，像一个贪财的人的苛求，像一个细心的人的体贴。这爱情侵占他的内心，痛苦到了这个地步，所以拉布迭特来运动他去会娜娜的时候，他只听见了起头的几句话，即刻投入他的怀里，后来他自己也惭愧起来，自思自己这样身份的人，不该这样自贱。但是拉布迭特把一切都看透了，此刻他更表示他细心知趣，当他在楼梯下与伯爵分别的时候，只向他说了几句很简单的话：

"在第二层楼，右边的走廊，那房门只是虚掩着的。"

现在只剩有摩法在这寂静的角儿上。当他从伶人休息厅的门前走过的时候，他从那些开着的门望进去，则见这一间大厅在白昼里有的只是污秽与破坏的痕迹。然而最令他诧异的乃是：他从那闹哄哄的、黑魆魆的戏座里出来之后，却看见这楼梯底下的灯光明亮，而且寂然没有人声；他还记得有一天晚上他到过这里，那时节有的却是氤氲的煤气，与楼上妇女们践踏之声。此刻他觉得那些化妆室里都是没有人的，走廊里也是空的，没有一个影儿，没有一声咳嗽。11 月里的微弱的太阳，从方格的窗子照进来，放出一块黄光，在这尘埃飞舞的地上。他欣幸得了幽静，便慢慢地上楼，努力要替换呼吸。他的心里突突地跳着，生怕自己像一个孩子，只晓得流泪与叹息。到了第一层楼的平台上，他自信没有人看见他，便把背倚在墙上；他把手帕子掩着嘴，注视那弯曲的梯级。他看见那铁制的梯栏被上楼的人们的手摩擦生光了，墙上垩的石灰也破裂了。这是下午的时候，楼上的女人们还在睡觉。但是，当他到了第二层楼的时候，他却遇见了一只红色的大猫，团团地睡在一个梯级上，他只好跨过了它。这猫的眼睛半闭，只有它看守着这　所屋子。每晚那些女人们留下了些脂粉余香，把它催眠了。

在右边的走廊里，那化妆室的门果然只虚掩着。那小马第尔德是一个不爱干净的女子，把化妆室弄得很脏。地上放着许多缺口的水壶，又有一张油腻的梳妆台与一张麦秆椅子，椅上染了红色的污点，教人猜是有人流血在那麦秆上面。墙上与天花板上糊着的彩纸也都被肥皂水溅脏了。拉梵特的香气变了酸味，以至于房里臭得很，所以娜娜把窗子打开。她肘倚着窗子一会儿，低头望下面的伯龙夫人，只听得她把扫帚扫那又狭又暗的天井上的青苔满布的石砖。一只黄雀停在百叶窗上，放出尖锐的啼声。这里绝对听不见大马路与其他的小马路上的车辆的声音，竟像外省一般幽静。她举起了眼睛,瞥见巴诺拉马路的走廊里的屋顶,更远些便是卫维恩路的高房子的后面,幽静而似乎虚空的样子。她看见了许多屋顶的平台,又有一个照相家在平台上造了一间小屋居住。这都很有趣味。娜娜忘了形了,忽然听见似乎有人敲门。她转身喊道:

"请进!"

她看见是伯爵,便把窗子关上了,一则因为天气冷,二则怕那好奇的伯龙夫人听见。他们二人怔怔地互相注视了许久。伯爵心里不知是酸是辣,竟说不出话来,于是她笑起来,说:

"好!呆子,你来了!"

他的感触太厉害了,竟像冷僵了似的。他把她叫做夫人,他欣幸得与她再会。她为着促进事情起见,向他表示更熟的样子,说:

"你不要摆架子了。你希望看见我,是不是?那么,犯不着像两个泥捏的狗儿怔怔地互相望着……从前的事,我们二人都有罪过。唉!我呢,我宽恕你了!"

于是她说大家不该把旧事重提了,摩法点了一点头。他此刻镇静了,却还找不着话说,只觉得许多言语滚到了唇边。她看见他这样冷冷的,很有几分诧异,于是她用手段了,微笑地向他说:

"好,你是识事体的人了。现在我们既然讲和了,我们握一握手,做个好朋友吧。"

"怎么!好朋友!"他忽然担心起来。

"是的,这也许是我糊涂,但是我顾全你的体面……现在我们互相说明了,至少将来在什么地方相逢的时候不至于像两个木偶……"

他作势要打断她的话头,她抢着又说:

"你让我说完吧……你须知,没有一个人敢责备我。你偏要起了一个头,所以我老大不高兴……亲爱的,各有各的人格啊。"

"不是这个!"他激烈地说,"你坐下来听我说。"

他因为怕她走了,便把她推在那一张椅子上。他自己踱来踱去,越走越不自在。那小化妆室的窗子虽则关了,却充满了太阳光,室中微温,外面没有什么声音来扰乱他们。在大家静默的当儿,只听见那黄雀的啼声,好像远远地传来的一声一声的箫笛。他站在她的前面说道:

"你听我说,我这一来,为的是再要你……不错,我要重新开始。你是分明晓得的,为什么你这样说话呢?……答复我吧,你肯不肯?"

她低了头,把指爪抓搔着那染了红色污点的麦秆椅子。她看见他提心吊胆,越发不着急了。她终于抬起头来,她的面色变为严重,她竟能在她那一双美丽的眼睛里表现出愁容。

"唉!不行,我永远不会再同你结合了。"

"为什么?"他说时,面上现出愁苦之色,却又勉强掩饰着。

"为什么吗?……说哩!因为……这是不可能的,如此而已。我不愿意。"

他还含着热情怔怔地望了她几秒钟。后来他屈了双膝,竟跪在地砖上了。她表示麻烦的样子,只说了一句:

"呀!不要孩子气!"

但是他已经做了。他倒在她的脚边,紧紧地搂抱着她的身体,把脸孔放在她的两膝之间,混进了她的肉里。当他这样抱着她的时候,他的双手与她的肢体只隔了一层轻纱,实在令他起意。他的身体发热而又震颤,更挨紧她的两腿,活像他想要钻进了她的肚子里似的。那旧椅子窄窄地作响。在那很低的天花板之下,脂粉的香气变成的酸味里,他吐出欲望的哽咽来。娜娜由他做去,说:

"好!你这样一来又怎么样?这都是没有用处的。因为这是不可能的了……天啊!你真是一个少年人!"

他渐渐安静了,但是他仍旧跪在地下不放手,断断续续地说:

"至少请你听我说我要赠给你些什么……我已经看见了蒙梭

园的附近有一个公馆。我预备满足了你的一切的愿望。为着把你独占起见，我愿意把我的财产给了你……对了！我只有一个条件：便是独占了你，不与人们分享！如果你应承把身子只给了我一人，我愿意把你弄成一个最美丽最有钱的人：车子呀，钻石呀，衣服首饰呀……"

他每说了一句，娜娜便摇一摇头，表示很高尚的样子。然而他继续地说，直说到愿意把银子存在她家，于是她便烦躁起来说：

"哎呀，你诱惑我够了吧？……我是一个好心人，看见你如此凄凉，所以愿意给你鬼混一下子。但是，你已经闹够了，是不是？现在你让我站起来吧，我给你缠疲倦了。"

她挣脱了身子，站起来之后又说：

"不，不，不……我不愿意。"

于是他很辛苦地爬了起来，有气无力地倒在那一张椅子上，肘靠着椅背，双手捧着脸孔。现在轮着娜娜踱来踱去。一霎时，她注视墙上糊着的肮脏的彩纸，与那油腻的妆台，及那黯淡的阳光射着的一个污秽的小洞。后来她又在伯爵跟前停了脚步，安静地说：

"说也滑稽，有钱的人们常常以为他们可以把金钱买到一切……好！我不愿意又怎么样？……我不稀罕你的赠品，哪怕你把巴黎赠给了我，我还说不行，不行……你看，这里不是干净的地方，然而如果我喜欢与你在这里住，我便觉得这里很好；换句话说，如果我的心灵不在的时候，哪怕住在你的月殿天宫里，我也要闷死了的……呀！银子！可怜的小狗，我没有看见过银子吗？你须知，我不高兴要银子的时候，我便践踏银子，吐痰在银子上面呢！"

她说着，表示心中作呕。后来她又回到感情上头，用悲哀的腔调说：

"我晓得有些东西比银子贵重些……呀！如果人家把我所希望的给了我……"

他慢慢地抬起头来，双睛闪闪，露出有希望的样子。她又说：

"唉！这个，你是不能给我的。这与你没有关系，因此我才同你说起……总之，我们谈话吧……我愿意在他们的剧本里扮演那正气的妇人。"

"什么正气的妇人?"他诧异地问。

"当然是那公爵夫人啦！……他们以为我可以扮奢辣尔婷，真是胡说！这是毫无价值的角色，只做一出戏，而且又……再者，这也是他们误会了。我扮淫妇已经够了。老是淫妇！教人说我肚里有的只是些淫妇！总之，这太令人难堪了，我看得很清楚，他们似乎以为我是一个没有道德的人……唉！他们真是没有眼睛的！当我想要出色的时候，我就可以扮得很大方！……呃！你瞧！"

她说着，退到窗前，然后走回来，走的时候昂了头，大模大样地走，像一个肥胖的母鸡恐怕弄脏了脚爪似的。他望着她，他的眼睛还蕴着眼泪，看见了这一场喜剧，真是笑不得，哭不得，只好痴呆地坐着。她散步了一会子，嫣然微笑，眨了几眨眼睛，表示她的确会扮公爵夫人。后来又在他跟前站住了，说：

"喂！我想行了吧?"

"呀！好得很！"他吃吃地说时，眼神溷浊，心里还未安静。

"怪不得我说要扮那正气的妇人，我已经在我的家里试过了，没有一个女人能够像我一般地表演那轻视男子们的公爵夫人；刚才我在你跟前走过，把眼睛斜望你，你注意到了吗? 这真所谓传神到了骨髓！……再者，我要扮一个正气的妇人，我做梦也想着，因此不快活起来。我非得到这一角不可，你懂吗?"

她的面色变为严重了，她的声音很硬，真的为达不到愿望而伤心。摩法因为她不肯重归于好，所以心绪不宁，只等候着，并不懂她说的是什么。这时大家静默了一会子。室中空静，没有一个苍蝇飞鸣的声音烦扰他们。

"你不晓得"，她又说，"你可以叫人家把这一个位置给了我。"

他呆了半晌，然后表示失望的样子，说：

"这是不可能的！刚才你自己也说这与我没有关系哩。"

她耸了一耸肩，抢着又说：

"你就下楼去向鲍特那富说我要那一个位置……你不要这样不懂世情了！鲍特那富需要钱用。好！既然你有钱拿去弹雀儿，你就借钱给他吧！"

他一时不肯就答应，于是她生气了，说：

"好的！我懂得了：你恐怕洛丝呕你的气……刚才你倒在地上哭的时候，我还没同你说起她；我一说起，话就长了……呃！一个人向女人发过誓，说永远地爱她的时候，决不能在第二天就随便地另找一个女人。唉！伤痕在这上头了，我想起来了！……亲爱的，米让夫妇乃是最可憎恶的了！在未跪在我跟前的时候，你应该先与他们绝交再说！"

他叫苦连天，终于能够插进一句话了：

"呃！我不稀罕洛丝，我即刻就丢了她。"

在这一点，娜娜似乎满意了。她又说：

"那么，你还有什么为难的地方呢？鲍特那富是主人……你可以说除了鲍特那富之外还有福歇利，但是……"

她把声音变慢了，因为她说到了不容易开口的地方。摩法低了头，一声不响。原来他对于福歇利与伯爵夫人往来很密的事，故意装作不知道，渐渐也就安心，希望从前在台布路辛苦地熬了的一夜，乃是他自己疑心生暗鬼之所致。然而他到底憎恶他，只是敢怒而不敢言罢了。这时娜娜冒险宣战，要看丈夫比情郎如何，于是她又说道：

"好！怎么样？福歇利并不是一个魔鬼！他是好说话的。其实他也是个好人……呃？你晓得了吧？你同他说叫他留那位置给我。"

摩法听说要他这样去运动，他就心中不忿起来了。

"不行，不行，决不！"他说。

她在等候着。她想要说这么一句"福歇利不能拒绝你的",但是她觉得这话未免过火了些。不过,她微笑了一笑,这一笑很奇怪,便等于说了那一句话。摩法抬了头望她,又把头低了,面色大变,很难为情。

"呀!你不是殷勤的人!"她终于说了这么一句。

"我不能!"他很悲哀地说,"你要什么都可以,只这一层我做不来。唉!我的爱神,我哀求你。"

于是她即刻争辩起来。她把纤纤的双手按仰了他的头,然后弯了腰,把嘴合着他的嘴,给了他一个长吻。他在她的下面打寒战,闭了眼睛着了迷。于是她把他拉起来。

"去吧!"她简单地这么说了一句。

他走向门口,正要出去,她又把他拥抱着,装做温柔和顺的样子,昂了头,把下巴摩擦他的裤子。

"那公馆在什么地方?"她很低声地问,有喜悦而惭愧的样子,像一个孩童起初不要好东西,后来又开口要求似的。

"在维利耶路。"

"那边有的是车子吗?"

"是的。"

"又有绫罗锦绣与钻石吗?"

"是的。"

"唉!我的小狗,你真是个好人!你须知,刚才我说的乃是吃醋的话……我同你发誓,这一次决不像前次了,因为现在你知道女人需要的是什么了!一切都由你供给,是不是?那么,我用不着什么人了……呃!现在只有你!你,你,你!"

她在他的脸上与手上吻了又吻,然后把他推出了门口,她自己喘气一会儿。唉!这不爱清洁的马第尔德的化妆室是多么臭啊!冬天的太阳照进来,气候温和,竟像勃罗旺斯的一间卧房;但是脂粉的臭气实在太重了,而且还有其他不干净的东西。她把窗子开了,重新又把肘凭着窗子,审视着屋顶的玻璃,以减省等待的辛苦。

楼梯里的摩法却踽踽地走,耳边轰轰作响,他打算怎样说呢?这与他没有关系的事情,叫他如何开口?他到了戏院里,忽然听见了一场吵闹,原来大家正在做完第二幕,福歇利想要把普鲁利耶的戏词减少了一段,所似他生起气来,嚷道:

"那么,请您都删去了吧!我觉得更痛快些!……怎么!我没有两百行,人家还要删!……不行!我受够了,我不干了!"

他从衣袋里取出一张揉皱了的字纸,放在手里搓弄,作势要摔给哥赛尔。他为虚荣心所驱使,面色变白了,嘴唇变薄了,眼睛冒火了,掩饰不住心中的愤激。普鲁利耶是包厢里的人们所喜欢的美男子,竟只唱两百行的戏词!他很痛心地又说:

"您为什么不叫我做个跟班,用托盘捧书信呢?"

鲍特那富因为他很能招徕包厢里的女人,不好怎样得罪他,于是说道:

"哎呀,普鲁利耶,请您客气些吧。不要开口闹人家吧……人家还要替你找着戏词。福歇利,是不是?您给他加上些戏词……到了第三幕,我们竟可以增加一出呢。"

"那么",普鲁利耶说,"我要闭幕时的最后一句话……人家总应该把这个给我吧!"

福歇利不作声,有默认的样子。于是普鲁利耶把戏词放进了衣袋里,然而他还是老大不高兴。在他们争吵的当儿,波士克与方丹都表示不关心的样子:各有各的事,事不关己便不必出头。这时伶人们都围绕着福歇利,问他,找话恭维他;米让却静听普鲁利耶喃喃地埋怨着,同时他很关心地窥伺摩法是否回来,所以摩法一进来,他就看见了。

伯爵在黑暗里停了脚步,踌躇了半晌,不敢撞见他们吵嘴。但是鲍特那富一眼看见了他,便走近他,说:

"呃?您看这一班人!伯爵先生,您不晓得,我好容易同他们周旋！他们一个个都是要比人高一等；他们也死要钱，所以常常吵闹，我辛苦，他们就快乐了……对不起，我的脾气发了。”

他住了口，大家静默了一会儿。摩法找话转弯，然而他找不着什么话，终于径直地说了出来：

“娜娜想要扮演那公爵夫人。”

鲍特那富吓得一跳，嚷道：

“好了吧！她不疯了？”

后来他注视伯爵，看见他的面色大变，有心烦意乱的样子，他即刻变为安静了。

“吓！”他只简单地这样说了。

大家又静默了一会儿。其实他不管是谁扮演。也许这肥胖的娜娜扮演那公爵夫人还更有趣呢。再者，这么一来，他便可以抓住了摩法了，所以他不久就决定了主意，转身叫道：

“福歇利！”

伯爵作势止住他。福歇利也不听见，他挨近方丹的丑角的衣服，正在教他怎样扮演达第。方丹知道达第和是马赛人，要带马赛口音，于是他模仿马赛的口音。他把戏词都念过了，问是不是这样。他自己也怀疑起来，似乎想要虚心受教。但是福歇利很冷淡地对待他，而且指摘他许多错处，所以他即刻心中不忿起来！好的！既然他不懂得剧情，为众人的好处起见，他还是不出台的好！

“福歇利！”鲍特那富又叫。

于是福歇利走开了，他欣幸趁此离开了那讨厌的方丹；方丹看见他匆匆就走，觉得他瞧他不起。只听得鲍特那富又说道：

“我们不必停留在这里，到那边去吧，先生们。”

为着避免窃听起见，他把他们二人领到戏院后面的收拾房里。米让诧异起来，目送着他们走了。他们走下了几个阶级，原来这是一间正方形的屋子，两个窗子对着天井。肮脏的玻璃上透进了一道微光，在很低的天花板下成为淡白的颜色。屋子里有许多格架

子,架子上有种种的什物,乃是从拉白路的旧货店里买来的。其中
有许多盘碟,与纸造的金杯;又有很旧的红色雨伞,与意大利的瓮
子,以及种种形式的时钟、托盘、墨池、手枪、抽气筒等物。这些都
是破旧的东西,层叠着,上面还有拇指般厚的一层尘埃掩盖着,叫
人认不出是什么东西。这是五十年来所演过的剧本剩下来的物
件。其中有铁锈的气味、破布的气味、潮湿的纸器的气味,真是臭
得不堪。

"请进",鲍特那富说,"至少我们可以说体己话了。"

伯爵很难为情,走开了几步,让鲍特那富与福歇利商议。福歇
利诧异地问道:

"什么事?"

"呃",鲍特那富说,"我们忽然有了一个主意……您不要忽略
了。这是很要紧的……您以为娜娜扮演那公爵夫人怎么样?"

福歇利吃了一惊,嚷道:

"呀,不行! 是不是? 这真是笑话……岂不令人笑煞!"

"呃! 惹得人家笑的时候已经是很不错的了……亲爱的,请您
考虑考虑吧……这主意很能博得伯爵的欢心。"

摩法要掩饰他的烦乱的心情,便从木板上的尘埃里拾起了一
件东西,这东西似乎是他所不认识的。原来这是一个鸡蛋盅,盅脚
是用石灰改造了的。他也不看是什么东西,只拿在手里,上前
说道:

"是的,是的,这一定是很好的。"

福歇利转身向他,现出老大不高兴的样子,以为伯爵与这戏剧
毫无关系,于是他干脆地说:

"决不! ……娜娜扮淫妇是尽可以的,至于正气的妇人,她不
行! 岂有此理!"

"您误会了,先生",伯爵大着胆说,"恰好刚才她还在我跟前扮
了一个正气的妇人……"

"在哪里?"福歇利问时,越发诧异了。

"在楼上,一个化妆室里……呃!不错。呀!她扮得真是大方!尤其是她的眼睛一斜……您看,她走过来的时候像这个样子……"

于是他因为热心地想要说服他们,竟忘了形,擎着那鸡蛋盅,便学娜娜走路。福歇利怔怔地望了他半晌:他懂得了,不再生气了。伯爵觉得他的眼神里有嘲笑而且可怜的样子,于是停了脚步,脸上微红。

"唉!这是可能的",福歇利逢迎他的意思说,"她也许扮得很好……不过,这一个位置已经派定了,我们不能从洛丝手里抢回来啊。"

"唉!如果只有这个,让我调停就是了。"鲍特那富说。

但是福歇利看见他们二人合攻他一人,他懂得鲍特那富暗中有利益的关系,于是他不肯示弱,气愤愤地越发激烈起来,要打断这一场谈判。

"呀,不!呀,不!纵使这位置是空的,我也不给她……呃!你们明白了吧?不要再啰唆罢……我不想杀了我的剧本。"

大家难为情,静默了半晌。鲍特那富以为自己在场不方便,于是走开了,伯爵低了头,后来又勉强抬了头向福歇利说,声音渐渐变坏了:

"亲爱的,假使我求您帮忙做了这事,好不好?"

"我不能,我不能。"福歇利执拗地说。

摩法的声音更硬了:

"我请求您……我要这样!"

他说着,把眼睛盯着他。福歇利看见他的眼神里有威吓的样子,忽然让步了,吃吃地说了些模糊的话:

"随您的便吧,我不管……呀!您多管事了。将来您看,将来您看……"

此刻他们越发难为情了。福歇利背倚着一个架子,很烦躁地顿脚。摩法把那鸡蛋盅在手中打滚,似乎很注意地审视着。

"这是一个鸡蛋盅。"鲍特那富走来殷勤地说。

"呃?不错,这是一个鸡蛋盅。"伯爵说。

"对不起,您满身染了尘埃了。"鲍特那富说时,把那鸡蛋盅放回原处,"您是懂得的,假使要天天打扫尘埃,岂不麻烦死了……所以这里不很干净,零乱得很,是不是?……呃,您相信不相信?这里头还值得不少的钱呢。请看,请看这一切。"

他把摩法领去参观那些架子,在天井里射进来的微青的阳光里,他把那些什物一件一件地说出了名字,笑着说是希望教他开个杂货店。当他们回到福歇利跟前的时候,鲍特那富安静地说:

"您听我说,既然我们都同意了,我们就把事情办妥了吧……呃?"恰巧米让来了。

原来米让已经在走廊里徘徊了半晌。鲍特那富与他商量修改条约,只一开口,他就生气起来,说这是不名誉的事情,要误了他的妻子的前程,他非打官司不可。然而鲍特那富很安静地同他说了些理由:说他觉得这位置配不起洛丝,他宁愿把她保留到《小公爵夫人》演完之后,再给她主演一本歌剧。米让还是一片声吵嚷着,于是鲍特那富突然愿意解约,说戏狂剧场出高价聘他的妻子,她尽可以到那边去。米让一时愤激,并不否认人家聘她,却表示他藐视金钱;既然人家聘他的妻子扮演那公爵夫人爱莲,她就非扮演不可,他做丈夫的便牺牲了财产亦所不惜,因为这是名誉的关系。大家争论到这上头,更争不出一个结局。鲍特那富说来说去,只说这一个理由:既然戏狂剧场愿意给洛丝每晚三百法郎,而且演一百次;而在陆离戏院的时候她只有一百五十法郎,现在他让她走了,她可以多赚一万五千法郎。然而米让却在艺术方面说话:假使人家看见洛丝失去了位置,岂不惹起许多闲话吗?人家会说她担任不起,所以院中经理不得已而另请别人替代。这样一来,她的艺术的声价岂不降低了？不行，不行，决不！名誉比金钱还要紧些！忽然间，他又表示一种妥协的办法：说如果人家给他一万法郎赔偿损失，他便叫洛丝到戏狂剧场去。鲍特那富听了，不知如何是好；米让却把眼睛盯着伯爵，安静地等候着。摩法见米让如此说法，心里便松快了，说：

"那么，一切都妥当了。我们大家都是好说话的。"

鲍特那富是一个做生意的人，听了伯爵的话，便生气地说：

"呀！不行！岂有此理！这岂不是傻子做的事情？丢了洛丝，要花一万法郎吗？人家岂不看轻我了？"

伯爵不住地点头，命令他应承。他还踌躇了半晌：这一万法郎虽不是从他自己的荷包里挖出来的，然而他也可惜，喃喃地埋怨着。末了，他才恶狠狠地说道：

"也罢，我是没有不愿意的。至少我可以摆脱了你们。"

方丹已经在天井里偷听了一刻钟，因为他很会捣鬼，所以下了楼来偷听，听懂了之后，他又上楼报告洛丝。说人家正在说她的坏话。她听了便跑到那收拾房里来。众人都住口了。她怔怔地望着那四个男人。摩法低了头，她把眼睛质问福歇利，他也只垂头丧气地耸了一耸肩，算是答复她。至于米让呢，他与鲍特那富争论条约的内容。

"什么事？"她用简单的声气问。

"没有什么"，她的丈夫说，"鲍特那富给我们一万法郎，要收回你的位置。"

她发抖了，面色大变，捏着双拳。一霎时，她把眼睛狠狠地望着米让。平日的时候，关于谋生的事情，她很柔顺地听从她的丈夫，任凭他同戏院经理或她的情郎们订条约；这一次她却非常地发怒了，她对着他的面只嚷了这么一句，像打他一鞭似的：

"唉！你真是一个没志气的人！"

她说着就走了。米让吃了一惊，连忙去追赶她。怎么？她不疯了？他低声地同她说：这一方面有一万法郎，那一方面有一万五千法郎，共是两万五千法郎，这是一宗好生意！无论如何，摩法是丢了她的了；乐得用一个好手段，从他的翼上拔下一根最后的羽毛来。但是洛丝气愤地只不理他。米让本来不怕他的妻子着恼，也就离开了她。这时鲍特那富已经领着福歇利与摩法回到戏院里，他便向鲍特那富说：

"我们明天签字吧。请您把钱预备好。"

恰巧娜娜得了拉布迭特的报告，扬扬得意地下楼来了。她扮出一个正气的妇人，做出大方的态度，给这些糊涂虫看一看，好教他们晓得她愿意做的时候谁也比不上她。但是她险些儿受了累：洛丝一眼看见她，便扑在她的身上，喘着气吃吃地嚷道：

"你，我将来再找你……我们两个一定要算一算账，你晓得不晓得？"

娜娜突然遭了这一打击，一时忘了形，几乎要把手叉着大腿骂她做一个淫妇，然而她终于忍了气，仍旧装着大方的态度，像一个侯爵夫人快要踏着一片橘子皮似的，努力把声音变委婉了，说：

"呃？什么？亲爱的，您不疯了？"

于是她继续地表现大方；洛丝走了，米让跟着她走，几乎认不得是她了。克拉丽丝快活得很，因为刚才鲍特那富已经答应给她扮演奢辣尔婷。福歇利的神气黯淡，把脚踏着地下，不肯就离开了戏院。他的戏剧糟了，他要想法子补救。娜娜走来，捏住了他的手腕，把他拉得很近她的身边，问他为什么觉得她这样可怕，她不会吃了他的剧本啊。她说得他也笑起来，于是她又隐隐地说如果他要在摩法家中活动，而又与她不和，这就是他呆。假使她记不得戏词，她有的是提戏人；而且他把她看错了，她将来一定很能卖座呢。这时大家商量好，叫福歇利把公爵夫人的戏词减去些，好添些给普鲁利耶。普鲁利耶真是欢天喜地。娜娜这一来，许多伶人得了快乐，只剩有方丹冷冷的。他坐在那小架子的黄色灯光之下，越显出他的山羊的脸孔；他在假装没有人理他的样子。娜娜安然地走近了他，同他握了一握手，说：

"你好吗？"

"呃，还不坏。你呢？"

"我很好，谢谢。"

这就完了，他们好像是昨天在戏院门口才分别了似的。这时伶人们还在等候着；鲍特那富说今天不试演第三幕。波士克恰是这一次偶然不迟到，便喃喃地埋怨说：人家用不着他们还要留他们在戏院里，以至于枉费了整个下午的时间。于是人人都走了。到了下面的街道上，他们见了日光便连眨眼睛，像瞎了似的。他们似乎是到了一个地窖里经过了三个钟头，一味争吵，所以弄得脑筋紧张了。伯爵的筋折了，头空了，与娜娜一块上了车，同时拉布选特把福歇利领了去，一路上劝慰他。

不久以后，《小公爵夫人》第一次开演了，这竟是娜娜的一场大祸。她表演得很不好，她勉强装腔作势，观众借此取乐。人家不喝倒彩，因为人家看来很开心。洛丝在近台的包厢里，每逢她的敌人登台的时候，她用一种尖锐的笑声笑她，惹得全座耸动。这是第一次报仇。到了晚上，娜娜独自一人伴着摩法的时候，看见他很伤心，便气冲冲地说道：

"唉！好一班狐群狗党！这一切都是妒忌的关系……呀！他们不晓得，我哪里怕这个？……难道我现在还靠他们吃饭不成！……呃，他们尽管笑，我拿出了一千法郎，便可以把他们引诱了来，在我跟前舔地上的泥土！……是的，我要教全巴黎都看我做一个阔气的女人！"

第十章

从此以后,娜娜变成了一个阔气的妇人。她突然出了风头,因为她的金钱与美貌,全巴黎都知道了她的名字,她不久就与巴黎所最爱的妇人们并驾齐驱。商店的门面有她的相片,报纸上也常常有人说起她。当她坐着车子经过马路的时候,人人都回头望她,说出她的名字,大众感动,俨然像民众欢迎皇后。娜娜躺在车上快活地微笑,表示与民众很熟的样子;她的衣服辉煌,眼边带着青痕,唇上染着胭脂,头上烫的是金黄的美发。最不可思议的乃是:这肥胖的女子在戏台的做作很笨,她一扮演正气的妇人就很滑稽;然而她在城市的时候却真的像大家的风范,毫不费力。她是毒蛇般的柔软,好猫般的大方,总之,她是淫妇队里的贵族,掌握了整个巴黎,做一个无上权威的女主人。她的一言一动,总有许多贵族的妇人模仿她。

娜娜的公馆在维利耶路嘉定路口,这是一个奢华的地方,旧时的蒙梭平原,现在成为贵族所住的区域。有一个少年画家,初次成名便疯狂起来,建筑了一所住宅,后来住不得几天,又不得不发卖了。这住宅是文艺复兴时代的样式,外面像一个王宫,里面划分得很新奇,有现代的种种方便,却有与别家不同的地方。摩法伯爵买来做娜娜的公馆的时候,已经是布置好家具的了:这里头有的是一大堆的古玩,东方式的美丽的壁毡、古式的桌子、路易十三式的大安乐椅子等物。娜娜到了这艺术化的陈设里,古色古香,件件都是很雅的东西。但是,宅子中间的很大的画室对于娜娜没有用处,所以她把它改造,只在楼下保留着一个花厅、一个大客厅、一个饭厅,却在第一层楼布置一个小客厅,在她的卧房与梳妆室的旁边。她这种意见竟令建筑师吃惊,巴黎马路上的女子竟这样会鉴赏风雅。总之,她并不怎样把宅子弄坏了,甚至于能增加家具的美观,只嫌有些艳丽过度的地方,未免显得她是当年在商店门面徘徊欣赏的一个卖花女。

天井前的长檐下,有地毯铺着台阶。人家一到了通过室里,便有一种紫罗兰的香气扑鼻而来,很厚的壁毡里也蕴藏着一种温暖的空气。一个黄红两色的大玻璃窗,把一种金光照着那广阔的楼梯。在下面,有一个木塑的黑奴捧着一只银盘,盘上满是宾客的名片。又有四个大理石塑的女子,双乳裸露,双手擎着灯台。通过室里与平台上,有波斯古毡垫着的小横炕,法国古毡的靠背椅子,把第一层楼弄成一个外厅,炕上与椅子上常有男人们的外套与帽子。毡毯等物消灭了脚步的声音,像一个教堂,门户关上了,静寂中含着神秘。

那大客厅是路易十六式的,太奢华了,所以娜娜不轻易开门,须等到王宫里的或外国的贵人到来的时候,才在这里开盛大的夜会。平日的时候,娜娜须到了吃饭的时间才下楼来。当她独自一人在饭厅里吃饭的日子,她有几分感觉得空虚。这饭厅很高,厅里有一张古桌,桌上有许多古时的瓷器与银器。她吃了饭便忙着上楼,在三间房子——卧房、梳妆室、小客厅——里过生活。她已经把卧房修改过两次了,第一次用淡紫的缎子做壁毡,第二次用蓝色的花纱;然而她还不满意,她觉得没有浓味,所以她再想法子修改,一时还想不出。床低得像一张沙发,花了两万法郎。家具漆的是白色与蓝色,镶着银网子。到处有些白熊皮垫在地上,太多了,竟掩住了地毯,因为娜娜自小有了一种怪脾气,要坐在地上脱袜子,现在还改不了这习惯。卧房的旁边乃是小客厅,这厅的陈设混杂得有趣,是很妙的艺术化。壁上铺的是桃红色的、金线绣的彩绸;厅里陈列着许多珍品,各国的、各式的都有,譬如意大利的小屋子、西班牙与葡萄牙的钱柜子、中国的宝塔、日本的屏风,都是珍贵的东西。又有好些瓷器、铜像、刺绣品等物。此外还有床一般大的安乐椅,床坳一般深的横炕。这活像宫妃们的迷楼,舒服得令人欲睡。这厅有的是种种古雅的颜色,除了几张艳丽的椅子之外,没有一件东西显得主人是一个荡妇。然而却有两个小塑像,一个是只穿着衬衣的女人,在寻觅她的虱子;另一个将手当做脚走路。这两个新奇的塑像便够把这小客厅染污了。客厅的旁边,从差不多常常开着的门看过去,便可以看见那梳妆室,室中的什物都是大理石做的或玻璃做的,浴盆里有一个白色的受水盆,水壶与脸盆都是银做的,还有许多象牙与水晶的装饰品。窗帷闭着,室中只有淡白的阳光,娜娜的香气从这里直透到天井,整个公馆都被她催眠了。

　　宅中的设备乃是一件难事。娜娜有的是索爱,这丫头始终尽心于她,早已料到有这发达的一天,所以安然地等候了几个月。现在索爱是扬扬得意的了,她是宅中的管家,自己贮蓄金钱,同时又尽量很忠厚地服侍夫人。但是一个女仆是不够的;还需要一个酒席主任、一个车夫、一个门房、一个女厨子。再者,又要创办一个马厩。于是拉布逆特努力献殷勤,凡是伯爵所讨厌的事情他都甘心担任奔走。他去找马贩子买马,又到车行里买车,人家往往遇见他揽着娜娜的臂同去购买,好逢迎她的意见。甚至于奴仆们也是由他荐来的:车夫查理是从哥伯洛斯公爵家里出来的,是一个快活汉子;酒席主任余良的头发烫得很好,而且笑容满面;又有一对夫妇,女的名叫维多林,做女厨子,男的名叫福朗素华,做门房,兼做跟班。福朗素华穿的是短裤子,脸上搽着粉,上衣披着娜娜赐给他的号衣,这衣是浅蓝色的,袖章却是银色的;他在通过室里接待宾客。这竟是王妃的派头了。

　　到了第二个月,宅中设备好了,一共花了三十万法郎。马厩里有八匹马,车房里有五辆车子,其中有一辆是银车,一时压倒巴黎。这么一来,娜娜就有了巢穴。《小公爵夫人》演到第三次之后,娜娜便与陆离戏院脱离;鲍特那富虽则得了伯爵的金钱,仍旧免不了在破产的恐慌中挣扎。她虽则不稀罕做戏,但是因为这一次表演失败,心中未免郁郁不乐。更加上了方丹那一次的教训,她更痛恨男人,所以现在她说经过了古怪的嗜好的苦味之后,她变成很强的人了。但是她有的是鸟儿的头脑,并不执定要报仇。除了愤怒的时间之后,她有用钱的嗜好,却又藐视给她钱的男子,她仍旧是一个败家精,累得情郎们破了产,便越发自负了。

娜娜第一着便先把伯爵驾驭住,她把他们交际的章程规定了。他每月给她一万二千法郎,赠品在外,而他只要求她绝对地不二心,作为交换的条件。她呢,她发誓说她决不二心;但是她要求他尊重她的人格,完全地顺从她的意志,容许她有女主人的绝对自由。所以她将来天天可以接待宾客;他非在规定的时间之内不许到来。总之,对于任何的事情,都要他有盲目的信仰。他因为妒忌心重,一时踌躇不就应承,她便假装有自尊之心,说要把一切都奉还了他;同时又把小路易赌咒,说"这样还不够吗?""恋爱场中是不能不尊重人格的!"度过了第一个月之后,摩法已经尊重她了。

但是她得寸进尺,有求必得。不久之后,她竟令伯爵相信她是一个好心人。当他郁郁不乐地到来的时候,她便设法令他快乐;先问他有什么心事,然后向他进忠告。她渐渐管到他家里的事情,他的妻子、他的女儿、他的精神上的现状与经济上的现状,一一由她评判,她的话十分公平,显得是一个忠厚的女人。只有一次她为爱情而生气,因为他告诉她,说大约不久达克奈就要向他家请求与他的女儿爱斯迭尔结婚。自从伯爵披露了之后,达克奈自以为有手段,同她绝交,把她看做一个坏女人,所以现在她就诽谤她的旧情哥儿:说这是一个专吊膀子的男人,他的财产都给他同些坏女人们吃光了;说他没有道德,他虽则不要女人给他的钱,却利用别人的钱,只有些时候他送人家一个花篮或请人家吃一顿饭。伯爵听了,似乎觉得这些弱点都是可以原谅的,于是她老实不客气地说达克奈同她睡过觉,加上了许多刺耳的秽语。这样一来,这一头亲事竟不成问题了。好!这样惩戒他一次,好教他下次不再忘恩背义!

公馆里的家具还不十分完备。有一天晚上,娜娜给了摩法许多山盟海誓,说她绝对不二心。摩法走了之后,她竟留王多弗尔伯爵在宅中住下。半个月以来,王多弗尔天天来拜访她,送花给她,殷勤地追求她,她终于顺从了,这并不为的是嗜好,只想要表示她是一个自由的人。然而后来她又起了谋利之心,因为第二天王多弗尔帮助她付了一笔账目,乃是她所不肯要摩法开支的。她尽可以在王多弗尔身上每月取得八千或一万法郎,作为她的零用钱,倒是很有益处的。这时王多弗尔正在大肆疯狂,将要把他的家产变卖净尽了。他的马匹与绿西已经吃了他的三个田庄,现在娜娜快要把阿米堰他的府第一口吞下了肚子里。他忙着打扫精光,直变卖到费理伯·奥古斯特时代的他的祖宗所建筑的城楼的残余。他越败家,越发狂,觉得把这最后的财产给了这全巴黎所垂涎的女人,倒是一件痛快的事情。他也像摩法一般地接受娜娜的条件,容许她绝对的自由;他只在规定的日子来寻欢娱,而且不像摩法那样不懂世情,要求她发什么盟誓。摩法是什么都不知道的。至于王多弗尔呢,他分明晓得;但是他始终不曾说一句隐语,假装一切都不知道。他的笑口常开,显得是一个及时行乐的人!他不要求那不可能的事,但愿他得了他的时间,而全巴黎也知道,就好了。

到了现在,娜娜的公馆的确设备好了。宅中的人物齐了,马厩里、厨房里、娜娜的卧房里,都有了人。索爱把一切都安排好了,意外的艰难一到了她的手里就都办妥;像一个戏院,像一个政府,一切都是井井有条的。事事都施行得很准确,所以起初的几个月竟没有什么冲突或紊乱的地方。不过,索爱给夫人累够了,夫人一时不小心,或一时脾气发,都是索爱吃亏,因此她渐渐松懈了些,而且她又注意到：当夫人做错了一件事要她补救的时候，她便可以于中取利，于是她在浊水里捞金钱，一个一个的路易都到了她的手里。

有一天早上，摩法还没有从卧房里出来，索爱已经把一个周身发抖的男子领进了梳妆室里，娜娜正在那里换衬衣。

"呃？原来是小娃娃！"娜娜吃惊地说。

这果然是乔治。他看见她只穿着一件衬衣，赤裸的双肩承着金黄的头发，他即刻奔上前来揽住了她的颈，把她到处狂吻。她吃惊地挣扎着，气喘喘地、断断续续地说道：

"快放手！他在这里呢！你真糊涂……您呢，索爱，您不疯了？快把他领出去吧！您把他留在下面，让我想法子下楼来。"

索爱只好把他推出去了。等一会儿，娜娜躲了空儿，下了楼来，到饭厅里会见他们，便把他们二人都骂了一顿。索爱心中不忿，努起嘴唇走了，走时还喃喃地说她本来想要博得夫人的欢心。乔治怔怔地望着娜娜，他得与她重逢，快乐极了，一双美丽的眼睛里蕴着泪珠。现在是苦尽甘来的时候了，他的母亲以为他老成了，便允许他离开了芳呆特村，因此，他一出了火车站，即刻叫了一辆车子，赶来与他的爱人接吻。他说他愿意像当年在美若德村一般，在卧房里赤着脚等候她，一辈子不离开她。他 面说，一面动手，因为他与她分别了一年，现在须要摸她一摸了。他捏住了她的双手，直搜进了她的梳妆衣的阔大的袖子里，摸到肩头为止。

"你始终爱你的小娃娃吗？"他用孩子的口气问。

"当然，岂有不爱的道理！"她说时，突然挣脱了身，"但是你并不先通知我，你就来了……好孩子，你须知，我是不自由的，你应该规规矩矩的才好。"

乔治下车进门的时候，因为一时满足了许久的期望，神志昏迷，竟不曾看见他所到的是什么地方。此刻他清醒了，便觉得周围的景象都变了。他审视那奢华的饭厅，则见很高的天花板是有雕刻的，碗橱上摆放着许多银器。

"呀！是的！"他悲哀地说。

她吩咐他千万不要在早上到来。下午四时至六时是她接见宾客的时间，如果他要来，可以在这时间内到来。他怔怔地望着她，现出要向她询问什么的样子，却不敢问；她便在他的额上吻了一吻，表示她的好心，说：

"你要规规矩矩的，我一定尽我的能力。"

实际上是她再也不喜欢这事儿了。她觉得乔治是一个可爱的孩子，她愿意要他做一个朋友，如此而已。然而他天天在四点钟到来，似乎十分可怜，所以她往往让步，把他留在衣橱里，仍旧让他撷拾她的丽质的一涓一滴。他再也不离开公馆了，他像那小狗珍珠一般地熟，两个都在娜娜的裙底嗅取余香；虽则当她有另一个人的时候，她偶然觉得寂寞无聊，也就与他稍为温存，他便欢天喜地，欣幸得了意外的恩宠了。

胡恭夫人大约是听说乔治仍旧落在这坏女人的手里，所以她赶到巴黎来求她的另一个儿子费理伯的援助。原来费理伯此时已经升了陆军中尉，在万生的军营里。乔治来巴黎是不给他的哥哥知道的，现在他的母亲告诉了他的哥哥，他便悲闷起来，生怕费理伯用强。他因为太爱娜娜了，遇事必坦白地告诉她，所以从此之后他同她谈话的时候无非说及他的哥哥，说他是一个硬汉，什么事情都敢做的。

"你懂吗？妈妈是不会到你家来的，然而她却会差我的哥哥来……对了，她一定差费理伯来找我的。"

第一次的时候，娜娜气愤不过，冷冷地说：

"岂有此理！我倒要看一看！哪怕他是一个陆军中尉，福朗素华会替你把他摔出了门口去！"

后来乔治还说起他的哥哥，说了又说，她终于打听费理伯了。一礼拜之后，费理伯从头至脚都给她认识了：他很高大，很强壮，很快活，只嫌粗暴了些。除此之外，她还调查得了些详细的报告：他

的臂上有许多毛,肩上有一个黑痣。有一天,她幻想着这大汉子到来,又想到她叫福朗素华把他赶出去,想得心热了,便说道:

"喂,小娃娃,你的哥哥不来……可见得他是一个没志气的人!"

到了第二天,乔治独自一人伴着娜娜的时候,福朗素华上楼来请问夫人,是否肯接见陆军中尉费理伯·胡恭。乔治的面色变了,说:

"我早就猜他来呢! 今天早上妈妈曾经对我说起。"

他哀求她吩咐福朗素华回说她不能见客,但是她已经站起来,盛气地说:

"为什么呢? 他以为我怕他! ……好! 我要开他的玩笑……福朗素华,请您让胡恭先生在客厅里等候一刻钟,然后请我下去。"

她不再坐了,只兴奋地踱来踱去,从火橱上的立镜走到梵尔斯的小镜,又在一只意大利的箱子上低头照看她的脸孔。她每次一定斜了一眼,或微笑了一笑。同时乔治坐在安乐椅上垂头丧气,料定有一场大闹,心里非常着慌。她一面走来走去,一面说了些简短的句子:

"这男子等候了一刻钟该是缓和的了……再者,他以为到一个荡妇家来,我的客厅就可以令他惊叹……是的,是的,我的乖乖,请你把一切都细心看一看。这并不是假的,好教你尊重小家的女人。男人们谁不该尊重我? ……呃? 一刻钟过了吗? 不,只过了十分钟。唉! 我们有的是时间。"

她坐立不安了。到了一刻钟,她把乔治赶走,而且叫他赌咒不在门边偷听,因为如果奴仆们看见了他,便失了体统。乔治在走过卧房的时候还用愁惨的声音说:

"你须知,这是我的哥哥……"

"你不要怕",她很自大地说,"如果他有礼貌,我也有礼貌。"

费理伯·胡恭穿着礼服,由福朗素华引进小客厅来。未来以前,乔治遵从娜娜的命令,蹑着脚走过卧房里。但是他听见了人声便踌躇起来,忧心忡忡,他的两腿都软了。他幻想出一场大祸,以为他们一定打耳光,大闹一场,以至将来他永远与娜娜不和,因此他终于不能不回来把耳朵凑在门上。门太厚了,阻住了声音,以至于他听得不清楚。然而他毕竟听见了费理伯的粗暴的声音,似乎在说什么"孩子、家庭、名誉"。他担心于他的爱人答复的话,他的心突突地跳,耳朵轰轰地响。他料定娜娜一定骂他做"肮脏货",或说:"您不要骚扰我,我是在我的家里。"然而他尽管细听,却没有回答的声音,娜娜在厅里像是死了似的。不久之后,他的哥哥的声音竟变温和了。他听不懂了,忽然来了一阵凄凉的声音,令他吃了一惊,原来这是娜娜正在哽咽。在一时之内,他有两种相反的心理:又想要逃走,又想要投入哥哥的怀里。恰巧此刻索爱进了卧房,乔治给她撞见了,心中惭愧,连忙把耳朵离开了那门。

索爱安然地把内衣等物摆放在衣橱里;他呢,不言不动,把额角倚在窗格上,万分担心。大家静默了一会儿,然后她问他道:

"来的是你的哥哥吗?"

"是的。"乔治愁惨地说。

大家又静默了一会儿。

"你因此很担心,是不是,乔治先生?"

"是的。"他仍旧很愁惨地说。

索爱并不忙。她把些花纱折好了,然后慢慢地说:

"您错了……夫人会把这事弄妥了的。"

这就完了,他们二人不再说话了。但是她还不离开卧房。又过了一刻钟,她掉转了身子,看见乔治更加愁闷,更加怀疑。他斜着眼睛向客厅里望去。他们在厅里这许久,做些什么呢?也许娜娜始终还在哭着。大约他的粗暴的哥哥打了她了!所以他等到索爱走开了,即刻走到门边,又把耳朵凑在门上。他一听时便吃了一惊,原来他听见他们都很快乐,有温柔的私语声,娜娜又吞吞吐吐地笑,像是被人家搔胳肢窝似的。而且不久之后娜娜便把费理伯送到楼梯边,大家说了些珍重道别的话头。

当乔治敢进了客厅之后,看见娜娜正在对镜站着。

"怎么样?"他很担心地问。

"怎么!有怎么样?"她答时,并不转身。

后来她又毫不着意地说道:

"你刚才说的是什么话来?你的哥哥客气得很呢!"

"那么,事情妥当了吗?"

"当然妥当了啦……呀!你怎样猜的?你以为我们会打起架来吗?"

乔治仍旧不懂,吃吃地问道:

"我似乎听见了……你没有哭吗?"

"哭吗?我吗?"她说时,把眼睛盯着他,"你做梦了,我为什么要哭呢?"

倒是乔治怕起来了,因为她把他大闹了一场,骂他不遵她的命令,却在门后偷听。她同他赌气之后,他却柔顺地同她温存,想要晓得真相。

"那么,是我的哥哥哭了?……"

"你的哥哥即刻看见了他是在什么地方……你须知,我尽可以是一个荡妇,也怪不得他来干涉,一则因为你的年龄,二则因为你家的名誉……唉!我是懂得这些心理的……但是他只放眼一看,立刻晓得他误会了,便守着上流人的规矩……所以你不必担心了,一切都完了,他要回去叫你的妈妈放心呢。"

她笑了一笑,又说:

"再者,将来你可以在这里会见你的哥哥……我已经邀请了他。他一定会再来的。"

"呀!他还再来!"他说时,面色又变了。

他不多说一句,于是大家不再提起费理伯了。她穿衣预备出门,他把他的含愁的一双大眼睛注视她。当然,他欣幸事情弄妥了,因为他宁愿死,不愿分离,但是在他的内心深处却有一种隐忧,一种深痛,只不敢说了出来。他始终不知道费理伯说些什么话安慰他的母亲,三天之后,她竟表示满意的样子,回芳呆特村去了。当天的晚上,他在娜娜家里,忽听得福朗素华报说陆军中尉到,把他吓得一跳。费理伯很风流地说笑话,把他当做一个特许逃学的顽童看待,不觉得有什么重大的关系。他呢,他的心如刀割,不敢动一动,听了一句,脸上就红了一红,像一个少女。原来费理伯比他长了十岁,他很少与他过友谊的生活;他把他看做与父亲同辈,不敢给他知道女人的事情。他看见他哥哥这样强壮的人,一时纵欲,竟很自由地与娜娜高声说笑,自己觉得十分惭愧不安。但是,自此之后,费理伯天天到来,乔治终于稍为养成习惯了。娜娜大放光辉了。这是新人宅的浪漫生活,宅中除了家具之外便是许多男人。

　　有一天的下午,胡恭兄弟都在娜娜家里,摩法伯爵不守规定的时刻,竟也到来。但是索爱回说夫人有朋友在家,于是他不进门就走了,假装一个识事体的男人。当他晚上再来的时候,娜娜生了气,冷冷地招待他,自己显得是一个被凌辱的妇人,说:

　　"先生,我做的事,没有什么值得您侮辱我的……您听我说!下次我在家的时候,请您像众人一般地进来!"

　　伯爵瞠目结舌地回答不来,半晌才说:

　　"但是,亲爱的……"他努力想要解释。

　　"您想要说因为我有客在家,是不是?对了,有许多男人!但是您以为我同那些男人们干什么?……您假装识事体的情郎,便显得我不端正!我不愿意人家替我挂招牌!"

　　他好容易才得她恕罪了,其实他因此十分欢喜。她专靠这样的吵闹把他屈服。许久以来,她常常谈起乔治,说这孩子很能令她开心。她请他与费理伯吃饭,伯爵也表示很客气。散了席之后,他把乔治拉到一边,问他母亲的消息。从此之后,胡恭兄弟、王多弗尔、摩法四人在娜娜家里都是过了明路儿的,他们见面握手,成为知己的朋友。这样一来,更方便些。只有摩法还识事体,不肯常来,一来就像一个外人来拜访似的,十分庄严有礼。夜里的时候,娜娜坐在地上的熊皮之上脱她的袜子,摩法便很有友谊地谈论那三个人,尤其是赞叹费理伯,说他是非常忠厚正直的人。

"这是真话,他们都很可爱。"娜娜说时,仍旧坐在地上换衬衣,"不过,你须知,这因为他们晓得我的为人……只要他们一句话说得不对,我可以马上替你把他们摔出门口去!"

娜娜虽则过的是这样繁华的生活,有了这许多男人奉承她,她还觉得闷得要死。在夜里,她在每一分钟都有男人,梳妆台的抽屉里满是金钱,与梳子刷子混杂着。但是她再也不满意这个了,她总不免感觉空虚,想要打呵欠。她的生活是单调的,总觉得没有事做。"明天"是不存在的;她过的是鸟儿的生活,自信天天有的吃,而且随便遇着什么树枝都可以栖止。人家担任赡养她,她整天清闲,在家里躺着,竟像一个被关禁的妓女。她每次出门一定坐车子,失去了两腿的功用,于是她回复女孩的嗜好,整天到晚只同"珍珠"接吻,把无意义的娱乐来消遣时间,殷勤地然而疲倦地专候她的男人。她既放浪形骸,心心念念只在她的美貌,所以她天天自己审视,自己洗濯,周身加上了香料,每逢能够裸体便自负起来,所以她无论何时,又无论在何人跟前,都以裸体为乐事,并没有什么害羞的心理。

早上的时候,娜娜在十点钟起来。那苏格兰的小狗珍珠黏她的脸孔,把她唤醒;于是她与它玩了五分钟,它从她的手臂直爬到她的大腿上。摩法伯爵对于这事大大地不满意;珍珠乃是他所妒忌的第一个小男子。一个畜性这样地把鼻子放在被窝里,乃是失体统的事情。后来,娜娜走过了梳妆室里洗一个澡。将近十一点钟的时候,法朗西到来,暂时把她的头发拢起,等到下午再给她细细地打扮。中饭的时候,她讨厌独自一人吃饭,所以她差不多常常邀请马路华夫人。马路华在早上戴着她的古怪的帽子到来,晚上回到她的神秘的生活里——谁也不关心她的生活。但是,最难过的时间乃是从两点至三点,饭吃过了,而又未到梳妆的时间。平常的时候,娜娜向马路华夫人提议打一圈牌;有时候,她看《费加罗报》,看上面有没有戏院的消息与世界的新闻可以引起她的兴趣的;甚至于有些时候她展开了一本书,因为她要研究文学。她的梳妆的时间直到将近五点钟,于是她才从蒙眬里提起了精神,坐车子出去,或在家里招待许多男人们。她往往在外面吃晚饭,夜里睡觉很迟,第二天起来仍旧是一样疲倦,重新又过同一的生活。

她的最好的消遣乃是到巴第诺尔区她的姑母家里看望她的小路易。她往往忘了他几个礼拜,后来忽然想起了,便发狂起来,徒步地赶到巴第诺尔,显得是一个慈母的热情。她像看望病人一般地带了些东西来看望他们:一些鼻烟给她的姑母,一些橘子与饼干给她的儿子。有时候,她从树林里坐着她的大车子到来,她的衣服首饰把那幽静的马路的人们都惊动了。自从娜娜做了贵人之后,洛拉夫人并非没有虚荣心的。她很少到维利耶路去,假说这不是她该到的地方;但是她在自己的街上却扬扬得意,欣幸看见她的侄女穿着四五千法郎一件的衣服到来,而且到了第二天她便整天到晚把娜娜的赠品给些女邻居观看,夸说一个大价目,吓得她们伸了舌头缩不进去。娜娜往往保留礼拜天给她的家庭,到了礼拜天,如果摩法邀请她,她便拒绝了,像一个良家妇女一般地微笑说:"不行,我要到姑母家吃夜饭,看看我的小娃娃。"她尽管这样,那可怜的小路易始终还是害病。他上了三岁了,倒很俏皮。但是从前他的颈后生了一个癣,现在他的两个耳朵竟破烂成脓,她们生怕他这病成为骨疽。当她看见他脸黄肌瘦,皮肤很软,她便起了愁容,她有的是诧异的心理:这孩子为什么如此糟蹋了身子呢?他的母亲的身子不是很强健吗?

在她的孩儿不萦绕她的心绪的日子，她仍旧觉得生活的单调。她游树林，看新戏，在金屋或英吉利咖啡馆吃晚饭或夜饭。一切公共娱乐的地方，民众趋向的所在，如赛马、赌钱，都是她的嗜好。她毕竟把这些无意义的娱乐保留着，因为这好像一阵抽筋，可以令她兴奋起来。她心中虽则有种种古怪的嗜好，然而当她独自一人在家的时候，便伸懒腰，像是非常疲倦的样子。寂寞的生活即刻令她起了悲哀，因为她总觉得心灵空虚，十分烦恼。她的天性是很快活的，从前做戏的时候更快活，现在却变了多愁的人，天天打呵欠，不住地叹道：

"唉！男人们真把我累煞！"

有一天的下午，娜娜从一个音乐会回来，注意到孟麦特路的走道上有一个女人正在走路，鞋子是脱了鞋跟的，裙子是脏的，帽子也被雨水淋透了。忽然间，她认得她了。

"查理，请你停了车子吧。"她向那车夫叫。

然后她又叫道：

"萨丹！萨丹！"

行人们都回头，全路的人都望着她们。萨丹走近来，又给车轮沾污了她的衣服。娜娜不管别人注意她，她竟安然地说：

"好朋友，上车来吧。"

于是她收留她。萨丹周身污垢，竟爬上了那浅蓝色的宝幢车，坐在娜娜的浅灰色的绸衣的旁边。车夫有瞧不起萨丹的样子，路上的人们因此都笑起来。

自此之后，娜娜有了一种热烈的感情，时时刻刻不能忘怀，萨丹就是她的淫邪的媒介。萨丹在维利耶路的公馆住下了，洗濯过了身子，替换过了新衣之后，她费了三天的功夫叙述圣拉赛尔的事情，说姊妹们怎样缠扰她，警察局的肮脏货怎样把她登记了。娜娜听了生气，安慰她，发誓说将来她去找见了总长的时候一定把她救了出来。现在呢，她不必慌忙，人家当然不敢到娜娜家里捉她！此后这两个女人费了几个下午谈说些多情的话头，吻了又笑，笑了又吻，十分相亲相爱。自从拉哇尔路的警察们把她们冲散了之后，现在她们互相调笑，仍旧像当时的情形了。后来到了一天晚上，大家变为严重起来。娜娜从前痛恨洛尔家里，现在她却懂得其中的缘故了。她自己很气愤。恰巧第四天的早上，萨丹竟不见了。没有一个人看见她出去。她穿着一件新衣服逃走了，因为她需要外面的空气，恋念马路上的生涯。

这一天，公馆里起了一场大风雨，奴仆们一个个都低了头不敢出声。娜娜几乎要打福朗素华，怪他不谨守门户。然而她还勉强支持把萨丹骂做淫妇；她得了这一场教训，下次再不肯收留这类肮脏的东西。到了下午，娜娜在房里关了门，索爱听见她哭泣。到了晚上，她突然叫预备好了车子，竟往洛尔家里去，因为她忽然有了主意，以为在殉教路的会食堂里可以遇见萨丹。她去，并不是再要她来，只希望打她几个耳光。后来她看见萨丹果然与罗贝尔夫人同在一桌吃饭。萨丹一眼看见了娜娜，便笑起来。娜娜一时心动，非但不同她吵闹，而且很温柔地对待她。她买了些香槟酒，灌醉了五六桌的人们，等到罗贝尔夫人解手的当儿，便把萨丹拐走了。到了车子上之后她才咬她，威吓她，说下次她再逃走的时候便要把她杀了。

然而这一场把戏还是继续下去。萨丹有的是古怪的嗜好，讨厌公馆里的繁华，所以逃走了不止数十次；娜娜被她骗得怒气冲冲，每次都即刻叫车去追赶她，她说要打罗贝尔夫人的耳光；有一天她甚至于有决斗的念头，因为她们里头有一个是多余的。现在当她到洛尔家里吃饭的时候，她带了她的钻石去。有时候她又引了卫若兰、玛丽亚、奈奈一块儿去，一个个都很有光辉。在黄色的灯光之下，三个饭堂的残肴之间，她们炫耀她们的奢华，欣幸能惊动本区的小女子们，散席时累得她们都站起来送行。这几天那肥胖的洛尔更现出慈爱的脸孔，与她们一一接吻。萨丹遇了这些事情,仍旧保持她的镇静的态度,衬着她的一双蓝眼睛与处女般的脸孔。她被娜娜与罗贝尔夫人咬她,打她,拉她,推她;她只说这是很滑稽的,她们大家妥协不更好吗? 她们尽管打她的耳光,也不济事。她虽则愿意做得面面俱圆,但是她不能把身子割开,分做两个啊。末了,娜娜一则用情太专,二则用钱太多,竟把萨丹争来了;罗贝尔夫人为报仇起见,便写了些匿名书信给娜娜的情郎们,数说她的坏话。

近来的摩法,似乎心中挂虑着一些事情。有一天早上,他很感动地把一封匿名书信放在娜娜的眼底。她只看了前几行,便知道人家告发她,说她背着摩法同王多弗尔、乔治、费理伯三人要好。

"这是假话,这是假话!"她用力地嚷,表示她非常坦白。

"你肯发誓吗?"摩法问时,心中已经宽了许多。

"唉! 你要我把什么发誓都可以……呃! 我如果负了你,我的儿子就不得好死!"

但是这一封书信很长,后面叙述的是她与萨丹的关系,说得很污秽,很残酷。她看完了之后,微笑了一笑,简单地说:

"现在我晓得这信是从什么地方来的了。"

摩法要她也否认这个,她安然地答道:

"这个吗? 亲爱的,这是与你没有关系的一件事情……这于你有什么害处呢?"

她并不否认。他说了些生气的话,于是她耸了一耸肩。他为什么要管这个呢? 这乃是人人所做的事。她说着便指出女友们的名字,发誓说她们都是上流社会的人。总之,这是最平常而且最自然的事。不是真的事情她自然不说是真的,譬如刚才关于王多弗尔与胡恭兄弟的话,他不是看见她发怒吗? 呀! 为了那事,他尽可以有扼杀她的理由;至于这一件不要紧的事,她何苦说谎呢? 她重新又说一句:

"你看,这于你有什么害处呢。"

伯爵还在唠叨,于是她用一种很粗的声音截断了说:

"再者,亲爱的,如果你不满意,这是很容易解决的……门是开着的……我劝你还是顺着我的自然吧。"

他低了头,其实他欣幸得了娜娜的盟誓。她看见她有了权威,便开始不管他了。从此之后,萨丹公然地住在公馆里,与先生们受同等的待遇。王多弗尔用不着匿名书信已经懂得了一切,所以他开玩笑,常常与萨丹争吵吃醋的话头。费理伯与乔治却把她当做女朋友,常常与她握手,说些粗野的话。

娜娜遇了一件意外的事情:因为萨丹逃走了,她到殉教路去捉她,竟捉不着她。她正在独自一人吃饭,达克奈来了,原来他虽则走了正路,有时候不免为淫邪所侵,到这巴黎的污秽的而且暧昧的地方来,希望没有人撞见。所以他一眼看见了娜娜,起先有几分难为情。但他不是一个打退阵的男子,所以他微笑地上前,请求夫人允许他同桌吃饭。娜娜看见他开玩笑,便冷冷地答道:

"先生,随便您要坐哪里都可以。这是公共的地方。"

从这样的语调起首,他们的谈话便很滑稽。然而吃到饭后果品的时候,娜娜觉得无聊,想要表示胜利,便把双肘倚在桌上,于是她又你你我我地向他问道:

"喂,亲爱的,你的婚姻进行得好吗?"

"不很好。"达克奈说。

原来他在正要向摩法家求婚的当儿,觉得伯爵那样冷淡地对待他,他便见机而作,不肯开口,他似乎觉得这事情是糟糕的了。娜娜把她的亮晶晶的一双眼睛盯着他,手托着下巴,歪了一歪嘴表示讥讽他,慢慢地说:

"呀! 我是一个坏女子! 呀! 将来你的岳父,须在我的手里打出来……好,老实说,你是聪明一世,懵懂一时! 怎么! 他很爱我,有什么话都对我说,你竟只向他追求去! ……你听我说,亲爱的,如果我要你结婚,你马上就可以结婚。"

自从一刻以来,他很懂得这个道理,他早就预备屈服。然而他不愿意把事情当做正经事办,所以他始终只开玩笑。散席后,他把手套带起了,然后恭恭敬敬地向她正式要求与爱斯迭尔小姐结婚。她终于嗤然失笑了。唉!这小乖乖!有什么法子记他的仇恨呢?达克奈对于女人们能有这样的成功,原因在乎他的声音的娇脆,这是乐器的声音,所以荡妇们给他起了一个绰号,叫做"鹅绒嘴"。"鹅绒嘴"的娇声一发,女人们个个都顺了他。他晓得他有这能力,所以他向她叙述了许多没有意义的历史,无非使他的动人的声音打动了娜娜的心。当他们离席之后,她在他的臂下微颤,满面通红,重新又被他迷惑了。这时的天气很热,于是她叫车夫驱车先回,她却徒步地送他到他家里,自然,她也就跟他上楼。两个钟头之后,她一面穿衣,一面问他:

"那么,小乖乖,你一定要成就这一头亲事吗?"

"说哩!我只有这一条路好走……你是晓得的,我的荷包空了。"

她叫他走近来,替他纽好了靴子,静默了半晌才说:

"天啊!我还不愿意吗?……好,让我帮你的忙吧……这女子瘦得不像个样子。但是,既然你们一个个都要她助你们成家……唉!我是一个喜欢帮忙的人,让我给你催一催吧。"

她的酥胸还在裸露着,又笑起来,说:

"不过,你给我些什么呢?"

他搂住了她,吻她的肩,表示感激的热情。她快活得发抖了,俯仰挣扎,给他弄得更风骚了,便嚷道:

"呀!我晓得了。你听我说我所要的报酬……将来到了你结婚的日子,你给我尝一尝……我要比你的妻子占先,你懂吗?"

"对了!对了!"他说时,比她笑得更厉害。

这一场贸易令他们都开心,他们觉得事情很好。

恰巧在第二天娜娜家里就有一个宴会。依平常的习惯,摩法、王多弗尔、胡恭兄弟、萨丹，都来聚餐。摩法伯爵来得很早。这时娜娜有两三笔债务急待清偿，又渴想一个青宝石的颈圈，共需八万法郎。他已经把家财用得很多了，又还不敢变卖田产，所以他想要找一个人借钱。他依了娜娜的劝告，先同拉布迭特商量；拉布迭特觉得事情重大，便转向法朗西商量；法朗西很愿意向他的主顾们征求去。伯爵任凭他们二人做去，只求自己不露面就好。他们一致地要他签一个十万法郎的契约，要从其中抽出两万法郎的利息；而且他们大骂放重利的债主们，依他们说，好容易去敲债主们的门，才得了这八万法郎。当摩法到来的时候，法朗西恰把娜娜的头发梳好。拉布迭特也在梳妆室里，大家都知道他是一个不关紧要的人，所以他也就很熟。他看见了伯爵，便悄悄地把很厚的一包钞票摆在脂粉之间；伯爵就在梳妆台上签了字。娜娜要留拉布迭特吃晚饭；他不肯，因为他要引导一个有钱的外国人游览巴黎。摩法把他拉在一边，悄悄地拜托他赶到珠宝店里去买一个青宝石的颈圈来，他想要在当天晚上给娜娜一个意外的欢喜。拉布迭特很愿意担任这事情。半点钟之后，余良很神秘地把一个珠宝匣子交给伯爵。

　　吃饭的时候，娜娜烦躁起来，因为她看见了钱便伤了心。唉！这些钱，等一会儿都要拿到各商店里边还债去了！她越想越恨。自从进了汤之后，在这辉煌的饭厅的金银水晶种种器皿之前，她触景怆怀，倒羡慕穷人的幸福。男人们都穿着礼服，她自己穿着绣花的白缎做的一件长袍，萨丹比较地朴素些，只穿了黑绸的衣服，颈上只简单地挂了一个金心，这是娜娜的赠品。食客们的身后有余良与福朗素华进菜，索爱也来帮忙；奴仆三人都是很知礼的。只听得娜娜说道：

　　"我当年没有钱的时候还更开心些呢！"

　　她把摩法排在她的右边，王多弗尔在她的左边。但是她不很看他们，一心只照顾着萨丹。萨丹坐在她的面前，在费理伯与乔治的中间。

"是不是,我的小猫?"她向萨丹说,"当年我们到波龙索路左思妈妈家的会食堂里吃饭的时候,我们不是笑口常开的吗?"

这时席上在进烤肉。她们二人都回忆当年,高谈阔论起来,她们有把旧事重提的需要。而且偏等到有男人们在座的时候才提起,好像她们务必要把她们所从生长的污秽地方告诉了他们,然后安心似的。他们的面色变了,你望我,我望你,大家都难为情。胡恭兄弟努力要笑,王多弗尔热狂地掀他的胡子,摩法的面色更庄重了。

"你记得维克多吗?"娜娜又说,"他是一个淫邪的孩子,常常把小女孩们带到地窖里去。"

"记得的",萨丹答,"我记得很清楚你家里的大天井。有一个女门房,拿着一把扫帚……"

"那是博煦妈妈,她已经死了。"

"而且我还记得你家的店子……你的母亲很胖。有一天晚上,我们正在做游戏,你的父亲喝醉了酒回来!是的,喝醉了!"

此刻王多弗尔努力想要说话拐弯,便插嘴说:

"喂,亲爱的,我很愿意再吃一些香菇……很好吃!昨天我在哥伯洛斯公爵家里吃了些,却没有这般好吃。"

"余良,再来一个香菇!"她粗声说叫。

后来她又回到她们的历史:

"呀!说哩!爸爸不会做人……所以他天天胡闹,闹得全家不安,你还没有看见呢!……我的身上给他打得红了又青,青了又红,我的皮肤不像妈妈与爸爸,这却是灵异的事情。"

摩法正在玩弄刀子,听得生气了,便干涉她,说:

"你们所叙述的话并不令人开心啊。"

"呃?什么?不开心吗?"她说时,恼了他一眼,"这当然不开心啦!……他要带面包回来给我们吃!……唉!你们须知,我是一个忠厚人,高兴说老实话。妈妈是一个洗衣妇,爸爸是一个酒鬼,是中了酒毒死了的。好! 我说了! 如果这不合你们,如果你们觉得我的家庭辱没了你们……”

她说到这里,他们一个个都摇头否认,她何苦说这话,谁不尊重她的家庭呢? 但是她仍旧说下去:

“如果你们觉得我的家庭辱没了你们,你们就抛弃了我吧,因为我不是否认父母的人……要我呢,便该连他们都要! 你们懂吗?”

是的,他们要了她,承认她的爸爸妈妈,承认她的过去,总之,承认什么都可以。四个男人都低头望着桌子;她却昂然地谈论当年金滴路上拖着破鞋子走路的历史,越说越不肯住口。哪怕人家给她许多钱财,为她建筑一座王宫,她还留恋当年她吃山芋的日子。她不稀罕金钱! 金钱只是拿来给各商店的。她越说越兴奋,希望一种简单的生活,换句话说,便是心的生活。

但是此刻她看见余良垂着双手呆等着,便说:

“好! 怎么样? 请您送上香槟酒吧。您像鹅一般呆看我,这是什么意思呢?”

在她高谈阔论的时候,奴仆们不敢笑一笑。他们似乎听不见夫人的话;夫人越说,他们越表示庄严的态度。余良规规矩矩地上前斟香槟酒。不幸福朗素华进果的时候把果盘推翻,苹果、梨子、葡萄,都滚在桌子上。

“笨人!”娜娜说。

福朗素华不合向夫人解释,说那些果子本来摆得不好:索爱取橘子的时候把其他的果子都摇动了。

“那么,索爱却是一个蠢妇。”

“但是,夫人……”索爱被她骂伤了,喃喃地说。

忽然间,娜娜站起来,尊严地指着奴仆们,用短促的声音说:

“够了,是不是? ……你们都出去吧! ……我们用不着你们了。"

她施行了这一件事，便息了怒，即刻变为极温和极客气的人。宾客们自己取果子吃，大家更觉得有趣。萨丹把一只梨子剥了皮，走到娜娜的身后，靠在她的肩上，附着耳朵说了些话头，二人都哈哈地笑起来。娜娜想要分吃她那最后一片梨子，于是她咬着献给她，二人的嘴唇合着嘴唇，亲着嘴把梨子吃了。那些先生们看见了，都放出滑稽的反对的声音，费理伯叫她们不要难为情。王多弗尔问该不该出去。乔治来抱住了萨丹的腰，把她拉回原位。娜娜说：

"你们不是呆吗？你们竟把她羞得脸红红的……萨丹，你放心，让他们说去吧。这是我们的事情。"

这时摩法庄重地望着她，她便转身向他说：

"是不是，亲爱的？"

"是的，当然啦。"他说时，慢慢地点头表示承认。

他再也不反对了，在这些所谓有礼教的世家子弟中间，她们二人对面很多情地互相望了一眼，这一望便表示她们倚恃女性，轻视男性。他们只好给她们喝彩。

他们上楼，到小客厅里去喝咖啡。不刺眼的两盏灯光照耀着桃红色的壁毡，与那些旧颜色的古玩。在这晚上的时候，漆器、铜器、瓷器之间露出了银器与象牙的光辉，锦屏也与灯光耀映。下午的炉火渐成灰烬，天气很热，帘帷下与门下都有困人的热气。这是娜娜日常生活的地方，这里头有坠地的手套与手巾，展开的书，人家在这里看见她穿着便服，身上放出紫罗兰的浓香；在这奢华的陈设当中，不免留存着她的不爱整齐的习惯。还有那些床一般阔的靠背椅，床坳一般深的安乐椅，都能令人心迷欲醉，忘了时间，在黑暗中喁喁私话，带着多情的微笑。

萨丹走到大橱前的安乐椅上躺下了，燃着一支香烟。但是王多弗尔同她开玩笑，假意吃醋，威吓她说，如果她再引坏了娜娜，他

便要与她决斗。费理伯与乔治也帮他的忙,把她欺负,她终于嚷道:

"爱!爱!你叫他们安静地坐着吧。他们还来欺负我呢!"

"哎呀!你们不要作弄她吧。"娜娜庄重地说,"我不愿意人家欺负她,你们不晓得吗?……你呢,萨丹,既然他们这样不讲理,你为什么招惹他们呢?"

萨丹红着脸,伸了一伸舌头,走进了梳妆室里。梳妆室的门大开,室内一盏褪了光泽的圆球灯放出淡白的光照在大理石的器具之上。这时娜娜做个风雅的主妇,与四个男宾谈话。她在白天里看了一部轰动一时的小说,书中叙述一个妓女的历史;她气愤起来,说这一切都是假的,说那著者自称描写自然,其实是一部淫书,令人痛恨。依著者的意思,好像人间的一切都可以表示在文字上!好像小说家不该写一部小说令人快乐地消遣一个钟头!论到小说与戏剧,娜娜有很固定的意见:她爱多情而高尚的作品,令她读后想入非非,把她的灵魂弄伟大了。后来大家又谈到巴黎的骚扰的事情:先谈火灾,然后谈到每天晚上公民大会传出来的反动的呼声。她说她痛恨那些共和党人,这一班肮脏的人们,他们还要怎样呢?我们还不幸福吗?皇帝还不为民众做了一切吗?唉!平民!平民真没有道理!她是晓得平民的,所以她可以议论他们;她说着,竟忘了刚才要人家尊重她的家庭的话,现在她富贵了,也就攻击平民,痛恨他们,害怕他们。恰巧今天下午她在《费加罗报》上看见了关于一个平民会议的报告,这会里头大家说的是下流人的隐语,而且有一个醉汉被人驱逐出去,这种滑稽的集会,令她至今还笑着呢。

"唉!这些醉鬼!"她痛恨地说,"不行,你们须知,国体变了共和,人民便一个个都要遭殃……呀!我希望上帝保留我们的皇帝,越久越好。"

"亲爱的",摩法伯爵庄重地说,"上帝会听您的话的。您放心,皇帝的江山很稳固呢。"

他欣幸她有这种好意见。她与他对于政治都是一样的主张。王多弗尔与费理伯也说了些滑稽话骂那些无赖,说他们只晓得大声叫喊,其实他们一看见了一支枪上的刺刀便要逃走了的。今晚的乔治的面色很不好,有悲愁的样子。娜娜看见他不舒服,便问道:

"这小娃娃怎么样了?"

"我吗? 没有怎么样。我听你们说。"他说。

原来他在伤心。席散的时候,他听见费理伯同她开玩笑;现在与娜娜亲近的不是他,却是费理伯了。他不晓得是什么缘故,觉得胸膛膨胀起来。他不能宽容他们互相亲近,他起了一种丑恶的猜想,自己也惭愧起来。他笑萨丹,他忍受了史丹奈,忍受了摩法,忍受了一切的人们,只不能忍受他的哥哥,他一想起费理伯能摸娜娜,便心中不忿起来。

"喂! 把珍珠抱去吧。"她说这话安慰他,同时把裙上打盹的小狗递给他。

这狗是被她的双膝夹暖了的,现在到了他的手里,他便变为快乐了。

这时大家又谈到昨天晚上王多弗尔在皇家俱乐部里输了一笔大款子的事情。摩法不是赌钱的人,听了便觉得奇怪。王多弗尔快要破产了,巴黎已经有人说起;他自己也说了一句隐语:"死有什么要紧呢? 只求一个好死就是了。"近来娜娜看见他烦躁得很,嘴上现出一道皱痕,明亮的双睛的深处隐隐有些散动的光芒。他虽则穷了,还保存着贵族的架子,态度仍旧是很洒脱的;不过,他那为着赌博与女人而空虚了的脑盖里有时候却有短时间的昏晕。有一夜,他在娜娜的身边睡觉,把一个噩梦叙述给她听,令她惊得魂飞魄散。原来他梦的是把一切财产都吃光了之后,把自己关在马厩里,放起火来,把自己与那些马匹都烧死了。此刻他唯一的希望在乎他的一匹马名叫律西让的,预备参加巴黎的比赛。他靠着这马生活,把一切的债务都推在这马的身上。每逢娜娜要求他什么的时候,他总叫她等到 6 月,如果律西让赛赢了,他就有钱了。她调笑地说:

"好!它很可以赛输的啊!它赛输了,你就完了。"

他也不回答,只神秘地微笑了一笑就算了。后来他又轻轻地说:

"喂,我擅自把我的一匹小牝马叫了您的名字了……娜娜,娜娜,顺口得很。您不生气吗?"

"生气吗?为什么?"她说时,其实心中十分快乐。

大家的谈话继续下去,谈起不久巴黎要处一个罪人的死刑,娜娜渴想去看。忽然间,萨丹出现在梳妆室的门口,用祈祷的腔调呼唤她。她即刻站起来,让这些先生们在客厅里,她自己却走开了。这些先生们很舒服地躺着,吸他们的雪茄,辩论一个重大的问题:一个人中了慢性的酒毒以至于行凶杀人,是否该负责任?娜娜到了梳妆室里,看见索爱倒在一张椅子上流着热泪大哭,萨丹努力劝慰她,她只不听。

"什么事?"娜娜诧异地问。

"唉!爱!你同她说去吧。"萨丹说,"我劝了她二十分钟,她只是哭……她哭,因为你刚才把她叫做蠢妇。"

"是的,夫人……这太难堪了……这太难堪了……"索爱断断续续地说,因此她重新又哽咽起来。

忽然间,这情景感动了娜娜,她便说了许多好话。索爱仍旧哭着,娜娜着了急,便蹲在她的跟前,揽住了她的腰,表示很亲密很多情的样子,说道:

"傻丫头,我说蠢妇与说别的话乃是一样的,当我生气的时候就乱说一番,我晓得吗?……好!是我错了,你不要哭吧。"

"我这样爱夫人……我为了夫人做了许多事情……"索爱断断

续续地说。

于是娜娜同索爱接吻，而且为着表示她不生气起见，她把一件只穿过三次的长袍赠给了她，原来她们的不和总是以赠品收场的。索爱把手帕子印眼睛，又把那长袍接在手里，还说厨房里的人都很悲哀，说余良与福朗素华不能吃晚饭，因为夫人的怒气把他们的饭量打消了。于是娜娜叫她拿一个路易赏给他们，算是讲和。她的身边的人有了痛苦，她自己也伤心。

娜娜回到客厅里来了，她欣幸调停好了这一场不和，再也不担心第二天的事情了，不料萨丹又在她的耳边低声说了一番话，她埋怨起来，说如果这些先生们再作弄她，她就要丢开了娜娜走了；于是她要求她在当天晚上就把他们赶出门去，一则可以令他们晓得厉害；二则她们二人独自相处是多么妙啊！娜娜又担心起来，发誓说这是不可能的。于是萨丹恃势强迫她，像一个激烈的孩儿一般地说道：

"我要这样，你懂吗？……你赶他们，否则就是我走！"

萨丹进了客厅，躺在窗前的一张横炕上，与众人相隔，寂静像一个死人，她的一双大眼睛盯住了娜娜，等候着。

此刻这些先生们辩论的结果，大家反对那法学上的新学说；假使在病理学上解释，卸去了罪人的责任，那么，世上只有病人，没有罪人了。娜娜点头赞成他们的理论，同时又想法子赶摩法走，因为她知道那三个不久就走的，只有他硬颈，一定不肯走。她猜得不错，费理伯果然站起来告退，乔治跟着也起来，因为他只怕他的哥哥比他迟走。王多弗尔还停留几分钟，他在碰运气，等一等，假使摩法有了事情不得已而走了，娜娜便是他的了。后来他看见摩法老实不客气地预备在这里过夜，他也就知趣，不再坚持，也向娜娜告辞了。在他走向门口的当儿，瞥见萨丹怔怔地望人；他大约是懂得了，觉得有趣，便去与她握手，说道：

"喂？我们不生气吧？请你宽恕我……老实说，你是最得宠爱的呢!"

萨丹不屑回答他,只把眼睛盯着娜娜与那独自逗留的摩法伯爵。这时摩法无所忌惮了,便走去坐在娜娜身边,拿起她的手来,吻她的手指。于是娜娜找一句过渡的话,问他的女儿爱斯迭尔今天好了些没有。因为昨天他叹惜爱斯迭尔的悲哀;说他不能在家里过一天快乐的日子,他的妻子时时刻刻在外面,他的女儿却关在屋子里过那寂寞凄凉的生活。娜娜对于这类家庭的事情是很有见解的。这时摩法的灵肉都松懈了,重新又向她诉苦。她忆及与达克奈相约的话,便说:

"你把她嫁出去好不好?"

她竟敢即刻提起达克奈的名字。摩法一听见就气愤起来,唉!他得她报告了许多他的不道德的事情,决不能把女儿嫁他了!

她先假作诧异,后来竟哈哈地笑起来,揽着他的颈说:

"呀!你好妒忌!这是可能的吗?……请你细想一想。当时是因为人家向你说了我的坏话,我生气了……今天呢,我的心很不安……"

但是,她在摩法的肩上遇着了萨丹的视线。她担心了,便放了手,庄重地说:

"亲爱的,这一头亲事非成就不可,我不愿意阻碍你的女儿的幸福……这少年很好,你找不到更好的了。"

于是她尽量地鼓吹达克奈的好处。摩法重新又握着她的手,他再也不说不肯了,只说将来再看,过两天再谈这个。后来他提议睡觉,她便低声说了些理由。说今天不行,她的月事到了,如果他有几分爱她,就不该勉强她。然而他硬着颈不肯走;她的心渐渐软了,忽然又遇着了萨丹的视线,于是她又硬起来。不,这不行!伯爵的心里很难堪,现出痛苦的样子,起来找他的帽子。到了门口,他的手触着衣袋里的珠宝匣子,忽然想起那青宝石的颈圈来。他本来想要把那颈圈藏在床下,让她先睡,好教她的脚踢着,便有了意外的快乐。这是他在席上盘算了许久的计划；现在他因被她赶走，心中快快不乐，于是突然地把那珠宝匣子交给了她。

"这是什么？"她问，"呃？原来是些青宝石……呀！是了，是那颈圈……你为人真好！……喂！爱！你以为这是我们看见的那一个吗？它在商店的门面的时候还更好看些。"

这就算是她的感谢的话，仍旧让他走了。他走时，看见萨丹正在躺着等候，一声不响。于是他怔怔地望了那两个妇人一眼，再也不坚持了，便顺了娜娜，下楼去了。通过室的门还没有关上，萨丹早已揽了娜娜的腰，跳起舞来，唱起歌来。后来她又跑到窗前说：

"让我看他在街道上的嘴脸！"

她们二人肘倚着铁栏杆，在窗帷的阴影里站着。一点钟响了。维利耶路很少行人，一阵一阵的暴风雨把3月的湿气扫荡了，剩有一行一行的路灯照耀着。荒凉的地皮现出悲惨的景象，黑色的天空之下有正在兴工的许多公馆的屋架子矗峙着。她们忽然大笑起来，因为她们看见摩法沿着泥泞的街道走去，走过那新巴黎的凛冽的平原，身后留下一个孤单的影子。但是娜娜忽然又叫萨丹住口，说：

"当心！警察来了！"

于是她们忍住了笑，惶恐地望着马路的另一边，则见两个黑影子在路上走着，步伐很整齐。娜娜虽则享了繁华，受人尊敬，仍旧畏惧警察，不喜欢听见人家说起，宁愿人家谈起死亡的事还好些。每逢一个警察举头注视她的公馆，她便觉得不安宁。这种人是很难说的！如果他们听见她在这时候还哈哈大笑，尽可以把她们猜做些私娼。萨丹轻微地打了一个寒战，把身子偎紧了娜娜。然而她们还倚窗望着，因为她们看见一盏灯笼从泥泞的甬道上渐来渐近，觉得很有趣味。原来这是一个拾破布的老妇，她正在搜寻小沟里。萨丹认识她，便说道：

"呃？这是波玛烈皇后，披着她的柳条围巾！"

一阵狂风把骤雨打到她们的脸上，同时萨丹向她的女友叙述波玛烈皇后的历史。唉！这是当年的一个名妓，把她的美貌驾驭了全巴黎，男子们被她当做牛马驱使，许多大人物在她的楼梯上流泪！现在她只求一醉，所以本区的妇人们往往给她喝些茴香酒，拿她开心。在街道上，有些顽皮的孩子常常把石子打她。总之，这真是一场衰败，一个皇后竟堕落在泥泞里！娜娜冷冷地只听她说。

"你瞧……"萨丹说。

她说着，便像一个男子一般地吹口哨。那拾破布的老妇恰到了窗下，闻声便抬了头，在她的灯笼的黄光里现出她的脸孔。她的脸变为蓝色了，嘴里缺少了几个牙齿，双睛里表示苦恼的伤痕，身上裹着一件褴褛的衣服，颈上披着一条破旧的围巾。娜娜看见了这中了酒毒的妇人的可怜的晚景，忽然忆起当年夏门的事情。她在这黑暗的街道上幻出一个伊尔玛·安克拉。同是一个名妓，她竟变为很荣耀的人物，全镇的人们俯伏着送她上台阶。此刻萨丹笑那老妇看不见她，于是再吹口哨，娜娜用凄怆的声音说道：

"不要吹，警察们来了！我的猫，我们进去吧。"

整齐的步伐的声音渐近，她们把窗子关上了。娜娜转身的时候，头发湿了，周身发抖，对着客厅呆了一会儿，好像她已经忘记了，此刻只是进了一个不认识的地方。她在这里发现了一种温和的香气，竟感觉得一种意外的快乐。桃红色的灯光下堆着许多珍品：古器呀，锦绣呀，象牙呀，古铜呀，都是难得的东西。在这整个的大公馆里，有接待宾客的辉煌的客厅，有宽阔舒畅的饭厅，有华丽的地毯与椅子，种种都是赏心悦目的大繁华。这是她的突然发达的佳运，她须要驾驭，须要享乐，喜欢把一切弄到手然后把一切破坏了，现在算是满足她的愿望了。她从来不曾像此刻发觉她的女性的能力。她把眼睛慢慢地向周围望了一周，带着哲学的神气说：

"呀！一个人应该利用年纪轻的时候享乐一番，这道理真不错！"

　　萨丹已经到了卧房里，在那些熊皮上打滚，叫道：

　　"来呀！来呀！"

　　娜娜到梳妆室里脱衣裳。为着要赶快些，她便把双手握着她的一头黄发放在银盆上晃漾，许多很长的扣针坠下来，把银盆打得铿锵地响。

第十一章

这一个礼拜天乃是 6 月的天气。暑气初来,常有大雨;巴黎的大赛马在布兰若林举行。早上的时候,太阳在赭色的晖气里升起来。但是,将近十一点钟的时候,在许多车子到了跑马厅的当儿,一阵南风把天上的云都扫光了;灰色的水汽渐渐破裂分散,蔚蓝的天空渐露渐阔,直到天涯。太阳从云朵中间射下了光线来;草地上渐渐载满了许多车子,许多骑士,许多行人。跑马场上还空着,场中有裁判员的小座,有终止点的标柱,有擎着报告板的桅杆。在骑士们的禁地之前,有整齐平列的五个观坛,坛上有砖木的廊子。旷阔的平原变为更平坦了,浸在午时的日光里;四面是些树林,更远些便是圣克鲁与胥兰纳的山坡,被庄严的华烈央山御临着。

娜娜非常关心,好像这一次的大赛马就可以决定她的命运似的,所以她想要靠着铁栏坐下,临近那终止点的标柱。她很早就到来,是最先到的女人当中的一个。她来时所坐的乃是很华丽的、银镶的四马大车,这是摩法伯爵的赠品。左边的两马上有两个马夫,车后有两个跟班站着不动;当她到了草地的进口的时候,人们都拥挤上前,活像要看一个皇后经过。她身上穿的是蓝色与白色,因为这是王多弗尔的马厩的颜色。她的服装很奇特:她的胸衣是蓝色的,腰后起一个圆球形;她趁着这趋尚膨胀的裙子的时代,把臀部显得很真。她的长袍是白缎的,袖子是白缎的,肩上的十字带也是白缎的,都是用银花边点缀着的,在日光下大放光辉。而且她为着要与骑士十分相像起见,竟在髻上戴了一顶白翎的蓝盔;她的黄发披在背上,好像赭色的一条很大很大的尾巴。

十二点钟响了,还要再等三个钟头才得看赛马。那大车子在铁栏边安置好了之后,娜娜不拘不束地坐着,如在自己家里一般。她顺着她的嗜好,把"珍珠"与小路易带了来。那狗儿躺卧在她的裙脚下,虽则天气很暖,她也打寒战;那孩子周身满是彩带与花纱,有的是可怜的黄蜡脸儿,给大空气一迫,更显得惨白了。这时娜娜也不顾邻座的人们讨厌,竟高声地同胡恭兄弟谈话。原来费理伯与乔治坐在她前面的一张长凳子上,他们的周围堆着许多白玫瑰与蓝琉璃草,以致他们自肩以下的身子都不见了。只听得娜娜说道:

"因为他惹我生厌,所以我指着门口叫他走……他竟与我赌了两天的气。"

她说的是摩法,不过她还不肯向胡恭兄弟承认这第一次吵闹的真原因:原来有一天晚上摩法在她的卧房里发现了一顶男人的帽子;这是一种无意义的怪癖,她竟把一个路人拉上楼来以慰她的寂寞。此刻她向胡恭兄弟叙述别的事故,说来寻个开心。

"你们不晓得他是怎样的滑稽。其实他是一个迷信的人……他每天晚上都祈祷。一点儿不错。他以为我完全不知道,因为我先睡,不肯妨碍他;但是我把眼睛偷看他,他在叽里咕噜,又画了一个十字,然后跨过了我的身上,爬到床的里边睡下……"

"呃?他真是坏透了!"费理伯说,"那么,事前祈祷一次,事后又一次了,是不是?"

她嫣然地笑了一笑,说:

"对了,事前一次,事后又一次。当我要睡着的时候,还听见他叽里咕噜……最讨厌的乃是:当我们吵嘴的时候,没有一次他不归到宗教上去的。我呢,我始终也信宗教。你们尽管嘲笑我,禁不得我相信我所信的……不过,他太讨厌了,他哽咽起来,说他的良心不安,所以前天晚上我们做了事之后,他真的昏晕起来,我实在不放心……"

她说到这里,忽然改口说道:

"你们瞧,米让夫妇来了。呃?他们竟把两个儿子带了来……这两个小孩子穿得多么坏!"

米让夫妇坐在一辆颜色庄严的车子上,显得是中产阶级变成的富人。洛丝穿的是灰色的绸衣,衣上有襞褶与红色的彩结,脸上现出笑容,欣幸带了两个儿子来。亨利与查理坐在车前的小长凳上,被那太阔的中学制服裹得周身不自在。车子在铁栏边安置好了之后,她看见娜娜有四匹骏马,一群仆役,扬扬得意地坐在许多花篮的中间,她便努起了嘴唇,把头掉过去。米让满面光彩,眼里有快活的神情,竟作手势向娜娜施礼。因为依他的主张,妇人们的不和他是不管的。

"喂",娜娜又说,"你们认识那很干净的而牙齿很不好的老头子吗?……他是卫洛先生……今天早上他来拜访我。"

"卫洛先生吗?"乔治诧异地说,"不会的!他是一个耶稣会教士。"

"对了,我一看就猜着了。唉!你们猜不着那一场谈话哩!滑稽极了!……他同我谈起伯爵,说他夫妇怎样不和,哀求我还给他一家的幸福……这老头子倒很有礼貌,笑容满面的……于是我说我巴不得这样做去,我就担任把伯爵送还给他的妻子……你们须知,这并不是笑话,我实在愿意看见他们都幸福!再者,我自己也可以松快些;有许多时候他竟把我缠死了!"

她不知不觉地说出这句话来,显得这数月来她的厌倦的心理。再者,伯爵的经济似乎十分困难,他愁容满面,他与拉布迭特签的借约有不能付钱的危险。这时乔治放眼向观坛上四面张望,忽然说道:

"恰巧伯爵夫人也在那边。"

"哪里?"娜娜说,"呀! 这小娃娃真有好眼睛! ……费理伯,请您拿着我的阳伞。"

乔治争先把那银带子的蓝绸阳伞接过手来,心中快乐。娜娜把一个很大很大的望远镜四面张望,终于说道:

"呀! 对了,我看见她了。在右边的观坛的柱子旁边,是不是? 她穿的是淡紫色,她的女儿在她身边,穿的是白色……呃? 达克奈要去向她们施礼了。"

于是费理伯谈及达克奈不久就要同这竹篙子爱斯迭尔结婚。这是成了事实的了,婚约已经公布了。伯爵夫人本来是不肯的;人家说是伯爵强迫她答应了。娜娜微笑地说:

"我晓得,我晓得。这是达克奈的福气。他是一个好男子,本来值得做伯爵的女婿。"

说着,又俯身向小路易说:

"你觉得开心吗? 呃? ……多么庄重的脸孔!"

那孩子并不笑一笑,只怔怔地望人,像一个老翁的神气,他似乎是触景生愁。"珍珠"因为娜娜坐立不定,便离了她的裙脚,走到那孩子的身边发抖。

这时草地上的人满了。许多车子连续地从加斯加特门进来,是很密的而且无穷尽的队伍。这是些公共马车从意大利人大马路开来,车上载着五十个人,停在观坛的右边。后来又有些狗车、四轮轻车、宝幢大车,杂着好些破旧的马车,由几匹瘦马拖着走。此外还有些四马大车、轿形轻车,主人们高高地坐在小长凳上,却留仆人们在车子里看守着香槟酒。又有些大轮车,轮子卷起尘埃;还有小轮脚踏车,轮子像钟表的轮子一般地轻快,在马铃声中独守静默。有时候,有一个骑士经过,许多步行的人都拥挤上去,穿过了车马的队伍。远远地传来的车轮声,一到了草地上就变为暗哑了。大家只听见群众的噪嚷声、呼唤声、鞭打声。一阵一阵的风把云吹开,太阳重新出现,把金光照耀着马的鞍辔与妇人的艳妆。同时那些车夫们高高地坐着,在阳光里挥他们的大鞭子。

拉布迭特从一辆四轮轻车下来了,原来这是嘉嘉、克拉丽丝与白兰胥的车子,她们给他保留了一个位置。他正在忙着走过跑马场,要走进骑士的禁地,娜娜却使乔治去叫了他来,笑着问道:

“我是多少?”

原来她说的是那小牝马“娜娜”,因为同名的缘故,所以她问“我是多少?”这“娜娜”在那一次狄燕赛马会里战败了,所以留卡赛马会与伯乐赛马会里竟没有它的位置,这4月与5月最后两次的比赛乃是王多弗尔的另一匹马律西让战胜了的。律西让忽然得了宠,自从昨天以来,人家把它作二与一之比。

“始终是五十。”拉布迭特答。

“吽! 我的价值太便宜了!”娜娜说时觉得有趣,“那么,我不要我了……呃,不行,我不把一个路易赌我自己。”

拉布迭特忙极了,又想要走开;她又叫他回来。她要他贡献一个意见,因为他与骑士们有来往,特别地知道各马厩的情形。他从前猜度的话已经应验好几十次了,所以人家称他为赛马之王。娜娜说:

“喂,我应该赌什么马呢? 那英国马是多少?”

“斯派利吗? 是三……华勒里约也是三……还有其他的:哥西纽斯是二十五,哈赛尔是四十,布姆是三十,丕歇奈特是三十五,佛兰其班是十……”

“不,我不赌那英国马;我是爱国的人……喂? 也许我赌那华勒里约,因为刚才哥伯洛斯公爵的脸上很有光彩……呀! 不行,我不赌它。我要把五十个路易赌律西让,你以为如何?”

拉布迭特注视她,带着奇异的神情。她俯身低声向他询问,因为她知道王多弗尔拜托他替他向持簿人注册,好教他赌得舒服些。假使他打听得了什么消息,他尽可以向她说。但是拉布迭特并不解说,只劝她凭着他的猜想做去;他把那五十个路易去赌他所满意

的马,输了呢,她也不要后悔。娜娜很快活地说:

"随便你要赌哪一匹马都可以! 只不可赌'娜娜',这是一匹驽马!"

她说着,让他走开了。只听得车子里一阵哈哈的笑声。胡恭兄弟觉得她的话很滑稽;小路易听不懂,举起一双淡色的眼睛望着他的母亲,因为她大笑的声音令他惊讶了。拉布选特此刻还逃不了,洛丝又向他招手。她吩咐了他许多话,他在小册子上记了些数目。后来克拉丽丝与嘉嘉又叫他去,为的是要更改她们的赌注:她们听见了群众的传说,于是不要华勒里约了,改为律西让。他毫不在意地登记了。他终于走开了,人家看见他走到了跑马场的另一边,在两个观坛的中间。

许多车子还不住地到来。这些车子排在第五排,越排越阔,与许多白马辉映着。此外还有其他的车子零星地杂堆着,缰辕纵横,轮轴参差,平列的、斜列的、侧放着的,种种都有。空旷的草地上有骑士们纵马往来,行人成群,也在这上面奔走。食物摊上张着灰色的帐幔,给日光晒成了白色。尤其是持簿人的周围万头攒动,肩臂相摩。持簿的人们都在无盖的车子上,身边张贴着许多号码。他们指手画脚,活像牙科医生一般。娜娜说:

"真讨厌! 我不晓得赌哪一匹马好,但是我总要自己试一试几个路易啊。"

她站起来,想要挑选一个有好脸孔的持簿人。她忽然看见了许多相识的人们,便忘了她的希望了。除了米让夫妇、嘉嘉、克拉丽丝、白兰胥诸人之外,她还看见她的宝幢大车的周围许多车子,左方、右方、后方,有的是奈奈与玛丽亚在一辆无盖车上;嘉洛林与她的母亲及两个男子在一辆四轮轻车上;卫若兰独自一人伴着一只彩带系着的小车子,车子是橙黄与绿色的,这是迈山马厩的颜色;莱雅坐在一辆轿形车的一张高凳子上,身边有一群少年男子正在喧哗。更远些,在一辆贵族式的发条车上,绿西穿着很简单的黑绸衣服,表示她很大方,她的身边有一个少年男子穿着海军制服。最令娜娜吃惊的乃是:她看见西曼坐着一辆双马轻车,由史丹奈御车,后面有一个跟班交叉着手臂不动。西曼很有光彩,穿的是白缎衣服,黄色的花边;自腰带至帽子都有许多钻石。那银行家伸着那很大很大的鞭子,驱着那先后直列的两匹马:第一匹是金骍,跑路像一只鼷鼠!第二匹是棕色马,跑路时两腿举得很高。娜娜说:

"呼!这贼子史丹奈又在交易所里铲了一注大财来了!……你看!西曼多么阔气!了不得!我要去抓住她吵闹了。"

然而她远远地施了一个礼,她摇手微笑,把身子左右旋转,要使人人都看见她,她不忘了一个人。然后她继续地与胡恭兄弟谈话。

"绿西带来的乃是她的儿子!他穿了制服,好看得很!……怪不得她摆架子!你们不晓得,她怕她的儿子,所以她自称女伶……可怜的少年,他哪里晓得!"

"呼!"费理伯笑着说,"将来她愿意的时候,她可以在外省给他找一个妻子。"

娜娜不说话了,她在车马最密的地方瞥见了特丽恭。特丽恭是雇了一辆马车来的,在车子里看不见什么,所以她安然地爬上了车夫的座位。她挺直了高长的身子,头发是卷曲的,容貌是高贵的,俨然制御着这一班爱女人的民众。一切的女人们都悄悄地向她微笑,她却摆架子,假装不认识她们。她到这里来,不为的是工作,只因她热心赌钱,爱看赛马,所以为寻快乐而来罢了。

"呃?这糊涂虫爱克多也来了!"乔治忽然嚷说。

娜娜诧异起来,原来她不认得爱克多了。自从他承受了遗产之后,他变了非常阔绰的人,颈上是折角的领子,身上是鲜艳的衣服,显出一双瘦肩,头上是许多小带。他假装懒懒地摇摆身体,又作柔软的声音,掺杂着好些土谈,说话时有许多语句不曾说完就住口了。

“唉！他很不错！”娜娜说时，心中给他诱惑了。

嘉嘉与克拉丽丝叫了爱克多去，努力想要再把他弄到手。他即刻离开了她们，摆着腰走了，表示不屑亲近她们的样子。娜娜令他着了迷，他便奔上前来，攀住了车子的踏板。娜娜同他开玩笑，问他近来与嘉嘉是否很和气，他说：

“呀！不，早已完了，我不要那老看护妇了！您不要再提起。再者，您须知，现在我的朱里冶德①乃是您……”

他说着，把手抚着心胸。娜娜看见他当众求爱，这般唐突，令她笑了又笑，然后说道：

“喂，这都不是话。我刚才想要打赌注，您竟令我忘了……乔治你看，那边那一个持簿人，喉咙是红的，头发是皱的。看他那流氓的脸孔，倒令我喜欢他……你去叫他注册……呃？怎样注册好呢？”

“我呢，我不是爱国的人！不，不是的！”爱克多说，“我完全赌在那英国马身上……如果那英国马赢了，就妙极了！”

娜娜听了，替他害羞。此时大家评论诸马的价值。爱克多想要表示十分内行，便说都是些驽马。佛兰其班是梵尔第耶男爵的，是一匹棕色马；假使人家不曾在调马的时候把它弄疲倦了，也许还有希望。华勒里约是哥伯洛斯公爵的，它还没有预备好，因为它在4月里害了马疽的症候。唉！人家守着秘密，然而哪里瞒得过他呢？他终于劝娜娜赌那哈赛尔，这是迈山马厩里的，乃是众马中最不完全的一匹，没有一个人要它；但是他说这马很好，等一会儿它要惊动全场的人。

“不”，娜娜说，“我要把十个路易赌律西让，五个路易赌布姆。”

爱克多忽然嚷道：

“唉！亲爱的，布姆不行得很！请您不要吧！加斯克自己也放

---

① 朱里冶德(Juliette)是莎士比亚戏剧中的人物。

松了他的马了……还有您那律西让也不行！笑话！蓝伯与白林赛斯。您想想看！它们有的是很短很短的腿！"

他嚷得呼吸不来了，费理伯请他注意，说律西让在留卡与伯乐两个赛马会里曾经赢过来。爱克多听了又嚷："这算得什么证据呢？真算不得什么！我们恰应该不放心呢。再者，骑律西让的乃是克烈汉，还有什么好说的！克烈汉的运气最坏，永远不会赢的！"

娜娜与爱克多的辩论似乎扩大了，直扩充到草地的两头。大家为了赌赛的热狂，众口嗷嘈，指手画脚地乱了一阵。持簿的人们高高地坐在车上，叫了些号码，登记了些数目。这里的赌博是很小的，阔绰的赌徒却在骑士禁地的周围。这里的人们往往只赌五个法郎，他们的奢望乃是赢几个路易。总之，这是斯派利与律西让之争。有许多英国人在人丛里很自由地走来走去，容光焕发，已经扬扬得意了。去年的大赛乃是李定爵士的马伯拉玛赢了去，大家至今还在伤心。今年如果法国再输，那真是一场大不幸了。所以这些妇人们为争国家的体面起见，一个个都非常关心。王多弗尔的马厩乃是我们的光荣的城垒，所以大家拥戴律西让，替它辩护，为它喝彩。嘉嘉、白兰胥、嘉洛林与其他的女人都赌律西让，绿西不赌，为的是他的儿子在身边；但是大家传说洛丝已经拜托拉布迭特登记两百路易了。只有特丽恭坐在她的车夫身边等候最后五分钟；她在这吵闹声中很是镇静，只听见人们一片声嚷着马的名字，巴黎口音杂着英国口音，她只静听着，写了些笔记，现出很尊严的样子。

"还有'娜娜'呢？"乔治说，"竟没有一个人赌'娜娜'吗？"

真的，竟没有一个人赌"娜娜"，甚至于没人提及。"娜娜"给律西让的名誉掩盖住了。但是爱克多忽然举起双臂说：

"我有了一个感触了……我把一个路易赌'娜娜'。"

"妙啊！我赌两个路易。"乔治说。

"我呢，三个路易。"费理伯说。

他们要向娜娜讨好，便大家增加数目，竟像拍卖场中的主顾们。爱克多说要以金钱盖住"娜娜"，而且要去招徕许多人赌"娜娜"。于是他们三人都离开娜娜，要去宣传，娜娜向他们叫道：

"你们须知，我是不愿意的！无论如何，我也不肯！……乔治，十个路易赌律西让，五个路易赌华勒里约。"

然而他们终于走出去了。娜娜快活地注视他们从车轮边走过，从马头下钻过，竟向全场宣传。他们在一辆车子上认得一个人的时候，即刻跑去向他推荐"娜娜"。人群里闹哄哄的，也有些人赌"娜娜"了，于是他们不时回转身来，扬扬得意地用手指表示数目；娜娜站着，摇动她的阳伞。然而他们的运动并没有很好的结果。有些男人们是听从他们的，例如史丹奈看了娜娜动了心，便冒险赌了三个路易。至于女人们呢，她们一个个都坚决地拒绝了。谢谢吧，一定输的，何苦呢！而且犯不着为一个肮脏的娼妇努力求它成功；她有了四匹白马与许多仆从便气焰熏天，压倒了她们，几乎要吞了世界。嘉嘉与克拉丽丝十分生气，问爱克多是否瞧她们不起。乔治大着胆走到米让夫妇的宝幢车前，洛丝气愤愤地扭过头去，不回答他。唉！好一个贱人，竟允许人家把她的名字赐给了一匹马！米让却不然，他目送着乔治，觉得很开心，说女人们始终是招福的。爱克多三人去运动了许久之后，仍回到娜娜身边。

"怎么样？"娜娜问。

"您是四十。"爱克多说。

"怎么！四十！"她吃惊地说，"我本来是五十的……怎样又弄到四十呢？"

恰巧拉布迭特来了。此刻的跑马场关闭了，一阵钟声报告开始赛马。在这大家叫注意的当儿，娜娜询问拉布迭特为什么"娜娜"的号码竟突然提高了。但是他支吾地答复，说大约因为赌"娜娜"的人增多了的缘故。她只好相信了他这种解释就算了。拉布迭特有事在心，向她说王多弗尔快要来了，如果他能脱身的话。

　　第一次赛马完了，大家只注意大赛，所以几乎不觉得。忽然间，一朵乌云盖住了跑马场，太阳早已不见了，剩有黯淡的光照着人群。风起了，来了一阵骤雨，很大很大的雨点洒在地上。场上一时忙乱起来，喧哗呀，说笑话呀，赌咒呀，行人们一个个都争先逃到食物摊的帐幔下避雨。车子上的妇人们两手擎着阳伞，努力要找躲避的方法；仆人们也都跑到皮篷下面躲着。一霎时，雨止了，太阳仍旧出来，把灿烂的光辉照在雨水沾濡的草地上。树林上的云渐渐裂开，露出一片青天。妇人们都放了心，欢笑起来。在这众马都打喷嚏、湿了身的群众骚动不宁的当儿，太阳的金光把草地上的雨点映成水晶般透明。

　　"呀？可怜的小路易"，娜娜说，"爱！你的身上湿得很吗？"

　　那孩子不说话，让她替他揩干他的双手。她拿手帕子先揩小路易，后揩"珍珠"，原来"珍珠"打寒战越发厉害了。她的白缎的长袍上着了几个污点，但是她并不要紧。花篮给雨淋湿了，现出雪的光辉；她嗅了一朵花，清露湿了朱唇，觉得十分快活。

　　这一阵大雨竟令观坛里充满了观众。娜娜拿起望远镜瞭望。太远了，只模糊地看见很密的一堆男女坐在级位上，他们的白色脸孔在后方的黑暗里露出来。太阳溜在屋顶上，把一角斜光照着观众，他们的衣服都似乎褪色了。最令娜娜开心的乃是那些被大雨驱逐离了椅子的妇人们，她们都到观坛脚下的沙地上排列坐下。骑士的禁地是绝对不许下流女人进去的，于是娜娜对于所谓上流的女人们施予严格的批评，说她们的衣服很坏，尤其是脸孔长得滑稽。

　　忽听得一片声宣传，皇后进了中央的小观坛。坛形像一间小板屋，屋前很阔的阳台上摆着些红色的圈手椅子。只听得乔治诧异地说：

　　"原来是他！我以为这礼拜不是他值日。"

　　这时摩法的容貌庄严，出现在皇后的后面。于是胡恭兄弟开

玩笑,说可惜萨丹不在,否则可以叫她去拍他的肚皮。娜娜仍旧把
望远镜瞭望,忽然看见苏格兰的王子也在皇后的观坛里,忍不住
叫道:

"呃?查理也来了!"

她觉得他胖起来了。十八个月不相见,他的身躯加大了。于
是她向他们详细报告,说这一个风流男子的身体结实得很。

在她两旁的许多车子上,那些妇人们唧唧喳喳地谈论,说摩法
伯爵已经抛弃了她。这是一段很长的历史。自从他的事情暴露之
后,朝廷里的人们都替他害羞。他为着保守他的位置,便与娜娜绝
交了。爱克多老实不客气地把这消息报告娜娜,趁势自荐,把她叫
做他的"朱里冶德"。娜娜嫣然一笑,说:

"这是糊涂话……您是不了解他的;我只须呼啸了一声,要他
放弃了一切都可以。"

自从片刻以来,她小心审视沙苹夫人与爱斯迭尔。达克奈还
在她们身边。福歇利来了,对她们施礼,众人都站了起来。他也微
笑地停留在她们身边。这时娜娜带着藐视的神气,指着那些观
坛说:

"再者,你们须知,这种人,我再也不稀罕了!……我太懂得他
们了。我们该在他们脱了面具的时候看他们!……我再也不尊敬
他们了!下流是脏的,上流也是脏的,世界都是脏的!……所以我
不愿意人家啰唆我!"

她说着,又指着跑马场上牵马的马夫们与正在同查理谈话的
皇后,说查理虽则是一个王子,到底还是一个脏货。

"好啊,娜娜!……妙啊,娜娜!"爱克多听得高兴了,所以
喝彩。

一阵一阵的钟声落在风里,赛马又继续下去。刚才乃是伊斯
巴汉的比赛,是迈山马厩的一匹马名叫"柏林哥"的赢了。娜娜又
把拉布迭特叫了来,问她那一百路易的消息;他笑起来,说他不肯

给她知道了她所赌的是什么马，以免惊动了福星。她的银子安置得很妥当，等一会儿她就可以看见了。后来她向他承认她把十个路易赌了律西让，五个路易赌了华勒里约，他听了便耸了一耸肩，意思是说女人们专做糊涂事。弄得她诧异起来，莫名其妙。

此刻草地上更热闹了，旷场上有许多人吃小点，等候着大比赛。人们非但吃东西，而且喝酒，草地上、车子里的凳子上，都是他们聚餐的地方。他们吃的是些冷肉，喝的是些香槟酒，都是跟班们从辎重车里取出来的。酒瓶的塞子被风吹着，离瓶口时只砰然发了一种微弱的声音。欢笑之声遍地皆是，而且有酒杯的声音混杂着。嘉嘉、克拉丽丝与白兰胥认真地吃饭，把饭巾敷在膝上，大家吃些夹肉面包。卫若兰从她的小车下来，去会合嘉洛林。短草上有许多男子们摆着食物摊，奈奈、玛丽亚、西曼与其他的女人们都到那边吃喝去。同时莱雅的轿车上有一群人在太阳下倾酒瓶，高高地坐着大谈其话。不久之后，人们都拥挤到娜娜的宝幢车前。娜娜站着，给那些向她施礼的人们斟香槟酒。跟班队中有一个是福朗素华，他把酒瓶递过来；同时爱克多勉强学着走江湖的腔调，向下面演说道：

"先生们，走近来吧……这是不要钱的……人人都有的喝……"

"亲爱的，住口吧，我们竟像卖药的了！"娜娜说。

她觉得他很滑稽，因此很开心。一霎时，她忽然想起，便叫乔治送了一杯香槟酒给洛丝，洛丝假说不喝酒。亨利与查理闷死了，很想喝酒，终于不得喝。乔治怕娜娜闹他，所以自己把那一杯酒喝了。娜娜忘了身后的小路易，此刻才想起来，以为他也许口渴了，便迫着他喝了几滴酒，累得他咳嗽起来。只听得爱克多又叫道：

"先生们，走近来吧，走近来吧。这不要两个铜子，不要一个铜子……我们是相赠的……"

娜娜惊喜地叫了一声，他便住口了。娜娜说：

"呃！鲍特那富在那边！……叫他吧！唉！我请你们去叫他

来吧!"

这果然是鲍特那富,他把双手放在背后走来走去,头上一顶给太阳晒红了的帽子,身上一件油腻的礼服,这乃是一个破了产的鲍特那富。但是他毕竟忿忿不平,想要与命运争持,还有倔强的态度。此刻他来了,娜娜好情好意地伸出手来,他同她握手,说:

"妙啊,多么阔气!"

他喝干了一杯香槟酒,又说了一句十分懊悔的话:

"呀!假使我是女人,岂不是好?……呸!这也不要紧!你愿意不愿意再做戏呢?我有一个主意,让我去把快活戏院租了来,我们两人要惊动全巴黎也不难……是不是?你很应该帮我的忙。"

他停留在这里唠叨地埋怨着,其实他欣幸得与她再会。依他说,只要她在他的跟前过生活,他便得了安慰。她是他的女儿,他的真骨血。

此刻,周围的人们渐聚渐多了。爱克多斟酒,费理伯与乔治去拉拢些朋友。草场上的人们渐渐都来了。娜娜向每人笑一笑,说了一句滑稽话。一班酒徒都走近来,不到一会儿,她的车前车后只有嘈杂的一群男子了。她的雪白的脸孔浴在日光里,金黄的头发随风飘动;下面众杯齐举,等候她的恩惠。到了极点的时候,因为她的胜利激得那些妇人们气愤愤的,便索性斟满了一杯,自己当众喝了,俨然是当年那扬扬得意的梵奴。

忽然间,有人在后面悄悄地拍她,她诧异起来,回头看见米让坐在凳子上。她走去坐在他的身边,因为他向她报告了一件重大的事情,他到底觉得他的妻子怀恨娜娜乃是可笑的事情;他说这是无益的。但是他又说:

"亲爱的,请你当心,不要把洛丝激得太过火了……我情愿预先告诉了你……对了,她有一种军器,而且她对于《小公爵夫人》的事情始终不曾原谅你……"

"军器吗?与我有什么相干!"娜娜说。

"你听我说,她有一封信,大约是在福歇利的衣袋里发现了的,这信乃是摩法伯爵夫人的手笔。糟糕!信里什么都说明白了!……于是洛丝想把这信寄给伯爵,对他报仇,也就是对你报仇。"

"这与我有什么相干!"娜娜又说,"这真滑稽……呀!好了!她与福歇利捣鬼!呃!这才好呢!她从前惹我生气了。我们将来可以笑了!"

"不行,我不愿意。"米让连忙又说,"这是一件失体面的事!而且我们从中得不到利益……"

他住了口,恐怕说多了反不妥当。娜娜嚷说她当然犯不着打救一个正气的妇人。他再三地要求,她便紧紧地望着他。大约他恐怕福歇利与伯爵夫人绝交之后便与洛丝重寻旧好;洛丝本来很爱福歇利,她这一次报仇,乃是一举两得的计策。娜娜此刻想入非非,忆起卫洛先生的要求,心中正在打稿;米让却努力想要说服她:

"我们假定洛丝把信寄发了,这便是一件丑事。你也在里头,人家说你是一切的根源……先说,伯爵与他的妻子分离……"

"为什么?"她说,"恰恰相反……"

这一次却是她住了口,她犯不着把计划告诉了人家。她终于表示与米让的意见一样,借此以免他再歪缠。他劝她对洛丝屈服,例如在这跑马场中拜访她一次,当众给她一个面子。她回说让她考虑考虑再看。

场中一阵喧哗,惹得她又站起来。跑马场上许多骏马风驰电掣地来了。这时巴黎市区的比赛,是哥纳姆斯赢了的,现在大赛快到了,群众更热烈,更担心,顿脚抬头,恨不得把时间缩短。在这最后的时间内,赌赛的人们发现了一件意外的事,原来王多弗尔的小牝马"娜娜"的号码突然增高了。有些持簿的人们每次再来时,"娜娜"的号码总是变了的:从三十变到二十五,后来又变到二十,最后又变到十五。没有一个人晓得是什么缘故。这小牝马,在一切的跑马场中都是输了的,上午的时候,五十的数目还没有人要呢! 现在忽然增涨了,是什么缘故? 有些人瞧不起那马,便说这是滑稽的戏法,笨人们给了钱,等一下就要被人家扫光了。又有些人认真地担心,觉得这上头总有多少暧昧的情节。大家说了些隐语,以为跑马场上也往往有骗局;然而这一次王多弗尔的大名一来,令人不敢多疑;当人们说"娜娜"会落后的话的时候,他便非常生气。

"骑'娜娜'的是谁?"爱克多问。

恰巧那真娜娜再出来了,于是下面的先生们哈哈地大笑,把"骑娜娜"三个字的意义显得很淫亵了。娜娜施了礼,答道:

"是白里思。"

大家又辩论起来了。白里思虽则在法国没有人知道,在英国却很著名。平常的时候,"娜娜"是克烈汉骑的,现在为什么王多弗尔在英国聘了一个骑士来呢? 再者,他把律西让交托给克烈汉,也是可怪的事情,因为克烈汉是有输无赢的。大家这样分析了一番,终于说了些笑话,否认了些消息,闹哄哄地没有结果。大家又喝香槟酒,为的是消磨时间。后来下面的人们唧唧喳喳地交头接耳,纷纷躲开,原来是王多弗尔来了。娜娜假装生气,说:

"呃! 您为人真好! 此刻才来! ……我早就渴想到禁地上去了。"

"那么,来吧,现在还是时间。你可以兜一个圈子。恰好我有一张妇人的入场券。"

他说着,揽着她的臂领她去了;绿西、嘉洛林一班人妒忌地把眼睛送她,她觉得十分快活。胡恭兄弟与爱克多停留在宝幢车里,继续地喝香槟酒。她对他们嚷说她即刻就回来的。

王多弗尔一眼看见了拉布迭特,便叫他上前,二人交换了几句简短的话:

"您已经都收齐了吗?"

"是的。"

"多少?"

"一千五百路易,是各处零星地收来的。"

娜娜很好奇地侧耳静听,他们就住口了。王多弗尔非常地烦躁起来,眼睛冒火,竟像晚上他对她说他要把自己与他的马匹一齐烧死的时候一般。走过跑马场的时候,她把声音放低,与他你你我我地说:

"喂,请你解释给我听……为什么那小牝马的赌注涨了?人家因此议论纷纷的!"

"呀!他们谈话……这些赌赛的人们是多么可恼!当我有一个有希望的马的时候,他们都争先恐后的,竟没有我的份儿了。再者,当一个失时的马有人下注的时候,他们便无风起浪,叫喊起来,好像人家剥了他们的皮似的。"

"不过,你应该通知我啊;现在我已经下了注了。它有没有赢的希望?"

他忽然大怒起来,没来由地嚷道:

"啐!不要叽里咕噜的……哪一匹马没有希望?赌注涨了,这因为有人下注的缘故,谁呢?我不晓得……如果你在这里糊里糊涂地问我,我宁愿丢你在外面。"

这种语调不属于他的气质,也不是他的习惯。她不十分恨他得罪了她,却诧异他的态度。他也惭愧起来;她冷冷地劝他不要失礼,于是他向她道歉。近来他往往像这样突然变化气质。在巴黎的繁华社会里,没有一个人不晓得今天他是争最后的命运。假使他的马匹不得胜利,假使他还输了这一场大赌赛,那就是一场大祸,马上要破产了。他的表面上虽则还有很大的架子,然而基础早已动摇,外强中干,只要一拉就倒。娜娜呢,也没有一个人不知道她是一个吃人的女妖精,她在他的家产将尽的时候特来替他送终。人家叙述她的颠狂的嗜好,把他的黄金当做瓦片子抛。他们在巴特玩了一场,累得他没有钱支付旅馆;有一天晚上,她喝醉了的时候，抓了一把钻石扔在火炉里，看钻石是否像木炭一般地可以燃烧。她渐渐地把她的肥胖的四肢与荡妇的巧笑迷惑了这变穷了的世家子弟。此刻他对于一切都冒险，他甘心自暴自弃，连怀疑的能力也丧失了。一礼拜以前，她要求他允许在诺曼地海岸上，哈弗尔与杜鲁威尔之间，替她买一个府第，他以人格担保，说一定买给她。不过，他恨她啰唆，觉得她太糊涂了，几乎要打她一顿。

那卫卒让他们进了禁地，因为娜娜在王多弗尔伯爵的手臂里揽着，他不敢拦阻她。娜娜欣幸到了禁地，慢慢地从坛脚下的妇女们的前面走过，昂然有骄傲之色。在这六排椅子之间，锦绣如云，光彩夺目；妇人们偶然与相识的人相遇，便团聚着谈话；还有些孩子们不受拘束，从甲群走到乙群。更高些，观坛的级位上载着观众，华丽的服装落在阴影里。娜娜审视这些妇人们，尤其是故意把眼睛盯着沙苹夫人。后来她又经过皇后的前面，看见摩法巍峨地站在皇后的身边，容貌非常庄重，她不觉失笑，高声地对王多弗尔说：

"唉！他真像一个傻瓜了！"

她想要到处都参观过。这草地与丛树，在她看来倒不怎样奇怪。一个卖冰的在铁栅的旁边安置了一个食物摊。在一个乡村式的伞篷之下，有许多人在那里指手画脚地嚷着，这就是赌赛处。旁边有许多空着的马厩，娜娜仅仅发现了宪兵的一匹马，便大大地失望。此外又有一个放马处，这是周围一百米的一个场所，一个马夫戴着风帽，在那里牵着华勒里约吃草。许多男子们在走道的碎沙上，徽章钮上挂着一个黄色的片子；观坛的走廊上也有许多人在那里散步，她觉得有一分钟的兴趣。但是，当初她以为是一个禁地，一定是一个了不起的地方；现在看来不过如此，何苦提心吊胆呢！

达克奈与福歇利走过，向她施礼。她向他们点点头，他们只好走近来。她向他们批评禁地的坏处，忽又住口，叫道：

"呃？那一位不是叔雅尔侯爵吗？他老得多么快！这老头子，

他自己糟蹋了身体！他还是一样的疯狂吗？”

于是达克奈叙述那老头子最后的一件风流事，这是前天的事情，还没有人知道。原来侯爵鬼混了好几个月之后，竟向嘉嘉买了他的女儿阿美丽，依人家说是三万法郎。娜娜听了心中不平，便说：

“好！这干净得很！我劝你们多生女儿吧！……我想起了！草地上的一辆两座车上有一个女子大约是她，在一个妇人身边，我认得她的脸孔……大约是那老头子叫她来的。”

王多弗尔听得不耐烦，于是不听她的话了，只希望摆脱了她。但是福歇利走开的时候已经向她说：如果她没有参观持簿人，就算她什么都没有看见，所以王多弗尔虽则显然憎厌，也只好陪她参观去。她去看时，忽然喜欢起来，说这个果然新奇有趣。在栗树夹着的两辐草畦中间有一间圆顶小屋，一班持簿人在绿荫里等候赌赛的人们，活像在市场一般。为着驾御群众起见，他们站在很高的板凳上，把号码靠着栗树摆放着。他们的眼睛很灵，窥探着人家摇一摇手或眨一眨眼，即刻登记了赌注，许多人们瞪着眼睛望他们，莫名其妙。这时大家叫数目，换号码，声音嘈杂，闹个不了。有时候，报告的人们来了，报告某马去，某马来，大家越发喧哗，许久不止。娜娜看了十分开心，说：

“他们真滑稽！他们有的是反面的脸孔……你看，那高大的汉子，我不愿意独自一人在深林里遇见他。”

但是王多弗尔指一个持簿人给她看，说他在两年之内赚了三百万。他的身躯瘦弱，头发是黄色的，大家都尊敬他，微笑地同他说话；有些人们停了脚步看他。

末了，他们离开了那圆顶小屋，王多弗尔忽然向另一个持簿人轻轻地点头，那人便叫他。这是他从前的一个车夫，身躯很大，双肩像牛肩一般，面部隆起。现在他在跑马场中做生意，他的资本的来源很不明白；伯爵努力想要抬举他，把自己的秘密的赌赛交托给他办理,仍旧把他当做参与机密的一个仆人。他虽则得伯爵帮忙,也输了好几笔大款子,今天他也像伯爵一般地赌最后的命运,所以他的眼睛冒血,竟像中疯似的。

"喂,马烈侠",王多弗尔低声地问,"您替我赌了多少钱?"

"共是五千路易,伯爵先生",那持簿人答时,也把声音放低,"是不是? 这妙得很……我向您承认,我已经把赌标降低了,降到三。"

王多弗尔现出很不如意的样子,说:

"不,不,我不愿意,请您即刻升到二吧……我再也不向您说什么了,马烈侠。"

"唉! 到了现在,这于伯爵先生还有什么害处呢?"那人说时,谦恭地微笑,现出参与阴谋的样子,"我总要把您的两千法郎去引动众人啊。"

王多弗尔叫他住口。但是,当他走开了之后,马烈侠忽然想起了一件事,后悔不曾问他那小牝马的赌标升高的缘故。刚才降到五十的时候,他赌了两百路易,假使它有赢的希望,就不得了了。

娜娜完全不懂伯爵的私语,却不敢再要他解释了。他似乎更加烦躁,忽然他们在过秤室的前面遇见了拉布选特,他便把她交给了他,说:

"请您等一会儿再把她带来吧。我有事情……再会。"

他说着,便走进那过秤室里去了。这是一个小室,天花板很低,室中放着一架大天秤。这好像巴黎城外的火车站的一间行李室。娜娜又大失所望,因为她当初猜是一个很阔的地方,里头有一架大规模的机器为秤马之用,怎么! 人家并不秤马,只秤骑士们!那么,何苦禁止人家进来呢! 天秤上有一个傻里傻气的骑士,膝上放着鞍鞯,等候一个穿着礼服的胖男子审定他的重量。另有一个马夫在门外控着那马名叫"哥西纽斯"的,马的周围拥挤着许多人,聚精会神地观望着。

　　人家快要关闭跑马场了。拉布迭特催促娜娜，但是他忽然看见王多弗尔与一个矮人在一边谈话，他又退回来，指那人给她看，说：

　　"呃？这就是白里思。"

　　"呀！是的，就是骑我的。"她笑着说。

　　她觉得那人丑极了，在她看来，一切的骑士们都是傻里傻气的。依她说，大约是人家不许他们长大。这白里思是四十来岁的人了，只像一个干瘪的老孩子，瘦长的脸孔带着皱纹，枯涩像一个死尸。他的身材是这样瘦小，那大袖的蓝色骑衣罩在身上，竟像罩着一段枯枝。娜娜临走时说道：

　　"不，你须知，他不会替我造福的。"

　　这时还有许多人挤在跑马场上，场上的草湿了之后，又被人践踏，便变为黑色。在高高的揭示板的前面，有许多人抬头望着，过秤室的壁上有一条电线表现马的号数，每逢一匹马的号数，众人就喧哗一次。有些先生们指点着那些节目单，丕歇奈特被它的主人收回了，众人又嗷嘈地议论了一番。娜娜揽着拉布迭特的臂，只顾穿过跑马场。那旗杆上系着的钟连声震响，催人们走开。娜娜重新上了她的宝幢车，说：

　　"呀！朋友们，他们的禁地滑稽得很！"

　　人们欢迎她，在她的周围拍掌，叫道："好啊！娜娜！……人家还给我们娜娜了！……"唉！他们真呆！难道他们把她看做一个掉头不顾的女人不成？她来得恰合时候。当心！现在开始了！大家停止了喝酒，竟忘了他们的香槟。

　　娜娜看见嘉嘉在她的车子里，膝上抱着"珍珠"与小路易，心中十分诧异；嘉嘉打定了主意要亲近爱克多，却假说她这一来为的是想要与小路易接吻，说她非常疼爱孩子们。

　　"喂？阿美丽呢？"娜娜问，"那边那老头子的车子里是不是她？……刚才人家告诉了我好些干净的话。"

嘉嘉惨然地说：

"亲爱的，我为了这个好不伤心！昨天我哭了一个整天，睡在床上不能起来；今早我还以为我不能来看赛马呢……喂？你晓得我的意见吗？我是不愿意的，我把她放进了教养院里，希望一场好婚姻。我教训得这样严，拘束得这样紧……好！亲爱的，竟是她自己愿意！唉！她流着眼泪闹我，说了许多不好听的话头，以至于我打了她一下。她太寂寞了，想要走这一条路……于是她开口说道：'你没有拦阻我的权利。'我说：'你是一个贱人，你污辱了我们，快走了吧！'事情成就了，我只好愿意调停……但是，唉！当初我梦想了许多好事，现在一切希望都完了！"

一阵吵闹的声音把她们惊得站起来了，原来下面的人们纷纷地议论王多弗尔，乔治替他辩护，所以吵闹起来。乔治说：

"为什么说他放松了他的马呢？昨天在跑马厅里他还把一千法郎赌律西让哩。"

"是的，我也在旁边听见"，费理伯接着说，"而且他并不把一个路易赌'娜娜'……'娜娜'升到了十，与他没有一点儿关系……你们猜人家是有计划的，可笑极了！在这上头，他有什么利益呢？"

拉布迭特安静地听他们说；后来他耸了一耸肩，说道：

"你们不要吵吧，人家要说呢便随他说去……王多弗尔伯爵刚才至少还把五百路易赌律西让，而且他所以勉强把一百个路易赌'娜娜'者，因为一个马主应该表示相信自己的马才是道理。"

"呸！这与我们有什么关系？"爱克多攘臂说，"等一会儿一定是斯派利赢了去……英吉利万岁！"

群众一时耸动，场上钟声又响，报告有许多马到场。娜娜为便于观看起见，竟在凳子上站了起来，践踏了许多玫瑰花与琉璃草。她瞩目天涯，到处张望。在这大家热望着的最后的时间内，她先是看见了空着的跑马场，有灰色的铁栏关闭着，里面有的是些警察与旗杆。她的跟前的草是泥泞的，渐远渐青，更远便像嫩绿的锦茵。

她低了头又看中央，则见草地上人人曳起脚跟，攀着车子，他们互相冲碰，竟有些人被抬了起来，杂着马嘶声、风打帐幔声、骑士打马声，同时又有些行人们跑去凭倚在铁栏上。她转身又望那些观坛，则见面目变细小了，仅显得五光十色的许多人头在走道上、级位上、天台上；天台上的人体只像一段黑影挂在云间。更远些，她又看见跑马场以外的平原，在长春藤掩盖着的磨坊的后面右边，有好几片大草场，场与场之间阴影隔断了。磨坊的前面是赛纳河沿着山坡奔流，河边有树林里的大路，许多车马在那里等候着。左边是布兰若，正对着远绿的木东林，林的周围是波罗尼亚树，树顶微红无叶，像一块有光的漆布。她远远地望见还有许多人一队一队地赶来，俨然是蚂蚁布阵。在巴黎一方面，很远很远，她看见那些不赌赛的民众的房屋，在树林下隐隐地露出来。

忽然间，旷阔的天空之下，浓绿的草场之上，十万人都快活起来。那躲藏了一刻钟的太阳重新出现，把光线散开像一个大明湖。妇人们怕热，把阳伞擎起，像一些金盾在人头上晃动。大家赞美太阳，伸臂表示擘开云雾。

这时跑马场中还是空着，有一个弹压官走开了。更高些，有一个人持着一面红旗，在左边出现。娜娜问是谁，拉布迭特回答道："这是那总指挥穆理思男爵。"

娜娜的身边有许多男人拥挤，直到她的车子的踏板之上。他们时而欢呼，时而谈话，把一时的感想都倾吐了出来。费理伯、乔治、鲍特那富、爱克多，都不能住口。

"您不要推我……让我瞧……呀！裁判人进了座子了……您说这是苏维尼先生吗？……呃！在这机器里，要有好眼睛才看得真呢！……您不要说，人家升起旗了……马来了，当心看！……哥西纽斯是第一个！"

旗杆上一面黄红色的旗随风飘动。众马由马夫们牵着，一匹一匹地进场；马鞍上有的是骑士，两臂下垂，在日光里现出鲜明的颜色。哥西纽斯之后,哈赛尔、布姆,都出现了。嗣后一片声喧哗,乃是斯派利进场。这是一匹很高大的棕色马,颜色黯淡,显出不列颠的悲哀。华勒里约在进场时很受人欢迎,它的身材不大,颜色却很鲜明,系着玫瑰色的彩带。佛兰其班进场时,它的标色乃是蓝白两色。律西让是一匹棕色马,颜色很深,身材很好;然而"娜娜"一来,全场惊动,几乎把律西让忘了。人家从来不看见它这样,现在给太阳一晒,把它的金黄的马鬣显得格外光辉,像一枚新的金钱。它的胸很深,头颈很轻,脊骨很长,俨然有赢的希望。娜娜眉飞色舞地说:

"奇了!它的头发竟像我的头发一般!喂,你们看,我因此自负了!"

这时大家攀登那宝幢车,娜娜忘了照顾小路易,险些儿给鲍特那富踏了一脚。他把他抱起来,捧得很高,像慈父般地说:

"可怜的孩子,他也该得看一看……等一等,让我教你看妈妈……你看见吗?那边有一匹马。"

"珍珠"搔他的腿,他连那狗儿也抱起来;娜娜欣幸那马用的是她的名字,便放眼望其他的妇人们,看她们的面色如何。她们一个个都气愤愤的。特丽恭本来是不动的,此刻却在马车上招手,吩咐一个持簿人,因为刚才她的心灵感通了,她要赌"娜娜"。

爱克多忽然嚷起来,他要赌佛兰其班。

"我的心灵感通了。你们看佛兰其班,多么好的步伐!……我要赌佛兰其班。"

"我劝您安静些吧,将来您会后悔的。"拉布迭特说。

"佛兰其班是一匹驽马",费理伯说,"它的身已经湿了……你们就可以看它们试跑。"

众马都上了右边,先做一次试跑,在观坛前经过。于是众人又热烈地辩论起来:

"律西让的脊骨太长了,然而它很活泼……你们须知,不可把一个铜子赌华勒里约；它太狂躁了，昂着头跑路，这乃是不好的预兆……呃？骑斯派利的乃是布尔纳……您看，它没有肩膊！有了好的肩膊，什么都好了……不行！老实说，斯派利太安静了……您听我说，我在伯乐赛马会里看见了'娜娜'，它的周身湿了，毛是死的，肚子震动得很厉害。人家不把二十个路易赌它呢！……够了！这人老是说他的佛兰其班，讨厌得很！时间来不及了，就开赛了。"

爱克多几乎哭起来，为的是寻找一个持簿人。人家劝阻了他。一个个都伸长了脖子。但是第一次起步并不好，大家远远地看见那指挥人像一根黑棍子，他还没有把红旗扯下来。众马跑了一会儿，仍旧回来。接连地有了两次假跑。后来那指挥人收集了众马，用一种妙手段把它们放出去，观众又嚷起来：

"好极了！……不，这是偶然的！……不管怎样，总算行了！"

喧哗的声音静了，大家非常地担心。现在的赌赛是截止了，只看跑马场上的胜败。此时全场寂静，竟像没有人喘气。大家昂了头，面色淡白，不时打了几个寒噤。起步的时候，哈赛尔与哥西纽斯占了先，华勒里约紧紧地跟着，其余众马迤逦地混杂着跑。当它们经过观坛的前面的时候，地土被它们震撼了，风驰电掣地向前跑，队伍渐渐地延长，有四十米之远。佛兰其班跑在最后，娜娜也比律西让与斯派利更后些。

"糟糕！那英国马倒会争气！"

宝幢车里的人一个个都说话喝彩，他们把眼睛送着骑士们在日光下奔跑。跑到高处的时候，华勒里约占了先，哥西纽斯与哈赛尔落伍了，律西让与斯派利并排，后面仍旧是"娜娜"。

"呼！"鲍特那富说，"那英国马赢了！这是看得出的！律西让疲倦了，而华勒里约又不能支持。"

"好？如果那英国马赢了，还成什么体统！"费理伯为爱国心所激发，这样叫了两句。

全场的人也都十分忧虑，恐怕又是一场失败了！于是大家恭祝律西让胜利;同时又咒骂斯派利,说那骑士像扛死尸的一般。娜娜看见众马像是受了一种大力驱迫,只顾向前拼命奔跑,她看见它们的臀部与敏捷的马蹄,又看见迎风的马鬣。现在它们渐远渐小,跑向浓绿的树林去了。忽然间,它们不见了;原来是跑马场中央的一簇树林遮掩住了。乔治还很有希望,叫道:

"你们不要说!这还没有完呢……那英国马疲倦了。"

爱克多仍旧不爱国,专替斯派利喝彩,变了丢脸的人。妙啊!活该!法国该得这个报应!斯派利第一,佛兰其班第二!爱国的人们要气煞了!拉布选特动了怒,认真地威吓他,说要把他抛到车子下面去。

"让我看它们要跑多少分钟。"鲍特那富安静地说时,左手抱着小路易,右手把表掏了出来。

众马在丛树边一匹一匹转出来了。人们吃了一惊,又喧哗起来。华勒里约仍旧占先;但是斯派利却追上了它。律西让落伍了,另有一匹马上前替代了它。人们因为分辨不出骑衣,所以不即刻知道是哪一匹马。后来他们认清楚了之后便喝彩道:

"呀!这原来是'娜娜'!……您不要说了吧,这是'娜娜'!律西让没有动呢……呃!不错!是'娜娜',看它那金黄的颜色便知道是它了……你们现在看见了吗?它发愤得很!……好呵,'娜娜'快活得很!……呼!这没有什么意思。它只跟着律西让学样。"

在几秒钟之内,这话乃是公众的意见。但是那小牝马很有恒地努力,渐渐占了胜着。于是大家都非常感动。落伍的诸马是不能引起人们注意的了,只有斯派利、"娜娜"、律西让、华勒里约作最后的争持。大家唠叨地议论它们的进步与失败,口里只剩有这四马的名字。娜娜爬上了她的车夫的座子,面色淡白,身上发抖,至于说不出话来。拉布选特在她的旁边又微笑了。

"喂!那英国马吃力了!不行了!"费理伯快活地说。

"总而言之,律西让是完了的了。"爱克多说,"华勒里约也来了……你们看,四匹马聚在一块儿了。"

此刻众口同声地嚷道:

"好一场恶斗啊!……好一场恶斗啊!"

现在众马飞驰到了正面来了。人们觉得喘息的声音每隔一秒钟更近。大家都急剧地扑向铁栏上;在众马未到之前,那喘息的声音竟像惊涛骇浪渐迫渐近。这是最后的时间,马蹄下有几百万法郎的关系。人们不互相拥挤了,只捏着拳互相践压,各人只顾指手画脚替他所赌的马欢呼。此刻全场的人都叫道:

"它们来了!它们来了!……它们来了!"

"娜娜"又占了地步;现在华勒里约落伍了,"娜娜"与斯派利竟是并驾齐驱。雷般的声音渐渐大了。它们到了,宝幢车上大家又吵嚷了一阵:

"吓!律西让真是一匹驽马!……那英国马真不错!再努力!再努力!……那华勒里约真可恨!……唉!那死畜牲!我那十个路易完了!……只有'娜娜'!好啊!'娜娜'!好啊!'娜娜'!"

娜娜在座子上不知不觉地摆动她的腰肢,竟像她自己赛跑似的。她把肚子挺了几挺,她似乎觉得这可以助那小牝马的威风。每次她都很疲倦地叹气,艰难地低声说:

"去呀……去呀……去呀……"

这时大家看是一件很妙的事情。白里思站在踏镫之上,把铁臂高扬着鞭子,痛打"娜娜"。看他这干瘪的老孩子竟放出威风来!他因为热心争胜,竟把心给了那小牝马。双睛冒血,汗流浃背,只顾催它上前。此刻人们停止了呼吸,空气停止了流通,只剩有一阵跑马的声音;至于那裁判员却十分冷静,把眼对定了瞄标,在等候着。白里思逞了最后的努力,竟把"娜娜"催到了终止点,比斯派利占先了一个头。

忽然人声喧阗,宛如春潮倏至。"娜娜"!"娜娜"!"娜娜"!

这两个字渐传渐远,渐嚷渐高,声浪直达天涯,冲破了华烈央山,布
满了布兰若的平原与长野的草地。场中热狂地喝起彩来。"娜娜"
万岁! 法兰西万岁! 打倒英吉利! 妇人们把阳伞举起;男子们跳
起来,打旋转,嘴里喃喃地骂;又有些人热狂地笑,揭了帽子欢呼。
跑马场另一边的禁地上也有了应声,观坛上也骚动了一阵,人们模
糊地看不清,在那些弯曲的臂膀、开着的嘴的上面似乎有一种无形
的火焰在空气中荡动。欢呼的声音并不停止,树林下的民众的呼
声传到了皇后的观坛,皇后也喝了彩。"娜娜"! "娜娜"! "娜
娜"! 呼声直上云霄,太阳的金光增加了"娜娜"的荣耀。

娜娜站上宝幢车的座子上,以为人家喝她的彩,竟自负起来。
她一时不动,呆望着欢呼的人群,则见帽子招摇,竟掩住了草地,后
来众人都依了秩序,向"娜娜"施礼,那疲劳极了的白里思骑在它的
身上去了。娜娜尽力地拍自己的大腿,忘了一切,扬扬得意地说:

"呀! 他娘的! 这竟是我! ……呀! 他娘的! 何等的福气!"

她不晓得怎样表示她的快乐,只把鲍特那富抱着的小路易吻
了又吻。

"三分又十四秒。"鲍特那富说时,把表放进了衣袋里。

娜娜始终听着自己的名字,全场都有回声。这是她的民众喝
她的彩;金发的、穿着蓝白色的长袍的她挺直地站在日光里御临着
民众。拉布迭特临走时报告她,说她赢了二千路易,因为他曾经把
她那五十路易赌"娜娜",赌的是四十倍的彩。但她不很注意这一
笔横财,却欣幸得了意外的光荣,成了巴黎之后。那些女人们都输
了。洛丝一时气愤,竟打破了她的阳伞;嘉洛林、克拉丽丝、西曼、
绿西——也不顾她的儿子在身旁——一个个都暗暗地赌咒,深恨
"娜娜"有福。特丽恭在起步时画了十字架,到步时又画了十字架。
现在她在她们当中挺直了高大的身子,表示她会看风色,竟赌了
"娜娜"。

宝幢周围的男子们越挤越多了,他们拼命地喝彩。乔治的声

嗄了，独自一人继续地叫着。这时的香槟酒没有了，费理伯便引那些跟班们到食物摊上买去。自从"娜娜"得了胜利之后，逢迎她的人更多了，起初不肯来的人们现在也来了，她的宝幢车竟成为一个中心点，这皇后梵奴高临着她的臣民，他们都像在朝廷里欢呼万岁。鲍特那富在她的身后喃喃地说了些粗言，像父亲般感动。史丹奈重新被她征服了，便抛弃了西曼，来踏在一个踏板之上。香槟酒买来了之后，她把一杯满斟的酒高高地举起，人们仍旧大声欢呼：娜娜！娜娜！娜娜！竟令观众诧异起来，举眼寻觅场上的小牝马，因为大家不晓得人们所欢呼的是人是马。

这时米让心中兴奋，想要吻娜娜，便不顾洛丝贴起眼睛望他，竟跑到了娜娜跟前，在她的两颊上接吻，很亲热地说：

"我最讨厌的乃是：现在洛丝一定要寄发那一封书信了……她太气愤不过了。"

"这才好呢！我的事情因此就妥当了！"娜娜不知不觉地说了出来。后来她看见他吃惊，连忙改口说：

"呀！不，我说了什么话？……真的，我不晓得我说了些什么话了！……我醉了！"

她果然醉了，为快乐而醉，为日光而醉。她举起杯来，自己喝彩道：

"娜娜万岁！娜娜万岁！"

各种比赛渐渐完了，现在是和伯郎比赛了。许多车子一辆一辆地走了。这时王多弗尔的名字又传了来，却变为一种吵闹。现在事情是显明的了：自从两年以来，王多弗尔养精蓄锐，教克烈汉骑"娜娜"，他创了一个律西让，为的是帮助那小牝马的成功。输了钱的人们都生气了，同时那些赢了钱的人们都耸肩。怎么样？这是不许做的吗？一个马主依着他的主意支配他的马厩，这是他的自由。而且不止是他一人这样办呢！一大部分的人们都觉得王多弗尔手段很高，能教朋友们收罗许多人赌"娜娜"，以至于赌标忽然高了。人们共赌了二千路易，平均是三十倍的彩，共赢了十二万法郎，这数目令人起了尊敬之心，便把一切都原谅了。

然而又有一种议论从禁地上传来，这是很重大的消息，大家唧唧喳喳说着。从那边回来的男人们叙述了详情，高声地数说一件丑事。那可怜的王多弗尔完了，他做了一件糊涂事，把他的成绩都弄坏了。他嘱托那阴险的持簿人马烈侠做了一个可恨的骗局，叫他替自己把二千路易反对律西让，所以明里所赌律西让的千余路易虽则输了，暗里却赢了回来。这可以证明他的弱点，在快到破产的时候做出这一件丑事来。那持簿人预先知道律西让不会赢的，所以他在律西让身上赚了六万多法郎，不过，拉布迭特不甚知道详情，竟在他的手里下了赌"娜娜"的二百路易的赌注，他也莫名其妙，给了五十倍的赌彩。他在"娜娜"身上输了十万法郎，与在律西让身上赢来的六万法郎相抵，还输四万法郎。他觉得一场大败，正在伤心，忽然看见拉布迭特与王多弗尔于赛完后在过秤室门前悄悄地谈话，他便懂得了一切。他本是一个野蛮的车夫，现在因为被骗伤了心，便当众宣布王多弗尔的骗局，说话全不留情，以至全场惊动。人家还说裁判员们要开会判断这事。

费理伯与乔治低声地告诉了娜娜，她仍旧欢笑喝酒，同时心中思忖。这是很可能的，她记得许多情形：而且马烈侠的面色也很阴险。但是她还怀疑着，忽然拉布迭特来了，他的面色大变。

"怎么样？"她低声地问。

"糟了！"他简单地答。

他说着耸了一耸肩。这王多弗尔真是孩子气！娜娜有纳闷的样子。

晚上在马比尔会里，娜娜大出风头。她在将近十点钟的时候到场，大家已经欢呼得不得了。这会里有许多风流的少年，上流人杂着许多贵家奴仆。人们在花圈下跳舞；黑色的晚服，过度的妆饰，都显得一种淫侠的娱乐。妇人们穿了露肩衣到来，大家逗着酒气大闹一阵。三十步之外,听不见音乐之声。没有一个人跳舞了。许多糊涂话在一队一队的人群中传扬。七个女人被关在存衣所里,哭求人家放了她们。有人拾得了一个蒜头,拿来拍卖,竟有人出价四十法郎。恰巧娜娜来了,还穿的是跑马场上的蓝白二色的服装。人家把那蒜头献给她,全体都喝起彩来。人们不由她肯不肯,竟与她拉手;有三个男子把她抬起来走过了那些被人蹂躏过了的花畦。音乐队阻住了他们,他们便打破了好些乐谱桌与椅子。后来是警察们到来,好情好意地弹压了他们。

直到了礼拜二,娜娜的胜利的热狂才消减了些。小路易给大空气弄病了,洛拉夫人来报告病情,娜娜就与她谈话。这时娜娜得了一个轰动全城的消息,因此很有些感触。原来王多弗尔被跑马会里除了名,当天晚上他的家产就在王家俱乐部里被人没收了,到了第二天,他果然把自己关在马厩里,与他的马匹一块儿烧死了。娜娜说:

"他早已对我说过了的。这人真是一个狂人!……昨天晚上人家告诉我的时候,我害怕得什么似的!你须知,他尽可以在夜里把我杀了……再说,他本来不应该把那小牝马的事情预先告诉我吗?至少我可以发一注大财!……他同拉布迭特说假使我知道了机密,便会即刻报告了我的理发匠与许多男子们。你看,他对我多么好!……呀!不,老实说,我不能十分痛惜他这一死。"

她越想越生了气。恰好拉布迭特来了,他已经清理了赌账,特地把四万法郎带来给她。她因此增加了怒气,如果她预先知情,岂不赢了一百万吗?拉布迭特假装完全不晓得内幕,顺着她说王多弗尔的坏话。这些老世家都是空了的,不免这般糊涂地收场。

"呀!不",娜娜说,"在马厩里放火,倒不算糊涂。我觉得他还死得勇敢……唉!你须知,我对于他与马烈侠做了的丑事,是不替他辩护的。这真没有道理。唉!白兰胥的胆子真大,竟把罪过归在我的身上呢!我回答她说:'难道是我叫他骗人家的钱吗?'你看,是不是? 一个女人尽可以问一个男子要钱,不就是把他迫去做贼……假使他对我说'我没有钱了',我一定对他说:'好的,我们撒开手吧。'这么一来,还有什么事情发生呢?"

"当然啦,"洛拉夫人庄重地说,"男子们做情痴,是他们自己吃亏。"

"说到收场的时候却妙得很!"娜娜说,"似乎这是一件惨事,可以令人的毛管耸起呢。他支使开了众人,把自己关在马厩里,把许多煤油烧起来……你们想想看! 马厩是木做的,里头满堆着麦秆与稻草! ……那些火焰升得像城墙般高……最好看的乃是:那些马不愿意给他烤死,它们跳起来,冲撞那些门户,叫喊的声音竟像人声……"

拉布迭特轻轻地嘯了一口气表示怀疑,他不相信王多弗尔是死了的。有人发誓说看见他从窗子里跳了出来。他一时地神经错乱,便放火烧马厩;后来火势太大了,他该是清醒过来了的。平日糊里糊涂地与女人们鬼混的一个男子是不会死得这样勇敢的。

她听了他的话便扫兴了,只找得一句话说:

"唉! 贱骨头! 这是多么好的事啊!"

第十二章

夜里将近一点钟的时候,娜娜与摩法伯爵躺在那梵尼斯的大床上,还不曾入睡。他赌气了三天,今天晚上才再来了。卧房有很微弱的灯光照着,空气微温,那些银镶的、白漆的家具显出了淡白的反照。一幅放下了的窗帷把黑影掩住了床,他叹了一口气,一个吻声截破了沉寂;娜娜从被窝里溜出来,两腿裸着,在床沿坐了一会儿。伯爵的头倒在枕上,停留在黑影里。

"爱!你相信上帝吗?"娜娜沉思了半晌才这样发问,问时面色庄重,似乎她从她的情郎怀里出来便受了宗教上的恐吓。

自从早上以来,她只叫不舒服;她起了许多糊涂的念头,心中常常想起死神与地狱。有时候,她在夜里像孩子般害怕起来,做了些恶梦,开着眼睛幻想了许多可怕的事情,她又说:

"呃?你以为我可以上天堂吗?"

她说着,打了一个寒战!伯爵料不到在这时候受了这奇异的质问,自己的宗教观念被她唤起,觉得良心上非常不安。娜娜的衬衣从肩上褪下来,头发散乱,伏在他的胸上,攒得紧紧的,哽咽地说:

"我怕死……我怕死……"

他好容易才挣得脱身,他觉得她的身挨着他的身,自己也怕她传染。但是他劝慰她,说她的身体很好,只该自己检点品行,将来总有上帝恕罪的一天。她听了只管摇头;当然,她不曾害人。而且她给他看她的胸前有一根红绳悬着一个圣母的半身像：不过，上帝的法律是规定了的：凡是不结婚而又交结许多男子的女人，将来一定入地狱受罪。宗教书上的言语重上了她的心头。唉！假使我们知道了真相，岂不是好！然而我们完全不晓得，也没有一个人来报消息。如果那些牧师们说的是废话，我们何苦提心吊胆呢！她虽则如此想着，仍旧虔诚地吻她胸前的圣母像，因为她想到死亡就寒心起来，所以不免皈依宗教。

她要摩法陪她到梳妆室里，因为她自己不敢进去，纵使让室门开着，她也发抖。他再睡下了之后，她还在卧房里徘徊，到处审视，听见了轻微的声音便吓得一跳。她到了一个镜子前面停了脚步，一时忘了情，又像从前一般地瞻望她的裸体。但是她看见了她的奶子与屁股大腿，越发害怕了。她终于用双手把她的面上的骨骼摸了又摸，说道：

"一个人死了的时候就丑了。"

她说着，收紧了她的腮，突起了她的眼，显出了她的牙床，要看她死后的形状。她这样把面貌改变了，然后转身向伯爵说：

"你瞧，将来我死了之后，便是这样小的脸孔了。"

于是他生气了，说：

"你不疯了？快来睡吧。"

他看见她在墓穴里，是长眠百年的枯骨，于是他合掌做了一个祷告。近来他又被宗教克服了，每天他的信仰与他的行为抵触，以致他困顿不堪。他的手指窄窄地响了，他口里不住地说："我的上帝啊……我的上帝啊……我的上帝啊……"这是他的无能的呼声，造孽的呼声；他虽则深信必受百劫不复的永罚，但他没有力量反抗。她回到床上的时候，看见他狠狠地把手指抓着胸膛，眼睛直视，像是要寻找天堂似的。于是她哭起来，二人互相接吻，莫名其妙地震颤他们的牙齿，大家都被一种糊涂的意念缠绕着。从前他们已经度过了一夜是如此的；不过这一次更糊涂到了十分，娜娜的惊魂定后自己也承认是傻事。她忽然起了疑心，以为洛丝也许已经把那一封书信寄给了他，所以谨慎地询问他。然而他并不为的是这个，他只心里起了恐怖，所以如此，因为他还不知道他的妻子真的偷了人。

摩法又隔了两天不来，到了第三天，他在早上到来，这一次竟是例外，因为他从来不曾在这时候来过。他的脸变为铅色，眼睛红了，显得是心灵里起了大斗争的结果。但是索爱自己有了恐怖，也就看不出他的恐怖了。他一进门，她便跑来嚷道：

"唉！先生快来！昨天晚上夫人险些儿死了！"

他问她一个详细，她说：

"是意料不到的一件事……一场小产，先生！"

娜娜怀孕三个月了。许久以来，她自己只以为身子不妥；那医博士布达烈尔也还怀疑。后来医生证明是怀孕了，她觉得十分麻烦，所以拼命掩饰着。她的恐怖与悲愁有几分是从这里来的，但是她像一个"做母亲的少女"一般地害羞，所以她谨守秘密。她似乎觉得这是可笑的一场意外，一则减低了自己的身份，二则人家要拿她做笑柄。唉！真是没有运气！她以为已经完了，谁知又上了当！而且她常常诧异：这事儿会做出孩子来吗？当人家不再要孩子的时候，要拿来做别的功用也不可以吗？她在痛恨自然，娱乐场中竟惹起了严重的母道；她把周围的人们致死，而她竟有孩儿诞生！难道一个人不能逢场作戏，一定要生孩子吗？这小娃娃何苦到来！她自己不能答复。呀！天啊！创造这孩子的人本该保留着他，不放他到人世才好；因为他这一来，没有一个人要他，他只累了众人，将来他的生活里是一定没有幸福的了！

这时索爱叙述那祸事，说：

"自从四点钟以后，夫人就叫肚子痛了。当我在梳妆室的时候，不见夫人进来；我回到卧房里看时，则见夫人躺在地上，已经昏迷不醒了。是的，先生，她躺在地上，在一涡鲜血里，像是被人家谋杀了似的……于是我就懂得了。我生气得很，夫人早该把这不幸的事情告诉了我才是……恰好那时候有乔治先生在这里。他帮助我扶了夫人起来，然而他一听见是一场小产，连他自己也昏倒了……真的！自从昨天到现在，我的心没有一刻安宁！"

索爱的话不错，公馆里忙乱极了。奴仆们都在楼梯与各房里穿插奔走。乔治在客厅的安乐椅上过夜。昨天晚上在娜娜平日接见宾客的时候，是他把这消息报告了娜娜的朋友们。他一则吃惊，二则感动，所以他叙述的时候面色大变。那时史丹奈、爱克多、费理伯与其他的朋友都在客厅里。他们一听乔治说起，即刻叫嚷起来：这是不可能的！大约是一种滑稽的把戏！后来他们的面色变为严重了，注视着卧房的门，一个个都摇头叹气，觉得这不是开心的事情。直到半夜的时候，有十余位先生站在火橱前谈话；他们都是朋友，都对于娜娜有慈父之爱。他们你望我，我望你，面有惭愧之色，似乎互相谅解。后来他们都弯了腰，这是她的事情，与他们没有关系。呀！这娜娜真是令人料不到！谁以为她会闹出这种把戏来！末了，他们一个一个地蹑着脚走了，好像在一个死人的卧房里，他们再也不能笑了。

"先生，请你到底上楼来吧"，索爱向摩法说，"夫人的身子好得多了，她可以接见您……我们在等候医生，他说过今早来的。"

原来索爱已经劝乔治归家睡觉去了。楼上的客厅里只剩有萨丹一人躺在横炕上，吸着一支香烟，眼睛仰望着。自从这一场意外之后，在全宅忙乱之中，她只冷冷地生气，耸着肩说了许多冷酷的话。此刻索爱从她的跟前走过，向伯爵说夫人受了不少的痛苦，她便用简短的声音说：

"活该！她从此可以得到一个教训！"

索爱与伯爵都诧异地回头看她。她的身子还没有动，眼睛仍旧望着天花板，嘴唇夹着她的香烟狂吸着。

"好！您是一个好心的人！"索爱说。

但是萨丹在横炕上坐起来,气冲冲地望着伯爵,重新又当他的面说了这么两句:

"活该!她从此可以得到一个教训!"

她说着,又把身子躺下去,呼了一口烟,似乎她不关心于这事,决意不闻不问。不,这太呆了!

索爱早已把摩法引进了卧房里。房里蕴着一种以太的气味,在微温的沉寂里只听见维利耶路的稀少的车子的暗哑的轮声。娜娜躺在枕上不曾入睡,面色惨白,瞪着眼睛想入非非。她瞥见了伯爵,微笑不动,徐徐地向他说道:

"呀!我的猫,我以为我永远不能再见你的面了。"

他俯身吻她的头发,她感动起来,便与他规规矩矩地谈论那婴孩,好像他就是那婴孩的父亲似的。

"从前我不敢向你说起……但是我觉得很幸福!唉!我做了许多好梦,希望他配得起你。好!你看!现在什么都完了……也罢,这也许还好些。我不愿意你在生活上受累。"

他诧异起来,吃吃地说了些话。他移了一张椅子在床前坐下,一只手臂倚着被窝。于是娜娜注意到他垂头丧气,他的眼睛冒血,嘴唇颤动。她问:

"你怎么样了?你也病了吗?"

"不。"他艰难地说。

她怔怔地望了他半晌,于是挥手叫索爱出去,索爱正在收拾药瓶,看见她的手势,便走开了。当他们二人独自在一块儿的时候,她拉他近来,又说:

"你怎么样了,爱?……你的眼睛含着眼泪,我是看得出的……喂,说了吧。我晓得你这一来为的是要向我说些什么话的。"

"不是的,不是的,我向你发誓。"他吃吃地说。

他自己有了痛苦,又不知不觉地落到这病人的卧房里,忍不住哽咽起来，把脸孔躲在被窝里，希望压抑他的痛苦的爆发。娜娜忽然懂得了，一定是洛丝终于把那一封书信寄发了。他哽咽得身子打抽，把床震动；她让他哭了一会儿，然后很表同情地说：

"你在家里有了麻烦的事情吗？"

他点头说是。她顿了一顿，又低声地说：

"那么，你是知道一切的了？"

他又点头道是。在这痛苦的卧房里，又来了一种重滞的沉寂。昨天晚上，他从皇后的夜会归来之后，接到了沙苹写给她的情郎的一封书信。他在夜里起心报仇，一夜不曾合眼；他在早上便出门，为的是在外面消磨他那杀妻的念头。到了外面，6月的美丽的清晨把他弄温和了，他的仇心顿灭，于是到娜娜家里来，因为他每逢生活里有了不幸的事情一定要到她家里来的。到了这里，他索性自暴自弃，很无聊地希望娜娜安慰他。

"哎呀，不要哭了吧。"娜娜说时，装做一个很好心的人，"我老早已经知道了。但是，当然不会是我捺开你的眼睛，你记得吗？去年的时候，你曾经起了怀疑。幸亏我很谨慎，所以事情不曾发作。后来你也没有证据……呃！今天你有了证据，这是很难堪的，我懂得。但是你到底应该自己安慰。不见得因此就污辱了你的声名。"

他不哭了。他虽则许久以来把家中的秘密都告诉了娜娜，这一次却惭愧起来。她不得不鼓励他，说她是女人，什么话都可以听的。后来他吐出了一种喑哑的声音说：

"你病了。我何苦累你疲倦呢！……我这一来，真是糊涂。我走吧。"

"哪里？"她连忙地说，"你不要走。我也许可以向你进一个忠告。不过，你不要使我说话太多了，这是医生禁止了的。"

他终于站起来，在卧房里踱来踱去。于是她问他道：

"现在你预备怎样办呢？"

"我要去打那男人的耳光！"

她作态表示不赞成。又说：

"这并不高明……你的妻子呢？"

"我要告她，我有证据了。"

"这也不高明，而且还算糊涂……你须知，我决不让你这样做的。"

她用微弱的声音，徐徐地陈说决斗与告状无益，而且失了体面。在一礼拜之内，他要成为报纸的资料；这是把他的一生去冒险：他的安宁、他在朝廷里的位置，与他的家声，都会因此完了，只博得一场笑话。

"我不管！我只要报仇就好了！"他说。

"我的猫"，她说，"这种事情，如果你不即刻报仇，便永远不能报仇了。"

他停了脚步，吞吞吐吐地说不出话来。当然，他不是没志气的人，然而他觉得她有道理；他在怒气里起了一种不舒服，惭愧起来，渐渐软了。这时娜娜打定主意把一切都坦白地劝他，所以又说道：

"而且，爱，你晓得你最讨厌的一件事吗？……这因为你自己也辜负了你的妻子。你在外面过夜，人家不会说你是捉蟋蟀去了的吧？是不是？你的妻子应该猜到这一层了。她会说你给了她榜样，就叫你闭口无言……你看，所以你不曾在那边杀了奸夫淫妇，却到这儿来踏地板。"

摩法听了这不留情的话，一阵伤心，又倒在椅子上了。她顿了一顿，换了呼吸，又低声地说：

"唉！我疲倦极了……请你扶我坐起来吧。我的头太重了，爬起又溜下来。"

摩法扶了她坐起来，她叹了一口气，觉得舒服些了。她又回想到离婚的诉讼上。将来那伯爵夫人的律师不是把娜娜提出，令巴黎人开心吗？一切都要经过法庭：她在陆离戏院的失败、她的公馆、她的生活，都在法庭暴露。呀！不行！她不希望人家替她宣传名誉！假使是别的女人，一定怂恿他告状，在他的背上擂鼓；至于她呢，她以他的幸福为前提。她把他拉近来，把他的头放在自己的头旁边，倚在枕上，他的一只手臂承着她的颈。于是她温和地低声向他说道：

"我的猫，你听我说，你还是同你的妻子要好吧。"

他气愤起来，不行。决不！这太可耻了！然而她更多情地再三要求说：

"你还是同你的妻子要好吧；哎呀，你愿意人家说我离间你们夫妇吗？这么一来，我的名声太坏了，你叫人家怎样猜我呢？不过，我请你发誓永远爱我，因为你将来另有了一个之后……"

他很感动地流泪，一味吻她，打断了她的话头，说：

"你不疯了？这是不可能的！"

"哪里！哪里！你非这样做不可……我将来自己找安慰。无论如何，她总是你的妻子，并不像你辜负我而去，找一个路人。"

她这样继续下去，向他进了许多忠告，她甚至于说到上帝。他恍然如听卫洛先生说法，劝他不可造孽。然而她也不说绝交的话，她劝他分身给妻子与情妇两方面；这是安静的生活，并不搅扰一个人。世上本是肮脏的，倒不如痛快地做一场春梦吧。他们的生活并不因此改变，他永远是她心爱的小猫；不过，她希望他来疏些，分出些良宵给他的妻子。她说到这里，力竭了，便用微弱的声音说：

"总之，将来我因为做了一件善事，心里更得了安慰……你也更爱我了。"

这时大家静默了半晌。她把眼睛闭了，面色还是惨白。现在是他静听她说话，借口说是不愿意使她疲倦。许久之后，她张开了眼睛，又说：

"还有银子呢？如果你生了气，你到哪里取银子去？……拉布选特昨天来了，为的是那借约的事情……我呢，我缺少了一切，身上什么都没有，得穿了。"

后来她又闭了眼睛，像个死人。摩法的脸上现出一种深愁，原来他受了金钱的困迫，不晓得怎样脱离难关，昨天因为发怒忘了，此刻却被她唤醒了。他虽则正式地约过还钱的话，那十万法郎的契约竟换新了一次，拿去流通了。拉布迭特假装绝望，把一切的罪过都推在法朗西身上，说他下次再也不与这一个没有受教育的人共同做事了。这一笔款子非还不可，伯爵断不能让人家禀官厅追索的。除了娜娜的苛求之外，他自己家里的用途也非常之大。因为伯爵夫人从芳呆特村归来之后，突然有了奢华的嗜好，要享世俗的娱乐，渐渐把家财用光了。现在她有了败家的怪脾气，家里有了新的排场：她浪费了五十万法郎改造米洛迈斯尼路的公馆，又买了许多漂亮衣服，而且许多银子不见了，也许是她给了人家，然而她不肯承认。摩法指东说西地说了些话，想要知道真相；但是她微笑地注视他，现出奇异的神情，以至于他不敢发问，生怕她老实不客气地说得太明白了。从前娜娜劝他把女儿嫁达克奈，他答应了，也为的是金钱问题。因为达克奈能高攀这一头亲事，已经是喜出望外的了，伯爵尽可以把爱斯迭尔的嫁资减到二十万法郎，料想达克奈也没有不肯的。

但是，自从一礼拜以来，因为急于要还拉布迭特十万法郎的缘故，摩法想起了唯一的一条出路，想起了还在踌躇。原来他预备把波尔特的田地变卖，这是伯爵夫人的一个叔父最近才遗传给她的一份很好的产业，可以值得五十万法郎。不过，须要伯爵夫人签字才可以卖；同时她自己要卖也须得伯爵许可，这是契约里注明的。昨天他已经决定了主意，想要与他的妻子商量签字的事情。现在到了这地步，他却绝对不能妥协了，他一则家中出了丑事，二则经济困难，心里越发痛苦了。他懂得娜娜的要求的用意，因为他渐渐把娜娜引为心腹，事事都告诉了她，近日自叹困穷，也把预备求伯爵夫人签字卖田的话同她说了。

然而娜娜似乎并不坚持。她的眼睛不再睁开了。他看见她的面色太淡白了,害怕起来,便教她吃了一些以太酒精。她叹了一口气。

"结婚是什么时候呢?"她问时,不提起达克奈的名字。

"婚约在礼拜二五点钟签字。"他答。

于是她仍旧不开眼睛,如在梦里地说:

"总之,我的猫,你看你应该怎样做吧……我呢,我希望人人都喜欢才好。"

他握着她的一只手,安慰她。是的,他将来再看,现在最重要的乃是她先休养精神再说。他不生气了,这病人的卧房的以太气是微温的,令他沉迷在安静的幸福之中。他的男子气概都落在这卧病的女人的床上;他抚循着她,她的体温激动了他的肉欲,令他回忆从前的欢娱。他俯身向她,与她紧紧地偎倚着!她的脸孔虽则不动,终于微笑了一笑,表示她的胜利。这时医博士布达烈尔来了,他把摩法看做娜娜的丈夫,很熟地向他说:

"喂?这可爱的孩子怎么样了!唉!我们使她谈话太久了!"

那医生是一个美男子,年纪还不老,他在花柳场中有许多好主顾。他为人很风流,与荡妇们像朋友般说笑,但是从来不睡觉,只要她们给他很贵的诊金,然而他决不错误了时间,而且一唤就来。娜娜每礼拜差人去请他两三次,因为她怕死,所以很担心地把许多轻微的毛病告诉了他,他医治了她,同时叙述了许多有趣的故事令她开心。荡妇们一个个都十分爱他。但是这一次的毛病却是重大的了。

摩法告退了,他看见了他的可怜的娜娜如此疲弱,只起了恻隐之心。但是,他正要出去时,她点头叫他回来,把额递给他接吻;而且把声音放低,滑稽地恐吓他说:

"你晓得我容许你做的……你回家见妻子去吧,否则我一生气,什么都完了!"

沙苹夫人想要她的女儿的婚约在礼拜二签字,趁此佳节庆祝

她那油漆未干的公馆。五百张请柬发出了,邀请的宾客各方面都
有些。早上的时候,糊墙匠还来钉壁毡;到了点起大光灯的时候,
将近九点钟了,建筑师陪着伯爵夫人作最后的吩咐。她满心欢喜。

　　这是春天的一个佳节,6月的天气很暖,所以人家把客厅的两
门打开,把跳舞场延长到花园的沙地上。当那些先到的宾客们进
门的时候,伯爵与伯爵夫人在门口迎接,他们的眼睛着了迷。他们
忆及从前的客厅:伯爵夫人在那里经过了冰冷的青年时代,厅里古
色古香,家具是王宫式的,壁毡是黄色的,天花板是微绿色的,形态
庄严,而且带着湿气。现在呢,他们一进门便看见那些很高的烛台
下嵌着摩西板,大理石的阶沿上加了细金的栏杆,客厅里也漂亮得
多了,地毯是意大利的细绒做的,天花板上是布歇的油画①,这画是
那建筑师花了十万法郎从单丕耶王府买来的。大光灯与壁灯映着
华丽的镜子与宝贵的家具。我们可以说当年沙苹所坐的红色椅子
扩大了,把它的娇艳的形态布满了全宅,一时喜气盈盈,无火自暖。

　　人们已经跳起舞来了。音乐队布置在花园里,在开着的一个
窗子的前面。乐曲是华尔斯,声音穿过了旷空,传入厅里时,更是
柔和动听了。那花园也扩大了,许多梵尼斯的灯笼照耀着,草畦的
旁边立了一个帐篷,帐篷下布置一个食物摊。这华尔斯恰是《黄发
的梵奴》里头的华尔斯,音韵淫靡,冲进了一所旧第宅里,温暖了冰
冷的墙壁。似乎这是肉欲的风从马路上吹来,扫荡了这一个世家
的腐败空气,滚走了摩法的过去,一世纪的荣名与信仰都在天花板
下消灭了。

　　这时伯爵的母亲的老朋友们在火橱旁边占了平日的位置,他
们如鱼失水,坐立都不安宁。在渐来渐多的宾客们当中,他们另成
一个小群。钟克乖夫人不认得房子了,竟从饭厅里穿过来。尚特
洛夫人瞪着眼睛望那花园,似乎觉得大极了。不久以后,这角儿上

①　布歇(Boucher, 1703—1770)是法国的画家。

的人们便很悲哀地发出了种种的议论。

"喂",尚特洛夫人说,"假使那老伯爵夫人再回来……她一进门,混入了这社会里头,该作什么感想!这许多金器,这许多闹声……唉!还成什么体统呢?"

"沙苹变糊涂了",钟克乖夫人说,"你们在门口看见了她没有?呃,你们在这儿也可以看见她……她把她所有的宝石都带上了。"

一霎时,她们站起来,远远地审视伯爵夫人与伯爵。沙苹穿的是白色,嫩了,风流了,更美了,笑口常开,微含醉意。她的身边的摩法却变老了,淡白了,神情安闲而尊严,也像沙苹夫人一般地微笑着。

"你们想想看",尚特洛夫人又说,"当年他是主人,不经他许可的时候,要搬一张凳子进来也不行!……现在呢,她改变了许多家具,他只像在她的家里一般……你们记得吗?当年她不愿意改造她的客厅,现在她竟把整个的公馆改造了。"

她们住口了,歇瑟尔夫人进来,后面跟着是一群少年男子,她看见了客厅,点头赞赏,说:

"唉!好极!……妙极!……她真有审美的能力!"

她又远远地向她们说:

"我当初说的是什么话来?改造了之后,没有一点儿腐败气象了……时髦得很!是不是?真是合时代的潮流……好,现在她可以接待宾客了。"

钟克乖夫人与尚特洛夫人重新坐下来,把声音放低,谈论那大家诧异的婚事。爱斯迭尔刚才走过了,穿的是玫瑰色的绸衣,身材仍旧很瘦,还是沉静寡言的态度。她很平常地应承了达克奈,不表示快乐,也不表示悲哀,仍像当年拨炉添炭的时候一般淡白,一般冷静。这佳节是为她而设的,然而这些灯,这些花,这一场音乐,并不能使她感动。

"他是一个高等骗子,我从来没有看见过他。"钟克乖夫人说。

"当心，他来了。"尚特洛夫人说。

达克奈瞥见胡恭夫人与她的两个儿子来了，连忙上前揽她的臂；他笑嘻嘻地表示多情，好像他所发的财乃是她的功劳似的。

"谢谢您"，她说时，坐在火橱旁边，"您看，这是我的旧位置。"

"您认识他吗？"达克奈走了之后，钟克乖夫人问。

"当然啦，这是一个可爱的少年。乔治很爱他……唉！他的家庭是很有名誉的一家。"

胡恭夫人觉得人家隐隐地反对她，她就索性替他辩护。说他的父亲很受国王路易·费理伯敬重，至死还是一个知府。达克奈自己的声名也许低些，人家说他败了家。总是，他有一个叔父很有许多田产，这田产将来应该遗传给他。众妇人都摇头，胡恭夫人自己也难为情，然而她还硬着嘴说他家很有名誉。她很疲倦，便叫腿酸。自从一个月以来，她住在李歇利欧路的一所房子里，依她说，为的是有许多事情。一阵悲哀的微影掩住了她的慈祥的笑貌了。

"不管他怎样，爱斯迭尔总可以拣一个比他更好十倍的。"尚特洛夫人说。

军乐响了，原来是一场八人合舞。宾客们闪在厅的两旁，让出跳舞的地位。黑色的男服当中夹杂鲜艳的女袍；大光灯高高在上，照着首饰与帽翎，宛如万花齐放。天气已经热了，轻纱与绸衣里冲出扑鼻的浓香，赤裸的臂膊衬着热狂的音乐，越发显得白了。从开着的门户直望到各房的尽头，则见许多妇人排列坐着，嫣然浅笑，两眼生光，手里摇着扇子。这时还有许多宾客到来，一个仆人传报姓名；同时有些先生们揽着妇人们的臂，四面张望，要找一张空闲的椅子。公馆里渐渐满了，那好几个角儿上的裙带纷披，阻住去路，她们看惯了这种拥挤，一个个很有礼貌，并不失仪。然而花园的尽头，梵尼斯的灯笼之下，有许多对偶是从大客厅里逃出来的，他们渐避渐远，有些女人的裙脚竟到了草畦的旁边，好像是被音乐引诱而来似的。这时音乐在树林后发出一种和婉的远音。

史丹奈遇见了福加孟与爱克多在食物摊前喝一杯香槟酒。

"这妙得很！"爱克多说时，审视那些金枪支拄着的帐篷，"令人自以为到了香料面包商场……是不是？是的，香料面包商场！"

现在他假意多说儿戏的话，好像他已经是一个识破世界的少年男子，觉得什么都值不得认真了。只听得福加孟说道：

"那可怜的王多弗尔，如果他能再来，他一定很惊怪的……您记得吗？当年他在那边火橱的前面纳闷。呸！那时节，大家是不许笑的啊。"

"王多弗尔！您不要说了吧，这一个不长进的！"爱克多轻藐地说，"他自己寻苦恼，以为烤他的皮就可以惹我们开心！现在没有一个人说起他了。败家了，完了，埋葬了，王多弗尔不必提了，再说另一个吧！"

史丹奈与他们握手，爱克多又说：

"你们看，刚才娜娜也来了……唉！进门的时候是何等的威风！真是不可思议！……她先同伯爵夫人接了吻，然后一对未婚夫妇走近来，她庆祝了他们，同时向达克奈说：'保罗，你听我说，如果你要辜负她，只能先从我着手……'怎么！你们没有看见吗？妙得很！风光得很！"

福加孟与史丹奈瞠目张口地听他说，终于笑起来。爱克多扬扬得意地又说：

"呃？你们以为是成了事实的吗？……说哩！这一场婚姻乃是娜娜做成的。再者，她乃是一家的人。"

恰好胡恭兄弟走过，费理伯使他住口了。于是这一班男人也谈起婚姻来。爱克多说出了一件秘密的事情，乔治便气冲冲地与他争论，说娜娜把一个旧人给摩法做了女婿，这是不错的；不过，若说她在昨天晚上还同达克奈睡觉，这乃是假话。福加孟耸了一耸肩，谁晓得什么时候娜娜同人家睡觉呢？乔治生了气，便说："我呢，先生，我是晓得的！"众人都笑起来。史丹奈说得好，这烹饪的法子滑稽得很。

人们渐渐拥挤到食物摊上来了。他们让位，然而并不走开。爱克多厚着脸皮望女人，竟像在马比尔会里一般。小道的尽头出了一件令人诧异的事，原来他们遇见卫洛先生正在向达克奈说法，他劝他第一夜应该如何如何，惹得众人都笑了。后来他们回到客厅的门前，则见厅里的人们正在捉对儿跳舞，在站着的男人们中间摇摆身子。外面微风吹来，蜡烛高高地烧着。女人们的舞衣鼓荡成风，把大光灯底下的热气消减了。

"唉！他们在里头不觉得冷吧?"爱克多嘲笑地说。

他们从花园回来之后，看见叔雅尔侯爵孤零零地站在赤裸的许多女肩的中间，他的面色淡白，神情严厉，头上几根白发，显出他的尊严。他因为摩法的品行坏了，已经公然地与他绝交，不再踏进公馆的门。今天晚上因为他的外孙女再三要求他，所以他才肯到来，然而他不赞成这一场婚姻，以为他们"指挥阶级"的人家与平常的人家联姻是可耻的事。

"唉！完了!"钟克乖夫人低声向尚特洛夫人说，"这娼妇竟迷惑了他……当初我们以为他多么信教，多么高尚!"

"他似乎要破产了"，尚特洛夫人说，"我的丈夫手里得到了一张借约……他现在是在维利耶路的公馆里过生活的。全巴黎都议论纷纷……天啊，我是不原谅沙苹的;然而他这样做，也怪不得她嗟怨;说哩！她自己也把金钱乱抛……"

"她非但抛弃了金钱"，钟克乖夫人抢着说，"总之，他们二人败家，可以快些……亲爱的，他们都沉没在泥水里了。"

忽听得一种和婉的声音，把她们的谈话打断了，这是卫洛先生。他走到她们的身后坐下，好像希望人们看不见他;此刻他俯着身子说:

"为什么失望呢？当一切似乎都丧失了的时候，上帝会显圣的。"

这一家,从前是由他管理的,现在他很镇静地看摩法破产。自从他到了芳呆特村之后,深知自己的能力不够挽回,只好让他更加放浪。他承受了一切:摩法钟爱娜娜,沙苹留恋福歇利,甚至于爱斯迭尔嫁达克奈,他都认为不关重要。他自己表示更和婉,更神秘,希望失和的夫妇再和,因为他晓得事情越糟,将来越发可以令他们信教。上帝终有他的时期。

"伯爵始终有宗教的观念……他已经给了我许多证据了。"他说。

"好,那么,他应该先同他的妻子要好才是。"钟克乖夫人说。

"当然……我想他们不久就可以重寻旧好的。"

于是两个妇人都询问他,但是他变为最谦卑的人,说要听候上帝施行。他的希望,除了把伯爵、伯爵夫人联络外,便是避免社会的宣传。一个人把体面保存的时候,纵使有了些弱点,上帝也能宽恕的。

"总之",钟克乖夫人又说,"您本该阻止他把女儿嫁给那骗子才是……"

卫洛先生很诧异地说:

"您弄错了,达克奈先生乃是一个有大才能的少年……我晓得他的意志。他希望人们忘了他青年时代的过失。爱斯迭尔可以把他引上正道,请你们放心吧。"

"唉?爱斯迭尔!"尚特洛夫人轻藐地说,"我想她是没有志气的。您看她那无可无不可的样子!"

这种意见令卫洛先生笑起来。他对于那新娘并不加以解释。他闭了眼睑,好像不管事的样子,在罗裙的后面隐没了。胡恭夫人虽则因为疲倦而不留心,然则她还听见了几句。她要出头说话了,恰好叔雅尔侯爵向她施礼,她便向他说:

"这些夫人们太严厉了。人们的生活并没有这样坏……是不是,先生?一个人如果要人家原谅,须先原谅人家。"

侯爵很难为情,生怕她是指东说西。然而他看见胡恭夫人很悲哀地微笑,也就恢复了自己的神情,说道:

"不,有些事情是不可以原谅的……社会所以趋向罪恶,就是因为人们的度量太大了。"

此刻的跳舞会更热闹。客厅的地板轻轻摇动,似乎这老府第被佳节的人们压扁了,有时候,在人丛里露出了一个妇人的脸孔,因为跳舞吃力,眼睛闪光,双唇半启,雪白的皮肤与明灯辉映。钟克乖夫人说这是没有意义的。宅子里仅仅能容二百人,却招了五百宾客来,这乃是一件疯狂的事。那么,为什么不在通衢上签婚呢?尚特洛夫人说这是新的风俗;从前的时候,婚礼只在亲戚间举行;今日却需要热闹,许多人拥挤着,否则便嫌冷清。人家要表示奢华,要把巴黎的下流社会引进了上流社会,所以弄到家庭衰败,乃是很自然的事情。这些夫人们嗟叹不能认识五十个人,这许多人是从哪里来的?有些少女穿的是露肩衣,把肩膊裸露出来。一个妇人的髻上插着一张金刀,身上系着一条黑珠的绣裙。人们又微笑地追随另一个妇人,因为她的裙子短窄,显出奇异的样子。此刻的天气更暖了,厅里的人虽则拥挤,跳舞的队伍仍旧是很整齐的。只听得爱克多在花园的门口说道:

"伯爵夫人风光得很!她比她的女儿少了十岁……喂,福加孟,请您告诉我,从前王多弗尔打赌说她没有大腿,是不是?"

那些先生们都讨厌这一句淫话。福加孟却答道:

"好朋友,请您问您的表兄就知道了。呃?恰巧他来了。"

"呃!这是一个好主意!"爱克多说,"我把十个路易打赌她没有大腿。"

福歇利果然来了。他因为是个熟客,所以从饭厅里穿过来,以免进门的拥挤。自从初冬以来,洛丝重新要了他,他分身给一个歌女与一个伯爵夫人,十分疲倦,不晓得放松哪一个才好。沙苹引动他的虚荣心,洛丝引动他的趣味,而且洛丝很忠心于他,真的与他

恋爱,以致米让十分伤心。爱克多与他的表兄握手,问道:

"喂,请问你一件事。你看见那穿白绸的妇人吗?"

爱克多自从承受了遗产之后,他便胆子大了,放肆了。此刻假意与福歇利说笑话,其实他怀恨在心,因为当年他从外省初来的时候福歇利嘲笑过他,所以他要报仇。

"是的,是那有花纱的妇人。"他说。

福歇利还不懂,便企高了身子张望。

"是伯爵夫人吗?"他终于说了。

"正是,表兄……我打赌了十个路易,她有没有大腿?"

他说着笑起来,欣幸能够对他的表兄报仇;当年福歇利问伯爵夫人是否同人家睡觉,令他太惊讶了。然而此刻福歇利并不诧异,只把眼睛盯住了他,终于耸了一耸肩,说道:

"糊涂虫!"

后来他与那些先生们握手,爱克多愕然失志,不知道自己究竟说了些什么滑稽的话。这时大家谈话。自从赛马之后,史丹奈与福加孟入了维利耶路的党。娜娜的身子好得多了,摩法伯爵每晚都去探问消息。福歇利一面听他们谈话,一面有事在心。早上他与洛丝吵嘴的时候,她已经老实不客气地说出那一封书信的用途;又说他尽可以到他那上流妇人家里去,人家一定欢迎他。他踌躇了许久,终于鼓起勇气来了。但是自从爱克多打趣了他两句之后,他虽则表面假作镇静,其实是心烦意乱起来。

"您怎么样了? 好像有病似的。"费理伯问。

"我吗? 没有的事……我工作了许久,所以来得这样迟。"

后来他又装着英雄气概,冷冷地说:

"我还没有与主人们施礼……我不能失礼啊。"

他甚至于敢说笑话,转身向爱克多说:

"是不是,糊涂虫?"

他说着,在人丛里拨开了一条道路。此时仆人不再高声传报了。然而伯爵夫妇还在门口,给许多进来的女人们缠住。福歇利终于走近了他们,那一班先生们却在花园的阶台上企高了身子,看这一出戏剧。娜娜该是已经说破了。

"伯爵还没有看见他",乔治说,"当心!他回头了……行了!"

音乐队重新奏了《黄发的梵奴》里的华尔斯。福歇利先向伯爵夫人施礼,她眉飞色舞地微笑,后来,他站着一会儿不动,在伯爵的背后安静地等候着。这一夜,伯爵保存他的尊严的神气,显得是一个有爵位的人。当他低头望见了福歇利的时候,越发对这新闻记者表示他的庄重的态度。他们二人互相注视了几秒钟。后来是福歇利先伸出手来,摩法也就与他握手。沙苹夫人低了眉,在他们跟前微笑,同时音乐队又把淫靡的音乐奏起来。

"原来是这样容易的!"史丹奈说。

"他们的手着了浆糊吗?"福加孟问,因为他看见他们互相握手,很久。

福歇利的脸上起了一道红晕,因为他的心中起了一种回忆。他重新看见陆离戏院的收拾房,微绿的日光照着那些布满尘埃的零乱的器具;摩法在房里捧着鸡蛋盅,还在怀疑。此刻摩法不怀疑了,然而他的自尊心也从此消灭了。福歇利脱离了恐怖,看见伯爵夫人那般快乐,竟令他想要笑起来。他觉得这很滑稽。爱克多专找笑话说,所以他又叫道:

"呀!这一次可是她了!娜娜,在那边,你们看见她进来吗?"

"不要胡说,糊涂虫!"费理伯说。

"我说您还不相信吗?……人家奏她的华尔斯,她就来了。再者,她也同他们和好了……怎么!你们不看见吗?她把三个人都紧抱在她的心上!我的表兄、我的表嫂,与她的丈夫!她还把他们叫做她的小猫。这种亲眷的聚会,令我看见了头昏呢。"

爱斯迭尔走近去了。福歇利恭贺她,她硬挺挺地站着,静默地、诧异地注视他,同时又把眼睛瞟她的父母。达克奈也很热烈地与福歇利握手。他们成为眉开眼笑的一群；卫洛在他们的后面溜了来，很温和地把眼睛望着他们，欣幸他们不念旧恶，乃是走到上帝之路的预兆。

华尔斯仍发出淫靡之音，像上涨的春潮，要把这老府第淹没了。箫笛悲啼，胡琴长叹，吹进了这金碧辉煌的客厅里。宾客们被镜子照得加倍，喧哗之声更高。客厅的周围有许多对偶揽着腰在微笑的坐着的妇人们当中踱来踱去，地板越发动摇。花园的小道上有些人们在寻觅新空气，灯笼的光来侵他们的黑影。这种风流的景象，已经在 4 月间开始，后来渐渐发狂，以至于今日的热闹。现在崩颓的痕迹更大了，全宅震撼，显得最近就要坍倒。在市镇上的醉汉家里，食物橱里没有面包便算败家；至于在这富贵的人家里，却是这华尔斯作为败家的讣告。娜娜隐隐地躺在这跳舞会当中，四肢娇柔，肥体凝香，在无形中制这一家的死命。

在礼拜堂行了婚礼之后，摩法在当天晚上才再进了他的妻子的卧房，他已经隔了两年不进来了。伯爵夫人很诧异，起初还退缩。但是她终于微笑，因为现在她常有微醉的笑容了。摩法十分难为情，吞吞吐吐地说话，于是她教训了他几句。然而他们二人都不愿意寻根究底。这是宗教要他们这样互相原谅；他们在不言中互相默认，允许他们此后各自保守他们的自由，在未上床以前，伯爵夫人似乎还在踌躇，于是他们谈论了些家务。伯爵先开口商量变卖波尔特的产业，她即刻赞成了。他们二人都十分需要钱用，将来卖田的钱可以均分。这么一来，议和成功了。摩法的良心上的不安，现在松快了许多。

恰好这一天娜娜在两点钟的时候打盹，索爱却来敲卧房的门，窗帷是揭起了的，窗子里透进一阵热气，冲破了卧房里的阴凉。此刻娜娜也起来了，身子还稍屡弱。她睁开了眼睛问道：

"是谁？"

索爱正要答复，但是达克奈抢进了门，竟自己传报。忽然间，

她肘倚着枕,叫索爱出去,然后说:

"怎么是你? 今天不是你结婚的日子吗? ……有什么事发生了?"

他一时怪那卧房不亮,便停留在房的中央。他穿的是礼服,领结与手套都是白的。他渐渐上前,向她说道:

"呃! 是我! ……你记不得了吗?"

不,她什么也记不得了。于是他只好老实不客气,半嘲半笑地说:

"我要报酬你说情的功劳……你不是要比我的妻子占先吗?"

她嫣然一笑,用赤裸的两臂把他抓过来,放在床上,她觉得他如此做好人,几乎为他流下泪来。

"呀! 我的心肝,你真令人开心! ……我早已忘了,你竟还记起来! 那么,你是从礼拜堂里逃出来的了? 怪不得你的身上还有檀香的气味……快吻我吧! 更重些! 唉! 我的心肝,这也许是最后一次了!"

黑暗的卧房还剩有一些以太的气味,他们的多情的笑渐渐息了。窗帷间透进了暑气,路上传来儿童的声音。他们嘻笑冲撞,混了一个钟头,然后达克奈辞了她,找他的妻子去了。

第十三章

将近9月底的时候,有一天,摩法伯爵本该在娜娜家里吃晚饭,忽然他在傍晚到来告诉她,说王宫里宣召他进宫。公馆里还没有上灯,奴仆们在厨房里笑得很厉害;他徐徐地上了楼梯,楼梯里的玻璃窗迫进了一阵热气。到了楼上,客厅的门暗然无声。天花板下的日光渐渐死了;红色的壁毡、深坳的安乐椅、上漆的家具、错杂的刺绣品,以及铜瓷古玩,都在这黄昏里睡着了,金器失了光辉,象牙也变为黯淡。在这黑暗里,只见一条大白裙,原来是乔治搂着娜娜仰卧着。一切的否定都是不可能的了。他瞠目哆口地惊叫了一声。

娜娜突然跳起来,把他推进了卧房里,好教乔治脱逃。

"请进,让我告诉你。"她沮丧地说。

她这一次被他撞见,心中很是生气。她从来不在这客厅里开着门让人家调戏她。这一次因为乔治与费理伯吃醋,他揽着她的颈哽咽得很厉害,她不晓得怎样叫他不哭,其实心中也可怜他,便由他做了。这孩子被他的母亲控制着,竟没有能力买几束紫罗兰送给她,她偶然忘情,让他开开心,恰巧伯爵来了,撞见了他们。真的!没有运气!这所谓做好心的人没有好报应了!

她把摩法推进了卧房里之后,她自己也进来了。房里是完全黑暗的,于是她从暗中摸索电铃,气冲冲地按铃叫人家上灯。这是余良的错处!假使客厅里有了一盏灯,这一件事就不会发生了。

因为天色黑了她才心烦意乱起来。索爱把灯送来之后,她向他说:

"我的猫,我哀求你做一个识事的人吧。"

伯爵坐着,两手放在膝上,眼望地下,昏昏地想着刚才的情景。他找不出愤怒的话来;他的身子发抖,像是因遇恐怖而寒心。这无言的痛苦令娜娜感动了。她努力想要安慰他,说:

"呃!是的,是我错了……我做了这事,是很不应该的……你看,我已经后悔了。你不满意这事,我因此也就十分伤心……好了吧,你做一个好人,宽恕了我吧。"

她蹲在他的脚边,多情地而且柔顺地望着他,看他是否十分恨她。后来他长叹了一声,恢复了原来的神情,于是她更献媚,说出了些慈悲的话:

"爱,你应该懂得……我不能拒绝贫穷的朋友。"

伯爵让她说服了;只要求她驱逐了乔治。但是一切的幻影都消灭了,他再也不相信她的贞节的誓言了。明儿娜娜仍旧可以辜负他;他现在还想占有她者,无非是懦弱的心理,因为他恐怕离了她便不能再生活了。

娜娜把他的金钱的光辉照耀巴黎全城。她在淫佚上更加淫佚,奢华上更加奢华。她轻视金钱,把她的财产公然地浪费。公馆里像一个熔金的炉子。她稍为一启双唇,顿使黄金成尘,给朔风吹到九天之外。从来没有人看见这样用钱的。这公馆好像建筑在一个深渊之上,男人们来时,连带着他们的钱财、他们的身体、他们的名誉,都坠入深渊,不留一尘的痕迹。这荡妇有的是鹦鹉的嗜好,喜欢啃小萝卜与杏仁糖,又喜欢慢慢地咀嚼牛肉,每月至少要吃五千法郎。厨房里糟蹋的东西不少,账目经过了三四个人的手便增加了一倍。维多林与福朗素华在厨房里居然做起主人来,他们的表兄弟们常在这里吃冷肉与油汤,此外他们又往往邀请些宾客。余良要那些日常交易的店家给他扣头,玻璃店老板送了三十个铜子的一块玻璃到来的时候,他非叫他再加二十个铜子不可。查理吃马厩的刍秣,把马的食粮加倍,从大门运进来,却从后门运出来发卖。在这大家抢劫的当儿,索爱算是最有手段的,她把表面弄得毫无痕迹,她掩饰着别人的偷盗,好教自己也于中取利。这是骗了的;还有糟蹋了的,更可惜了。昨天的肉菜抛弃在围墙之下,买来的食物积得太多了,奴仆们也不肯吃;糖汁胶住了杯子,煤气管大开特开,以至于冲破了墙壁。不小心糟蹋了的、生气糟蹋了的、意外糟蹋了的,每天不知多少。这许多张嘴啮这一间屋子,一切都催她败家。楼上夫人房里糟蹋得更厉害了:许多衣服值得一万法郎的,只穿了两次,便交给索爱卖去。好些首饰不见了,竟像隐没在抽屉的底下。她糊里糊涂买了许多时髦的东西,第二天便忘了,由扫街夫扫去了。她不能看见很贵的东西不买的,所以她买了许多珍花古玩,买了也就忘了,只欣幸在一小时内能用了许多金钱。她的手里不剩有一件东西;她把一切都打破了,说这花凋谢了,或说这古玩脏了,其实弄古玩的乃是她的雪白的手指。她每次过街时,一路上撒下许多零绸碎缎,皱了的、泥污了的,都给人家拾了去。除了她的日常零用之外,还有许多很大的账目:女帽店两万法郎,靴鞋店一万二千法郎,衣服店三万法郎;她的马厩花了五万;在半年之内,她欠她的裁缝十二万法郎。拉布送特估计她每年平均用四十万法郎,她今年并不更加排场,竟用至一百万,她自己也吃惊,说不出这一笔大款子从哪里去了。男人们承肩接踵地来,她尽量地挖空了他们的荷包,还不够这繁华的生活用费。

这时娜娜还有一种最后的嗜好。她再筹划怎样改造卧房,终于给她想起来:她要茶色的壁毡,杂着银色的小幅,直铺到天花板下,像帐幕的形式,四面垂着绣金的带子。她似乎觉得这样一来,她的赭色的肌肤更显得艳丽了。而且这卧房的一切无非是床的陪衬。娜娜幻想出世上没有的一张床,这是一个御座,一个祭台,要全巴黎的人都来瞻仰她的至尊的裸体。这床要像一件大珠宝,全部用金银砌成;床头上的花丛里要有许多爱神,他们微笑地低头窥视这帷帐影中的肉体的快乐。她把这主意告诉了拉布迭特,他便引了两个金银匠来。此刻已经着手绘图了。这床将来共费五万法郎,摩法该把这款子给她当做年礼。

娜娜所诧异的乃是:在这滚滚的财源里,她却常常觉得钱不够用。有些日子,她要用几个路易也拿不出来。她不得不向索爱告借;除非她自己能够想法子生财。但是,在未用极端的办法以前,她先摸朋友们的荷包,把他们身上所有的钱都剥夺了,甚至于抢取几个铜子,假意同他们开玩笑。自从三个月以后,她尤其是挖空费理伯的荷包。在这恐慌的时候,他一来就先须留下荷包。不久以后,她的胆子大了,竟向他借钱,二百法郎,三百法郎,并不再多,说要付些小账目。费理伯在 7 月里被任为度支官,所以他在第二天把钱送来,同时又道歉说自己没有钱。因为胡恭夫人现在对待两个儿子更严了。满了三个月之后,这些小借款往往是有借无还的,竟达到将近一万法郎。费理伯始终不失笑容,然而他瘦了,有时候心神驰散,面上露出痛苦的微痕。娜娜把眼睛一瞟,引动了他的春情,面色即刻变为愉快。她对于他显得很淫的样子,在门后同他接吻,往往突然让他纵欲,所以他着了迷,只要他能离开他的职守,马上便来假倚她的罗裙。

有一天晚上,娜娜说过她又名叫黛列思,10 月 15 日是她的圣诞,那些先生们一个个都送些礼物给她。那大佐费理伯把他的礼物送来,这是沙克斯的古瓷糖果瓶子,瓶底是金的。他看见她独自一人在梳妆室里,她刚出浴,只穿了一件红白两色的浴衣,聚精会神地审视着桌上陈列的许多礼物。她因为想要开一个水晶小瓶的塞子,已经把那瓶弄破了。

"呀!你太客气了!"她说,"这是什么,给我看看……你真是孩子气,把钱去买这种小东西来。"

她责骂他,因为他既然没有钱,就不该买礼物;其实她看见他为她用了许多钱,心中正自欢喜,这是唯一的能令她感动的爱情的证据。这时她把那瓶子播弄,开了又闭,闭了又开,要看那瓶子是怎样构造成的。

"当心,这是容易破的!"他说。

但是她耸了一耸肩,他以为她的手是挑夫的手吗?忽然间,她的手里只剩一个瓶身,那瓶盖却坠地碎了。她愕然地把眼睛望着那些碎片,说:

"唉!竟打碎了!"

她说着,早已笑起来,她极乎觉得地下的碎片很有趣。她像一个专爱破坏的孩子,打碎了东西就更快乐了。费理伯生气了一会儿,唉!她不晓得他为了这一件古玩不知费了多少心机!她看见他垂头丧气,于是勉强忍笑说:

"呀!这不是我的罪过……这瓶子本来是有了裂痕的了。这些老家伙是不结实的……这瓶盖子!你看见它打筋斗吗?"

她说着,又大笑起来。但是费理伯的眼眶湿了,她不由自主地上前揽他的颈,很多情地说道:

"你不傻吧?我仍旧爱你的!如果人家不打碎什么,那些古董商人岂不是没有饭吃了?这一切都是预备给人家打碎的……你看!这一把扇子,你看它胶得牢不牢?"

她拿起那扇子,执住扇柄一扯,便扯成两块。这一扯似乎激发了她的热狂。她既然弄坏了他的赠品,便要向他表示她不稀罕别人的礼物,一霎时,她变了一个刽子手,乱打乱扯那些物件,以证明它们都是不结实的。她的空虚的双睛起了一种光芒,双唇微启,露出雪白的牙齿。后来她把一切都打成碎片之后,脸色很红,笑着拍那桌子,用女孩的声腔说道:

"完了!没有了!没有了!"

费理伯看见她这醉态,于是快乐起来,把她推仰了身子,吻她的酥胸。她委身于他,偎在他的肩上,觉得许久以来不曾像这般快乐了。她且不放手,娇媚地说:

"喂,爱,你应该在明天带十个路易来给我……我有一件麻烦的事情,那面包店开了一张货单来,我因此纳闷。"

他的脸色大变了;后来他在她的额上吻了最后一吻,简单地说:

"我努力想法子去吧。"

大家静默了一会儿。她在穿衣;他把额角倚着窗棂。一分钟之后,他又走回来,慢慢地说:

"娜娜,你应该嫁我。"

忽然间,他这意见令她如此开心,竟至于不能系好她的裙子。

"唉!可怜的小狗,你不病了!……难道因为我问你要十个路易你就要向我求婚不成?……不,决不。我太爱你了。你真糊涂,岂有此理!"

这时索爱进来替她穿鞋子,他们不再谈这个了。索爱一进门,即刻把眼睛瞟那地下的碎片。她请问夫人要不要把这些东西收藏起来;夫人叫她拿去丢了,她便把裙角盛着一切的碎片去了。到了厨房里,大家分享夫人的残余。

这一天,乔治不顾娜娜的禁令,竟擅自到公馆里来了。福朗素华分明看见他走过,但是他们故意不理,大家要看娜娜怎样做正气的妇人。他悄悄地上了楼,溜进了小客厅,忽然听见了他哥哥的声音,便停了脚步;他倚在门外,把一切都听见了:接吻的声音与求婚的言语,都进了他的耳朵。他起了一阵厌恶的心理,呆呆地走了,觉得脑盖下非常空虚。直到了李歇利欧路,在他母亲的住宅的楼上他的卧房里,他才伤心切齿,哽咽起来。这一次他不能怀疑了,一种可恶的幻象常常出现在他的眼前:娜娜在费理伯的怀里;他似乎觉得这是紊乱天伦的事。他正在自以为安静些了,忽又想起那事,一种妒忌的心理把他推倒在床上,他咬着被窝,骂了些粗言野语,越骂越狂。这般地过了整整的一天。他假说头痛,关门不出。但是夜里更加难过,他继续地做了许多噩梦,终夜不得安宁。假使他的哥哥是在家里住的,他早已走去一刀把他杀了。到了清晨,他想了一个道理。他以为是他自己应该死,预备等候有公共马车经过时,他便从窗里跳下去。然而他终于在将近十点钟的时候出去了,他走遍巴黎,在各处桥梁上徘徊,最后还是觉得有再见娜娜的必要。也许她一句话就可以救了他。三点钟响了,他又走进了维利耶路的公馆里。

将近正午的时候,胡恭夫人得了一个最伤心的消息:费理伯在昨天晚上进了监牢,人家告他在军营的财库里偷了一万二千法郎。三个月以来,他偷了许多零星小款,把些假银子填补,希望将来再筹还。幸亏行政部管理不严,所以他的骗术每次都是成功的,现在却暴露了。胡恭夫人听见了儿子犯罪,在惊慌之余,首先就骂娜娜;她早就知道费理伯与娜娜结合,所以她怕有祸,自己留居巴黎;她近来的悲哀也是这个缘故。但是她料不到他的儿子会做贼,以至于大失体面;现在她自恨拒绝他要求金钱,自己竟助成他的罪恶了。她倒在椅子上,两腿瘫软了,自觉无法可施,只好束手待毙。忽然间,她想起了乔治,便得了安慰。她还有的是乔治,他可以出外面运动,也许还有救星。于是她不求别人的扶助,希望事情由他们自己理妥,就撩着脚步上了楼来,以为她还有一个儿子的爱情可以减少她的痛苦。但是她看见乔治的卧房是空的。门房告诉她,说乔治先生很早就出去了。这卧房里又显出第二件祸事:床上的被窝有了齿痕,显得他很悲哀;一张椅子倒在地上,四面散丢着许多衣服,竟有死的景象。胡恭夫人的眼睛干了,腿硬了,下了楼来。她要她的两个儿子,她就出门找他们去。

自从早上以来,娜娜有了许多麻烦的事:先是那面包店老板,他从九点钟就带了他的货单到来。唉!真倒霉!在堂堂的大公馆里,一百三十三个法郎她也付不起!他来了好几十次了,他恨人家在他不愿赊账的日子起便不要他的面包;奴仆们都袒护他的道理。福朗素华说如果他不大闹一场,夫人永远不会付他的钱;查理说他自己也要上楼去问一笔麦秆的账；维多林劝他们等候一位先生到来，正在谈话的时候，他们上楼去当面问她，一定可以拿得到钱。厨房里的人都热心谈话，把日常交易的商店都谈论起来。他们一谈就是三四个钟头，吃了饭没事做，饱暖安闲，便把夫人当做话柄，说个不了。只有酒席主任余良一人假意替夫人辩护：她总算是一个很不错的人。大家骂他同主妇睡觉，他只淡淡地笑了一笑；这事激怒了那女厨子维多林，她的心中作呕，恨不得身为男子，向这班女人们吐痰。福朗素华恶作剧，不曾通知夫人便把那面包店老板引进了通过室里。娜娜下楼吃饭的时候，迎面遇见了他。她接过了那货单，叫他在三点钟再来。于是他喃喃地走了，说三点钟一定再来，无论如何，非要钱不可。

　　娜娜的中饭吃得很不舒服，因为她受了那人的气。这一次，她非避免这人的吵闹不可了。其实她早已把他的面包钱检在一边，不止十次了，但是这钱终于溜走了，这一天为的是买花，那一天为的是捐钱救济一个老兵士。而且她计算在费理伯身上，她诧异他为什么不带了两百法郎来。这是不好的命运；前天她还替萨丹买衣服，自头至脚，共花了一千二百法郎；现在她的身上竟剩不下一个路易了。

　　将近两点钟的时候，娜娜正在担心，恰巧拉布迭特把床的图案带来了。娜娜遇了这一个转折，一时快活，便忘了一切。她拍手，而且跳舞起来。后来她的求知心大发动，将身俯向客厅的一张桌子上，仔细审视那图案。拉布迭特给她解释：

　　"你瞧，这一张船，中央有一簇开着的玫瑰，又有各种花与花蕾。将来那些叶是绿金的，玫瑰是赤金的……这是一个很阔的床头，银栏上有许多爱神巡守着。"

　　娜娜一时眉飞色舞，早已抢着说道：

　　"唉！这小孩子滑稽得很！他的后面是朝天的……你看！这种狡猾的笑！他们一个个都有的是猪猡的眼睛！……亲爱的，你须知,我永远不敢当他们的面做丑事的!"

她非常满意,非常自负。那些金银匠说过:没有一个皇后睡这样的一张床。不过,又发生了一件复杂的事,拉布迭特给她看床脚的两个图案:一个是以"船"为题,另一个是以"夜"为题,那夜神是用轻纱罩着的,另有一个社稷神揭露了她的赤裸裸的身体。拉布迭特又说:如果她选中了第二种图案,那些金银匠们有意把夜神塑成她的面貌。她因此更快乐了。她看见自己变为一尊银像,在温馨的床笫之间。

"当然,你只给人家塑你的头与肩膊就是了。"拉布迭特说。

她安然地望了他一眼,说:

"为什么?……既然这是关于艺术上的工作,一个雕刻家要塑我的全身何尝不可以呢?"

话说完了,她选中了这图案了。但是他止住她,说:

"等一等……这多了六千法郎。"

"呸!我哪里计较这个!难道我那小驴没有荷包吗?"她哈哈地笑说。

现在,她在知己朋友跟前把摩法伯爵叫做小驴。那些先生们向她问起摩法的时候,也只说道:"昨天晚上你看见了你的小驴没有?……呃?我以为在这里可以遇见你的小驴!"然而她还没有当面叫过他。

拉布迭特把图案卷起来,再告诉她;那些金银匠担任在两个月内把床做好,大约在 12 月 25 日可以送来;从下礼拜起,雕刻师便来塑取夜神的初样。她在送他出去的当儿,忽然想起那面包店老板。于是她突然问道:

"喂?你身上没有十个路易吗?"

原来拉布迭特坚守一个主义:便是永远不借钱给女人。所以他始终是这样回答她:

"不,亲爱的,我是干了的……但是,我同你的小驴说去,好不好？”

她不肯，说用不着他去。两天以前，她才挖了伯爵五千法郎。不过她后悔不该问拉布迭特借钱。他走了之后，还只是两点半钟，那面包店老板已经来了；他坐在通过室的一张凳子上，高声咒天骂地。娜娜在楼上听见他的声音，她的面色变了；尤其是听见奴仆们隐隐地有快乐的声音，越发伤心。厨房里的人们大笑特笑；那车夫从天井向外观望，福朗素华无缘无故地穿过了通过室，与那面包店老板丢了一个眼色，匆匆地到厨房里报告消息去了。他们藐视夫人，墙壁都给他们的笑声震动，她自己感觉孤单。她本来想要向索爱告借一百三十三法郎，现在她把这意见打消了。她还欠她的钱，而且她太自负了，生怕索爱拒绝她。她受了这一场感触，回到了卧房里，高声地向自己说道：

“喂，娜娜，你只应该倚靠你自己……你的身体是归属于你的，你利用你自己的身体比厚着脸皮去求人还好些！”

她想着，也不叫索爱，自己热狂地穿了衣服，预备到特丽恭家里去。这是她遇大困难时的最后财源。外面要求她的人非常之多，特丽恭常常请她赏脸，她随着她自己的需要或拒绝或勉强应承。在这堂堂的公馆一时匮乏的时候，她一到了特丽恭家，包管有五百法郎在等候她。近来她渐去渐密了。她好像人们在穷困的时候到当铺里去，积久成了习惯，也就不觉得难堪。

但是，她离开了卧房，竟在客厅的中央撞着了乔治，她不看见他那黄蜡般的脸孔与暗火般的眼睛。她叹了一口气，表示她的心中松快了。

“呀！你是你哥哥差你来的吧！”

“不是的。”乔治说时，脸色更变为惨白了。

于是她有了失望的样子，他要怎么样？为什么他拦阻她的去路？哎呀！她有紧急的事情要出去啊！后来她又转身问道：

“你没有钱吗？”

"没有。"

"真的,我真糊涂!你们从来没有一个小银圆,甚至于没有六个铜子坐公共马车……妈妈不肯……好!亏你们是男人!"

她说着便要脱逃,但是他拉住了她,要同她说话。她的心急了,说她没有工夫,忽然乔治说了一句话止住了她的脚步。

"你听我说,我晓得你快要嫁我的哥哥了。"

唉!岂有此理!这倒滑稽得很!她倒在一张椅子上大笑了一场。

"是的",他又说,"我不愿意……你该嫁我才是……我特地为了这事来的。"

"呃!怎么?你也一样?那么,这是祖传的毛病了!……不!决不!亏你们打了这主意!难道我曾经要求过你们这种肮脏的事情吗?……你的哥哥不行,你也不行,决不!"

乔治的脸上放光了,他大约是误会了的!于是他又说:

"那么,请你向我发誓不同我的哥哥睡觉。"

"呀!你真惹厌!"她说时,不耐烦地站起来,"这话只有一分钟的趣味,然而我此刻忙得很……如果我高兴的话,我尽可以同你的哥哥睡觉。是你赡养我吗?是你支付这里的用费吗?你竟要同我算账!……是的,我同你的哥哥睡觉!……"

他捉了她的手臂,几乎捻碎了,吃吃地说:

"你不要说这个……不要说这个……"

她拍了他一掌,挣脱了身子,说:

"这顽皮孩子竟打起我来了!……好孩子,我要你即刻滚出去……我从前留你在这里,只因为我是好心的人。当然啦!你犯不着贴起眼睛!……你不希望我做你一辈子的妈妈吧?我的事情太多了,没工夫抚养一些小娃娃。"

他悲哀地听她说,毫不生气。每一句话像刺痛了他的心,他觉得就要死去了。她不见他的痛苦,只继续地说,因为她在上午受了许多气,现在正好发作在他身上,好教她的心中松快些。

"像你的哥哥,他也是个好人! ……他答应了我两百法郎……呀! 呸! 我尽可以再等几年! ……我也不稀罕他的钱,还不够我买胭脂呢! ……不过,他把我耽误了,以至于我受困! ……呃! 你要不要知道? 老实说,因为你的哥哥误我,现在我出去另找一个男子,赚他五百法郎。"

于是他吓昏了,阻住了她的去路,一面哭着,一面合掌哀求,吃吃地说:

"唉! 不啊! 唉! 不啊!"

"我巴不得呢! 但是,你有钱吗?"她说。

不,他没有钱。假使他能把性命换钱,他即刻就甘心死去。他从来不觉得自己这样小,这样无用,这样可怜。他只管抽咽着,热泪双流,显得他有这样大的痛苦,她终于看见了,心中感动了。她轻轻地推开他说:

"哎呀,我的乖乖,让我走吧,我不得不走……我劝你做个识事的人吧。你是一个小娃娃,做了一个礼拜原是很好的,但是今天我应该为我的家务设想了。你试反心想一想……你的哥哥是一个成年的男子了。我向他不说这话……呀! 如果你要我疼你,你就不把这事告诉他吧。他没有知道我到那里去的必要。当我生气的时候,我说的话往往是过激的。"

她笑了。后来她又抱他,吻他的额,说:

"告别了,小娃娃,完了,完了,你听见吗! ……我走了。"

她说着便离开了他。他在客厅的中央站着,她的最后几句话像警钟般地在他的耳边震响:"完了,完了。"他觉得脚下的地裂开了,在他的空虚的脑里,那等候娜娜的男人不见了;只剩有费理伯始终在她的赤裸的双臂里。她不否认,她实在爱他,只看她不肯把辜负他的事给他知道,怕他伤心,便可见了。唉! 完了,完了。他用力呼吸,把眼睛四面张望,心中如有千斤的石子压着。他把旧事一一思量,从前在美若德村的欢笑的良宵,她那样给他温存,竟令他自疑是她的儿子;就说在这客厅里,他也得了不少的肉体的娱乐。唉!完了,此后没有希望了。他太小了,自恨长大得不快;费理伯因为有了胡子,所以替代了他。那么,这是末路了,他是活不成的了。他因为上了淫邪的道路,迷恋了性欲,把全身都断送了。再者,他的哥哥停留在这里的时候,叫他怎能忘怀呢?他的哥哥是与他同血脉的,更激起了他的妒忌心。唉!这是末路了,他只想要寻死。

一切的门户都开着,奴仆们闹哄哄的,大家都看见夫人徒步地出去了。楼下的通过室的凳子上,那面包店老板同查理与福朗素华说笑。索爱飞跑地穿过客厅,看见了乔治,便诧异地问他是否等候夫人。是的,他等候她,他忘了答复她一句话。索爱走开了之后,他便开始寻找东西,什么也找不着,只拿了梳妆室里的一把很尖利的剪刀。娜娜用这剪刀剪她的毛,割她的硬皮。乔治耐心地等候了一个钟头,把手插在衣袋里,手指上紧捏着那剪刀。

"夫人回来了。"索爱走回来说,大约她在卧房的窗子里望见了娜娜。

公馆里有人走动,笑声止了,门户关上了。乔治听见娜娜付那面包店老板的钱,简单地说了两句话。后来她便上楼,一看见了他,便嚷道:

"怎么!你还在这里!呀!我们非生气不可了。"

她说着,走向卧房,他跟着她走。

"娜娜,你肯不肯嫁我?"

她耸了一耸肩,他这话太糊涂,她不再回答他了。她只想要把他摔出门口去。

"娜娜,你肯不肯嫁我?"

她把房门一阖。他左手把门推开,右手从衣袋里取出剪刀来,猛然把剪刀插进自己的胸膛里。

娜娜的心灵感通,似乎知有祸事,转身望他,她看见他自己刺自己,便生气起来,嚷道:

"他多么傻!他多么傻!而且用的是我的剪刀!……坏孩子,快放手好不好!……呀!天啊!呀!天啊!"

她此刻害怕起来了,乔治的身子挫下来,他重新又插上一刀,竟挺直地躺在地毯上,阻住了卧房的门坎。于是她魂飞魄散了,拼命地大声呼喊,她不敢跨过乔治的身体,所以她不能出去求救。

"索爱!索爱!快来!……叫他放手吧……这样一个孩子,真是糊涂!……现在他竟自杀了!而且在我家里!谁看见过这样的事!"

她看见他的脸色惨白,双眼紧闭,心里恐慌极了。他几乎不流血,只有小小的几点沾染了他的背心。她打定主意跨过他的身体,忽然看见一个人出现,又令她退回来。客厅的门大开,她的面前有一个老妇人向她走来,她认得是胡恭夫人。胡恭夫人在恐怖中,不解说她这一来的原因。娜娜手上还有手套,头上还有帽子,只管向后退。她太害怕了,想要自己辩护,于是吃吃地说:

"夫人,不是我,我向您发誓……他想要娶我,我说不行,他就自杀了。"

胡恭夫人慢慢地走近来了,她一头白发,脸色惨淡,身上穿的是黑色的衣服。她在车上的时候,已经不再想念乔治,一心只想念着费理伯的罪。她想也许娜娜能向法官们解释,使他的罪过减轻,于是她预备来哀求她,叫她念费理伯的旧情,到公庭去对证。到了下面,公馆的门户都是开的,她在楼梯下踌躇了半晌,觉得两腿疼软了,忽然听见有人大声呼救,她便上了楼来。她看见一个男人躺在地上,衬衣上沾染了鲜血,这是乔治,是她的另一个儿子。

娜娜像一个呆人,只重说了一遍:

"他想要娶我,我说不行,他就自杀了。"

胡恭夫人并不叫喊一声,只弯了腰。是的,是另一个儿子,是乔治！哥哥败坏了家声，弟弟却被人杀了。她一生命苦，这也不足为奇。她跪在地毯上，不晓得这是什么地方，也不看见一个人，只怔怔望着乔治的脸孔，把一只手放在他的心上，听他是否呼吸。后来她叹了一口微弱的气，觉得他的心头还在跳动。于是她抬起头来，审视这卧房与这妇人，似乎想起来了，她的空虚的眼睛起了一道火光，这是无言的凶恶，吓得娜娜发抖，于是她隔着乔治的身体向她说道：

"我向您发誓，夫人……如果他的哥哥在这里，他可以向您解说……"

"他的哥哥做了贼，进了监牢了。"胡恭夫人狠狠地说。

娜娜被吓得呼吸不来了，这一切都为的是什么？他的哥哥又做了贼！那么，岂不是全家都疯了！她不再挣扎了，她不像在她自己家里，只凭胡恭夫人发号施令。有些奴仆们终于赶上楼来了，胡恭夫人硬要他们把乔治抬下楼去，放进她的车子里。她宁愿杀了他，把他从这屋子里运了回去。娜娜瞪着吃惊的眼睛，看奴仆们把那可怜的小娃娃的肩与腿抬起，他的母亲在后面跟着。胡恭夫人现在毫无气力了，倚着家具走路，像是她所爱的一切都归了太空。到了平台上，她哽咽了一阵，回头把一句话重说了两遍：

"呀！您害得我们好苦……呀！您害得我们好苦！"

这就完了。娜娜惊呆地坐着，手上还有手套，头上还有帽子。公馆里又来了一阵沉寂，胡恭夫人的车子早已去了。娜娜坐着不动，想起了这一段历史，耳朵里轰轰地响，想不出一个主意来。一刻钟以后，摩法伯爵来了，她仍旧坐在原来的地方。但是她向他叙述这事的经过，滔滔不绝地诉说了一番，觉得心中松快了些。她说来说去只是那一件事情，她拾起那血污的剪刀，模仿乔治自杀时的姿势，她尤其是要证明她是无罪的。

"你看，爱，这难道是我的罪过不成？假使你是法官，你会不会判决我的罪案？……我当然不会劝费理伯侵吞公款，也不会迫这可怜的小娃娃自杀……在这一切上头,我是最不幸的人。人家来我的家里做糊涂事,累我伤心,还把我当做坏女人看待……"

她哭起来了,她很感动,很悲哀,痛苦到了十分,变为柔软的人了。

"你也一样,你似乎不满意我……请你问索爱,这关不关我的事?……索爱,请您说呀,向先生解释呀……"

一刻钟后,那女仆在梳妆室里取了一幅手巾,一盆清水,揩擦那地毯,因为趁那些血点新鲜的时候容易洗得干净。

"唉!先生,夫人已经十分过意不去了!"索爱说。

摩法被这悲剧感动,呆呆地想此刻胡恭夫人该是怎样痛哭她的两个儿子。他晓得她是好心人,她常常穿着寡妇的衣服,在芳呆特村里匿迹销声。但是娜娜比他更伤心,现在她回想乔治倒在地上,衬衣上涌出一块鲜血,越想越难堪了。

"他是多么可疼,多么和婉,多么善于温存……呀!我的猫,我不管你生气不生气,我老实说,我爱这小娃娃!我忍耐不住了,我是不由自主的……而且现在他不在这里了,我说也不要紧了。你遂了心愿了,包管你再也撞不见我们二人了……"

她越说越懊恼,他终于安慰她,哎呀,她应该放硬撑些;她的话不错,这不是她的罪过。她忽然停了哭,说道:

"请你给我探听他的消息去吧……即刻就走!我要你去!"

他戴起了帽子,便去探听乔治的消息。经过了三刻钟之后,他回到公馆门前,看见她很担心地凭窗等候着。他在街道上高声说乔治并没有死,人家还希望把他救活。于是她即刻很快乐地跳起来,唱歌,跳舞,她觉得生活是美满的了。然而索爱洗涤了一会儿,还不满意。她始终注视着那血痕,每次走过都说:

"夫人您看,还洗不脱呢!"

真的,那血痕仍旧显现,在地毯的一朵白花上剩有一块黯淡的红痕。这好像一条血的界线,把房门与客厅隔断了。

"呼!"娜娜快活地说,"我们的脚践踏几天就好了。"

自从第二天起,摩法也忘了这一场意外。他在叫了一辆马车到李歇利欧路去的时候,他曾经发誓不再到娜娜家里,这是上帝给他一个预告,他认费理伯与乔治的祸事就是他自身的损失的先兆,但是,满眼流泪的胡恭夫人与周身发烧的乔治都不能令他坚守他的誓言。他遇了这悲剧,经过短时间的恐怖之后,他的心里却悄悄地欣喜,因为这年轻貌美的情敌常常令他痛恨,现在他可以拔去眼中钉了。他自己不曾有过青春,所以他需要排外的爱情,要娜娜归他一人所有,只有他能听她说话,摸她。这是爱情的扩大,出了性欲的范围,直达到纯粹的爱情。他担心现在,妒忌过去;有时候又幻想耶稣的救援,以为二人同跪在天主的跟前便可以蒙恩得赦。他重新遵行宗教的仪式,常常忏悔,常常领圣体,罪孽从此可以减轻。而且他的监督人已经允许他运用他的热情,他每天犯了罪孽,却借此增进他的信仰心。他很天真地把他所罹受的痛苦贡献给上帝。他的痛苦一天一天地增高,他竟为一个荡妇而深入孽海。他最伤心的乃是:这妇人不住地辜负他,他不甘心与人们分享,也不懂她的古怪的嗜好,他呢,他希望一种天长地久的爱情,希望永远不变。她发了誓,他因此才为她用钱。现在他觉得她是说谎的人,没有自守的能力,把身子赠给朋友赠给路人,乃是天生的一个不穿衬衣而过生活的女子。

有一天早上,时间很早,他看见福加孟从她家出来,于是他与她吵了一场。她生气了,说她讨厌他的妒忌。从前有许多次都是她做好人,所以他撞见她同乔治在一块儿的那一天晚上,是她先低声下气,自认有罪,温存他,说客气话安慰他,好教他忍了一肚子的气。但是,现在他始终不懂妇女的心理,硬着颈惹她生厌,她就粗暴起来了:

"呃!是的,我同福加孟睡了觉又怎样,……你不高兴吗,我的小驴?"

　　这是第一次她当面叫他做"我的小驴"。他看见她说话这样粗，一时怒气冲冲地捏了拳；她索性走向他，正眼望着他，说：

　　"你闹够了吧？吓？……如果你不满意，就请你出去吧……我不愿意你在我家叫喊……请你听清楚，我是要自由的。当我喜欢某一个男子的时候，我就同他睡觉。当然，事情是这样的……你应该即刻决定……是呢不是？不是呢，你就可以出去了。"

　　她说着，便走去开门，然而他不出去。现在这法子乃是把他缚得更牢的法子。只要他吵闹了半句，甚至于无缘无故的时候，她竟叫他走，口里说了许多难听的言语：老实说！她始终可以找到比他更好的，现在候补的人太多了，她在选择上很费商量呢！外面的男人，她要拉多少都可以，而且要比他高明些。说得他低了头，等待缓和的时间；原来在她需要钱用的时候便缓和了，她与他温存，他便忘了一切；一夜的恩情可以抵偿一礼拜的痛苦了。

　　他与他的妻子再接近之后，家事越发不堪问了。洛丝把福歇利专制着，叫他丢了伯爵夫人。她起了四十岁的性狂，另觅别的爱情，把公馆里闹得满城风雨。爱斯迭尔自从结婚之后，不再与她父亲见面了；她本来是无可无不可的女子，现在忽然起了坚强的意志，达克奈在她跟前发抖。现在他皈依宗教了，陪她赴弥撒会；他痛恨他的岳父为了一个女子竟败了他的妻子的嫁赏。只有卫洛先生一人仍旧与伯爵亲热，等候他的时机；他甚至于拜访娜娜，奔走于两大公馆之间，常是笑容满面。摩法在自己家里很可怜，一则无聊，二则惭愧，所以他宁愿在维利耶路过他的生活，受娜娜的辱骂。

　　不久以后，娜娜与伯爵之间只剩有一个问题：金钱。有一天，他早已正式地应承给她一万法郎，届时竟敢空手到来见她。两天以来，她把他温存得十分热烈。现在他失了信，一切的好处都完了，她即刻变了野蛮无礼的人。她的面色很白。

　　"呃？你没有钱了吗？……那么，我的小驴，请你回到你所从来的地方去吧！快去！快去！一个肮脏东西！他还想要吻我呢！……没有钱，什么都完了。你懂吗？"

他向她解释，说后天可以有钱。但是她盛怒地抢着说道：

"那么，我的债主呢？等到老爷取了钱来之后，我早已给人家捉到官厅去了……呀！我请你看一看你的脸孔吧！难道你以为我爱你长得漂亮吗？一个人有了你这样的一副嘴脸，只好给女人们的钱，博她们开恩……他娘的！如果你今晚不把一万法郎带来给我，你要呷一呷我的指头儿也不行！……真的！我把你送回给你的妻子去！"

到了晚上，他把一万法郎带了来。她送上了嘴唇，他印了一个长吻，整天奔走的烦恼都消了。最令娜娜讨厌的乃是：他不住地依恋在她的裙脚下。她向卫洛先生诉苦，求他把她的小驴带回伯爵夫人家里，他们的讲和毫无用处吗？她后悔不该出头干预，因为现在他仍旧来缠她。有些日子，她生起气来，不计利害，发誓要把他臭骂一顿，好教他不再上门。但是，当她拍着大腿骂他的时候，他只忍耐着；哪怕她吐痰在他的脸上，他还是不走，还要说一声"谢谢"呢。自此之后，他们不停止地吵闹金钱的问题。她要钱的态度很粗暴，为了一笔小款子便把他辱骂，而且每一分钟必闹一次，时时刻刻说她同他睡觉只为的是钱，不为的是别的，说这事不能令她开心，她爱另一个人，说她真倒霉，需要这么一个糊涂虫！人家甚至于在朝廷里排斥他，有人提议要求免他的职，皇后说过"他这人太可恶了"，这倒是真话。所以娜娜把这话做每次吵闹的收场：

"呃！我觉得你真可恶！"

这时候，她毫不拘束了，竟恢复了完全的自由，她天天在湖边兜圈子，在那边找些新相识，找那些与别处断绝了关系的人们。这是一场大猎，在青天白日之下拉汉子，把她的震动巴黎的繁华与宽宏的微笑去勾引富贵的人们，这所谓上等的野妓。许多公爵夫人看见了她，便你望我，我望你的；又有许多新富的中流妇人写了她的帽样。有时候，她的宝幢车过时，阻止了不少的车子，譬如那些制驭全欧的财政家与统治全法的国务员，都不得不让她先走。她是树林里这社会的一份子，她占了一个重要的位置，各国的首都盛传她的名字，外国的人们到巴黎来时先求见她，竟成了国产的名花，为法兰西增光。此外还有许多一夜的结合，每天的早上，连她自己也忘了；然而因此人们常把她带到那些大饭店里去，天气好的时候往往到马特利特。各国使馆的人们都同她来往，她与绿西、嘉洛林、玛丽亚在一块儿吃饭，陪伴她们的乃是些不会说法国话的人，他们花了钱为的是寻开心，他们只把她们当做消闲的东西，甚至于不摸她们一摸。她们把这事叫做"寻开心去"，她们回家的时候，欣幸他们不屑与她们睡觉，好教她们能在心爱的情哥儿的怀抱里度此良宵。

摩法伯爵假装不晓得，只要她不把男子们给他撞见就算了。但是他对于每天的小羞耻，却十分伤心。维利耶路的公馆变成了一个地狱，一个疯人院，时时刻刻闹笑话，起恐慌。娜娜甚至于与奴仆们打架。有一个时候她对待那车夫查理很好，当她停留在一个饭店里的时候，往往叫一个伙计送几瓶啤酒给他。她又往往在宝幢车里同他说话，每逢车子拥挤，他与警察们吵嘴的时候，她觉得他是一个有趣的人。后来她又无缘无故地把他骂做糊涂虫。她老是与他争论麦秆、糟糠，她虽则很爱畜牲，但是她不免觉得那些马吃东西太多了。有一天在算账的时候，她说他骗钱。他生气起来，竟老实不客气地把她骂做脏货；当然，她的马比她自己的身份高些，因为它们并不与一切的人们睡觉。她以同样的语气回答他。摩法只好把他们分离，把那车夫赶走了。然而这就是奴仆分散的开场。维多林与福朗素华偷了些钻石走了。连余良也失了踪；社会上传说是伯爵求他走的，因为他同夫人睡觉，所以伯爵给了他一笔大款子，叫他离开了公馆。此后每周内总有些新的奴仆到来，这是糟蹋最厉害的时候。只剩有索爱一人独留，她似乎想要整顿一切，其实她早已决定了一个计划，只未有机会实行。

　　这一切也只是说得出口的忧虑。伯爵忍受了马路华夫人的糊涂，她来与娜娜打牌，满身有的是狐臭；他又忍受了洛拉夫人的唠叨，她那小路易的父亲不知是谁，竟把病毒传给了孩儿，以至他常常有病。但是伯爵还有更伤心的时候，有一天晚上，他在门后听见娜娜气冲冲地对索爱叙述她受了一个自称富翁的人的骗，是的，一个美男子，自称美国人，说他在他的本国开金矿。原来这是一个肮脏东西，趁她睡着的当儿逃走了，非但不留下一个铜子，而且偷了她的一册香烟卷纸呢。伯爵听了，面色大变，蹑着脚下了楼梯，不愿知道详情了。又有一次他不得不知道一切了，娜娜迷恋了一个咖啡音乐馆的乐师，后来被他抛弃了，她一时情痴，便起心自杀，她将一把火柴浸在一杯水里，把水喝了，弄得她大病起来，却没有死去。伯爵只好调护她，听她叙述她的痴情，她流了许多眼泪，发誓说此后再也不迷恋男人。她虽把他们叫做猪猡，瞧不起他们，然而她终于不能让心灵空虚，常常有心爱的情哥儿在她的裙边，这是不可索解的痴情，是肉体无聊时的淫邪嗜好。自从索爱有了心计，放松了家务之后，公馆里的行政紊乱非常，以至于摩法不敢推开一扇门，不敢扯开一张帘，不敢打开一只柜子。索爱不再运用手段了，到处有男子们行走，时时刻刻互相撞碰着。现在伯爵进门先咳嗽了，因为有一天晚上，他离开梳妆室两分钟，为的是叫人家备车，法朗西在室中给娜娜梳头，及至他回来时，几乎撞见娜娜在法朗西的怀里。他一转了背，她即刻找别人，无论她穿着衬衫或穿着盛服，也无论是熟人或路人，她只要能偷，便十分快乐。至于同伯爵在一块儿呢，却令她生厌，她觉得这是一件苦差事。

　　伯爵正在妒忌伤心，有时候看见娜娜与萨丹在一块儿，倒反觉得放心。他宁愿怂恿她这样淫邪，为的是要她与男人们疏远。但是，在这一方面也糟了，娜娜像辜负伯爵一般地辜负萨丹，当她的淫性发作的时候，竟到城郊外找些下流野妓来。当她坐车子回公馆的时候，往往在马路上看见了一个蓬头垢面的野妓便动了心，叫她上了车子，带她回公馆里来，后来付她钱，才打发她走了。而且她又会假扮男人，到不名誉的地方去看淫邪的戏法，借此消除她的寂寞。萨丹给她抛弃多次了，便在公馆里闹得鸡犬不宁；她终于制服了娜娜，娜娜很尊敬她。摩法甚至于希望与她联盟，当他不敢自己发作的时候，他就放萨丹出头。有两次，她竟迫娜娜留他住宿；他表示感恩，不敢与她争夕。不过，这一场妥协也不能久，萨丹也是疯狂的。有些日子，她把一切都打坏了，气冲冲地激得要死，然而她还是漂亮。索爱也惹她生气，因为她把她拉在一边，好像是要把她招诱入伙做一件大事。原来索爱的计划还未与一个人谈及。

摩法伯爵终于为了一些事情抱愤不平：他自从数月以来宽容萨丹，他又任凭许多不相识的男人们爬上娜娜的床头；然而他不免痛恨他所认识的人与他捣乱。自从娜娜承认与福加孟发生了关系之后，他伤心到了极点，深恨那少年对自己不住，至于想要与他寻仇，同他决斗。关于这种事情，他不晓得到哪里去找证人，于是他去找拉布迭特。拉布迭特吃了一惊，忍不住笑道：

"为娜娜而决斗吗？……亲爱的先生，全巴黎的人都要嘲笑您了。人家不会为娜娜而决斗的，这是可笑的事情。"

伯爵的面色大变，做了一种激烈的姿势：

"那么，我要在街上打他的耳光。"

拉布迭特劝了他一个钟头，说一个耳光可以把事情弄坏，到了晚上人人都知道了真原因，他就是报纸上的资料了。拉布迭特的结论是：

"不行，这是可笑的事情。"

这话像刀一般锋利，使摩法无可奈何。他甚至于不能为他的爱人而决斗，恐怕人家笑他。他从来没有像现在这般感觉得他的爱情的痛苦：他的真心实意却落在一场笑话里。这是他最后一次的抱愤了；现在他听了拉布迭特的话，便甘心与亲友们在娜娜跟前周旋。

在几个月之间，娜娜狼吞虎咽地把他们吃了一个又一个。她的繁华越增高，她的食量越扩大，只一口便吃一个男人。她先要了福加孟，只能支持半个月。他希望离开海军！他旅行了十年积得三万法郎，想要到美国谋生去。他本是谨慎而且悭吝的人，到了娜娜跟前把钱倾泻无余，甚至签字答应将来再付她的钱。到了娜娜把他推出门口的时候，他是被她剥得精光的了。她自己表示是个好心人，劝他仍旧回到他的军舰上去。硬颈有什么用处呢？既然他没有钱，什么都不行了。他应该懂得，而且做个识事的人。一个败家的男子落在她的手里像一只熟了的果子；果子落地，自然腐败了。

福加孟之后，娜娜又吃史丹奈，心中不作呕，却也没有爱情。她把他当做一个肮脏的犹太人，她似乎是报旧仇，然而她自己不很觉得。他是胖的，呆的，她大啮特啮，希望把他快些吃完。他已经抛弃了西曼，波斯富尔的生意正在危险中。娜娜疯狂地苛求，越发催他破产。第一个月他还挣扎，弄了些玄妙的手段，他在全欧洲的报纸上都登广告宣传，把最远的国家的钱弄了来。投机家的路易与穷人的铜子一般，都落在维利耶路的深潭里。另一方面他又与阿尔萨斯的一个铁厂主人合股，那边有许多黑炭般的工人们昼夜流汗，他们辛苦了筋骨，听见骨节窄窄地响，拼命生利，为的是娜娜的娱乐的需要。她像烧山的烈火，把工作的收入与奸商的余利都吞啮净尽。这一次她把史丹奈弄完了，吮到他的骨髓，然后把他抛弃在马路上，他空虚到了这地步，再也没有玄妙的手段可施了。在他的银行倒闭了的时候，他一想起警察就发抖。人家把他宣告破产了，从前把千百万乱用的他，现在听见说钱就寒心，像孩子般不知如何是好。有一天晚上，他在她家哭起来，求她借给他一百法郎，为的是支给他的女仆。娜娜看见这震动巴黎二十年的银行家如此收场，一则可怜他，二则觉得有趣，便拿了一百法郎给他，说：

"你须知，我给你的钱，因为我觉得有趣……但是，你听我说，像你这样的年龄,你不是受我赡养的男子了,你应该另找职业才是。"

史丹奈穷了之后,娜娜即刻开始吃爱克多。他老早就恳求她赏脸,使他破产,好教他成为最时髦的人。他所缺少的是时髦,须得一个女人抬举他。在两个月之间,巴黎一定认识他,他可以在报纸上读他自己的名字。谁知六个礼拜已经够了。他所承受的遗产乃是些不动产,如土地、牧场、树林、田庄等等。他把产业很快地变卖了。娜娜每一口要吃一亩。日光下随风飘动的树、熟了的麦子、黄了的葡萄、牛羊可以藏身的很高的草,都滚进了娜娜的无底洞里。还有一个水道、一个石灰场、几处磨坊,也都不见了。娜娜好像一群蔽天的蝗虫,把所过的地方都吃光了。她的小脚踏到了地上,便把土地焚烧起来。一个田庄又一个田庄,一个牧场又一个牧场,她很客气地吃那遗产,自己不觉得怎样,只像在饭后把一包杏仁糖放在膝上,慢慢咀嚼罢了。这乃是些糖果,没有什么要紧的,但是,有一天晚上只剩下了一个树林。她吞下时现出不屑吃的样子,因为这值不得她开口。爱克多咬着手杖,真像一个糊涂虫。他负债太重了,现在仅仅剩下一百法郎的年金。他迫不得已,只好回到外省去依着一个舅父过生活;但是这不要紧,他是时髦的了,《费加罗报》印了两次他的名字了。他的折角领子显出他的瘦颈,他的太短的褂子显出他的长腰,他一摇三摆,说话像一只鹦鹉,无情像一个木偶。娜娜恨他讨厌,终于打他。

这时福歇利给他的表弟引导,竟再来了。这可怜的福歇利,此刻他竟有了家。他自从与伯爵夫人绝交之后,落在洛丝手里。洛丝把他当做她的真的丈夫。米让只做她的管家人。福歇利做了主人,却常常向洛丝说谎,当他骗她的时候,自己很小心提防。娜娜的胜利在乎要了他,而且吃了他的报馆,原来他把一个朋友的钱创办了一个报馆。娜娜不替他张扬,倒反替他守秘密。当她谈起洛丝的时候,她把她叫做"那可怜的洛丝"。这报馆供给他两个月的花销。后来她吃了编辑所，又吃发行所；最后她为了一种大嗜好，要在公馆的一隅做一个冬天的花园，于是她又吃了印刷所。而且这仅仅是开玩笑的事情。米让见有了这事发生，喜欢得了不得，跑到她家里试看自己能不能把福歇利完全断送给她，她便问他是否瞧她不起：一个没有钱的男子，他专靠做文章编戏剧为生，她肯要他吗？只有像洛丝这样的有才艺的妇人才做这样的糊涂事呢。娜娜很不放心，生怕米让对她不住，把事情向他的妻子告发。而且此时福歇利只能替她在报上鼓吹，没有钱给她了，所以她也就打发他走了。

　　但是她对他保留一个很好的回忆，因为他们曾经共同把爱克多寻开心。假使他们不为的是想要表示瞧不起这糊涂虫，他们也许不至于再相见。他们觉得这很滑稽，所以他们在他跟前互相接吻，把他的钱大用特用，差他到很远的地方办事去，好教他们独自二人在家。当他回来的时候，他们又说了许多嘲笑的话与好些隐语，他也懂不得。有一天，她受了福歇利的怂恿，竟打赌说她要打爱克多的耳光。当天晚上，她打了他一个耳光，后来又继续地敲打他，她觉得这很有趣，可见得男人们都是没有志气的。她把他叫做"耳光箱"，吩咐他上前受打，打得她的手掌通红，因为她还没有这习惯。爱克多含着泪狂笑起来，他觉得这妙得很，可见娜娜与他很熟，他因此十分快活。有一晚他接受了几个巴掌之后，十分兴奋地说：

　　"你不晓得，你应该嫁我……是不是？将来我们岂不有趣！"

　　这并不是一句随便的话，他早已决定了这婚姻的计划，想要惊动巴黎，娜娜的丈夫是多么时髦啊！但是娜娜又给了他几个巴掌：

　　"我嫁你！……呀！如果我起了这主意，我老早有了丈夫了！而且可以嫁一个比你好二十倍的男子呢……我已经得到了许多人的提议，你看：费理伯、乔治、福加孟、史丹奈，一共四个了，你所不认识的还不在内呢……他们都像唱诗歌的叠句一般。我不能做好人，他们即刻唱了起来:你嫁我好不好? 你嫁我好不好? ……"

她生气起来了,气愤愤地嚷道:

"呀! 不,我不愿意! ……难道我是为婚姻而生的吗? 你把我看一看,假使我把一个男人驼在背上,我就不成为娜娜了……再者,这事儿太脏了……"

她说着,吐了一口痰,不住打呕,好像她看见全世界都是脏的。

一天晚上,爱克多不见了。一礼拜后,人家听说他到了外省他的舅父家里。他的舅父有搜集植物的性癖,所以他带了许多标本去,希望娶一个很丑然而很善良的表妹。娜娜并不哭他,只对伯爵说:

"喂,我的小驴,你又少一个情敌了,你今天很快活……不过,这因为他变为老成的人了,他想要娶我!"

他的面色变了,于是她揽他的颈,每说一句冷酷的话便给他一个吻。

"是不是? 最能令你不快活的乃是这个:你不能娶娜娜了……当他们一个个来缠我要我嫁他们的时候,你一方面也兴奋起来……呀! 假使你的妻子死了,你早赶来,伏在地上向我求婚,耍你的大把戏,叹气,流泪,赌咒,无所不至了。是不是,爱? 这是多么好啊!"

她说时用温和的声音,一面嘲笑他,一面与他温存。他很感动,脸色通红,还她的吻。于是她嚷道:

"他娘的! 我早已猜着了! 他已经想到了这一层,只等候他的妻子死去……好! 够了! 他比别人更坏呢!"

摩法容许那些"别人"与她来往。现在他只剩有"先生"一个头衔在奴仆们与熟人们的口里,因为他给钱最多,所以他是正式的情郎。他的热情越激越热了,他付钱以维持自己,买一笑须费了许多钱,甚至于花了钱得不到报酬。这好像一种疾病把他销蚀,他不能自禁不伤心。当他进了娜娜的卧房的时候,他只好把窗子开了一会儿,好把别人的气味驱逐出去,因为棕色发与黄发的浓臭与雪茄的余烟令他呼吸不得。这卧房竟成了一个通衢,常常有许多靴子践踏门阃,可惜没有一个人停留在乔治的血痕之上。索爱是个爱干净的人,常常挂虑着这一个污点,看见血痕始终不去,便生气起来,每次进房的时候都说:

"奇怪得很,这还不去……但是,来的人已经不少了。"

娜娜接到了乔治的好消息,知道他在芳呆特村他的母亲身边养病,所以她每次都作同样的回答:

"呀! 这不是一天的事……将来我们的脚渐踏渐淡了的。"

她的话不错,福加孟、史丹奈、爱克多、福歇利都在鞋底下带了一些血痕去了。摩法也像索爱一般地关心这污点,他不由自主地研究血痕的黯淡的程度,好知道有若干男人在这里经过。他的心中隐隐地害怕,每次进门时都跨过那血痕,好像是怕踏碎了什么活着的动物,又像看见地上陈列着一条赤裸的大腿。

但是他一进了卧房里,心就醉了,他忘记了一切,好像不知道有许多男子到过这里来似的。有时候,他到了外面的马路上,他哭起来,一则惭愧,二则自己责备自己,发誓不再进房。但是,房门一关上之后,他又觉得身体熔在这卧房的微温里,那香气芬芳的玉体仍旧逗起他的肉欲。他本是信宗教的人,现在他对娜娜竟像对宗教一般虔诚,像当年跪在祭台之前静听风琴一心向往的样子。娜娜像一个发怒的天神,给了他许多地狱的苦恼,然后给他几秒钟的快乐。他的祈祷相同,失望相同,尤其是他的谦恭相同。他虽则常常向理智方面奋斗,终不免受娜娜的卧房的引诱,坠入女性的万能的魔障里。

娜娜觉得他这样自卑,越发扬扬得意了。于是她把做坏事的本能发挥,她把事物破坏了还不够,而且要玷污。他痴呆地只顺着她,回忆当年那些神圣给虱子咬啮的故事。当她把他留在房里,关上了门之后,她便教他做些不名誉的事,借此开心。先是他们开

玩笑,她轻轻地拍他几下,迫他做些滑稽的事情。她往往叫他学孩儿们呀呀地说话:

"你跟我说吧:'……唪! 哥哥不管!'"

他表示柔顺,甚至于仿效她的声腔:

"……唪! 哥哥不管!"

有时候她又做熊,穿着衬衣,上面盖着裘衣,四脚爬在地上猞猞地叫,好像要咬他似的;甚至于开玩笑,咬他的腿。后来她起来说:

"轮着你了,你也做一做吧……我打赌你比不上我会做熊。"

这更有趣了,他的皮是白的,鬣是赭色的,她把他当做一只白熊。他笑着也就四脚爬在地上,猞猞地叫,上前咬她的腿,她假装害怕而逃走的样子。她终于说道:

"你看,我们呆不呆? 你不晓得你丑到什么程度! 假使人家在王宫里看见你如此! ……"

但是这些小玩意儿渐渐变坏了。她本是好心人,不能说她残酷;不过,这关了门的卧房里越闹越疯狂了。一种肉欲使他们失了常态,以至于有肉体上的幻想。从前他们在夜里睡不着,担惊受怕;现在他们却学畜牲四脚爬地猞猞地叫,而且咬人。有一天,他做熊的时候,她把他狠狠地一推,竟推在一件家具之上。她看见他的额上起了一个疙瘩,不知不觉地哈哈大笑起来。自此之后,她用对爱克多的手段对待他,把他当做畜牲,用鞭打他,用脚踢他。

"去! 去……你是一匹马……去! 去! 肮脏的笨货,你走不走?"

有一次他做狗。她把一块香帕子抛在房的另一头,叫他爬去,用牙齿咬了来还她。

"西萨尔,把我的手帕子带来! ……慢了一些我就要打你! ……好极了,西萨尔,你很听话! 很好! ……"

他呢,他喜欢这下流的事情,感觉得畜牲的快乐,他说:

"再打重些！……咄！咄！我发狂了，打吧！"

她又起了一种嗜好，要他在一天晚上穿着他的朝衣朝冠来。他下次来时，果然好排场，佩着剑，穿着白裤子，身上是红色饰金的燕尾服，左裾下系着一把象征的钥匙。她看见了就笑起来，嘲讽他，尤其是那钥匙令她开心，她因此说了好些污秽的话。她始终笑着，她平日并不尊重大人物，此刻又欣幸能够糟蹋这种堂皇的衣服。于是她摇他，捻他，口里说："呃！大臣，去吧！"同时在他的后面踢他几脚。她这一踢，算是踢王家的大臣，把朝廷的尊严轻侮。这乃是她对于社会的意见！这又是她家传的遗恨，无形中由她报仇。后来那大臣脱了衣冠，丢在地上，她叫他跳，他就跳；叫他吐痰，他就吐痰；叫他踏在金上、鹰徽上、勋章上，他也就遵命践踏。呸哩吧啦！一切都破了，什么都完了！她打碎了一个大臣只像打碎了一只小瓶，还骂了许多污秽的话。

那些金银匠失了约，那床须在1月中旬方能完成。到了1月中旬，摩法恰在诺曼地，因为娜娜要他即刻给她四千法郎，他到那边去变卖最后的产业。他本该在第三天才回巴黎来的，不料事情完得快，他赶紧回来，竟不经过米洛迈斯尼路，径直到维利耶路来。十点钟响了。他有一把钥匙可以开嘉定奈路的小门的，所以他自由地上了楼来。到了小客厅里，索爱正在那里揩拂铜器，看见了他便惊呆了。她不晓得怎样拦阻他，只好说了许多累赘的话敷衍着。她说卫洛先生在昨天就来找他，今天又来两次，形容狼狈，说如果伯爵先生先回到夫人家里来，就请她转请伯爵先生回府里去。摩法听她说了，完全不懂是什么原因；后来他看见她恐慌的样子，忽然起了吃醋的心理，便奔向卧房的门口，恰听见了里面的笑声。门开了，同时索爱耸了一耸肩也自走开，也罢！管它呢！既然夫人变了疯狂，她自己当然会处置妥当啦！

摩法到了门口，看见了里面的情形，忍不住叫起来：

"上帝啊！……上帝啊！"

这时那新的卧房炫耀着它的繁华。茶色的壁毡有银色的小星点缀着,在佳日的黄昏,梵奴的肉色恰与这颜色陪衬得很适宜。至于垂在床角的金绳与嵌在床板的金花,像轻微的火焰一般,半掩着这赤裸的屋子。对面乃是那一张金床,把它的金光映着全室,这是颇宽畅的御座,好教娜娜伸张她的赤裸的肢体;这又是庄严的祭台,供着无羞耻的菩萨。在她身边,雪白的酥胸的艳光之下,躺着一个老翁,令他满面含羞,无地自容。原来这就是叔雅尔侯爵。

伯爵合了掌,周身发抖,只不住地叫:

"上帝啊!……上帝啊!"

床上的金花为这老侯爵而开,床头的爱神们为他而低头含笑,社稷神也为他而揭露那裸体的夜神。这夜神是依照娜娜的著名的裸体描塑的,连肥胖的大腿也很相像,无论是谁都辨认得出来。侯爵风流了六十年,现在还要把老朽的余躯承受美人的恩露。当他看见门开了的时候,他爬了起来,一时吃惊不小。他经过了一夜的爱情,把他弄笨了,找不出一句话说。他的身子瘫了一半,周身发抖,预备脱逃。他的内衣撩起,露出一把瘦骨,一只腿撂在被窝之外,这是可怜的一只铅色的而且有灰色的毛的瘦腿。娜娜虽则不如意,忍不住笑起来。她把侯爵按下来,纳进了被窝里,像是一种不可示人的肮脏东西,同时说道:

"你睡下来吧!快滚进被窝里去。"

她说着便跳起来把门关了。为了她的小驴,她真算是倒运!他老是来得不巧的!为什么他到诺曼地去找钱呢?那老头子已经带了四千法郎来给她,所以她让他做了。她把门推了一推,嚷道:

"也罢!这是你的不是。谁叫你这样进来?够了!一路福星!"

摩法看见了这事,像平地一声雷,他呆呆地停留在那关着的门前。他的身子越发震颤了,自腿至胸,自胸至头,处处震动。后来他像狂风摇动的一颗树,蹒跚地走,四肢的骨节都格格有声。他绝

望地把双手一伸,吃吃地说道:

"这太过了!上帝啊,这太过了!"

他本来把一切都承受了,但他此刻不能再忍受,自己觉得气力已竭,不能再在黑暗中挣扎了。他一时兴奋,双手越抬越高,悲哀地呼唤上帝:

"唉!不,我不愿意!……唉!上帝啊,救我吧!使我死了还好些!……唉,不,不要这男人!上帝啊!这完了!请你收我去吧!好教我眼睛不见,耳朵不闻……唉!上帝啊,我是归属于您的。天堂上我们的圣父啊……"

此时他的信心大发,竟念起经文来。忽然有一个人拍他的肩。他抬起头,看见是卫洛先生。他看见他对那关着的门祈祷,很觉得奇怪。摩法竟像天主自己来救他一般,奔上前揽卫洛先生的颈。现在他终于能哭了,于是哽咽地说:

"我的哥哥……我的哥哥……"

他的一切的痛苦都消灭在这一阵呼声里。他的眼泪浸湿了卫洛先生的脸孔,他吻他,断断续续地说:

"啊!哥哥!我是多么痛苦啊!……哥哥,我现在只有您了……您永远带我走吧!唉!请您带我走吧……"

于是卫洛先生把他紧抱在怀里,叫他做弟弟。但是他还再给他一种痛苦,自从昨天他就找他,为的是报告他:沙苹夫人一时发狂,竟与某大商店的时装部主任逃走了,这是可恨的丑事,巴黎已经传说了。卫洛先生见他信教的心情这样奋发,觉得机会到了,即刻向他叙述这一场意外。然而伯爵并不动心,他的妻子走了,这不要紧,将来再看吧。他又伤心起来,注视那门、那墙、那天花板,现出恐怖的样子,始终只哀求说:

"带我走吧……我不能了!带我走吧。"

卫洛先生把他像小孩般带走了,从此时起,他完全归属于他。摩法仍旧皈依谨严的教规了,他的生命已经受了摧残。他因为朝廷里的人们羞与为伍，于是辞了内臣之职。他的女儿爱斯迭尔告他一状，说她的姑母的遗产六万法郎该在她结婚的时候给她。他败了家，靠着大财产的残余，过很不舒服的生活；伯爵夫人吃娜娜所不屑吃的财产，把伯爵未卖的田地也卖了，他只好让她做去。沙苹学坏了之后，竟成家庭的微生虫。她在外面耍了好些男子然后回家，他依着宗教上宽恕的原理，仍旧与她相处。但是他的心渐渐冷淡了，至于不复为这种事而伤心。天神把他从妇人的手里抢过来，要交到上帝的怀里。在教堂里，他的膝头被地砖冷透了，他重新获得当年的乐趣，满足了他的心灵的需要。

绝交的当天晚上，米让到了维利耶路来。现在他看惯了福歇利，觉得有千种的利益，让他代自己理家，他很努力料理，米让自己却可以休息。福歇利把他编戏剧所赚得的钱交给米让家中作为日用，而且他很识事，并不吃醋，洛丝有机会赚钱的时候，他像米让一般地肯通融。这两个男人渐渐合得来，共同谋幸福，大家毫无拘束了。这一切都议定了，进行得很顺利，他们争先为公共的幸福而努力。今天米让这一来，乃是听从了福歇利的劝告，福歇利以为索爱聪明绝顶，劝他来看能否在娜娜的手里夺了她来。自从一个月以来，洛丝聘了好些没有经验的女仆，弄得她有了种种困难，所以她伤心得很。当索爱接见他的时候，他即刻把她推到饭厅里。他只一开口，她就微笑起来，这是不行的，她离开了夫人，为的是自己立业。她又骄傲地说已经有许多人聘她，那些夫人们互相争夺，白兰胥夫人出了重价，要把她收回呢。原来索爱开办特丽恭的屋子，这是她许久以来的计划，想要把历年所积的钱去发大财。她有的是开通的见识，预备租一间旅馆，把一切的娱乐都收集到旅馆里来。因此之故，她甚至于努力招致萨丹，可惜萨丹积劳成病，在医院里奄奄地快要死了。

米让再三劝她，说做生意乃是冒险的事；索爱也不解说她的旅馆是什么性质的，只噙着嘴唇微笑，好像她正在吃糖果似的，她说：

"唉！繁华的生意始终是赚钱的……您须知,我在别人家里住得久了,现在我要别人到我家去住了。"

她一时兴奋,索性说了出来,她将来是个"夫人",要把几个路易引诱十五年来她所奉侍的妇人们都到她的脚边。

米让要她传报,于是她让他坐一会儿,说夫人今天很不快活。他只来了一次,不认得这公馆。举眼看时,华丽的陈设令他诧异。他很不客气地把好些门户开了,他参观了客厅与冬天的花园,终于回到通过室里。这种繁华把他压倒,饰金的家具与锦绣的壁毡都令他叹赏以至于心头跳动。当索爱下楼的时候,她愿意带他再参观梳妆室与卧房。到了卧房里,米让大吃一惊,自疑是进了王宫。他自以为是一个识透世界的人,竟给娜娜吓倒。在这将破产的屋子里,给奴仆们剥削了之后,仍旧不失奢华侈丽的样子。米让对着这些庄严的建筑,便联想到许多伟大的工程。在马赛的附近,人家引他参观一个水道,乃是许多坚石筑成的环洞,费了十年的奋斗与千百万的金钱。他又在歇尔浦看见了那新码头,这是很大的土木工程,好几百男人在太阳下流汗,然后筑成一道口岸。这些工程他都觉得小了,因为娜娜的工程太大了。他又记得某一个佳节的晚上他参观一个炼糖商人的府第,宛如王宫,令他生了敬仰之心。那商人专靠糖起造他的高堂大厦,娜娜却靠别的东西。她做的是人们嘲笑的糊涂事,独自一人,仗着她的裸体,没有工人,也没有工程师所发明的机器,她竟摇动了全巴黎,建筑了她这万人骸骨堆成的产业。

"呀！他娘的！这是多么好的工具！"米让快活地说。

娜娜渐渐落在悲哀中了。先是因为伯爵与侯爵相遇,令她心中烦躁起来;后来她又想那老头子奄奄欲毙地雇了一辆马车走了;又想她折磨了她的小驴许久,现在那可怜的小驴走了,她再也看不见了。她想到这里,已经起了感情上的悲哀。后来她又听说那失踪半月的萨丹现在病了,因为罗贝尔夫人把她弄得太辛苦了,她只在拉利布亚西耶医院里等死。恰在她吩咐备车要去看望萨丹的时候，索爱却安然地来向她辞职。她忽然越发失望，觉得好像是失了亲眷里的一个人。天啊！她自己一人将来怎能生活呢？她哀求索爱不走；索爱看见夫人伤心，越发自负了，终于与夫人接吻，表示她这一走并不为的是与夫人不和；她不得不走，有生意的时候便讲不得感情。这一天竟是麻烦的日子！娜娜起了厌世的念头，不想出去了，懒洋洋地走到小客厅里来，恰好看见了拉布迭特。拉布迭特特来报告一个好机会，说有许多很漂亮的花纱出卖，说话时随随便便地带着说乔治已经死了。她突然觉得身子冷了半截。

“小娃娃吗？死了吗？”

她说着，不知不觉地注视地毯上的血痕。然而人们践踏太久了，那血痕已经消灭了。这时拉布迭特再告诉她，说大家不晓得很确切，有人说乔治是旧伤复发，有人说他跳下芳呆特村的池塘自杀了。娜娜说了又说：

“死了！死了！”

自从早上以来，她的心中痛苦已极，此刻索性哽咽起来，倒觉得好过些。这是一种无限的悲哀，她觉得十分难受。拉布迭特把乔治的事情劝解她，她摇手叫他住口，吃吃地说：

“不止是他一人，乃是一切，乃是一切……我是很不幸的女子……唉！我懂得了，他们又要说我是个坏女人了……那边那母亲哭儿子，今早这里这可怜的男人在我的门前垂头叹气，还有其他的人们把他们的钱与我吃了，现在都败了家……对了，攻击娜娜吧！唉！我甘心受骂，我已经听见他们的呼声：‘这肮脏的娼妇同一切的人们睡觉，有许多人为她破产，又有许多人为她死亡，她害得千百个人们好不凄凉！……’”

她哭得呼吸不来，便住了口，倒在一张横炕上，把头埋在一只垫子里。她想起自己造成了许多祸事，心中伤感，竟像小女孩一般，呜呜地哭起来。

"唉！我真痛苦！我真痛苦！……我不能了！这使我呼吸不来了！……他们不了解我,只晓得反对我,因为他们比我强些,唉！叫我怎能忍受！……但是,一个人自问良心没有可责备的地方的时候……呃！不行！呃！不行!"

她越说越不平,又站起来,揩了她的眼泪,很不自在地踱来踱去。

"呃！不行！他们要怎样说都可以,然而这不是我的罪过！难道我是凶恶的人不成？……我把我的一切都给人家,我不曾踏死过一只苍蝇……这是他们的罪过！是的,是他们！……我从来不曾有意对他们不好。他们一个个都来缠绕我的裙脚,现在他们死的死了,讨饭的讨饭去了,一个个都绝了希望……"

后来,她在拉布送特跟前停了步,拍他的肩,说:

"喂,你是在场的,请你说公道话吧……是我怂恿他们吗？他们不是常常打算做坏事吗？我倒憎恨他们呢！我扳住了门,不肯跟他们走,我怕他们……我举一个例给你看:他们一个个都要娶我。这是干净的念头吗？是的,假使我肯答应,我不知做了多少次伯爵夫人或男爵夫人。好！我却都拒绝了,因为我是识事的人……呀！倒是我替他们避免了许多罪恶呢！……假使我存心作恶,他们早已做了贼,杀了人,甚至于杀了父母。我只怂恿一句就行了,而我始终没有说……你看今天我所得的报酬！……譬如达克奈,他是我替他结婚的;一个穷骨头,我把他收留了好几个礼拜,不要他的钱,而且替他谋了一个好地位。昨天我遇见他,他把头掉转去。唉！去吧,猪猡！我比你还干净些!"

她说着又走来走去,在桌子上猛然打了一巴掌,说:

"他娘的！这不是公平的事！只怪社会的组织不好！男人们要做某事的时候,人家却归罪于女人……呃！现在我可以对你说了:当我同他们鬼混的时候,我并不觉得快乐,没有一点儿快乐！老实说,我倒讨厌呢！……所以我问一问你,这与我有没有一点儿关系？……呃？真的，他们把我累死了！好朋友，你看，假使没有他们，假使不是他们作弄我，我早已进了修道院祈祷上帝去，因为我是始终信教的……呸！他们失了钱，丧了命，这是他们的罪过，与我毫无关系。"

"当然啦！"拉布迭特信服地说。

索爱把米让引进来，娜娜微笑地迎接他。她哭够了，现在完了。米让的景仰之心还热，便向她恭维她的第宅。但是她说她讨厌她的公馆了；现在她梦想着别的事情，在最近她就要把一切都变卖了。他找一个拜访的口实，便谈起人们为波士克而演的一场戏，原来波士克瘫了，坐在椅子上不能走动，所以大家打算演戏筹款救济他。她很起了慈悲心，于是买了两个包厢的位置。这时索爱报告说车子已经预备好了，她就叫她拿帽子来。娜娜一面系帽子，一面叙述那可怜的萨丹的事情，说：

"我要到医院里去……世上没有一个人像她那样爱过我。呀！也难怪人家说男子们是没有良心的！……谁晓得？也许我看不见她了。不管怎样，我一定要求与她相见，我要同她接吻。"

拉布迭特与米让微笑了一笑。她不悲哀了，也跟着微笑起来，他们二人是不算数的，所以他们能了解她。在一种深思的静寂里，他们二人都钦佩，同时她已经把手套戴好了。她堂皇地站在这金碧辉煌的公馆里，许多男人都匍匐在她的脚下。她好像古时的魔王，脚下践踏着一堆骷髅。火葬了的王多弗尔、飘流海上的福加孟、穷蹙可怜的史丹奈、以败为荣的爱克多、一败涂地的摩法、昨天出狱守着乔治的尸首的费理伯，一个个都到她的眼底。她的破坏的工作已告成功；这从垃圾堆里飞起的苍蝇，竟传播了社会的霉菌，只一停在男人们的身上，立刻把他们毒死。这是好的，这是公平的，她已经为她的阶级报了仇，卑贱的人们都可以扬眉吐气了。她在这光荣里，把她的女性照耀着那些受祸的人们，像初升的红日照耀着一个骷髅遍地的战场，然而她自己莫名其妙，始终只是个好心人,不曾注意到她的工作的伟大。她仍旧很肥胖,很强壮,很快活,很风流。这一切都不算数了,她觉得这公馆毫无意义,太小了,家具太多,很不方便,所以她打算另找好些的地方。这时她盛妆出门,要与萨丹接吻去了。

第十四章

　　娜娜忽然失了踪；这是第二次的脱逃，要到古怪的地方去。在未走以前，她把公馆的东西大卖特卖，家具、珍宝、衣服，以至于饭巾等物，都一扫而空，而且连公馆也变卖了。这五项共值六十万法郎。巴黎人在快活戏院的台上看见她最后一次；原来鲍特那富虽则没有一个铜子，却大着胆子再开戏院。娜娜在这戏院里再与普鲁利耶、方丹二人出台，她只做了一个不开口的角色，竟算是压轴戏；原来她扮的是一个无言而有魔力的仙女，做了三个俯仰的姿势。在这次的大成功的当儿，鲍特那富大登广告，鼓动了全巴黎，忽然听说她决定离开巴黎，要到土耳其去。这因为一言不合，她与鲍特那富争论了一次，自以为她太富了，受不得人家啰唆。再者，这也是她的古怪脾气：许久以来，她早已打算到土耳其去了。

　　过了几个月之后，人们已经忘了她。有时候，那些先生们与夫人们谈起了她，传说纷纷，叙述了许多不相同的而且不可思议的故事：她已经受了土耳其王的宠爱，进了王宫里，为了一笑就可以割断两百奴隶的头。没有的事！她到了土耳其的首都之后，大肆侠乐，竟爱上了一个高大的黑人，因此败了财产，甚至于没有衬衣穿。半月后，人家又得了一个可怪的消息：竟有人发誓说在俄国遇见了她。于是大家添补成篇，竟说她变了某王子的情妇，有许多许多的钻石。这种消息传了出来，虽则没有确实的来源，妇人们一个个都能叙述她的首饰：戒指、耳环、手镯，无一不是钻石的，尤其是颈圈的钻石像两只手指般大小,皇后的冠上也有一粒拇指般大小的钻石。她到了辽远的国家之后,越发神秘了,竟成为珠宝满身的菩萨。现在大家说起她的名字都肃然起敬,以为她真的在野蛮的地方发了大财了。

7 月的一天晚上,将近八点钟的时候,绿西坐着车子从圣何诺烈路经过,瞥见嘉洛林也徒步地出来,到邻近的日常交易的商店里定购一件裘衣。她叫她,即刻说道:

"你吃了晚饭了? 你有工夫吗? ……唉! 那么,亲爱的,随我来吧……娜娜已经回来了。"

嘉洛林连忙上了车。绿西又说:

"你须知,亲爱的,在我们说话的当儿,也许她已经死了。"

"死吗? 好一个主意!"嘉洛林吃惊地说,"在哪里? 为的是什么?"

"在大旅馆里……为的是出痘……唉! 说来话长哩!"

绿西吩咐车夫赶快些。沿着莱雅尔路与各大马路,在马蹄得得声里,她叙述娜娜的遭遇。说时并不换呼吸,断断续续地说:

"你是梦想不到的……娜娜自俄罗斯回来,我不晓得是什么缘故,大约是她与那王子不和了……她把行李丢在火车站,先到她的姑母家里,她的姑母是那老妇人。你记得吗? ……好! 她看见她的小娃娃染了天花,那小娃娃在第二天就死了,她就与她的姑母大闹起来,闹的是她寄了些钱回来,她的姑母却说没有看见一个铜子……似乎那孩子就是为了这个死了的;总之,因为没有理他,所以死了……好! 娜娜走进了一间旅馆里,后来她在马路上遇见了米让,恰巧想起了她的行李……她的面色变了,周身发抖,想要呕吐,于是米让把她送回旅馆,自己担任替她取行李……呃? 你看,奇不奇? 最妙的乃是:洛丝听说娜娜害了病,而且住在一个客栈里,于是替她伤心,流着眼泪赶去调护她……你记得吗? 当年她们互相憎恨,真是两个泼妇! 好! 亲爱的,你看,洛丝竟把娜娜移进了大旅馆里,好教她至少能在一个漂亮的地方死去。她已经住了三夜,将来死了就算了……这是拉布迭特告诉我的,于是我想去看……"

"是的,是的,我们一块儿去看吧。"嘉洛林很兴奋地说。

她们到了大旅馆的门口了。在马路上,那车夫把车马停着等候,恰巧这时的车马与行人拥挤不堪。在白天的时候,立法院里已经议决宣战;许多许多的人都从小路下来,沿着街走,竟侵进了甬道。在玛玳莲教堂的一方面,斜阳隐在赤霞里,把回光射在高高的窗子上。时已黄昏,是令人生愁的时候,各马路已经进了黑暗里,鲜明的路灯却还没有放光。在这进行的民众里头,远远传来的人声渐近渐大,淡白的脸孔上露出灼灼的眼睛,一个个都有含愁而且吃惊的样子。

"米让来了,他可以报告我们一些消息。"绿西说。

米让站在大旅馆的长廊下,注视着民众,有烦躁的样子。绿西一开口询问他,他即刻动气,说:

"我晓得吗! 已经两天我不能把洛丝扯下楼来了……她真糊涂,她自己也冒险,想要寻死! 如果她也染了天花,脸上一个一个的小洞,将来好看得很! 我们将来好极了!"

他想起洛丝会丧失了美貌,越想越气。他不懂妇女们为什么这样呆,这样痴情。这时福歇利从马路的另一边穿过来,也向米让询问消息。两个男人互相推挽。现在他们你你我我地称呼了。

"亲爱的,始终是那个样子",米让说,"你应该上楼来,强迫她跟你下来。"

"奇了! 你是个好人! 为什么你不自己上楼去呢?"福歇利说。

绿西问卧房的号码,于是他们哀求她劝洛丝下来,否则他们要生气了。然而绿西与嘉洛林并不即刻上楼。她们瞥见方丹把手插在衣袋里无目的地散步,觉得民众骚动得很有趣,当他晓得娜娜在楼上害病之后,他便假作多情,说:

"可怜的女子……我要同她握一握手……是什么病呢?"

"天花。"米让答。

方丹已经向天井走了一步,听见是天花,却又走回来,打了一个寒战,说:

"呀！这不得了！"

天花并不是稀奇的病,方丹五岁的时候也几乎害了天花。米让说他有一个侄女儿也是因此死了的。至于福歇利呢,他越发可以谈了,他的脸上还有记号,他指着鼻上的三个痘瘢给他们看。米让再推他上楼,借口说天花不会有两次的;他却反对这学理,援引了许多事实,把医生们骂做禽兽。这时绿西与嘉洛林看见民众越聚越多,诧异起来,便打断了他们的话头,说:

"你们看,你们看,多少人！"

夜色更深了,路灯一盏一盏地放光,自远而近。这时人家在窗子里可以望得清楚那些趁热闹的人们的脸孔;树下的人每一分钟增加了许多,从玛玳琏直排列到巴斯第。群众还未喧哗,然而已经有了声气;他们这一来,只为的是互相拥挤而已。忽然间,人丛里让开一条路来,只见一队男子戴着军帽,穿着短褂,从群众里出现。他们一片声嚷着,像锤打铁砧的声音:

"到柏林去！到柏林去！到柏林去！"

群众注视他们,各人心里隐隐疑惧,却又起了英雄之心,像听见了军乐似的。

"是的,是的！你们去断送了性命吧！"米让含着哲学的意味说。

但是方丹却觉得这是好事,他说要投军去,当敌人临境的时候,公民们一个个都应该卫护国家;他说着,扮做拿破仑在奥斯特利的态度①。

"喂,您同我们上去吗?"绿西向他问。

———————————

① 拿破仑于1806年12月2日在奥斯特利(Austerlitz)打败了奥地利与俄罗斯的联军。

"呀！不！我不愿意染病！"他说。

大旅馆的门前的一张凳子上，有一个男人把手帕遮了脸孔。福歇利到来的时候，已经向米让丢了一个眼色。他始终在那里，是的，他始终在那里。福歇利又拉住了绿西与嘉洛林，指那人给她们看。那人抬起头来，她们认得他，便惊呼了一声，原来这是摩法伯爵，他正在昂头望着楼上的一个窗子。米让对他们说：

"你们不晓得，他从早上就来了。我在十点钟看见了他，他至今不动一动……拉布迭特一开口告诉了他，他即刻到那里来，用手帕遮了脸孔……每隔半个钟头，他捺着脚走到这儿问楼上的人好了些没有，问了之后，仍回原处坐下……说哩！那卧房里不合卫生：一个人尽管爱别人，谁甘心去寻死呢？"

伯爵虽则举起了眼睛，似乎不知道身边有什么事情发生。他大约也不晓得国家已经宣战。他失了感觉了，并不听见群众的声音。

"呃？他来了，你们看吧。"福歇利说。

伯爵果然离了凳子，进了大门。但是那门房已经认得他，并不待他发问，突然说道：

"先生，她刚刚死了。"

娜娜死了！人人都被这消息震动。摩法一言不发，仍旧回到凳子上，把手帕遮了脸孔。米让诸人相对叹息。然而这时又有一队男子走过，把他们的话打断了：

"到柏林去！到柏林去！到柏林去！"

娜娜死了！岂有此理，这是多么美丽的女子！米让心中松快，叹了一口气，好了，洛丝可以下楼来了。方丹早已打算扮一场悲剧，于是他把嘴一歪，把眼皮一翻，表示他十分悲哀。福歇利真的有几分感动，便烦躁地大吸其雪茄。绿西与嘉洛林还在叹息。绿西看见她最后一次是在快活戏院，白兰胥也是在快活戏院。唉！她在水晶洞里出现时，是多么受人欣赏！这些先生们很记得她。

那时节,方丹扮演那王子哥各利戈。他们引起了回忆,便说了无穷的话。是不是? 在水晶洞里,她的自然的丽质是多么丰富啊! 她不说一句话,甚至于编戏的人们把她的戏词删了,因为戏词反足以妨碍她。呃,一句话不要;这样更伟大些;她只显露了自己,已经耸动了观众。这是无处找寻的一个美丽的身体:多么美的肩,多么美的腿,多么美的身段! 她竟死了。不是奇事吗? 那时节,她在紧身衣上只有一条金带,仅仅遮掩了腰部的前后。水晶洞完全是玻璃做的,洞里十分透明;钻石的瀑布奔流,白色的珍珠点缀着岩上的钟乳石。在这水晶洞里,一道很大的电光穿过,她的白肉衬着黄发,竟像太阳一般。巴黎的人永远看见她这样,像一个神圣在天空里! 唉! 到了这境地竟甘心死去了,真是糊涂! 现在,她在楼上该是好看的了!

"而且乐事从此完了。"米让苦恼地说,显得他不喜欢看见好的而且有用的事物丧失了。

他试探绿西与嘉洛林有没有上楼的意思,当然,她们仍旧要上楼;她们的好奇心越发兴奋了。恰好白兰胥气喘喘地跑了来,痛恨群众拦阻她的来路。当她晓得了死的消息之后,大家又叹息一番,然后那些妇人们走向楼梯,裙子窸窣地响。米让跟在后面叫道:

"请你们对洛丝说我等候她……叫她即刻下来,是不是?"

"我们不晓得确切,天花在开始的时候传染呢,还是在收结的时候传染?"方丹向福歇利说,"一个医生告诉过我,说死后的几个钟头越发是危险的时候……因为死了然后毒气大发……唉! 我真可惜这突然的结局;假使我能与她握最后一次的手,岂不是很快乐的事!"

"现在有什么用处呢?"福歇利说。

"对了,有什么用处呢?"米让与方丹跟着说。

民众越来越多了。在各商店射出的动荡的灯光里,有许多帽子互相触撞着。此刻大家更加热狂,许多人跟着穿短褂的人跑,把甬道挤满了。众口同声地只管叫着：

"到柏林去！到柏林去！到柏林去！"

旅馆里第四层楼的卧房乃是十二法郎一天的，洛丝想要替娜娜找一个不失体面的地方，也不要怎样奢华，因为一个人害病的时候是不必享受繁华的。壁毡是路易十三式的，绣的是很大的花朵，家具是桃心木的，地毯是红底黑叶的。房中起了一种沉重的寂静，不时杂以唧唧私语之声，忽听得走廊里有人说话：

"我敢说我们走错了路了，那伙计叫我们向右转……这真是一个军营！"

"等一等，让我看……卧房四百零一号，卧房四百零一号……"

"呃！这里来！……四百零五，四百零三……好了，我们该找到了……呀！不错！四百零一！……到了！嘘！嘘！嘘！"

人声静了，只听得咳嗽之声。后来那房门慢慢地开了，绿西进了门，嘉洛林与白兰胥也跟着进来，但是她们停止脚步，原来已经有五个女人在房里。嘉嘉躺在那唯一的红绒的靠背椅上；火橱前有莱雅坐在一张小椅子上，与站着的西曼、克拉丽丝二人谈天。至于床前，在门的左边，有洛丝坐在一个箱子上，怔怔地望着床帷的阴影下的尸体。她们一个个都戴着帽子、手套，像访友的妇人。只有洛丝一人没有手套，光着头，呆呆地，很悲哀地静对着这因急病而死的美女。横柜的角儿上有一盏灯，灯上有灯罩罩着，把很亮的一道光芒照耀着嘉嘉。

"呃！不幸得很！我们本来想要同她道别呢。"绿西握着洛丝的手说。

她说着，掉过头来，想要看娜娜。但是灯太远了，她不敢把灯移近。床上躺着一堆灰色的东西，人们只看得清楚那红色的髻子，那惨白的一块大约是她的脸孔了。绿西又说：

"我自从在快活戏院的水晶洞里看见了她之后，后来不再见面了……"

洛丝一时不呆了,微笑了一笑,说:

"呀! 她已经变了,她已经变了……"

后来她又怔怔地注视床上,不言不动了。等一会儿也许大家可以看娜娜;于是那三个妇人都到火橱前会合西曼诸人去了。西曼与克拉丽丝还低声地争论死者的钻石。总之,那些钻石到底存在不存在? 没有一个人看见过,这大约是人家撒谎。但是莱雅认识一个人,他是看见过娜娜的钻石的。呀! 是多么惊人的宝石啊! 非但钻石,而且她还在俄罗斯带了些宝贵的物品回来,譬如好些绣货,好些古玩,一副金的餐具,甚至于家具也带了些。是的,五十二个箱匣,其中有些很大很大的铁箱,装满了三个车室。这一切都存在火车站里。你看,她真是没有福气,还没有卸行李已经死去了! 而且除此之外,她还有些现款大约在一百万左右。绿西问是谁承继她的遗产。这该是她的远亲,大约就是她的姑母。这是那老妇的好运气! 然而她还不知道死的消息,因为娜娜怪她不小心调护小路易,所以执意不许人家报告她。于是她们都可怜那小孩,记得在跑马场上看见过他;这是一个周身是病的小孩,有衰老悲哀的样子;总之,这是不求投生人世的一个可怜的娃娃。

"他在地下更幸福些。"白兰胥说。

"说哩! 她也一样呢! 生存有什么了不起的乐趣?"嘉洛林说。

在这严重的卧房里,她们都起了厌世的思想。她们害怕起来,在这里谈这么久的话乃是不妥当的,但是她们须要看死人一面,所以停留在地毯上。天气很热,灯光映着天花板成为一轮明月,卧房浴在半明半暗之中。床下有一个盘子,盘上满盛着碳酸,放出一种臭味。有时候,窗下的群众的呼吸升起来,窗帷微微地震动。绿西专心凝视时钟上的三个希腊女神,她们裸着身体,像舞女般微笑。她忽然问道:

"她曾经很痛苦吗?"

嘉嘉似乎醒了,说:

"呀！还不痛苦吗？……她过去的时候，我是在这里的。你们听我说，这事儿没有什么好看的……呃！她的身子抽搐了一下子……"

但是她不能解说下去，因为下面一片声叫：

"到柏林去！到柏林去！到柏林去！"

这时绿西呼吸不来了，便把窗子大开，凭窗外望。天色很好，锦绣的天空积着清凉的空气。对面的窗子里有了灯光，各商店的金字招牌上也有了反照。下面更有趣了，走道上与甬道上人山人海，拥挤在许多车辆中间。远远地有一队人拿着火把从玛玳琏走来，照耀得空中通红，好像有了火灾似的。绿西呼唤白兰胥与嘉洛林，说：

"你们来啊……在这窗子里看得很清楚。"

她们三人都凭着窗，觉得很有兴味。有时候，那些火把从树叶下经过，那些树便阻碍了她们的视线。她们努力要看下面的先生们，可惜阳台突起来，遮住了旅馆的大门。她们始终只看见摩法坐在凳子上像一个黑包袱，他的脸孔藏在手帕里。一辆车子停在门口了，绿西认得是玛丽亚；又是一个奔丧的！她不是独自一人，有一个肥胖的先生跟着下了车。嘉洛林说：

"这是那贼子史丹奈。怎么！人家还没有把他送到哥兰纳去！……我要看他进门时是怎样的脸孔。"

她们掉转了身子。十分钟之后，玛丽亚才来了，因为她两次走错了楼梯。绿西看见她只独自一人，诧异地询问她，于是她说：

"他吗？您以为他会上楼来吗！……他把我送到门口，已经是好极的了……他们差不多十二个人，一个个都在吸雪茄。"

真的，那些先生们都重新聚会了。他们无目的地散步而来，为的是看一看热闹。他们互相呼唤，大家谈起这可怜的女子的死亡；后来他们又谈政治与兵法。鲍特那富、达克奈、拉布迭特、普鲁利耶，还有其他的男子们，渐聚渐多了。他们都在听方丹说话；方丹夸奖他自己的作战计划,说要在五天内夺取柏林。

这时玛丽亚在床前受了感动,也像别人一般地说:

“可怜的小猫!……我最后一次看见她乃是在快活戏院的水晶洞里……”

“呀!她已经变了,她已经变了。”洛丝说时,含着愁苦的微笑。

又有两个妇人来了:一个是奈奈,一个是卫若兰。她们二人把旅馆走了二十分钟,一个一个的伙计都指点她们向别处走;她们上下了三十余层楼,只见旅客们纷纷预备离开巴黎,因为马路上的骚乱,大家知道战争就在眼前了。因此之故,所以她们一进门就倒在椅子上,太疲倦了,一时顾不及那死人。恰巧邻近的卧房里传来一阵闹声,只听得许多说外国话的人们在推挽行李箱子。原来这是奥地利的二对夫妇。嘉嘉说娜娜临终的时候他们正在互相追逐为戏,因为只有一扇封闭了的门隔开了两个卧房,所以嘉嘉听见他们捉住了之后哈哈地笑着互相接吻。

“哎呀!我们该走了”,克拉丽丝说,“我们不能使她复活……西曼,你来吧?”

她们一个个都把眼角望着那床,不动。然而她们到底预备出门,各人把裙子轻轻地拍了几拍。绿西独自一人仍旧凭窗,她的心中渐渐悲哀难堪,好像这喧嚣的民众给了她许多苦恼似的。又有许多火把经过,火星迸射出来;远远地看见一队队投军的人落在黑暗里,竟像夜里被牵进屠宰场的群牛一般。这纷纭的人群惹起了一种恐慌,是将来大屠杀的预兆。他们的狂热直达天涯,一味没头没脑地叫着:

“到柏林去!到柏林去!到柏林去!”

绿西掉转了身子,背倚着窗,面色大变,说:

“天啊!将来我们如何是好?”

她们一个个都摇头叹气,面色严重,很担心于意外的祸事。

“我呢”,嘉洛林安然地说,“我后天到伦敦去……妈妈已经在那边替我设备一个公馆……当然，我是不肯在巴黎让人家杀了的。"

她的母亲是一个有见识的人，早已替她把财产存放到外国去。战争的结果，谁能预料呢？但是玛丽亚生气了，她是爱国的人，主张她们从军去。

"好一个有胆量的女人！……我呢，如果人家要我，我甘心改扮男装，把普鲁士那些猪猡一个个都枪毙了，否则，将来我们死了又怎么样？岂不只剩下一副臭皮囊！"

白兰胥听了便大大地生起气来，说：

"你不要说普鲁士人的坏话吧！……他们同是人类，而且不像你的法国的男子们一般地专欺负女人！……最近人家把我所爱的一个少年普鲁士人驱逐出境，他是一个很有钱的男子，很温和，决不会伤害一个人。真把人气煞！这么一来，竟弄到我破财！……你须知，我是不受人家欺侮的，我要到德国找他去！"

在她们互相争吵的时候，嘉嘉很苦恼地说：

"完了！我真没有运气……我把朱维西的房子的钱支付清楚了还不到一个礼拜！唉！上帝晓得！我是多么辛苦才能支付了的！阿美丽还帮了我一些款子呢……好！现在宣战了，普鲁士人快来了，他们会把一切都烧了的……到了我这年纪，叫我怎能重新开始呢？"

"呼！"克拉丽丝说，"我却不管这个！我始终不怕没有人的！"

"当然啦！将来一定很有趣！也许生意更好呢……"西曼说。

她说着，微笑了一笑，完成她的意思。奈奈与卫若兰都赞同这一个意见，奈奈说她自己曾经与好些军人大闹花天酒地。唉！这是些好男子！他们甘心为女人惹祸呢！她们越说越高声，洛丝始终坐在床前的箱子上，"嘘"了一声，叫她们住口。她呆呆地斜视着那死人，好像这一声"嘘"乃是从床帷的阴影里出来似的。在这沉重的寂静里，那死尸硬挺挺地躺在她的身边，只听得民众又叫：

"到柏林去！到柏林去！到柏林去！"

但是不久以后她们也就忘了。莱雅家中有一个叙雅厅，许多路易·费理伯时代的国务员常在那里诽谤政治，所以她也学了诽谤的语调，耸了一耸肩，低声地说：

"这一场战争真是罪过！何苦使万民流血呢！"

于是绿西即刻替帝国辩护。她曾经同王宫里的一个王子睡觉，所以在她看来，国事就是她的家事，她说：

"请您不要说了吧，亲爱的，我们不能再给人家侮辱了，这一场战争乃是法兰西的光荣……唉！你们须知，我说这个并不为的是那王子。他是一个守财奴！你们看，晚上睡觉的时候，他把银子藏在他的靴子里；我们打牌的时候，他把豆子当做赌注，因为他恐怕我开玩笑，把他的赌注抢了……我不满意他，然而关于这一场战争我却要说公道话，皇帝做事有道理。"

莱雅摇头，表示高超的样子，显得她是叙述某要人的议论。她把声音提高，又说：

"这是收场的时候了。朝廷里的人都是疯了的，法兰西本该把他们驱逐了才是……"

那些女人们都激烈地打断她的话头，这疯妇！她何苦得罪了皇帝？难道社会不幸福不成？难道大家的生意不好不成？巴黎从来不曾像现在这般快乐呢！

嘉嘉醒了，气愤愤地说：

"住口，糊涂虫！您不晓得您说的是什么话！……我呢，我看见过路易·费理伯，他那时代是不良的时代，他本人是一个守财奴！后来又有1848年的共和国。唉！说起来令人作呕，他们的共和国！2月以后，我几乎饿死了，我亲口告诉你们！……假使你们遇见了这一切，怕你们不跪在皇帝跟前吗？他是我们的父亲，是的，我们的父亲！……"

大家只好劝她安静。但是她又用宗教上的口吻说：

"啊！上帝啊！请您保佑皇帝得了胜利！保存这帝国给我们！"

那些女人们一个个都跟着祈祷，白兰胥承认她自己为皇帝在教堂里烧了许多蜡烛。嘉洛林爱上了他，在他所经过的地方散步了两个月，竟引不起他的注意。其他的女人们气愤地骂那些共和党人，要把他们驱逐出境，好教拿破仑第三打胜了敌人之后坐享太平，全国的人都因此得了幸福。

"那肮脏的俾斯麦！他也是一个流氓！"玛丽亚说。

"说哩！我认识过他呢！"西曼说，"假使我早已晓得有这一次战争，我会把毒药放在他的酒杯里的！"

白兰胥心里念念不忘那被逐出境的普鲁士少年，于是她敢替俾斯麦辩护，他也许不是恶人。这所谓各为其主，她又说：

"你们须知，他是非常爱女人的。"

"这与我们有什么关系？我们不要打他的主意吧！"克拉丽丝说。

"这种男人，世上多着呢！"卫若兰严肃地说，"我们宁可不要他们，切勿与这种魔鬼发生关系！"

这一场辩论继续下去，把俾斯麦解剖。她们为着保皇心热，一个个都踢他一脚。奈奈说：

"俾斯麦！为了他，我受了不少的气！唉！我恨他呢！……我呢，我不认识俾斯麦！一个人不能认识全世界的人啊。"

"不管怎么样，俾斯麦要来打我们了。"莱雅说了这两句作为结论。

她不能说下去了，因为那些女人们都扑上前来。怎么？打我们？恰是我们用拐杖打着俾斯麦的脊梁，把他赶回他家去呢！这坏透了的法国女人，你住口不住口？

"嘘！"洛丝恨她们喧哗，又啸了这一声。

死尸的冷气又侵了她们，她们一个个都住了口，很难为情地仍

旧把脸孔朝着死人,隐隐中怕染了疾病。马路上的呼声嘎了:

"到柏林去!到柏林去!到柏林去!"

她们正要离开卧房,忽听得走廊里有人叫道:

"洛丝!洛丝!"

嘉嘉诧异,开了门,出去了半晌,然后回来说:

"亲爱的,这是福歇利,他在走廊里……他不肯上前,而且很生气,因为你守着尸体这许久。"

原来米让终于把福歇利推上了楼来。绿西始终在窗前,此刻她俯身向下面观望,则见那些先生们在走道上昂头向她招手。米让十分生气,竟捏了拳。史丹奈、方丹、鲍特那富及其他各人都张开两臂,表示担心而且责备的神情。达克奈不愿意得罪人,只把两手弯在背上,嘴里吸着他的雪茄。

"不错,亲爱的",绿西说时,让窗子开着,"我已经应承上楼叫你下去……他们都在楼下叫我们了。"

洛丝很艰难地离开了那木箱子,喃喃地说:

"我就下楼,我就下楼……当然,她用不着我了……人家要叫一个道姊来了……"

她说着掉转了身子,找不见她的帽子与披肩。她机械地在梳妆台上倒了一盆清水,把脸与手洗过了,又说:

"我不晓得怎样,忽然大大地伤心起来……从前我与她的感情并不好。你们看,我竟呆起来!……唉!我起了种种的念头,自己也想度过这世界的末日……是的,我需要呼吸空气了。"

那死尸开始把卧房熏臭了。她们起初不觉得,此刻忽然起了无名的恐怖。

"走吧,走吧,我的小猫们。这是不合卫生的。"嘉嘉说。

她们匆匆地走出,同时向床上望了一望。但是绿西、白兰胥、嘉洛林都还在那里,所以洛丝望了最后的一眼,想要把卧房清理一下。她扯了窗帷遮住了窗子;又以为这灯不合规矩,应该用一支大蜡烛,于是她把火橱上的铜烛台上的一支蜡烛点着了,安放在尸体旁边的一张小桌上。烛光突然一照,那死人的脸孔便显现了。大家都心惊胆怕,一个个发抖,连忙逃走。

"呀! 她已经变了,她已经变了。"洛丝走在最后,喃喃地说。

她出去了,把门关上。娜娜独自停留在卧房里,仰着面对着烛光。这好像一个咸肉场,一堆血液与一块腐败的肉丢在一个绵垫子上。许多疙瘩布满了脸孔,一个个互相接连。她的身体变了深灰的土色,肌肤变了形状,找不出生时的轮廓了。她的左眼完全隐在脓汁里,右眼半开,像一个黑洞。她的鼻子越发化了脓。一块微红的疤疤从右颊侵至嘴边,她歪着嘴现出一种丑笑。在这可怖的而且滑稽的尸体之上,只剩有一丛美发放出太阳的金光。梵奴朽腐了。她在沟渠里与死牲口的尸体上吸取了毒液,毒死了许多男子;现在似乎这毒液却把她本人毒死了。

卧房空了。一种绝望的怨气从马路升上来,冲动了窗帷。

"到柏林去! 到柏林去! 到柏林去!"

十九年十二月十三日起译,二十年三月四日译完

附　　录

关于《娜娜》与《屠槌》的译文

编者先生：

《文学》八月号与九月号马宗融先生批评我所译的《娜娜》与《屠槌》，我都看见了。

关于《屠槌》的译名，我的确踌躇了许久。assommoir 一字是从 assommer 一个动词变来的，assommer 有打杀或椎杀的意思。工人们喝了烧酒，醉起来昏昏乱乱的，恰像头上被打了一槌，所以下流人的酒店叫做 assommoir。assommoir 不仅仅有下等小酒店的意思，马先生自己就替我找了一个证据。P. Martino 在 Le Naturalime fran-caise 里说："il recueillit de valuables observations sur les symp tomes et les progres de l'intonication alcoolique；il visita la veritable 'Assom-mair'."我们该特别注意 veritable 一字；假使 assommoir 仅仅有下等小酒店的意义，上面就不必说 veritable 了。我所以不把 assommoir 译为"酒店"者，因为皇后酒店也是酒店，南唐酒家也是酒店，卖香槟酒的 Taverne 也是酒店，仍不能表示是下流人喝烧酒的地方，倒不如干脆就译那字的本义。中国既没有相当的双关意义的字，这就算是没办法中的办法。我又在译后赘语里加以说明，自谓可告无憾了（商务印书馆出版唐敬杲所编的《新文化辞书》已经用了《屠槌》的译名，见民国十三年再版的《新文化辞书》第一一〇五页。我对于这译名,只是一个采用者)。

关于译书的快慢,这是各人的习惯。我平常每小时译五百字,每天译二千至三千余字,若以每日工作八小时计算,我还有二小时至四小时的审查修改时间,何况有时候我每日工作至十小时? 我的翻译技巧是不够的,但我并不反对中国有几个每天能译二千至三千余字的翻译家。

关于马先生批评的态度,读者自有公论。身边没有《娜娜》与《屠槌》的原本,不久当借两部来,依马先生所指出的错误去校对,如果是我错了的,当于再版时更正,决不护短。马先生还打算把我所译的书都校对一遍,我非常地欢迎。将来我的译品减少了许多错误,就是马先生的功劳了。

　　　　　　　　　　　　　　　　　　　　王了一
　　　　　　　　　　　　　　　　　廿三年九月十四日

　　　原载《文学》,1934 年 11 月第 3 卷第 5 号

关于翻译

编辑先生:

在《文学季刊》第四期第五十四页有余一①先生论翻译的一段随笔,其中差不多全是论我所译的书,我似乎应该答复几句。余一先生只就事论事,比马宗融先生说我为名为利,批评的态度好多了。我常常觉得我的翻译的技巧不够,所以我愿虚心的接受别人的意见,希望以后能常看见余一先生这样的就事论事的批评。

余一先生说:"左拉怎样会写出这样的作品呢? 像王君翻译的东西,能够是轰动过世界的名作吗?"这显然是因为我翻译的技巧不够,所以我的译品不能代表原书。对于这种抽象的责难,我只好接受,无从答复,也不该答复。

关于《屠槌》的译名,我始终认为 L'Assommoir 一字有双关意。"屠槌"固然不能表达"酒店"的意思,而"酒店"或"下等酒店"也把原名的精彩丧失了。当时我自己也觉得"屠槌"二字用得不尽善,否则我何必加上一段译后赘语,说明 L'Assommoir 也有"酒店"的意思呢? 近来我为了更求明了 L'Assommoir 的真意义,曾写了一封信去请教于巴黎大学的一位文学教授,他的复信也说 L'Assommoir 确有双关意,而英国人译为 the Low Tavern、the Dramshop 等名也不妥当。现在我正在与文学界几位熟朋友商量一个较妥的译名,最好要能表达双关意,至少也要含多少譬喻的意思。等到再版改名的时候,我想把那教授的一封信当做一篇序文。

至于余一先生说 Germinal 不该译为"共和历第七月",而该译

---

①   编者注:余一,即巴金。

为"萌芽",我也想要答复几句。余一先生以为"共和历第七月和这书的内容并没有一点关系";但是我看见了一部 Germinal 的英译本（Germinal or Master and Men translated by Ernest A. Vizetelly, London,Chatto & Wind US 1914),那译者在他的序文里却说共和历第七月与这书的内容有很多的关系,而且说书名是从共和新历中取出来的。现在我把他的原文抄在下面:

The title"Germinal" was borrowed by M.Zola from the new Calendar which the French National Convention adopted in 1792. In this Calendar the month "Germinal" corresponded with the latter part of March and the beginning of April, when, in our climes,nature springs into renewed life and germination becomes universal.At the same time,in selecting this title M.Zola bore in mind certain events which occurred in Germinal of the year III.of the first French Republic, when hungry, men and women swarmed furiously into the Convention Hall,demandling "Bread and the Constitution of '98'.Those suggestive incidents inspired more than one page of the book ,but the idea which permeates it is that of the germination and fruition of a new social system.the coaition and uprising of the toiling masses, banding themselves together to readjust present-day condition and secure their fair chare of the good things of the world.Even as it was foretold to Eve when she was driven from the earthly paradise that she should in sorrow bring forth children,so it is sorrow and hardship and suffering that attend the advent of all progress. Indeed, progress germinates amidst woe,and though again and again it be impeded it bursts upon the world and last from very excess of suffering.This idea,it will be found,perva des many of the pages of "Germinal".

为了省篇幅起见，我想不必把它译成中文了。如果余一先生能推翻这一篇序文里的说法，我仍愿降心相从。

王了一

原载《文学季刊》1935 年 6 月第 2 卷第 2 期